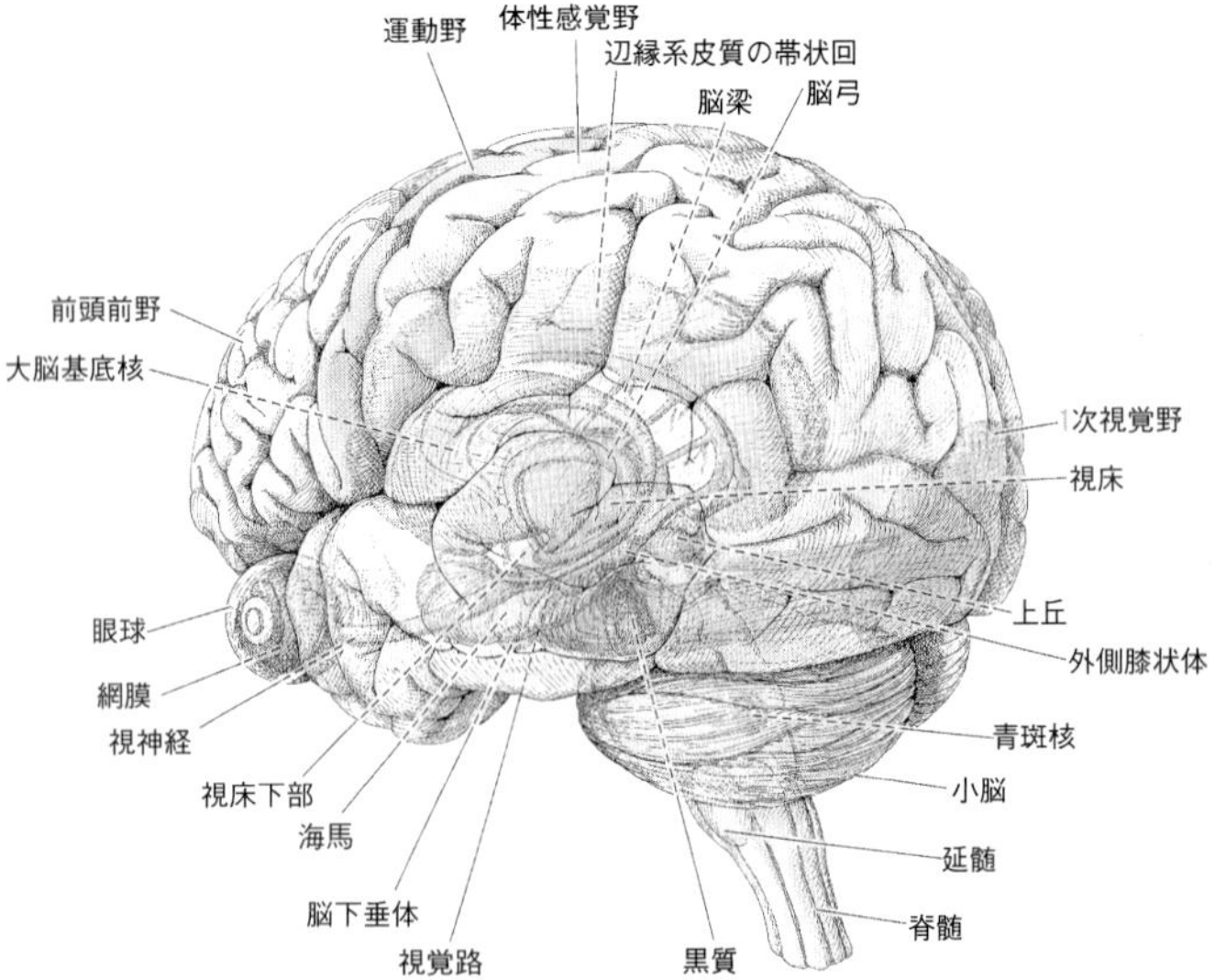

心の器官“脳”
『別冊日経サイエンス　脳と心』伊藤正男監修、
松本元編（日経サイエンス社、1993）より転載

【口絵 表】
ラファエロ《キリストの変容》1518～20年
油彩、板　405×278cm　ローマ、ヴァティカン宮美術館
Vaticano, Pinacoteca　photo by SCALA/ORION PRESS

BRAIN VALLEY(上)

瀬名秀明

角川文庫 11737

CONTENTS 上巻

BRAIN VALLEY

CONTENTS 下巻

BRAIN VALLEY

上

私の言う「驚くべき仮説」とは、あなた——つまりあなたの喜怒哀楽や記憶や希望、自己意識と自由意志など——が無数の神経細胞の集まりと、それに関連する分子の働き以上の何ものでもないという仮説である。

——フランシス・クリック

『DNAに魂はあるか』(中原英臣訳)より

プロローグ

九月二九日（月）満月

一分前ですとタイムキーパーの女が声を上げる。柳沢友之は前方の壁に並ぶ大小のモニタを見つめたまま椅子から立ち上がった。両手で二度、頬をはたく。いつから始めた癖なのか覚えていない。だが一分前には必ず立ち上がる。顔をはたいて気合いを入れる。本番中は座ることはない。いくらチーフディレクターだからといえ、生放送という代物は座って見ていられるほど悠長なものではないのだ。

もう二日ほど寝ていなかった。放送の直前はいつもそうだ。ろくに着替えもせず風呂にも入っていないから臭うに違いない。常識的に考えれば筋肉が弛れてもおかしくない状態だ。だが緊張を維持させなければならない。実際、柳沢の全身の神経は活発に発火していた。いつどんな場合であっても本番中に反射神経がベストコンディションになるようにしてある。放送が始まってしまったら、あとは瞬発的な判断力が全てだ。筋肉を精神力で動かすのだ。柳沢だけではない。この第三調整室に詰めている一五人近いスタッフ全てが反射神経で動く。全員で暴走する大型車を運転するようなものだ。頭だけでは車を運転できない。だから立ち上がり、頬をはたく。

「三〇秒前。VTRから入ります」

TKがカウントダウンを続けている。中央に掲げられている大きな丸時計が秒針を進めてゆく。入社したての頃、柳沢はスタジオや調整室の時計を見るたびに小学校の教室の壁時計を思い出したものだ。巨大な針は堅牢な楔のようで、一秒たりとも曖昧にはさせまいとでもいうような迫力があった。いまでは多少であれば自分の裁量で時の速さをコントロールできることも知っている。むしろ状況にあわせて臨機応変に対応できるほうが望ましいのだ。それが番組の本来の姿だとも考えていた。だから柳沢は楔のような秒針が好きではなかった。放送局では秒針が動くことによって時が動いてゆく。ドラマもバラエティも、そして報道も、秒針によって追い立てられる。いつか秒針を追い立てる側になってみたいと思っていた。大きな事件の報道を陣頭で指揮してみたいと夢想することもたまにあった。だがそれはこれまでのところ叶わなかった。いまの柳沢の仕事はくだらない娯楽番組だ。どうやって秒と秒の間を嘘で埋めるかに頭を悩ましている毎日だった。

　モニタの群れを眺め渡す。丸時計の左右に据えられているモニタでは高速道路を走る高級車の姿が映し出されている。いま現在、実際に放送されているCMだ。この画面が電波として発信され、日本国中のテレビにそのままコピーされることになる。左側のモニタにだけは大きくカウントがオーバーラップされている。二〇、一九と数字が減ってゆく。開始までの残り秒数だ。その下に並んでいる五つのモニタにはフロアの中が映っている。第三スタジオだ。大きくもなければ小さくもない、ごく平均的なバラエティ用のスタジオである。宇宙をイメージしたセットの手前に、弧を描くような形でデスクを設置してある。中央には司会のアナウンサーとアシスタントの女性、そして両脇（わき）にふたりずつゲストを並べてある。モニタには映っていないが、スタジオ内には一五人ほどのスタッフが入っている。別のモニタでは番組の最初にかかるVTRがスタンバイされポーズしている。中継車とヘリの映像、社屋の屋上にある天カメの映像も用意されている。時計のすぐ下にあるモニタにはスーパーが黒い画面に浮き上がっている。下のほうで横一列に並んでいる十数個のモニタにはそれぞれ他局の映像が映っている。

「一〇秒前」

日本カー・オブ・ザ・イヤー受賞、という文字が画面一杯に現れる。CMが終わりに近づいていた。柳沢の立っている位置は調整室の最後方なのでスタッフたちの様子が見て取れる。TKの横に座っているふたりのコーナー担当ディレクターが立ち上がった。やはり座っているよりそのほうが指示を出しやすいのだ。右側に立っている若いほうのディレクターはとんとんと指先で机を叩（たた）きリズムをとっている。ディレクターたちの右には照明、そしてビデオエンジニア（VE）らが座っている。左には6㎜（ロクミリ）やCDを操作する音声たち、そして一歩下がって右側には中継スタッフだ。

「五、四、三、二、一……」

柳沢は大きく息を吸った。時計の秒針が頂上に近づく。午後九時になろうとしている。

正面のモニタが切り替わった。VTRが自動起動したのだ。派手なBGMが調整室の中に鳴り響く。

《今夜ついにUFO出現か？　テレビの前のあなたが証人になる！》

有名なUFOの写真が次々と映し出される。続いて模型を使った合成フィルムが回る。楕円状の光が画面一杯になる。すでに編集されているVTRだ。今回の放送枠のうち四〇分近くは事前に撮られたVTRに充てられている。様々なところから集めたビデオや写真である。すでにナレーションも吹き込みを終えている。

「回線大丈夫だな？　遅れるなよ。スタジオのあとすぐに変わるんだぞ」左側のディレクターが叫ぶ。

「OKです」その後方に座っている中継スタッフのひとりがわめく。ここでは全員が声を張り上げる。音声や効果音にかき消されないよう、どうしても大声になってしまうのだ。

モニタには一通のFAXが現れていた。暗い照明で撮影してあるので詳細は見えない。どことなく秘密めいた感じを出そうとしてある。

《全ては編成局に極秘ニュースが寄せられたことから始まった。この日本に、なんとUFOが定期的に出現する場所が存在するという。しかもそのUFOを呼び寄せているのが若き美女だというのだ》

もちろんこのFAXはやらせである。本当の情報源は伏せておいてくれという指示がプロデューサーのほうから下っていたのでFAXをでっち上げたのだ。この程度のやらせは許容範囲だろう。

「VTRあと一分でスタジオ入ります」とTK。

「2カメ、正面から。挨拶のあとですぐにクレーン」

ディレクターが左手でインカムを引き寄せた。その声はマイクを通じてフロアのカメラマンに繫がっている。司会者の顔のズームが微調整される。

《ここ数年、世界各国でUFOの目撃件数が飛躍的に増大している。一九八九年一一月、ベルギー上空に現れたホームベース形のUFOは数千人の市民によって目撃された。また隣の韓国でも鮮明な写真が一流の報道カメラマンによって撮影され、大きな話題を呼んでいる。旧ソ連からも多くのUFO写真が明るみに出た。そして相次ぐミステリーサークルやキャトルミューティレーション事件。アメリカ・ネヴァダ州エリア51の疑惑。これらは単なる偶然だろうか？何かの前触れではないだろうか？》

色鮮やかなUFO写真がフラッシュされてゆく。ベルギーの写真はいかにもそれらしいし、キャトルミューティレーションの現場も目を惹く。だがそれらを見ながら、柳沢は心の中でばかばかしいと呟いた。この部分のナレーションは柳沢が書いたものだが、仕事のためにやっているのだとでも思わなければ自尊心が許さないだろう。今回の特番を作るにあたって関連書には一通り目を通した。ベルギーの一件はひょっとしたらという気を起こしたが、それ以外はほとんど幼稚な与太話にしか思えなかった。ミステリーサークルは悪戯だということが判明している。牛の内臓がえぐり取られるというキャトルミューティレーション事件も、おそらく野犬か何かの仕業だろう。エリア51の一連の情報に到っては自称UFO研究家の被害妄想なのではないかとさえ感じた。ただし、そんな結論では視聴率は取れない。番組の前半は目撃談やフィルムの検証で時間を稼ぐ手筈になっていた。明らかなトリック写真は登場させない。本当らしさを強調させるように台本を練ってある。科学的なアプローチを装い、なおかつミステリーを感じさせるのだ。そうしなければ番組全体の胡散臭さがすぐに露呈してしまう。

《今回我々の取材に応じた女性は、いわゆるコンタクティーと呼ばれるＵＦＯ信奉者ではない。彼女は生まれついたときから超常的な力を持っていたという。その彼女が今晩ＵＦＯを呼び寄せると我々に宣言した！》

昔は目撃証言や写真だけで視聴率を稼ぐこともできた。だがいまは違う。新ネタが欲しい。テレビであることのメリットを最大限に生かすような新ネタだ。できれば生きて動いている宇宙人の姿を撮影したビデオ、宇宙人の声、そういったものが視聴者をとらえるのだ。ライヴがなければ他局に負ける。

だが、そんなトップニュースはおいそれと現れない。そのため近年はＵＦＯ番組が成立しにくくなっていた。今回の企画が浮上したのは、古典的な煽りの手法を現代風にアレンジするという提案が出されたためだ。柳沢自身、本当にＵＦＯが出現するなどとは考えていない。これまでのパターンとしては、ＵＦＯ多発地帯といわれる場所にカメラを設置し、ＵＦＯが現れますと煽るだけ煽り、結局現れませんでしたで終了する。だが今回の番組はＵＦＯを呼び寄せるという女のほうにスポットを当てる。この女はなかなかの喰わせものだ。ＵＦＯが現れなくともいい絵が撮れる可能性がある。

しかし、と柳沢は思った。いくら屁理屈をつけているとはいえ、作り物であることに変わりはない。単なるバラエティだ。自分はこんなものをやるために入社したのか。何年も人々の記憶に残るようなどっしりとした番組を作りたかったのではないのか。こんな番組に何の意味があるだろう。もちろん仕事は完璧にこなす。それはプロとして当然だ。しかし現実にやっていることは、無意味なものを並べて意味あるように錯覚させることだ。ばかげている。だが、ばかばかしいものほど数字を取る。

《今夜、我々は彼女の予言にあわせて、まったく新しい角度からUFO問題にアプローチする。果たしてUFOは未来からの啓示なのか、それとも悪夢のシナリオなのか?》

「VTRあと一〇秒……、五、四、三、二、一、はいスタジオ」

スイッチャーがテイクボタンを叩く。画面がフロアにスイッチされる。アナウンサーとアシスタントが声を合わせる。

「緊急特番! 今夜UFOが飛来する!」

「はい音楽! クレーン!」ディレクターが叫ぶ。

効果が音を被せる。俯瞰ショットに切り替わる。右から左へとクレーンが動く。SWがタッチパネルを押す。スーパーが入る。はい一〇秒で2カメ入ります! とディレクターが叫ぶ。モニタのカウントが九、八とダウンしてゆく。BGMがヒステリックな音を上げる。次のスーパーがすでに用意されている。

「こんばんは。今夜は二時間にわたって緊急特番をお送りいたします。司会の加藤厚と」

「アシスタントの小原康子です」

ふたりの名前のスーパーが入る。

「さあ、小原さん、今日はひょっとしたら我々もUFOを見ることができるかもしれません」

「ええ、そうなんです」アシスタントはひとつ頷いてから1カメに視線を戻す。

「実はこの日本に、UFOを呼び寄せることができるという女性がいるのです。我々取材班は二週間前からこの女性に密着し、現在も取材を続けています」

「どうでしょう、岩本さん、信じられますか」

司会の加藤が右隣のタレントに話題を振った。3カメに切り替わる。スーパーで名前が入る。

「いやあ、俺はそういうのは全然信じないね。昔っからUFOは一切信じてないよ。デマか何かじゃないの？　どちらかというと、その女のほうに興味があるね。これまではまったくマスコミに知られていなかったわけでしょう？　今日は疑いの目で見させてもらうよ」

「2カメ」ディレクターが叫ぶ。

「この問題の女性についてはのちほど詳しくお伝えします。そうですか、岩本さんは厳しいですね。真歩ちゃんはどう？」

3カメに戻る。岩本のさらに右隣に座っている新進女性タレントが映る。さあ、しっかりしてくれよ、と柳沢は心の中で呟く。体つきはそそるが逆にいえばそれだけの女だ。少しは知的な部分も見せてもらわないと困る。プロデューサーの方針で使っているだけで、柳沢にとっては最も苦手とするタイプのタレントだ。

「えー、まだよくわかりませんけど、でも出てきたらすごいなって思います。なんだかわくわくしちゃいます」

「そうですか。では原田先生にうかがいましょう。先生はUFOというものを見たことはありますか」

上出来だ。あまり喋らせないほうがいい。1カメが左側のゲストをとらえる。原田は元国立大学の心理学の教授だ。テレビに出る学者の中では比較的まともなコメントをする。今日の番組の権威づけをしてもらう役目だ。これで画面も少しは信憑性が高くなる。

「ええ、一度だけあるんですよ。一五年くらい前でしょうか、大学の研究室の窓から、白くて丸いものがジグザグに動いてゆくのを見たことがあります。ですからUFOの本来の意味、つまり未確認の飛行物体を見たことはあるんです」

「そうだったんですか。先生にはのちほど心理学の面からUFOについて検証していただきます。よろしくお願いします。そしてもうひとりゲストをお招きしています。写真家の畑山さんです」

「どうも」

「畑山さんはこれまでお撮りになられた写真の中にUFOが写っていたというようなことはないんですか」

「わからないね。光の加減やフィルムの傷なんかでおかしな形が写り込むことはあるからねえ。心霊写真なんていうのはほとんどがそんなのじゃないかな。それに、今はコンピュータが発達してるから、幾らでもトリック写真はつくれるよね」

「なるほど。しかし畑山さん、今夜は世界各国から寄せられました写真やビデオテープを検証するのはもちろんですが、なんといっても一番の目玉は、実際にUFOを呼び寄せて、それを中継してしまおうということなんです。トリック撮影が極めて困難な状況であることはいうまでもありません。実はその現場に中継車とヘリコプターが行っています。呼んでみましょう。まずはヘリの香川さん！」

SWがテイクボタンを叩く。ヘリの内部からの中継に切り替わる。局のアナウンサーである香川がヘリコプターの内部でカメラを前にマイクを握りしめている。回転翼の爆音が調整室の中にも響きわたる。

「はい、こちら香川です。ご覧下さい。こちらはほとんど雲は出ておりません。よく晴れていまして、ライトを暗くしますと星の輝きがはっきりとわかります。さて、ここから三キロほど北へ進んだところに直径三〇〇メートルほどの湖があるわけですが、そこが今夜、UFOが出現するといわれている場所なのです。ご覧のようにこのあたりは三方が山に囲まれた盆地地帯です。農家がぽつりぽつりと点在する他はほとんど人工の光がありません。ああ、カメラさん、向こうです。見えますでしょうか、いままで林に隠れていましたが、ようやくその湖が見えてきました。湖の名前は……」

ローター音。

一秒。

二秒。

三秒。どうした、なぜ黙っている？　柳沢は番組がスタートしてからはじめて声を上げた。

「馬鹿野郎！　スタジオへ戻せ！」

スイッチされた。司会者の顔が映る。「どうしました香川さん？　なにか見えましたか？」ヘリのカメラが送ってきている映像が小さなモニタに映されていた。香川が慌てている。カメラと前方を何度も見比べている。

「あいつ！　何年アナをやってるんだ！」ディレクターの声が飛んだ。

「待て。ヘリに返せ」柳沢は指示した。おかしい。何かが起こった。

画面が再びヘリのカメラに戻る。明らかに香川は狼狽していた。おい、あれは、などといっているのが聞こえる。

本来の台本ではここで香川のヘリが湖の真上に停滞する。そして上空から湖をとらえる。湖の東側にはタレントの及川暁彦たちがスタンバイしている。そこへズームし、及川の前にセットされているカメラへと切り替える。及川がレポートを引き継ぐ。三〇秒喋った後にスタジオへ戻る。司会が再びタイトルを唱え、そして提供、CMとなる。そのはずだった。だがシナリオは狂い始めている。

スタッフたちがざわめき始めた。どう対処していいかわからないのだ。ディレクターがどうしようというような視線を柳沢に送ってくる。

ああ、という香川の喘ぎが聞こえた。カメラが大きく揺れている。ヘリの振動ではあるまい。

カメラマンが何かを見つけたのだ。それをおさめようと体勢を変えているのだ。ピントがずれる。柳沢は舌打ちした。こいつらはパニック寸前だ。

「皆さん……！」香川が唾をとばしながら叫び始めた。ほとんど悲鳴に近かった。「見えますか！　いま前方に……、あそこです！　あれがわかりますか！　信じられません！　なんだあれは！　あれです！　大きい！　あんな大きいものが……！」

なんだ？　いったい何が見えてるんだ？

柳沢は拳でデスクを叩いた。カメラがさっぱり固定しない。香川の顔が画面一杯になる。思わず声を荒げた。

「馬鹿！　どけ香川！　おまえがどかないと映らないだろうが！」

「ああ……！　光が！」香川が絶叫した。「光が！」

突然。

画面が黒くなった。

調整室の中が真空になった。すべての音が聞こえなくなった。目の前の大きなモニタから映像が消えた。

一瞬後、柳沢はディレクターのところへと駆け寄り右腕を振り下ろしていた。呆然と口を開けているディレクターを突き飛ばしテイクボタンを三本指で叩く。モニタに2カメの映像が転送された。

「……香川さん？」

司会がかすれた声を出した。アシスタントの女はきょろきょろと視線を動かしている。スタジオ内にいるフロアディレクターに助けを求めているのだ。ゲストたちは不安げに手元の台本を繰っている。何が起こったのか理解できないらしい。当然だった。スタッフでさえ棒立ちの状態なのだ。司会の空疎な声が響く。

「……ええと、少し映像が乱れているようです。香川さん、聞こえますでしょうか、香川さん？」

柳沢はヘリのカメラの映像を受信しているはずのサブモニタを見つめた。何も映っていない。真っ黒になっていた。通信が途絶えている。

「ヘリは？　どうなった？」

モニタを見つめたまま後ろの中継スタッフに訊いた。本番中は常に中継連絡を確保するようにしてある。こちらからの指示を伝えるためだ。調整室に設置してある電話の向こうはヘリや中継車であるはずなのだ。こちらから話しかければ応答があるはずなのだ。またそうでなければならない。

「切れました」

ぽつりと後方から返事が返ってきた。柳沢ははじめて本番中に背筋が寒くなり、鳥肌が立つのを感じた。これまでのキャリアでは決してなかったことだ。許される事態ではなかった。生放送の本番中に回線が切れたのだ。ヘリが何かの事故を起こしたことは明らかだった。震えをおさえながら柳沢は怒鳴った。

「切れたじゃ済まないだろ！　こっちからかけてみろ！」

「だから、切れてるんです。応答がありません」

柳沢は振り返った。そこには泣きそうな表情の男が受話器を握りしめていた。

「……香川さん！　香川さん！」

スタジオでは司会がヒステリックな声を上げ続けている。その声が調整室に谺（こだま）した。柳沢はぐるりと室内を見渡した。誰もが柳沢のほうを向いている。はやく何とかしてくれという哀願の目を向けている。

なんてこった、と柳沢は思った。これだからUFO番組なんてやりたくなかったんだ。

「誰かあのくそったれた司会を黙らせろ！　切るんだ、いったん切れ！　はやくお詫（わ）びのテロップをはさめ！　馬鹿野郎ぐずぐずするな！」

弾（はじ）かれたようにふたりのディレクターがデスクに向きなおった。

不意に、ざざざざざ、という耳鳴りのようなものを柳沢は感じた。自分の体の中から湧（わ）き起こってくる音だ。熱いものが流れている。血管の中を興奮性の物質が駆けめぐってゆくのがわかる。アドレナリンというのか何というのか、正確なところは知らなかった。その物質がどんな構造で、実際にどんな作用を持っているのかもわからない。だが全身の血液が奔流のように勢いづき、それに乗って興奮が隅々まで行き渡ってゆくのが感じとれる。これだ、と柳沢は思った。この感覚だ。報道を生業（なりわい）としているものが体に持つべき熱い感覚だ。これこそが求めていたものだ。

サブモニタのひとつに目を向ける。中継車の前で及川たちが慌てている様子が小さく映し出されていた。何が起こったのか、いまのカメラアングルでは推察することができないが、少なくともこちらのカメラに異常はないことがわかる。情報ルートは閉ざされていない。

「おい！」と柳沢は中継スタッフを指さした。「中継車とはまだ繫がっているんだな？　回線はとれてるんだな？　どうなんだ返事しろ！」

「は、はい！」

「よし、どうなったのかはやく訊くんだ！　それからいいか、これだけはいっておけ、カメラを回し続けろ、ヘリが落ちたにせよ何にせよそっちで起こっていることを漏らさずに撮れ、いいか、しっかり伝えろよ、カメラを回せ！」

——ZAP！

Proclamation 6158 of July 17,1990

Decade of the Brain,1990—1999

55 F. R. 29553

By the President of the United States of America

A Proclamation

The human brain, a 3-pound mass of interwoven nerve cells that controls our activity, is one of the most magnificent—and mysterious—wonders of creation. The seat of human intelligence, interpreter of senses, and controller of movement, this incredible organ continues to intrigue scientist and layman alike.

Over the years, our understanding of the brain—how it works, what goes wrong when it is injured or diseased—has increased dramatically. However, we still have much more to learn. The need for continued study of the brain is compelling : millions of Americans are affected each year by disorders of the brain ranging from neurogenetic diseases to degenerative disorders such as Alzheimer's, as well as stroke, schizophrenia, autism, and impairments of speech, language, and hearing.

Today, these individuals and their families are justifiably hopeful, for a new era of discovery is dawning in brain research. Powerful microscopes, major strides in the study of genetics, and advanced brain imaging devices are giving physicians and scientists ever greater insight into the brain. Neuroscientists are mapping the brain's biochemical circuitry, which may help produce more effective drugs for alleviating the suffering of those who have Alzheimer's or Parkinson's disease. By studying how the brain's cells and chemicals develop, interact, and communicate with the rest of the body, investigators are also developing improved treatments for people incapacitated by spinal cord injuries, depressive disorders, and epileptic seizures. Breakthroughs in molecular genetics show great promise of yielding methods to treat and prevent Huntington's disease, the muscular dystrophies, and other life-threatening disorders.

Research may also prove valuable in our war on drugs, as studies provide greater insight into how people become addicted to drugs and how drugs affect the brain. These studies may also help produce effective treatments for chemical dependency and help us to understand and prevent the harm done to the preborn children of pregnant women who abuse drugs and alcohol. Because there is a connection between the body's nervous and immune systems, studies of the brain may also help enhance our understanding of Acquired Immune Deficiency Syndrome.

Many studies regarding the human brain have been planned and conducted by scientists at the National Institutes of Health, the National Institute of Mental Health, and other Federal research agencies. Augmenting Federal efforts are programs supported by private foundations and industry. The cooperation between these agencies and the multidisciplinary efforts of thousands of scientists and health care professionals provide powerful evidence of our Nation's determination to conquer brain disease.

To enhane public awareness of the benefits to be derived from brain research, the Congress, by House Joint Resolution 174, has designated the decade beginning January 1, 1990, as the "Decade of the Brain" and has authorized and requested the President to issue a proclamation in observance of this occasion.

NOW, THEREFORE, I, GEORGE BUSH, President of the United States of America, do hereby proclaim the decade beginning January 1, 1990, as the Decade of the Brain. I call upon all public officials and the people of the United States to observe that decade with appropriate programs, ceremonies, and activities.

IN WITNESS WHEREOF, I have hereunto set my hand this seventeenth day of July, in the year of our Lord nineteen hundred and ninety, and of the Independence of the United States of America the two hundred and fifteenth.

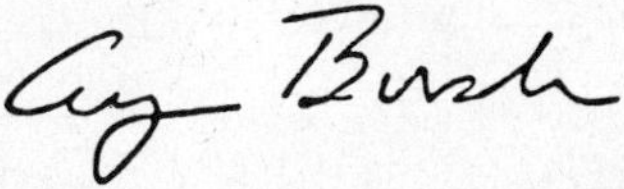

第一部　ブレインテック

科学は知性の所産であり、知性はより高等な脳の機能であり、脳の高等な機能は人間の脳の発達の所産であり、脳の発達は遺伝子によって決定されるプログラムの所産であり、それらはすべて進化と自然淘汰（とうた）の所産である。科学はつまり、理解したいという本能的な衝動を含む人間の本性が直接的に現れたものであり、これこそ進化における人間の成功をもたらした源泉である。望むと望まざるとにかかわらず、私たちには、自分たちの遺産をいますぐ手放し、世界に探究の目を向けたり疑問を持つことをやめ、創意工夫をこらして問題を解決することを放棄することなど、おそらく不可能なのである。それが可能になるのは、ヒトという種が終わりを迎えたときである。万が一、科学が基で私たちが破滅することになったとしたら、それはヒトという種に欠陥があったからであり、致命的な突然変異の犠牲になったにすぎない。

——クリスチャン・ド・デューブ

『生命の塵』（植田充美訳）より

1

八月三一日（日）満月

車は時速五〇キロのスピードを保ち続けていた。孝岡護弘（たかおかもりひろ）はわずかに目の疲れを感じながらハンドルを握り、細い県道を進んでいた。FMラジオからは音楽が流れている。どうやら有名な外国のロックグループらしいが、孝岡にはわからなかった。メロディは単純だが歌詞の内容がよく聞き取れない。しかし不快に思うほどでもなかったので、チャンネルはそのままにしておいた。

あたりは闇（やみ）に覆われていた。ヘッドライトの描く白いふたつの楕円（だえん）が、緩やかにカーブする一本道を照らすだけだ。どうやら田畑の中心を突っ切っているようだった。道路脇（わき）の街灯がなくなってから、ずいぶん走ったような気がした。星は見えなかった。曇天なのだろう、だが月の光が雲の向こうから漏れ出ているのか、微（かす）かに黒い山の尾根が見て取れる。いつの間にか、かなり峰に近づいてきているのがわかる。最後に対向車を見たのは何十分前だったろう。この県道に入ってからというもの、動いているのは自分の車だけであるような気がした。

ダッシュボードのデジタル時計に視線を向ける。午後一〇時三六分。少し意外だった。まるで午前二時か三時に車を走らせているような錯覚に陥っていたのだ。頭の中で運転時間を計算してみる。つくばを出たのが午後四時過ぎだったのだから、途中一時間ほど食事と休憩を挟んだので、移動時間は正味五時間程度というところだった。七月の初めに一度ここを通ったときは、まだ陽が出ているうちだったが五時間半かかったことを思い出した。あと一時間以内で着くだろう。孝岡は頭を左右に振って凝りをほぐし、ハンドルを握り直した。

――九月からこちらへ来てほしい。

電話口でそう伝えられたのが六月のことである。受話器を耳にあてながら、孝岡は一瞬声を出すことができなかった。まったく突然の要請だった。そんな短期間ではいまの研究をまとめ、部下へ引き継ぎをすることもできない。戸惑いながらもその旨を丁重に伝えると、相手の女性は静かに答えた。

「わかっています。ですが、すでにそちらの所長とも話がまとまっているんです」

それから今日までの間は、文字どおり目の回る忙しさだった。書類や論文を書き、部下に実験手技と研究の今後の方向性を伝えることで忙殺された。昨日ようやく荷物をまとめ、村のほうへ送ることができた。だが研究所のほうの片付けがはかどらず、最後の挨拶(あいさつ)をして出てきたのが、結局ぎりぎりの日となってしまったのだ。そのためこうして夜中に車を走らせることになった。

まるで追い立てられているようであった。四年前に主任研究員になり、仕事も順調に進んできていた。そこへ降って湧(わ)いた突然の転職である。自分の知らないところで全てが進行している、そう考えたことも一度や二度ではない。だが、そんな疑問を脇へ押しやるほど、相手の提出した条件は魅力的であった。現在の研究テーマをそっくりそのまま持って行くことができるのだ。潤沢な予算と最高の設備が確約されており、スタッフも揃っている。目の前にそれだけ見せつけられれば、誰でも心が動く。

しかし……、と孝岡は思った。なぜこんなに早く全てが動いたのだろう。それになぜ、この自分が選ばれたのか？　所長がこの施設の設立者と懇意だったためだけとは思えなかった。ただ、自分の研究成果が認められたためと受け止めていいのか？　それとも、ほかの理由があったのか？

——さらに闇が深くなったような気がして、孝岡は道路脇に目を逸らした。黒い塊が左右を覆っている。林に入ったのだ。空が隠れる。

ラジオの音が急に小さくなった。つまみを回してみる。だが雑音しか聞こえてこない。幾つかチャンネルを替えてみたが、やはり受信しない。どうしたのかと思い、そしてすぐに、前回ここへ来たときも途中でラジオが聞こえなくなったのを思い出した。そのときは故障かと思いスイッチを切ってしまい、そしてつくばへ帰ってから点検して、ちゃんと音が出たのでそのまま忘れてしまったのだ。

「……そうか」

電波が届かないのだということにようやく気づいた。

遠いはずだ。

孝岡はひとり苦笑した。ラジオのスイッチを切る。

そんなところへ自分は赴任しようとしている。しかも、妻と息子と父親を残して。

孝岡は二週間前、息子の裕一(ゆういち)へ電話したときのことを思い出した。二カ月ぶりの電話だった。意を決してかけたにもかかわらず、受話器の向こうからは留守番電話の平坦(へいたん)な声が返ってくるだけだった。ピーという電子音の後、孝岡はなにを話せばいいのかわからず、一〇秒ちかく黙ってしまった。そしてようやく、元気か、といった。つくばを離れる、向こうの住所は決まったら伝える、それだけいって、逃げるように受話器を置いた。

それ以来、裕一には電話をしていない。

そして連絡をとらないまま、こちらへ来ている。

孝岡はハンドルを手にしたまま、再び肩を上下させて凝りをほぐした。車は林の中を奥へと進んで行く。

カーブが増してきていた。道は林を掻(か)き分けながら幾分上り坂になってくる。このあたりの様子はかすかに覚えていた。もうすぐだろう、そう思ったとき、村まであと五キロであることを示す小さな看板が浮かび上がり、すぐに後ろへと消えていった。

今夜、部屋についたら裕一に電話をしようか、と孝岡は考えた。そうしたほうがいい。裕一にはこちらの電話番号も住所も伝えていないのだ。連絡を取らなければいけない。だが……。

時計を見る。マンションの部屋に着いて一息入れるころには一一時半を過ぎているだろう。そのくらいの時間では裕一が寝ているとは思えないが、それでも深夜であることに変わりはない。

それに……。

また留守番電話かもしれない。

前方に標示板が現れた。孝岡はスピードを落とし、ヘッドライトを上向きに切り替えてそれを見つめた。緑色の看板に白い文字で、こう書かれていた。

船笠（ふながさ）村
ブレインテック総合研究施設

唐突に車は林を抜けた。山に囲まれて、暗い空間がそこに広がっていた。


モニタの中の女を、広沢亮（とおる）はじっと見つめていた。白黒の画面は解像度が悪く、女の体を鮮明に映し出すことができない。広沢は走査線の向こうにある生身の姿をなんとか捕らえようとして、自然と目を画面に近づけていった。

女は白いリクライニングシートに身を預け、両足をカメラのほうに投げ出している。台の両脇には肘掛け（ひじか）がついており、そこに細い手がそっと置かれていた。女は和服を着ている。純白だった。画面では若干ハレーションを起こして、仄（ほの）かに灯（とも）っているようにも見える。着物の裾（すそ）から伸びる素足が、すらりとこちらへ向かっている。女の足の裏がはっきりと見て取れる。滑らかな曲面に、小さな指が並んでいる。両足は静かに閉じられているが、わずかに裾の合わせ目が乱れている。広沢は、女の臑（すね）の奥にある暗い空間を想像し、さらに顔をモニタへと近づけた。

つま先からかかと、膝（ひざ）から腰、そして胸へと視線を移してゆく。一瞬、呼吸する胸の動きが見えたような気がして、広沢は目を見開いた。息を殺す。数秒間そのままの姿勢で待った。だが、モニタの中の女は新たな動きを見せない。諦めて顔を画面から離し、広沢は椅子の背凭れに体重を預けた。両手をキーボードの上に置いたまま、画面全体を見渡す。

女はシートの上で上体を起こしたまま、その顔を巨大な円筒の底にすっぽりと覆われていた。寝台の両脇に太い円柱が立っており、その二本の柱が中央の白い円筒を支えているのだった。それはどこか砲台か天文台の望遠鏡を思わせる。円筒からは数十本ものコードが生えており、それらは血管のようにうねりながらひとつに束ねられ、左へと伸び、画面の隅へと消えている。そしてその円筒は真っ直ぐ下を向き、女の頭部に連結されているのだった。

円筒の先端は、ちょうど獣の口のように二つに割れ、女の顔に横向きで齧りついているようにも見える。額や両目、両耳は覆われていたが、鼻と口、そして顎は辛うじておもてに晒されていた。女は両の瞼を閉じているはずだが、いまはその表情を窺うことはできない。だが広沢は、円筒を被せる前の女の容貌を思い浮かべ、却ってそれが見えないことで奇妙な昂りを感じ始めていた。着物姿の女が無機質な磁気シールドルームでひとり、巨大な機械に頭を銜えられながら無防備に足を投げ出している。そしてその女を、自分はこうして隣の部屋でカメラの映像を通して観察している。いままで広沢は幾度となくこの女の測定をおこなってきた。その度に体の疼きを覚えた。だが今日はこれまでとは違っていた。もっと熱い。もっと激しいなにかが自分の体の中で蠢いている。痺れるような感覚だった。女は機械と一体になっている。なぜだかわからないがそう思った。女の体から機械へ磁気が流れ込み、そして女の生命エネルギーはコードの束を通ってコンピュータへと溢れてくる。そのエネルギーがここにも伝わってきている。この部屋に、この端末に、このキーボードに、そしてそれに触れるこの自分の……。

不意に背後から信号音が聞こえ、広沢は我に返った。

振り向く。マッキントッシュの画面に、通信が入ったことが表示されていた。

モニタールームには操作端末のコンピュータのほかに、事務用として一台のパソコンが置かれている。広沢はマウスを操作して相手を呼び出した。画面にメアリーアン・ピータースンの顔が映し出される。

「どう？　調子は」

「……ああ、すごいですよ」

広沢は平静さを装い、画面の中のメアリーアンに右手を振ってみせた。その隙に左手で端末コンソールのキーを操作し、メインモニタに映っていた女の姿を、脇のサブモニタへと移動させる。そしてメインの方に脳磁図と脳波を表示させた。

「右海馬のあたりに電流源の集積が見られます。EEGも右前側頭部ですこし棘波が出てきていますしね。いつもより強いですよ。ほら、ここです」

広沢はキーを叩き、等磁界線図をカラーでモニタに呼び出した。赤と青の等高線が、ポリゴンで描かれた人間の横顔の上に描き出される。その境界を、広沢は指でメアリーに示した。パソコンの上部には小型のカメラが設置されている。メアリーアンは研究室で机に向かいながら、その映像を自分のパソコンのモニタで見ているはずだ。

「彼女の様子は？　集中している？」

画面の中でメアリーの顔が動く。スピーカーから流れ出るメアリーの日本語は、多少アクセントに癖があるものの、文法的にはまったく問題がない。ブレインテックへ赴任したばかりのときと比べて格段に上達している。

「……さあ、私のほうからは何ともわかりませんがね」

広沢はサブモニタの小さな画面を体で隠しながら、曖昧（あいまい）な返事を返しておいた。

「終わる頃になったら連絡をして。部屋にいるから」

「わかりました」

広沢は右手を挙げ、ひらひらと指を動かして見せた。そして通信を切った。

椅子を回し、操作端末のモニタに体の向きを戻す。女の姿をもう一度じっくり見ようと思い、メインとサブを切り替えようとして、広沢はＥＥＧに変化が起きていることに気づいた。

画面には女の脳磁図（ＭＥＧ）と脳波（ＥＥＧ）のパターンが並んでいる。ＭＥＧはch１から１２２までの一二二チャンネル、ＥＥＧはFp_2、F_4、C_4など主要な五つの部位を表示させてある。先程まではほとんどが穏やかな線を描き、時折り幾つかの部位で波が立つという程度だった。だが、いまＥＥＧが激しい動きを見せている。孤立性棘波から多発性棘波へと変わり始めているのだ。その波に合わせて、ＭＥＧのパターンもにわかにうねりを増してきていた。広沢は激しい揺れを見せるチャンネルがどれなのかを目で追った。キーを操作し、電流源の集積パターンを３Ｄ－ＭＲＩに重畳させる。

女の頭部の核磁気共鳴画像(MRI)が現れた。そして黄色のマークがその上に幾つも表示される。左に集中しているのが一目でわかった。

右側頭葉だ。

やはり、と広沢は思った。女が本気になったのだ。

再びMEGを表示させる。そのパターンはすでに嵐(あらし)を受けた海面のように乱れていた。強い。これまでの測定など比べものにならないほどだ。広沢は自分の鼓動が速くなるのを感じた。やはり今日は特別な日なのか。この女にとって特別なのか。

不安に駆られ、広沢はサブモニタに顔を向けた。これほどの波形を示すのであれば、女が寝台の上で凄(すさ)まじい発作を起こしているのではないかと思ったのだ。だが、モニタに映し出されている女の姿を見て、広沢は思わず息を呑(の)んだ。

女は微動だにしていない。

先程と同じだった。両足を投げ出し、両手を肘掛けに添えたままだ。広沢はもう一度EEGを確認した。狂ったような波が刻々と表示されていっている。サブモニタに視線を戻す。そのとき、女が動いた。

両手が静かに持ち上がった。指は軽く曲がり、腕にも力が入っているようには見えない。だがゆっくりと女の両手は上がっていった。いつの間にか女の口は微(かす)かに開いていた。形のいい唇が離れ、その奥に濡(ぬ)れた舌が見える。広沢はサブモニタの中の女の動きを見逃すまいと思いつつ、一瞬メインモニタを盗み見てMEGを確認した。両手を挙げることに起因するパターンが発生していた。だがそれはいま起きている発作に比べれば漣でしかなかった。激しい波形によって、画面全体が振動しているようにすら見える。広沢の鼓動が速さを増してきていた。波形に呼応していた。キーに触れる指先がぴりぴりと痛み始めた。驚いて、手を離そうとした。だができなかった。吸いついたように指がキーから離れない。体の内側が震えていた。指先から流れ込んでくる何かが、広沢の体を振動させている。全身の毛が立ち上がるような感覚を覚えた。なんだこれは、そう口に出そうとした。声にならない。声が出てこない。画面から視線を逸らすことができなかった。画面の中で、女は両手を自分の顔へ近づけようとしていた。女の唇が開かれている。大きく息を吐いているようにも、なにか声を漏らしているようにも見える。だがシールドルームにマイクは取り付けられていない。女が声を発しているのかどうか広沢にはわからない。女は両手を頰にあてた。顔を覆う。口だけが見える。女の開かれた口、その奥の舌、そして歯、咽頭。女の胸が緩やかに上下する。女の口がさらに開かれる。広沢は痺れるような衝動を脳幹に感じていた。女のＥＥＧで侵されているようだった。そうだ、いま自分はこの女と一体になっている。ＭＥＧを介して連結されている。広沢は目を閉じ、上を仰いだ。

そして深く息を吸った。

一キロほど下り坂が続いていたが、なんの前触れもなく道は平坦になった。一直線に伸びる道をヘッドライトが照らす。周囲は畑のようだが、何が栽培されているのかまでは暗くて確認できない。ただ一本の舗装道路が定規で引いたように前方へと向かっている。ようやく村に着いたのだと孝岡はわかった。船笠村は、ちょうど三方から迫り出す山の尾根が交差するようにして形成された谷間に位置する。その僅かな平面に、車は入ったのだった。

あと数分もすれば所員用のマンションに到着する。

孝岡はゆっくりと息を吐いた。長い運転で全身の筋肉がこわばっていた。どうも体が思うように動かない。理学部の学生だった頃は徹夜の一日や二日など平気だったものだが、今はもうそんな無理はきかなくなっている。息子がすでにあの頃の自分と同じ年代になっているのだ。マンションに着いたらまずゆっくり風呂に入ろう。そう考えながら孝岡は若干スピードを落とし、車を進めていった。

よく見ると、あちらにひとつ、こちらにひとつと、県道からはずれたところに幾つか明かりが灯っているのがわかる。村の住民の家があるのだろう。閑散とした印象はあるものの、それでも家の明かりが見えるというだけで孝岡は安堵した。ここに着くまで民家の存在しない土地が長く続いていたのだ。

道はわずかに左へとカーブした。前方に黒い影が現れる。林の中に入るようだった。大まかな地図を頭の中に思い起こす。カーブしたあと、記憶では杉林の中に入る。そして五〇〇メートルほど進んで、もう一度カーブし、すぐに林を抜けるのだ。そうすればすぐにマンションが見えるはずだった。

林が近づいてきた。樹々の頂と空の境がわかる。それをぼんやりと視界の隅で捕らえていた孝岡は、林の向こうの空がうっすらと白んでいることに気づいた。

雲が晴れたのだろうかと思い、身を屈めて空を見上げる。だが星は見えなかった。視線を戻すと同時に車は林の中に入った。

枝の擦れる音が聞こえてくる。ラジオを消してから、車の走行音以外の音を意識したのはこれがはじめてだった。そういえば、と孝岡は耳を澄ました。タイヤの立てる音が微妙に変化している。山を越える前よりも、格段に滑らかになっているのだ。村に入ってから舗装が良くなっている。アスファルトを敷き直したのだろうか。だが、それにしても、こんな山奥には上等すぎるほどの道路ではないか。

右へカーブする。林を抜けた。

前方にふたつの巨大な光が出現し、孝岡は目を細めた。


女の体からは霊気が湧き上がっているようだった。

測定を終え、広沢は女を寝台から起こした。女に意識はなかった。視点は定まらず、瞼は半分閉じかけている。介助を受ければなんとか立ち上がることはできるが、何をされているのか認識していない。立たせておいてから、広沢は数秒間手を離してみた。ゆらり、ゆらりと上体が揺れる。倒れることはないが、自ら歩いたりすることもない。広沢は女の腰を両腕で支え、ゆっくりと扉へ連れていった。

女は広沢の歩調にあわせ、夢遊病者のように足を進める。白い和服を通して、広沢の手に何かが流れ込んできていた。これまでも、測定のあとで女に触れるときはこうした感覚に襲われることがあった。だが今日は強い。はっきりと感じる。それは例えば、浸潤液を構成する分子が皮膚の内部で振動し、それが細胞の隙間を縫って伝わってくるような、そんな熱いとも冷たいともつかない波だった。いや、もしかしたら光なのかもしれないが、広沢にはよくわからなかった。だが確実にいま、それは自分の体へと放射されている。何かが注ぎ込まれている。モニタの前で感じたあの一体感ほどではないにしても、こうして女に触れているだけで広沢は目眩を起こしそうなほどの恍惚感を覚えていた。

　女の横顔を見る。美しかった。肌が一層白さを増している。内側から光を放っている。女の頬や唇に、くすみはまったく見当たらなかった。肌は滑らかで、形のいい骨格をしとやかに覆っている。睫が上向いて、その先からは微細な粒子が放出されているかに見える。紅をひいた唇は僅かに開いていた。白い前歯が覗く。その奥で桃色の舌が濡れている。測定を始める前とは明らかに違っていた。

　シールドルームには手前と奥の二カ所に扉がある。広沢は女を奥の扉へと歩かせた。制御解析室とつながっている手前の扉から外へ出すわけにはいかない。初めての測定のとき、うっかりコンピュータに触らせてしまい、システムが凍結してしまうという事故が発生したのだ。それ以後、測定を終えた直後は女を機器に接触させないよう充分に注意を払うようにしていた。

　扉を開ける。女はなかなか思う方向に足を進めてはくれなかった。何度か行きつ戻りつさせ、部屋の外へ出す。

「ごくろうさま」

そう声をかけられる。

見ると、白衣姿のメアリーアンが立っていた。その後ろにはふたりの女が控えている。女をここまで連れてきた付き添いだった。やはり同じような白い和服を着ている。ずっとここで待っていたのだろう。

メアリーは笑顔をつくって、女に話しかけた。

「今日はこれで終わりよ。疲れたでしょう」

女は答えない。聞こえていないのだ。ただふらふらと不安定に上体を揺らしている。女の心がここにないことを承知でメアリーは声をかけたのだ。広沢にはそれが意味ある行為だとは思えなかったが、メアリーにはそれなりの考えがあるのだろう。

「あの、もう、よろしいでしょうか」

後ろの女が尋ねた。せっぱ詰まっているような口調だった。一時間近く、ずっとその言葉を口元で堪えていたのではないかと広沢は思った。

メアリーはそれに笑顔で応え、女の手を取った。

それはなにげない行為だった。女はこれから湖に行かなくてはならない。付き添いの者たちが連れてゆくのだ。そしていつもの儀式をおこなう。それはわかっていた。だからメアリーは女を引き寄せようとした。引き寄せて彼女たちに渡そうとした。当然の行為だった。女はそれにつられて一歩前へ踏み出した。

だが、広沢はそのことに気づかなかった。女が前に出るということは、広沢の手から離れるということだ。それに気づかなかった。女が足を踏み出す。静かに体を傾ける。髪が揺れる。そして女の着物が、広沢の腕の中から抜け出る。

その瞬間、広沢は心の中で悲鳴を上げた。行ってしまう。自分から離れてしまう。抵抗したかった。だができなかった。女の波動が途切れた。指の向こうにはもはやただの空間しか存在しない。広沢の体の中では、女から注がれたものが行き場を失い戸惑ったように渦を巻いていた。背中が痺れるように疼いた。

女はメアリーのほうへと凭れてゆく。それをなすすべもなく見ていた。メアリーは女の手をとったままだ。広沢は強烈な嫉妬を感じた。自分に注がれたものがメアリーに奪われるような気がした。モニタに映し出された黄色いマークを思い出しながら、広沢は全身を震わせた。取り戻したい、女を取り戻したい。股間が硬くなっていた。体の疼きを抑えられなかった。

「……さあ、行ってらっしゃい」

メアリーは何でもないような口調でそういい、ふたりの付き添いを促した。

女が連れられてゆく。その後ろ姿を広沢は見つめていた。離れる。女が離れる。

不意に、頭の中で「ソレノイド」の姿が明滅した。広沢は思わず快哉を叫びそうになった。そうだ。思い出した。それがあったではないか。ソレノイド。ソレノイド。今夜は誰かソレノイドを使っているだろうか？　おそらく空いているはずだ。一刻もはやくそこへ駆けて行きたかった。ソレノイドを使うのだ。もう随分と使っていない。あの感覚を味わっていない。そうだ、この半端な疼きを増幅させ消化できるのはソレノイド以外にない。

「生データでいいから、今日中に見せてくれる？」

メアリーが指示してきた。だが広沢は小さく頷いただけで返事をごまかし、その場を離れた。

孝岡は眩しさを堪えながら前方を窺った。ふたつの強い白光は、地上から十数メートル浮かんだところで停止している。すぐにその正体がわかった。

照明灯だ。道を挟んで二本の柱が立ち、それぞれの上端には四つずつライトが設置されているのだ。孝岡は車を脇に停車させ、そして前方を見つめた。

ライトの手前には大きな駐車場が広がっていた。道路を中心にして両翼に設置されている。まだぽつぽつと車が残っていた。漆黒のアスファルトは照明を浴びて濡れたように光っており、その質感はここへ来るまで見慣れた田畑の染み込むような闇とはまったく異なって見える。

目が明るさに慣れてくるにつれ、ライトの向こうに聳える巨大な影がゆっくりと浮かび上がってきた。ライトの柱よりも高く、そして左右に大きく伸び、奥まで続いている。その敷地面積は一度に視野に収まりきらない。孝岡は目を凝らした。滲むようにしてシルエットが出現しつつあった。林ではない、山でもない。次の瞬間、大きな影は明確な輪郭をもって焦点を結んだ。

——ブレインテック。

それは孝岡の眼前に伸びる車道を軸にして、ほとんど対称のシークエンスを取って左右に存在していた。幾つかの棟に分散しているが、全体的にはひとつのデザインといってよいほどバランスが取れている。最も手前に位置する左右二つの研究棟はそれぞれ五階建てで、照明灯の柱がちょうどその外壁に寄り添っているように見えた。

淡い灰白色で統一されたその壁に、雨や埃(ほこり)による汚れは認められない。ふと孝岡は巨大な顔を思い浮かべた。照明灯の位置が、ちょうど建物を頭部に見立てると眼球の納まる場所だったのだ。

その二棟の建物の向こうには、さらにそれぞれふたつの施設が見えた。左右各三棟の建物が道沿いに並んでいることになる。ほかにも施設が建っているのかもしれないが、いま孝岡のいる位置からは確認することができない。中央の二棟は前方に見えるものよりも巨大だった。おそらく七階か八階建てだろう。そしてその三階あたりの部分には、道を跨(また)ぐ形で連絡通路が架けられている。後方の二棟は中央のものに比べるとやや小振りだった。これもやはり架橋によって繋(つな)がれている。

中央を裁断する車道は、施設の山脈の間にできた谷間のようであった。道の両脇には等間隔で照明が並んでいる。施設を貫通する部分だけライトアップされているのだ。駐車場の照明のようにこちらを向いているわけではないので俄(にわか)に意識できなかったが、それでもかなりの明るさだった。道に面する施設の壁をも照らし出している。その先は施設全体を夜の村から浮かび上がらせていた。左右ふたつに分割された施設群は、その中心で内側から光を放ち、ビルとビルの隙間から溢(あふ)れる光線は筋となって四方に放射され、サーチライトのように周囲に向かって伸びている。左右を連絡する通路はその発光を遮り、それが原因となって暗い夜空に幾何学的な模様を描かせている。

こちらを見据える駐車場の双眸、そして中心を走る直線から広がる白光。それは、先月ここへ来たときに見たものとはまったく違っていた。陽の光の下で見たブレインテックの研究施設群は、落ち着いた外装と現代的なシルエットが田畑の中央に孤立する、どこかアンバランスな印象の建造物だった。壁を構成するタイル、反射する窓を整列させる直線、完璧なカーブ、それらは都心に存在するのであれば決して目を惹くものではない。むしろ穏やかで自己主張を控えた、研究施設として必要充分なシルエットであるといえた。しかし、それがあたりに広がる林や田畑と同一視野におさまることによって、どうしても居心地の悪さを感じさせる。だからあのときは周囲から浮き立って見えた。

いまは違う。

いまはこの建物しか見えない。畑も、山も、空も闇に隠れている。この施設だけが存在している。

孝岡はハンドルを握ったまま、その全景を見つめ続けた。

靄が出てきていた。車のヘッドライトの放つ光に型を抜かれて、微細な粒子が浮遊するのが見える。それはすでに施設全体を覆いつつあった。駐車場のアスファルトの上を這い、直線となって伸びる道路を伝ってこちらへと進んでくる。風が流れていた。それと共に靄が動いていた。建物の陰で渦を巻き、そして壁づたいに立ちのぼり、照明灯にからめとられるようにして降りてくる。一部は薄く上空へと拡散してゆく。建物を描き出す光線が揺らめく。施設それ自体がゆっくりと動いているようでもあった。暗がりの中でブレインテックが自ら光を放っている、内側から何か生命力のようなものを放出させている……、突然孝岡の頭の中に、そんな途方もない空想が浮かんだ。駐車場のふたつのライトがじっとこちらを見据えている、ブレインテックの施設全体がひとつの巨大な頭脳と化し、息を殺してこちらを窺っている、いまにもこちらへ向かってくる……。

孝岡は頭を振った。長時間の運転で疲れているのだろう。はやくマンションの部屋に行く必要がある。

右の方向に視線を向けた。すぐ前方に黒い影が建っている。これから住むことになるマンションだった。五階建てのものが二棟連なっている。駐車場のライトが届かず、近くにあるのに却って死角になって見えなかったのだ。

車を前方へと徐行させる。とりあえず目の前にある駐車場へ入れようと思った。どこへ車を停めればいいのか聞いていなかったが、おそらく施設の駐車場と兼用になっているのだろう。マンション専用の空地は見当たらなかった。

入口が近づき、右側の駐車場へとハンドルを回したとき、

視界の隅で何かが動いた。

孝岡はブレーキを踏んだ。フロントガラスの向こうに目を凝らす。だが不審なものは見当たらない。靄だろうかと思ったが、すぐにそうではないと考え直した。靄。何か実体を持ったものが

動いたような気がする。もっと横のほうだったかと視線を右の後方に向けたとき、その姿がはっきりと目に入った。

老婆だった。

身長一五〇センチにも満たない、黒ずんだ肌の老婆だった。白と黒の入り交じった髪はだらしなくほつれ、窪んだ目と口は皺の中に埋もれている。手の甲には生気を失った血管が浮き上がっていた。その手で杖をつき、折れそうなほど腰を屈め、よろよろと歩を進めている。老婆は白い和服を着ていた。とても純白とはいえない、裾は黒ずみ、袖のあたりにも汚れがあった。着古されて型も崩れている。だがそれでもその着物は照明を受けて蛍のように発光していた。老婆は施設の方へと歩いていた。孝岡の車に気づいてもいない。ただ憑かれたように前進している。

ぞくり、と一瞬冷気を感じた。

老婆の姿はあまりにも異質であった。その姿はあまりに小さく、あまりに弱く、まるで地面から湧き出した靄が固まって形を成したかのように思えた。なぜこんなところに老婆がいるのだろう。なぜひとりで、しかも白い着物姿で？

唐突に、フロントガラスの前を白い影が通り過ぎた。今度は声を上げてしまった。左足がブレーキペダルから滑り落ちる。慌ててギアをニュートラルに入れ、サイドブレーキを引いた。動いていったもののほうに目を向ける。男だった。五〇代と思われる男が、やはり白い和服を着て、老婆と同じように揺れるような足取りで駐車場を横切ってゆく。

男は老婆と合流し、並んでゆっくりと歩いていった。舗装された道の上を、口を開くこともなくただ歩いてゆく。靄の流れがふたりによって乱され小さな波を描く。やがて男と老婆はブレインテックの一番手前の建物まで到着した。だがそれでも止まる気配を見せない。さらに進んでゆく。ゆっくりとゆっくりと進んでゆく。複数の照明に照らされ、放射状に影を落としながら、音も立てずに歩き続ける。手前の研究棟を過ぎ、さらに中央の建物も通り過ぎる。孝岡は息苦しさを覚えながらも、ふたりから視線を逸らすことができなかった。異様な光景だった。ライトを浴びて蠢く靄、その中を蜉蝣のようにゆらゆらと進む男と老婆。孝岡は右のこめかみのあたりになにかちりちりとする刺激を感じた。初めて感じる痛みだった。なんなのだ？　これは一体なんなのだ？

一番奥の施設の向こうで、ふたりは左に折れた。

姿が見えなくなったと同時に、孝岡は行動を開始していた。ギアをバックに切り替え、アクセルを踏む。サイドレバーを倒す。勢いよく車は後退した。止まるのを待たずにギアを変える。アクセルを思い切って踏み込む。車は唸りを上げて道を直進した。ふたりを見失ってはならない、なぜかそんな思いに駆られていた。

施設の中央を突っ切る。照明のアーケードを一気に走り抜け、施設の端まで来ると脇に寄せて車を止めた。左手を見渡す。

ふたりがいた。

奥へと細い道が続いていた。舗装されてはいない。砂利が敷き詰められた通路だった。施設の横を通り、そして奥の林へと道は消えていた。ふたりはその道を進み、林の中へ入ろうとしている。

がたん、と音が聞こえた。

孝岡はふたりから目を離し、音のする方向を探った。ブレインテックの建物だった。裏口のようなドアから光が漏れている。その扉が開いたのだ。

中から人が出てくるのがわかった。ふたりの女性。やはり白い着物をきている。だがその場を離れようとはしない。誰かが出てくるのを待っているようだ。孝岡はちらりと横目で男と老婆の行方を追った。すでにふたりは林へと姿を消している。

視線を扉に戻した。その瞬間、ひとりの女性が姿を現した。

メアリーアン・ピータースンは研究室の窓から、女が付き添いとともに湖へと歩いてゆくのを眺めていた。彼女たちの行く手には林が茂っている。風に煽られ僅かに枝葉が揺らいでいる。三階の角に位置するメアリーの部屋からは見ることができなかったが、木々の向こうでは湖が半透明な水をたたえているはずだ。すでに湖の縁には村人たちのほとんどが集まっているだろう。彼女が来るのを待ち構えているのに違いなかった。いま、彼女はそこへ向かおうとしている。湖へ行き、村人たちに自分の力を分け与えようとしている。

メアリーは何度かその儀式に立ち会ったことがあった。月に一度、深夜の湖畔で執りおこなわれるその祭祀は、身を切られるほどの静寂の中で進められる。歌も踊りもない。祈りの声すら存在しない。およそマツリという概念からかけ離れている。だがこの村では、そうして二〇〇年以上も「お光様」を迎え続けてきた。いいかえれば、それほどの昔から彼女の一族が能力を発揮していたということになる。

メアリーは右のこめかみにそっと指をあてた。そしてその指先の向こうに存在する複雑な塊のことを想った。

灰白質の物体。一三五〇グラムの柔らかな組織。全身のエネルギーの、実に二〇%はここで消費される。生体に残された最大のブラックボックス。

窓の下では、彼女がゆっくりと歩いていた。湖へ向かっている。その姿は両脇のふたりとは比べものにならないほど白く輝いて見える。毎月、この日の彼女は内から何かを発している。それが何なのか、メアリーは知らない。メアリーのわかることといえば、彼女の頭蓋の中で起こっている変化だけだ。この半年でかなりの量のデータを収集することができた。ようやく彼女の能力の実体がデータとして現れつつある。のちに広沢が持ってくるだろうが、今夜も基本的にはメアリーの予想している部位に活性が認められたはずだ。

無意識のうちにメアリーは指先に力を込めていた。頭蓋骨の硬い感触が伝わってくる。この、こめかみの向こうに、我々人類が求めているものがある。指先とその部分との距離はほんの数センチだ。だがそこを探るために、ヒトは永い年月を消費してきた。

自分の研究は少しでもその場所へ近づいているだろうか？——そうであってほしい、とメアリーは思った。もう少しできっと触れることができる。皮質の襞の奥に分け入り、そこに存在するものを理解できるようになる。

一瞬、ちりちりっと音がして、指先とこめかみの間に電気が流れたような気がした。インパルスが伝わったような気がした。

メアリーは窓辺に立ち、彼女たちが林の中に消えるのをじっと窺い続けた。

広沢はタンクの蓋を内側から閉め、暗闇の中に横たわった。溶液の波打つ音がタンクの中で反響する。風呂の中で浮かぶような感じで、広沢は全身の力を抜いた。三六・五℃に温度がセットされた液体は糖で密度調整されている。広沢の肉体はゆらゆらと波に揺れた。後頭部はジェルピローで支えられているが、そのピローもすぐにサーモセンサの働きによって温められ、自分の皮膚に接触していることがわからなくなる。波が落ち着くにつれ、広沢の体性感覚を刺激するものは失せていった。ちゃぽん、とどこかで水滴の落ちたのを最後に、タンクの中は完全に無の世界になった。

広沢は全裸であった。目を閉じ、溶液の中で浮いたまま、機械が作動するのを待った。股間のものはいまだに膨張しており、液面を貫き上方に向いている。心臓の鼓動も通常に比べれば速い。広沢は若干焦った。緊張がほぐれていない場合、ソレノイドの効果が激減するのだ。何とかして心を鎮めようと深呼吸を繰り返した。もう少しでオートプログラムがソレノイドに指示を与えるはずだ。ソレノイド。いまの広沢には感知することはできないが、それは自分の両耳の上にしっかりと位置している。広沢はあの女の白い手のひらを思い浮かべた。自分の頭が女によって優しく包まれている様を想像し、心の中で恍惚(こうこつ)の吐息をつく。

暗黒。

そして、ふと気がつくと、闇の向こうで白い光が灯(とも)っていた。

始まったのだ。

広沢は目を閉じたまま、深呼吸を続けた。邪念を払い、その光点がこちらへ漂ってくるのを待つ。光は僅かに左右に揺れながら、ゆっくりと、ゆっくりと降りてくる。何も聞こえない。何も感じない。ただひとつの光だけが漂っている。淡い白色であった。滲(にじ)むような灯だ。

それが、ふたつに分かれた。

網膜の裏に出現したその光はひとつからふたつへ、そして三つへと次第に分裂し、暗闇の中で静かに飛び回った。その動きは蛍のようであった。ふと気づくとその色は青や紫、赤や黄色へと変化している。三つから四つ、五つ、六つ。蛍が群れとなって泳いでいる。その光は明滅を始める。はじめのうちはリズムがばらばらだったが、やがて本物の蛍の群れのように同調(シンクロナイズ)し始める。

蛍はそれぞれの個を認識することができないほどの大群になっていた。闇の中を流れる虹(にじ)。その漣(さざなみ)がゆっくりと呼吸している。やがてその波が回転し始めた。光はうねりとなり、遥(はる)か遠くへと吸い込まれてゆく。広沢は自分の体の温度が光の律動と共に上がったり下がったりしているのを感じた。すでに自分が呼吸をしているのかどうかもよくわからない。音楽が聞こえてくる。クラシックのシンフォニーのようだが、よくわからない。しかし周期的に打ち鳴らされるシンバルの音だけはよく聞こえる。その炸裂(さくれつ)に従って光は速度を変え、渦を巻きながら遠く前方の一点へと収束してゆく。

　シンフォニーはさらに重なり合い荘厳な和音を響かせながら次第に混沌(こんとん)とした爆発音へと変換していった。どおん、どおんという律動に応(こた)え渦が鮮やかに色彩を紡いでゆく。渦は速度を増しながら小さく、小さくなってゆく。そして緩やかにその収束点から光が広がってくる。針の穴のようだった。それはじわじわと大きく膨らんでくる。光が近づいてきているのだ。いや、そうではない、自分が光に近づいている。自分が渦の中心へ引き込まれようとしている。広沢は体の芯(しん)から湧き起こってくるエクスタシーを感じた。光はさらに広がってくる。近づいてくる。しかし眩(まぶ)しくはなかった。熱も感じない。通常の物理世界に存在する光ではないのだ。それは波動や粒子などといった実在を超越した、巨大なヴィジョンであった。自分の意識がその白光に満たされてくるのを感じた。それは性的な興奮を遥かに超えた意識の変容状態(オルタード・ステーツ・オブ・コンシャスネス)であった。同時に自らの中心がぐるぐると右回りに回転し始めているのに気づいた。渦の中に入ったのだ。回転は加速してゆく。すでに光はすぐ目の前まで迫ってきている。ぐんぐん迫ってきている。

　広沢は飛翔(ひしょう)した。

　光の中へ。

　女が介添えを受けながら歩いてゆくのを、孝岡は運転席で見つめていた。錯覚ではないかと目を瞬（しばた）いたがそうではなかった。女の全身が白く灯っている。確かに光を放っている。白い和服を透かして肌が見えてしまうのではないかとすら思った。先に見た老婆や男、そして脇のふたりの女とは明らかに違っていた。まだ二〇代半ばだろう、すらりと伸びた背に真っ直ぐな黒髪がかかっている。一瞬、この女性をどこかで見たことがある気がして、孝岡は目を凝らした。顔が見えない。横を向いたときがあったが、女は俯（うつむ）いたままで、前髪が垂れて表情は隠れたままだった。

　女は時としてぐらりと上体を揺らし、ともすればバランスを崩しそうになる。だが無意識のうちに体勢を立て直すのか、決して倒れることはなかった。薬でも飲まされているのだろうかと孝岡は思った。女が半分意識を失っているということは遠目にもわかる。立ったまま自失しているのを、介添えの女たちが辛抱強く前へ進ませているようだった。老婆と男が姿を消した林の奥へと導いてゆく。目の前の光景を孝岡は理解することができなかった。片頭痛が消えない。老婆と男を見つけてから感じ始めた疼（うず）きが強くなってきている。

　不意に、別の気配を感じ、孝岡は顔を上げた。施設の中に人の気配を感じたのだ。駐車場の位置から見ることはできなかったが、そこには車道寄りの施設の背後に隠れる形で別棟が建っていた。ほとんどの部屋は無人らしく電気が消えている。だが三階の角にあたる部屋だけが電灯を灯し、そしてその窓際に誰かが立っているのが見えた。ブラインドに隠れ、はっきりとその姿を確認することはできない。だがわずかに淡い色の髪が見えたような気がした。外国から来た研究者なのか。

そのとき、車が揺れた。波打つようにぐらり、ぐらりと左右に振れる。反射的に孝岡は身を起こし、両手でハンドルを抱え体を支えた。林の梢（こずえ）が一斉に擦れ合う。地震だと心の内で叫んだ瞬間、突然視野が明るくなった。目の前に出現した光景に孝岡は目を瞠（みは）った。

地面から無数の光の玉が湧（わ）き出てきたのだ。小さな青白い発光球がゆらゆらと揺れる。蛍ではなかった。明滅することもなく、枝に停まることもない。ただ仄（ほの）かに灯り浮かんでいる。そしてそれを合図にしたかのように、あたりが一気に輝きを増した。全てが青白い光に照らし出された。林の枝が、地面が、施設の外壁が、潮の寄せるような音とともにその姿を現してゆく。一面に光の粒子が散乱していた。だが眩しくはなかった。透き通るような明るさだった。孝岡は目を細めることもなくその変化に見入っていた。光の粒は動いていた。静かに、しっとりと降下してくる。空から降ってきているのだ。降ってくる、光の粒子が降ってくる、それを浴びて周囲が光っている、孝岡は視線を上へ向けた。だが車の屋根が邪魔になって見えない。光源はもっと上空だった。パワーウィンドウのボタンを押す、指に力を込める、ボタンを押し続ける、モーター音を立てて窓が下りる、そして身を乗り出して天を仰ぐ、いつの間にか雲が晴れている。

——満月。

2

九月二日（月）

翌朝、孝岡は鳥の啼き声で目を覚ました。

ベッドから出てひとつ咳をする。昨夜取り付けたカーテンの隙間から光が射し込んでいる。裸足でスリッパをつっかけ、部屋を出てフローリングの廊下を進み、リビングへと向かう。

幾つもの段ボール箱が無造作に積み重なっている。運送会社に頼んで昨日のうちに運び込んでもらっていた荷物だ。舞い上がった埃がまだ落ち着いていないのか、部屋全体は窓からの細い光線を受けて紗がかかって見える。

梱包を解いたものといえば、ベッドの他には冷蔵庫とテレビ、電話機、それにノートパソコンくらいのものだった。部屋の隅には空き箱やガムテープの屑が散乱している。雑貨の入った箱は幾つか封を切ったが片づける時間がなくてそのままになっていた。一二箱にもなる専門書や論文の類いには手をつけることさえしていないが、こちらはこのまま研究室へ持っていって整理したほうが早いかもしれない。本を整理すればかなり広々とするだろう。ブレインテックに勤務する者のほとんどはこのマンションに住んでいるらしい。賃貸料は信じられないほど安価だった。

カーテンを開ける。陽射しが一気に室内を満たした。

サッシを開けてベランダに出る。青白色の涼やかな空が広がっていた。マンションの五階ということもあり周囲が見渡せる。山の尾根が意外なほど近くまで迫っていた。斜面の大部分には杉が植えられていたが、左手に見える一角だけは広葉樹林が密集している。ところどころで曲がりくねった坂道が見え隠れしていた。全体を眺めてみると、ぽつりぽつりという感じで家屋や倉庫が建っており、家々の間を定規で引いたような道が連絡している。それ以外に細い畦道が畑の中をはしり、幾何学模様を描いていた。ここから見る限り、昨夜通ってきた県道を除いて舗装道路は存在しなかった。おそらく車で走ると村の端から端まで一〇分もかからないだろう。人口は三〇〇人もいるだろうか。孝岡はデッキに手をつき大きく息を吸った。朝靄を含んだ冷たい空気が体に浸透してくる。昨夜見た奇妙な光景が嘘のような、清々しい一日の始まりだ。

リビングの中に戻る。屑の山を跨いでバスルームへ向かった。シャワーを浴びた後、洗面台の前で髭を剃る。そしてリビングへ戻り、衣類の入った箱のひとつを開けてシャツとスーツを取り出した。着替えを済ませる。

ポットで湯を沸かし、昨夜ここへくる途中で買っておいたカップラーメンで朝食を済ませる。冷蔵庫から缶コーヒーを出しタブを引く。飲みながら電話機を横目で見た。ここの電話番号を裕一にまだ教えていないことに気づいた。電話をしてみようかと一瞬思ったが、受話器の向こうから不機嫌な声が返ってくるのを想像してしまい、今夜でもいいだろうと自分を納得させ、電話機から目を逸らした。時計を見ると、まだ時間があった。テレビを点け、リモコンでチャンネルを切り替えてみる。NHKのほかには一局しか入らなかった。電波が届かないのだ。さすがに最新設備のマンションとはいえ、電波障害までは解決できないらしい。NHKを横目で眺めながらネクタイを締め、そして八時一五分に部屋を出た。

エレベーターに乗り、B1階のボタンを押す。緩やかな音を立てて箱が動き出す。マンションとブレインテックの幾つかの研究棟は地下道で繋がっている。もちろん一階の玄関ロビーから出て県道沿いに歩いて行くこともできるが、せっかく地下道があるのだからそちらを利用しようと思ったのだ。マンションの地下に行くのはこれが初めてだった。

三階に着いたところでエレベーターが一旦停まり、スーツ姿の白人女性が入ってきた。ドアが閉まり、エレベーターが下降を再開する。

「Hi」わずかな沈黙の後、女性が声をかけてきた。「はじめまして。こちらの施設に？」

達者な日本語だった。英語と日本語のどちらで答えればよいのか咄嗟に判断がつかず、とりあえず英語でそうだと伝えた。

三〇代後半だろうか、服装やメイクも落ち着いた雰囲気の女性だった。髪は栗色で穏やかにウェイヴし肩にかかっている。日本人女性に比べれば大柄だが、さほど背の高くない孝岡にも威圧感を与えない。瞳の色は薄い茶色であった。

エレベーターが止まる。着いたところはかなりの大きさのロビーだった。女性に促されてエレベーターを降りる。

「いつからここへお勤め？」

「今日からです」

孝岡は日本語で答えることにした。わざわざ英語で応対する必要はなさそうだ。「昨日の夜、このマンションに着いたばかりですよ」

「あら、それだとIDカードは？」

「IDカード？」

「受け取っていないのね」

女性はスーツの内ポケットから緑色の磁気カードを取り出し、にっこりと笑った。「施設までわたしと一緒に行きましょう」

女性は孝岡を左手の通路へと促した。前方にはラフな格好の男が三人、並んで歩いているのが見える。やはりブレインテックの所員なのだろう。孝岡たちもその方向に歩を進めた。

「この時間にここを通る人は少ないわね。大抵みんなはもっと早く施設のほうに入ってしまうから。施設のカフェテリアで朝食を摂るのよ。わたしもいつもはそうなんだけれど、今日は用事があって食べられなかったの。だからこんな時間にここを歩いているわけ。カフェは七時からオープンしているの。なかなかメニューが揃っていて美味しいわよ。まあ、こんなところでカフェテリアでもないと飢え死にしてしまうものね。味がいいのは本当にラッキーだわ」

孝岡は笑った。確かにその通りだ。食べ物がないからといってコンビニエンスストアへ走ることもできない。

「ここへ来るまでは何の研究を？」

「グルタミン酸レセプターですね。昨年NMDA型の新規のものをクローニングしたんですが……」

「ああ、それじゃあ、神経伝達物質のグループに新しい主任が入るというのはあなた？」

「そうです。知っていたんですか」

「ええ、噂(うわさ)はね。期待されているわ」

そんなことを話しているうちに、孝岡たちは第一研究棟の扉の前まで到着していた。扉には馬蹄(ばてい)形に似たシンボルらしきものが描かれていた。ギリシア文字のΩ(オメガ)だ。

女性が先程のカードをリーダーに通した。扉が横滑りに開く。女性は壁に設置されているマイクロホンに向かっていった。

「この人、今日からここの職員です。まだカードがないのでわたしと一緒に入ります」

孝岡は少し驚いた。つくばの施設に慣れてしまったためか、ここのセキュリティシステムがかなり厳重に思えた。

「さあ、どうぞ」

孝岡は女性に背を押されながら中に入った。そこは絨毯(じゅうたん)を敷いた小さなフロアだった。エレベーターが四台設置されている。

「まずはどこへ行くことになっているの？」

「北川所長に会う約束をしているんだが」

「それなら二階の所長室ね。さあ、乗って」

孝岡はいわれるままに女性とエレベーターに乗り込んだ。ドアが閉まり、箱が動き出す。

「出たらすぐに左に向かって。そうしたらすぐにわかるから。わたしはあのマンションの三階に住んでいるの。またすぐに会えると嬉(うれ)しいわね」

「ありがとう、助かりました」

礼を述べると同時にエレベーターが停まった。孝岡は外に出て、もういちど女性に会釈をした。女性は微笑みを浮かべていった。

「わたしはメアリー。今度一緒にカフェで朝食を食べましょう」

「ええ」

笑みを返した。女性の微笑みはそのまま扉の向こうに消えた。

孝岡は指示されたとおりに通路を左へ進んだ。確かに、僅かに歩いただけで所長室のプレートの前に到着した。

ノックをするとドアの施錠が外れる音がした。電動ロック式になっているらしい。ふと見ると、ドアの脇にカードリーダーが設置されている。IDカードを所持していないものは内側から開錠してもらわなければ入ることができないようだ。どうぞ、と女性の声がする。孝岡は中に入った。

そこは二〇平米ほどの小さなオフィスだった。ロングヘアの女性がひとり、マッキントッシュの前に座っている。たしか冨樫玲子という名の所長秘書だ。今回の赴任に際し、何度か会って打ち合わせをしたことがある。

冨樫はこちらの顔を確認すると、マッキントッシュのモニタに向かって「お見えになりました」と告げ、そして無表情に部屋の奥の扉を指さした。重量感に溢れる木製の扉だ。

歩み寄ってノブに手をかけようとした瞬間、

「入りなさい」

低い声が奥から聞こえた。そしてノブのあたりから開錠の音が響いた。

まるで観察されているようなタイミングだ。僅かに躊躇したが、孝岡は言葉に従ってノブを握り、扉を押した。

突然。

あまりにも突然に、キリストの顔が視野に飛び込んできた。それが何なのかすぐに判断できなかった。だが扉が開くにつれ視野が広がり、その全貌が見えるようになった。

——巨大な絵画だった。扉に対面するような形で、一枚の絵が奥の壁に広がっている。壁の一面をまるまる占領するほどの大きさだった。その迫力に孝岡は圧倒された。室内に踏み込むことも忘れてその絵に見入った。

それは上と下で構図が分断されていた。上部には丘の頂が描かれており、そこにはキリストと五人の男がいた。キリストは白い衣を纏い、両手を広げ、空へ浮かび上がろうとしている。その姿は輝き、空に浮かぶ雲を照らし、大いなる力を全身から迸らせているかのようにも見える。キリストの両脇には書物らしきものを抱えた男がふたり、やはり宙に浮かび、ともに空へ飛び立とうとしている。そしてキリストの足元では三人の男が丘の上に這いつくばっている。苦しいのか、あるいはキリストの放つ光が眩しいのか、手で顔を覆っている。丘の向こうには小さく村落が見える。

だが不可解なのは、下部の構図に相当する、丘の下に描かれた群衆だった。空へ飛翔しようとしているキリストを指し示すものもいる。だがほとんどの男女は驚きと恐れの表情を浮かべながら、画面の右手に描かれたひとりの少年を指しているのだ。少年は虚ろに口を開け、白い目を剝き、片手は頭上に挙げ、もう一方の手は下ろし、腰をねじ曲げ、全身を硬直させている。引き攣るような筋肉の筋さえ見て取れる。少年は周りの大人たちに支えられてようやく立っているような状態だった。

画面の上半分には昇天するキリスト、そして下半分には戸惑う群衆と奇妙な少年。そのバランスが何ともちぐはぐだった。描かれている人々はどれも正確なデッサンのもとで生命を吹き込まれているのに対し、全体の構図が明らかに落ち着きを欠いている。作者が何を表現しようとしたのか孝岡には容易に測りかねた。聖書の一節か何かに材を採った絵画なのだろうということしか想像できない。

だが、それを差し引いても空へ飛び立とうとするキリストの姿には強く迫ってくるものがあった。孝岡はじっとキリストの顔を見つめた。それは通常描かれているキリスト像よりも幾分ふくよかで、力に満ち溢れている。視線を上に向け、口元を結び、何かを決意しているかのようでもある。長い髪は風になびき、遥か天へ昇る強さを示している。

「この絵に興味があるのかね」

声がして、孝岡は我に返った。キリストの絵ばかりに視線をとられて気づかなかったが、部屋の奥には大きなデスクが据えられており、そこにひとりの男が座っていた。

「孝岡君だね。入りなさい」

男は座ったままいった。

ブレインテックは昨年四月に竣工したばかりの最新脳科学総合研究所である。現在五二〇名のスタッフが業務に携わっている。

孝岡が初めてブレインテックの名前を目にしたのは四年ほど前のことであった。そのときの新聞には大きく「脳科学の新世紀到来」と謳われ、脳科学が時代のキーワードとして脚光を浴びるようになってきたことを強く印象づけていた。

七〇年代後半から八〇年代にかけて、癌の解析が飛躍的に進んだ。DNAやRNAを取り扱う遺伝子工学の技術が急速に進歩したためである。目的の遺伝子を捜し出し、その塩基配列を決定し、さらにはその一部を人為的に変異させて作用の相違を観察する。このような一連の操作を簡便におこなうことができるようになってきたのだ。

癌は細胞の増殖に関与する遺伝子やその制御シグナルが異常をきたすことによって引き起こされる。癌遺伝子は世界中で争うようにしてクローニングされ、その働きが調べられた。その結果、癌関連遺伝子が非常に多岐にわたること、そして細胞の増殖機構に深く関係していることがわかってきた。細胞内のシグナルネットワークがようやくその姿を見せ始めたのである。

一方、脳の研究は、癌や免疫のそれに比べれば遅々としていた。あまりにも難解で、どこから手をつければいいのか研究者自身もわからなかったのである。

脳がどのような役割を担う器官であるのかという問いはすでに古代ギリシアの時代から提出

されていたが、近年まで明確な回答を与えることができる者はいなかった。精神活動と脳を結びつけて考えるようになったのはほとんど一九世紀からといってよい。フランスの外科医であるマルク・ダックスが戦争による負傷兵を観察し、失語症に罹ったもの全てが左側の頭部に傷を受けていたことを一八三六年に発表する。言語機能が脳の左側と関係することを示したのである。さらにフランツ・ジョゼフ・ガルというオーストリアの解剖学者が骨相学という学問をつくりあげる。ガルは様々な精神活動の根拠を頭部の局所に求めた。そして頭蓋骨の形、つまり頭の出っ張りや引っ込み具合を見ることによって、その者の能力や性格を判断しようとしたのである。この学問は明らかな誤りであり、当然のように廃れていったが、しかしその根本的なアイデアは後に受け継がれた。すなわち脳のそれぞれの部分はそれぞれ異なった働きをしているという考え方である。ダックスやガルの研究は脳機能の局在論の先駆けといってよい。

一九五〇年代になって、ワイルダー・ペンフィールドがてんかん患者の頭蓋を開き、脳に直接電気刺激を与えて何が起こるかを観察するという一連の研究をおこなった。脳のある部分を刺激したときに手が動いたのであれば、その場所は手の運動を司っているということがわかる。また他の部分を刺激したとき、過去に見た風景が目の前に蘇ってくれば、そこは記憶に関係した箇所だと予想されるわけである。これらの研究により、ようやく脳のどの部分が何の働きを担っているのかということが大まかにわかるようになってきた。ペンフィールドの研究は脳研究の歴史の中で大きな位置を占める偉大な功績であったが、人体実験ともとれるこの方法は自主規制されるようになり、やがて研究対象はネズミやサルに移ってゆく。

時代が進むにつれて、脳研究をおこなう際の難問が次第に明らかになってきた。脳の大きな特徴は、ひとつひとつの神経細胞の活動が統合されて意識や情動のように規定しがたい大きな状態をつくりあげていることにある。ミクロとマクロの視点が必要である。これが他の生物科学の分野と明らかに異なっている点であった。神経細胞内の物質の動きというミクロな問題を、どのようにして脳の高次機能というマクロな問題へと連結させてゆくか。研究者たちはそれに回答することができなかった。

具体的な問題としてはふたつあった。まずひとつはモデル実験が極めて困難であること。神経細胞ひとつを取り出しても脳全体の働きを把握することはできない。人体実験が不可能ならば動物を用いるしか方法はないが、動物はこちらが質問しても答えてはくれない。脳を刺激し、いま何が見えているかと尋ねることはできない。免疫や癌の研究であればある程度モデル動物を用いた実験で代用が可能であるのに対し、脳の研究では単純に話は進まない。もうひとつは、脳機能を測定し解析するための有用な技術がほとんど存在しないということであった。脳波や神経細胞の電気的興奮を測定する程度しか方法がない。笑ったり泣いたりしているときに脳のどの部分がどのように変化しているのか、観察することができないのだ。測定手段を持たないものは研究対象として成立しがたい。結果と原因を繋ぐ論理的な解釈を与えることができないからである。

癌や免疫の研究がピークを過ぎたころ、研究者たちは次にクローズアップされるテーマは何かと考えるようになった。そして多くの者が、これからは脳の研究だと直感したのである。また社会もそれを要請していた。薬物依存やアルコール中毒、老人の痴呆（ちほう）、精神病など、脳に関わる疾患はすでに深刻な問題となっていた。アメリカでは三五〇〇万人以上の人がアルツハイマーなどの痴呆症、六〇〇〇万人以上が精神分裂病や鬱病（うつびょう）などの内因性精神疾患、そして二〇〇〇万人以上がアルコールや薬物などの依存症に苦しんでいるのだ。だがこれらに対応するための脳研究が立ち遅れていたのである。本格的に脳にアプローチしなければならない時がやってきていた。

幸いにも、癌研究の発展につれて、脳の研究は新たな時代に入っていった。遺伝子の研究技術が進んだことにより、脳の機能を遺伝子レベルで解析することができるようになったのである。一方、工学分野の劇的な進歩により、脳機能の解析装置が飛躍的に発達した。脳内に発生する極微小の磁気を測定できるようになったため、脳のどの部分が反応しているのかをおおまかだがある程度見て取ることが可能になりつつあり、記憶や情動などこれまで手のつけられなかった脳の高次機能の研究に道が拓（ひら）けたのだった。ミクロとマクロを解析する手段がようやく成熟し始めた。

そのような気運を時代が感じたのか、ついに一九九〇年七月一七日付で、当時のアメリカ合衆国大統領ジョージ・ブッシュが「脳の一〇年」宣言を発表する。これは一九九〇年一月一日からの一〇年間を「脳の一〇年（ディケイド・オブ・ブレイン）」と定め、脳研究の一層の発展を願うものであった。

この宣言を受けて、一九九〇年にアメリカ医学研究所が脳研究に関する国際シンポジウムを開催する。またその前年の一九八九年には、神経科学研究の活性化を目的として国立神経回路データベースに関する審議会が招集された。これらの会議では、今後の一〇年間で脳研究をどのように進めてゆくかという問題が真剣に討議されたのである。

多くの研究者が、これからの脳研究は遺伝子とコンピュータに接近していかなければならないと感じていた。これから研究成果が続々と発表されてくる。それらを統一し、容易に検索できるデータベースが必要だった。精神疾患の原因となる遺伝子を解析するためには、ヒトゲノム解析計画のデータも必要となってくる。他分野のデータと即座にリンクできる環境を整備しなければならない。また、脳の機能を研究するには脳の構造を視覚的に表現する技術が不可欠である。コンピュータグラフィックス（CG）を用いて、脳のどの部位が反応しているのかを確認できるようにしたい。さらに、脳の記憶のメカニズムが理解できれば、脳を模したコンピュータを作り上げることができるかもしれない。今後の脳研究は神経科学者だけがおこなうのではなく、遺伝子やコンピュータ工学の専門家と連携して進めてゆくことが重要だった。

これらの研究のための資金をどこから集めればよいのか。審議ではこの問題が大きくクローズアップされた。連邦政府はこれまでもスポンサーとして助成金を提供してきた。国立衛生研究所（NIH）をはじめとする国立機関からの援助、そして私的機関の基金も必要となる。そのためには脳研究の成果を広く一般に知らしめてゆかなければならないだろう。

アメリカでおこなわれたこれらの審議を追う形で、日本でも脳機能研究審議会が発足した。そして今から四年前、ブレインテック構想が具体化してきたのである。これは脳研究の最先端を担う総合研究施設を設立し、この分野での国際的な主導権を握り、将来的にはバイオテクノロジー技術やニューロコンピュータなどの開発を通して産業界への貢献をも期待するというものであった。通産省、厚生省、文部省、科学技術庁などのほか、民間企業九三社の共同出資によって、最新の設備を誇る総合ニューロサイエンス研究所が船笠村に完成した。船笠村がちょうど山の谷間に位置することから、マスコミはこの一帯をシリコンヴァレーに因んで「ブレインヴァレー」と呼び、脳研究の新しい展開に期待した。そしてこのブレインテック構想を初期段階から熱心に推進してきたのが、当時の日本神経科学会会長、北川嘉朗だったのである。

孝岡は北川と話すのは初めてだった。論文や成書でその名を頻繁に見かけてはいたものの、これまで会話を交わしたことはなかった。七月にブレインテックを訪れたときも、北川はちょうど留守にしており、顔を合わせる機会がなかったのだ。ここ数年、孝岡は北川の姿を学会会場で見ていない。従って一〇年近く前の写真を辛うじて覚えている程度だった。

北川は椅子から立ち上がろうとはせず、そのままの姿勢で軽く左手を挙げ、孝岡に部屋の中へ入るよう指示した。それを見て、孝岡はなぜか非常にアンバランスな印象を受けた。なぜだろうと思いながら歩み寄ってゆくと、北川の顔と手の皮膚の張り具合があまりにも違うことに気づいた。顔は目尻や頬のあたりに皺が刻まれているものの生気に満ちており血色も良い。瞳も輝きを失っていない。精神力が衰えていないことを示している。それに対し、上に挙げられた手の皮膚は褐色にくすみ、弱々しい静脈が浮き上がっている。孝岡は以前にどこかで読んだ北川の略歴を頭に浮かべ、彼の現在の年齢を計算した。おそらく今年で七一歳になっているはずだ。頭脳はまだまだ現役だが肉体のほうは著しく蝕まれているということなのだろうか。

北川は部屋の中央に据えられている接客用のテーブルとソファを指した。そこへ座れということらしい。孝岡は入口のドアを閉め、失礼しますとひとこと声に出してからソファに向かった。

孝岡が座ったところで、北川が近づいてきた。北川は電動の車椅子を使用していた。右の手元に小さなスティックがあるらしく、器用に方向を転換しながら移動してくる。北川はグレーのスーツを着ていた。頭にはベレー帽を被っている。その帽子はかなり大きく、北川の頭部のほとんどを覆い尽くしてしまっていた。まるで頭巾だ。

「よく来てくれた。無理な日程で来てもらったことをお詫びする」

孝岡は立ち上がって頭を下げた。名刺を渡す。昨日まで所属していたつくばの研究所の肩書が印刷されている。

「……たかおか、もりひろ……」

北川は名刺の名前をゆっくりと声に出して読んだ。何度も反芻するように唇を動かす。そして名刺を懐におさめ、孝岡の顔を覗き込んできた。たっぷり一〇秒近く観察を続けた。品定めを終えると北川は孝岡に座るよう促し、そしていった。

「君のNMDAレセプターの研究には以前から注目していた。素晴らしい成果だ」

「恐れ入ります」

「ここでも一層の発展を期待している。より一層の」

それだけいって、北川は会話を切った。

孝岡は待った。だが相手は言葉を発しようとしない。ただこちらを見ている。これですべて伝えるべきことは伝えたとでもいうような感じだった。就任に際しての訓話だとすればあまりにも短い。どうすればいいのかわからなくなった。

それとなく室内を見渡してみる。秘書のいた部屋とは比べものにならないほど広々としたオフィスだ。ゆったりとした空間がとられている。カーペットも壁紙も麻色で統一されており、柔らかで落ち着いた印象だ。右手は一面が窓で、薄いカーテンが引かれていた。僅かに窓が開いているのか、カーテンの裾が緩やかに揺れている。自然光が隙間を通して室内に射し込んでいた。観葉植物が一鉢、窓の隅に据えられている。一方、左手の壁にはウィンドウズタイプのパソコンとマッキントッシュが二台ずつ、そして巨大なテレビとアンプのような機械が一台ずつ、横長のデスクに設置されていた。パソコンのうち一台はスクリーンセイバーが作動している。

再びキリストの絵に目が行く。表面に平坦な光沢があることから写真複製だとわかった。おそらく原画を撮影して引き伸ばしたものだろう。しかし、装飾にしては大きすぎる。

「……ラファエロだよ」

突然声をかけられ、はっとして孝岡は北川の顔を見た。

「この絵だ。ラファエロだよ」北川は絵を見上げていた。「彼の最後の作品だ……。『キリストの変容』という題がついている。未完のまま遺されてしまったが、それでも素晴らしい作品であることに変わりはない。我々に深い洞察を与えてくれる。君もどうやらこの絵に惹きつけられたようだね」

「……ええ、そうですね。あまりにも大きな絵ですから……」

「違う。大きいからではないはずだ。この絵が描いているものに惹きつけられたのだよ」

孝岡は何と答えればよいのかわからなかった。

「君はこの絵が描いている真実を敏感に察知した。だからこの絵に釘付けとなったのだ。そう、優れた芸術作品には真実が描かれているものだ。ここには我々の求めるものがある。……君はウィリアム・ブレイクを読んだことがあるかね？」

話が絵画から文学へ移ってしまったことに面食らいながらも、孝岡は否定の返事をした。

「では宮沢賢治は？　ランボーは？　ネルヴァルは？　ドストエフスキーならどうかね？」

追い打ちをかけるように尋ねてくる。読んだことがあるのはせいぜい宮沢賢治くらいのものだった。それも小学生の頃に教科書か何かで読んだきりで、ほとんど内容を忘れている。正直に答えると北川はいかにも残念だというように首を振った。

「もう一度読んでみるといい。この絵と同じものが書かれている。少しでも向こう側を体験しておく必要がある。君もいずれそう思うようになるだろう」

向こう側、という言葉に孝岡は引っかかった。いったい何のことをいっているのだろう。

だが北川はそれ以上説明しようとはしなかった。もう話は終わったとでも合図するように左手を挙げた。

「君には期待している。優れた成果を待っているよ」

「…………」

北川は車椅子を操作して壁際のパソコンの前に行った。マウスを動かす。画面に長方形のウィンドウが現れるのが見えた。北川が何かキーを押し、そしてモニタに向かっていった。

「加賀君を寄越してくれ」

どうやら回線で他の部屋と繋がっているらしい。画像もやりとりできるのだろう。そう思って見ていると、北川はこちらに振り向き、そしていった。

「君の部屋の者を呼んだ。あとは彼に訊いてほしい。研究の再開にあたって不都合な点があれば何でも要望を出しなさい。我々は君の研究の迅速な進行を、全力でサポートしてゆく」

孝岡は立ち上がって礼を述べた。


本当はぼくなんかよりも案内人として適当な先生がたくさんいらっしゃるんですけれど、と加賀彗樹は笑いかけてきた。孝岡に比べれば随分と背が高い。一八二、三センチといったところだろう。褐色によく日焼けしており、瞳と歯の白さが印象的だった。理科系の若者にしては体格もしっかりしている。国立大学の農学部の博士課程を修了してからすぐにブレインテックに就職したのだと加賀は自己紹介した。三〇歳になったばかりだという。

「まだ施設内のことはあまりご存じないですよね。ざっと案内しましょうか」加賀はそういってエレベーターのボタンを押した。「ひとつ上の階へ上がりましょう」

すぐに扉が開いた。中へ乗り込む。先程メアリーアンという女性と乗り合わせたエレベーターだった。

「学生時代はサッカーをやっていたんですよ」

孝岡の疑問を察知するかのように加賀はいった。なるほどと妙に納得してしまう。脂気のない肌や髪といい、屈託のない笑顔といい、よくテレビのコマーシャルに出てくるサッカー選手のようだ。

三階のランプがついた。こちらです、と加賀は左側へ歩き出す。孝岡もそれに続いた。

三階からは研究室（ラボ）が入っているようだった。かすかにピリジンの臭いがする。有機合成か、あるいは何かの抽出をおこなっている部屋があるのだろう。

「いま歩いているこの棟は、第一研究施設群の中央棟です。もう少し進むと眺めのいいところがありますよ。……ほら、あそこです」

右手のそっけないコンクリートの壁がやがて半円形に膨らみ、ちょっとした休憩室が現れた。マジックミラーの窓が塡（は）めこまれており、外の様子が見て取れる。向かいには別の研究棟が建っており、そして通路が橋のように架かっていた。三階部分で連絡しているのだ。通路の左右の壁と天井はガラス張りになっており、周囲を広く眺め渡すことができた。向こうへ渡りましょう、と加賀は促した。

通路に足を踏み入れた途端、三六〇度の視界が広がった。太陽は南東の空で白く輝いている。秋晴れだった。その暖かく落ち着いた光に照らされて、孝岡の前後にブレインテックの研究棟が建っていた。通路の下は昨夜車で通った県道だった。真っ直ぐなアスファルトが滑走路のように続いている。孝岡は自分の体が宙に浮いているような錯覚を覚えた。

「ぼくらのラボは第二研究施設群の中央棟の三階です。ここからだとラボは見えないですね。反対側の窓のほうですからね」

加賀は向こう岸の研究棟を指さす。

「大雑把には第一、第二といっていますけど、本当はひとつの研究施設群が三つの建物から構成されているんです。それぞれ研究分野がわかれているんですよ。それから、ここからは隠れてしまって見えないんですけど、もうひとつ第二研究施設の裏手にも第三研究棟といって細長い建物があります。ええと、だから正確にいえば建物の数は全部で七つですね」

「七つの建物がそれぞれ違うことをしているわけだね」

「そうです。こっちの南棟は」といって加賀は第二研究施設の左手の建物を指した。「高次機能の解析をしています。うちの施設はPETとかfMRIが充実していますから、ボランティアを使ってかなりの成果を出しているようです。ジーンターゲティングでマウスの行動変化を見る研究もやっていますよ。それに認知科学や心理学の研究室も入っています。言語学の先生もいますが、ぼくらにはよくわかりませんね、分野が違いすぎて。漢字複合語の意味推定だとか所内報には書いてありましたけれど。

ぼくらのラボのある中央棟は神経生理学が中心ですね。発生部門や神経遺伝学部門もありますよ。発生部門ではホメオティック遺伝子やミエリン形成タンパク質を題材にしています。アルッハイマーやパーキンソン病を専門にしている部署もあります。それから、ぼくらのところは神経細胞のシグナル伝達物質の受容体（レセプター）なんかをやっているわけです。ニューロトランスミッターの……、ああ、そんなことはご存じですよね。主任部長としてこちらに来られたわけですから」

「いや、かまわないよ。もっと教えてくれよ」

孝岡は笑顔で応（こた）えた。変にかしこまらない加賀の性格は好感が持てた。話し方に嫌みがないので親近感を抱かせる。うまくやってゆけそうだ。

加賀は続けた。

「第一研究施設の南棟はコンピュータ関係です。人工知能（AI）やニューロコンピュータの研究、神経生理の実験に使う測定機器の開発、それからデータベースの整備みたいな仕事もしています。情報工学分野ですね。アメリカのブレインマッピング・イニシアティブ計画の分担も請け負っていて、情報管理システムのブレインブラウザの開発はここでやっているようです。教育ソフトも作成していますよ。ぼくは情報工学の方面には詳しくないんですけど、よく会って話すドクターが何人かいるんです。ウォレン・パーカーっていうアメリカ人とはよくテニスをしたりします。いつかご紹介しますよ。ええと、それから、さっきまでぼくらがいた第一研究施設の中央棟は有機化学系や生化学系のラボが入っているんです。ホルモンや神経伝達物質の構造研究ですね。有機合成系のラボはオピオイドやグルタメートの誘導体を合成しています。生化学系だと脂質の脳内代謝の研究をしているところとか、いろいろですね。ドコサヘキサエン酸（DHA）なんて最近の流行(はや)りですから」

孝岡たちはガラス張りの連絡通路を渡り終えた。しばし立ち止まって窓の外を眺める。

「北棟の建物には大型の測定機器を集中させています。こちら側の棟には放射性同位元素(RI)の施設が併設されています。先月は新型の陽電子射出断層撮影装置(PET)が入ったんですよ。動脈採血が不要と謳(うた)われているやつです。いまはまだ調整中で使えませんけれどね。それからシングルフォトンエミッションCT(SPECT)、超伝導量子干渉素子計(SQUID)、一二二チャンネルの大型の脳磁計(MEG)、機能的核磁気共鳴断層装置(fMRI)、ほとんどなんでも揃(そろ)っています。双極子もありますから双極子追跡法(DT)で脳機能の三次元マッピングもできます。これだけあるのは世界中を見渡してもうちだけでしょうね。他の大学の方が見学に来られると、皆さん揃って羨(うらや)ましがりますよ」

それはそうだろう。一台だけで何億という金がかかる。最良のツールが集まっているのだ。研究するには最適の環境だった。

「第一研究施設の北棟は一部病棟になっています。患者さんもいるわけです」

「病院も併設しているということなのかな」そこが前からわからなかったので孝岡は訊いてみた。「特に目立った看板もかかっていないようだけれど」

「どうなんでしょう、そっちのほうはぼくもほとんど行かないんでわからないですね。外来はあまり受け入れていないと思いますよ。こんな山の中ですし」

確かに、病院を開くにしては寂しすぎる環境だ。患者は通院するだけでも一苦労だろう。以前にブレインテックの組織構成をざっと聞いたとき、どうしても病院施設のことが腑(ふ)に落ちなかった。床数は二〇と資料には書かれていた。それだけの人数の患者しか収容できないのであれば病院を開設する意味がない。医療スタッフのほうが多くなってしまう。まったく採算が合わないのではないか。

「ああ、ここに施設の案内図がありますよ」

加賀が壁を指で示した。視線を向けると、大きなプラスチック製の掲示板がはめ込まれていた。ブレインテック全体の配置図と、全ての研究棟の各階平面図が描かれている。一度では見渡せないほどの広さだった。

第一、第二研究施設とも基本的には同じ構造だった。部屋割りから階数までほとんど等しいといってよい。ただし県道を挟んで左右対称の構造をしている。南棟は五階建て、中央棟は七階建て、北棟は三階建てである。中央棟の一階と二階には会議室やホール、図書室があり、そして第二研究施設の一階には、メアリーアンが話していたカフェテリアが入っている。

そしてこれらの建物の下には大規模な地下研究室が広がっていた。中央演算施設が南側に、そして動物実験施設が北側に配置されている。孝岡はコンピュータについて詳しくないので、中央演算施設の設備についてはよくわからなかったが、動物実験施設のほうでは多種にわたる実験動物が飼育されていることが容易に読み取れた。

そして、第二研究施設の横に寄り添う形で、南北に細長い建造物が描かれていた。第三研究棟と表示されている。三階建てのようだが、なぜか平面図はほとんどが空欄になっていた。幾つか名称らしきものが記されているものの、ほとんどがアルファベットの略語であるため孝岡にはよくわからない。まだ充分に整備されていないということなのだろうか。三階のあたりにNDE‐RLと表示されているのが目に止まった。昨夜、人影が見えた場所だ。RLというのはリサーチ・ラボラトリーのことだろうが、NDEというのがよくわからない。

その巨大な図を眺めているうちに、突然孝岡は気づいた。

そうか。

どうりで昨夜、建物の外観が顔に見えたわけだ。

このブレインテックの施設全体は人間の脳を模しているのである。

南が前面、そして北が後頭部にあたる。すると南棟は前頭葉、中央棟は頭頂葉や側頭葉、それに新皮質以外の辺縁系、北棟は後頭葉あるいは小脳だ。第一研究施設は大脳の右半球、第二研究施設は左半球だろうか。するとその二つを繋ぐ連絡通路は脳梁だろう。そう思って各研究棟を見ると、実際の脳の局所的な働きに対応していることがわかる。すると第二研究施設の横に存在する第三研究棟の役割とは何だろうか。側頭葉にあたる場所だ。

「このNDE‐RLというのは？　あまり聞かない略語だな」

「さあ」加賀は笑顔で答えた。「すみません、そっちの棟のことはよく知らないもので」

知らない？

「あまりほかの棟の先生とは交流がないんですよ。ぼくもまだよくわからないことが多いんです。申し訳ありません」

孝岡は不思議に思った。勤めを続けているのであれば、少なくとも何のための建造物なのかということくらいは知っているはずだ。それに交流がないというのも引っかかった。先程はコンピュータ関係の研究者とテニスをするといっていたではないか。

そのとき、僅(わず)かな揺れを感じ、孝岡は反射的に天井を見上げた。地震だ。船に乗っているときのような、ゆったりとした動きが足元から伝わってくる。

「このあたりは多いんですよ。ぼくはもう慣れましたけどね」と加賀はこともなげにいった。

「それでは、ラボのほうへ御案内します」


与えられたオフィスとラボは快適だった。必要な機器は全て揃っている。また部屋全体もスペースが充分にあり、狭苦しさを感じさせなかった。実験机(ブラッツ)やクリーンベンチも新品であるためか、全体を眺め渡していて気持ちがいい。

実際、すでにそのラボで仕事をしている者たちの表情も軽やかだった。

孝岡の赴任した部署は、第二研究施設の三階と四階を占めるかなりの大所帯であった。神経伝達物質とその受容体(レセプター)の生理作用の解析を目的としている。孝岡は部長であるからこの部署の最高責任者ということになる。つくばでは孝岡も自らの手で実験をおこなっていたが、ここではスタッフに研究の方向性を与え、それらの仕事がよい成績をおさめるよう指揮するのが主な仕事であった。研究費の獲得や外部との交渉なども含む、管理職的な役割である。

部員たちはテーマとなる物質やアプローチの相違などによって六人から一〇人のサブグループに分かれ、それぞれ研究をおこなっていた。グループ単位で部屋や機材が割り当てられているようだ。孝岡を案内してくれた加賀はＮＭＤＡレセプターの解析をおこなうグループで、そのラボは部長室となる孝岡のオフィスのすぐ左隣だった。部署全体では孝岡を含め五六人であった。三〇代前半の職員が多く、精神的に活気があるのが孝岡は気に入った。

部員をひとりひとり紹介してもらい、各々から現在の研究テーマの概略的な説明を受け、そしてラボの様子を見て回るだけで今日一日は費やされた。孝岡自身これまでＮＭＤＡレセプターの仕事をしてきたので神経伝達物質に関しては基本的な知識を持っていたが、最新の知見となると知らないことも多かった。特にペプチド系の研究については早急に勉強し直さなければならないようだ。明日からは帰宅も遅くなるだろう。

結局、孝岡がマンションの自室に戻ったのは午後一〇時半だった。加賀に頼んでＩＤカードを作製してもらったので、帰りはひとりで地下道を通ることができた。

リビングの電気を点ける。今朝開けたカーテンがそのままになっていた。窓の向こうは漆黒だった。ガラス越しに外を眺める。室内灯の光が反射しているため遠くまで見通すことはできなかったが、ぽつぽつと人家の光が灯っているだけで、ほとんどの空間には厚い闇が降りていた。ブレインテックや県道の光も遠くへは届かないようだ。車の走る音も聞こえない。日中と夜では雰囲気が随分と違っている。見上げると空には月だけが淡く光っていた。

カーテンを引き、室内に目を戻す。無意識のうちに電話機のほうへ視線が動いていた。

裕一。

裕一に電話しなければ。

そう思う。昨夜も、そして今朝もそう思った。いや、毎日そう思っていた。必ず一日に一度は電話を見つめる。だが仕事が忙しく、これまでほとんど電話をかけたことはない。

いや、違う。

本当はわかっていた。忙しさなど理由にはならない。誰であれ、自分の息子と話す時間を取れないわけはない。

避けているのだ。息子を。

孝岡は受話器を取った。

一気に番号をプッシュする。躊躇(ちゅうちょ)しているとまたいつものように逃げてしまいそうだった。僅かな空白時間の後、呼出音が鳴り始めた。単調な音が繰り返される。

繋がった。受話器を握りしめる。

「……はい？」

聞こえた。裕一の声だ。

孝岡は声が詰まった。言葉が出なくなった。完全に失敗したと思った。ここ数日、電話をするときはどう話しかけようかと心の中でシナリオを作っていたのだ。そのシナリオが一瞬にして白紙になっていた。

「もしもし？」

裕一が訊いてくる。孝岡は焦った。押し出すようにして喉(のど)の空気を音にした。

「裕一か」

「……ああ」

どういう意味のああなのかわからなかった。あまりにも機械的に聞こえた。

「どうだ、元気か」

努めて明るい声を出していった。そしていいながらその言葉の空疎さに愕然とした。

「そうだね。元気だけど」

「ちゃんと食べているのか。その、なんだ、自分で作ったりしているのか」

「学食が多いけど。安いから」

「……そうか」はやくも話題が切れつつあった。必死で言葉を探した。「授業はどうなんだ」

「どうって」

「面白いのか」

自分は何をいっているのだろう。相手を小馬鹿にしているとしか思えない話しぶりだ。

「どうかな。まだ教養課程だから。面白いとかそういうのじゃないと思うけど」

「ああ。そうだな。そうだろうな」

「……それで？」

慌てて本来の用件を話した。ブレインテックに赴任したこと、昨夜引っ越したことなどを閊え閊え伝えた。その喋り口は加速度的にはやくなってゆき、反比例するように語彙は単純になってゆく。話しながら、孝岡はあまりの体たらくに嫌気がさしていた。裕一が冷静に相槌を打つ。

「そう、よかったじゃない。環境も良さそうだし」

「そうだな。月がきれいだぞ。そっちでは月は見えるか」

「見えないよ」

そこで会話は途切れた。

静寂が痛かった。何とかしなければ。何とかしなければ。

住所を告げた。回線の向こうで裕一がちょっと待ってといい、書くものを引き寄せる音が聞こえた。孝岡はもう一度住所を告げた。ゆっくりと、区切るようにして声を発した。

電話番号を訊かれ、電話をかける大義名分が終わりに近づきつつあることに気づいた。番号を伝えたら完全に会話は完了する。それ以上話す必要はなくなる。だが、と孝岡は思った。本当にそれで終わったことになるのだろうか。違うはずだった。こんなことを話したいのではない。住所を伝え、電話番号を伝え、授業は面白いかなどとくだらない質問をするために電話しているのではない。いま胸の中で起きあがってきている事柄、もう一方の自分が必死で押さえ込もうとしている問いかけ。それこそが求めていた話題ではないのか。話せ。チャンスなのだ。話せ。

「……わかった。それじゃあ」

裕一の言葉で、全ては凍結した。

「ああ。……体をこわさないようにな」

「じゃあ」

声が聞こえなくなる。裕一の持っている受話器が下降してゆくのを察した。切られる。電話を切られる。だめだ。だめだ。孝岡は咄嗟に叫んでいた。「裕一！　電話してくれ！」

平坦な信号音が残った。

鏡子は座っていた。

正座している。背筋を伸ばし、手を軽く閉じて膝の上で重ね、顎を引き、口を結んで、瞳を前方に向けている。

部屋は六畳間である。三方は壁であり、一方は障子だ。障子の向こうには板張りの廊下がある。母屋から一本の渡り廊下で繋がっている。廊下は庭の端を通っている。だが今は障子が閉じられているので見えない。庭はこの部屋から見て南にある。晴れているのだろう、銀色の光が障子を透過して部屋の中に注いでいる。月の光が強い。昨日は満月だったのだから当然だが、曇っていてはここまで明るくならない。だから、今夜は部屋の中が判別できる。この部屋では電気を点けない決まりになっている。夜中でも部屋の中の様子がわかるのは、一ヵ月のうちで五日しかない。満月の日と、その前後の二日ずつだ。曇りの日は見え難くなる。今日はよく見える。障子を抜けてくる月の光の粒子ひとつひとつがはっきりと見える。これ以上小さなものはないと思うほど微細な粒子だ。仄かに銀白色の光を発し、直線運動のまま部屋の中を滑ってゆく。決して弧を描いて舞い落ちることはない。ただ定規で引いたように斜めに滑ってゆく。鏡子には粒子の滑る音すら聞こえる。しゃらん、しゃらんと、小指の先にも充たないような鈴が震える音である。

光に照らされて部屋の中が浮かび上がっている。全ては細かい点の集まりだ。鏡子はそれらの点を見て、部屋全体の様子を知ることができる。部屋の中に家具は存在しない。簞笥（たんす）もなければちゃぶ台もない。壁に掛かっているものもない。ただ鏡子の目の前に、布団が敷かれている。シーツは毎日取り替えられる。鏡子がこの部屋に来るまでに布団は用意されている。皺（しわ）ひとつないシーツである。その表面は、魚が跳ねる直前の湖面のような真の静謐（せいひつ）である。布団は部屋の中央に測ったように敷かれている。畳の縁（へり）が描く線と完全な平行だ。敷き布団だけである。掛け布団は必要ない。ここでは眠らない。寝るだけである。

鏡子は正座し、布団を見つめ続ける。月の光が布団に注いでいる。光の粒子は着地しても消滅しない。その場に残る。従って、夜が更けると粒子が堆積（たいせき）してゆく。粒子が降り積もる。積もっても粒子はその光を発し続ける。畳が、布団が、銀白色に灯る。鏡子の軀（からだ）にも僅かに積もり始めている。膝の上が光っている。手を動かせば、積もった光塵（こうじん）がさらりと音を立てて舞うだろう。

月光は常に存在する。陽が出ていようと曇りであろうと失われることはない。少なくとも鏡子にとって、月が知覚されない瞬間はない。眠っているときでさえ、鏡子の軀は月を感じている。だが、このように粒子まで見ることができるのは満月の時期だけである。満月が近づくと鏡子の軀は敏感になる。光の強さから時（とき）の刻（こく）さえ正確にわかるようになる。五〇分が経っている。湯から上がり、髪を拭（ふ）き、この部屋に入ってからそれだけの時間が経っている。すでに鏡子の肌から湯は蒸発し、束ねられた髪は乾きつつある。だが軀は火照ったままである。特に股の間が熱くなっている。鏡子は正座し、両の腿をぴったりと合わせている。腿と腿が接触している。接触した部分はその付け根に近くなるに従って熱くなっている。汗は流れていない。着物が肌を滑らかに覆っている。着ているものは白の襦袢だ。これをおこなうときは必ず白で身をくるまなくてはならない。そう教えられていた。なぜなのか鏡子にはわからなかった。だが母の教えなのでその疑問を口にすることはなかった。自分は母のようにするだけだ。母も嘗ては白い襦袢を着てこの部屋に座っていた。祖母も、曾祖母もそうしていたと聞く。だから自分もここに座っている。座って、待っている。頭の中が澄み渡っている。頭蓋の内部が手に取るようにわかる。全ての神経細胞がどのように繋がっているのかまで完璧に感じとることができる。それだけではない。自分の軀の内部全てがわかる。細胞ひとつひとつを正確に把握できる。いま血管のどこに何があり、どこへ向かってどの程度の速度で動いているかまでわかる。自分の軀が粒子で出来ているのが感じられる。月の光と同じだ。粒子が集合し自分の肉体を造り上げている。不純物はどこにも存在しない。粒子は光を放ち、それぞれの目的を果たしている。鏡子はそれを統合する。統合した己は完全な清明である。満月の時期はいつも澄んでいる。

ぎい、と音が聞こえてくる。そして僅かに躊躇った後、再び、ぎい、と聞こえてくる。ぎい。三度聞こえてくる。ぎい。四度聞こえてくる。そのぎいは着実に近づいてくる。音によってどれだったか見当がつく。どの手で、どの口で、どのものだったのかわかる。月が大きいときに来た者だけ顔がわかる。それはごく限られている。大半は見えない。見えないまま、共に寝る。

だから自分の軀に触れる部分でしか相手を識別できない。

ぎいがすぐ近くまで迫ってきていた。これから鏡子は抱かれる。この間、相手は声を発しない。この部屋では鏡子以外声を出してはならないことになっている。鏡子は声を上げる。布団の上での行為を終える。そして鏡子は与える。相手は帰り、鏡子は自室に戻る。そして眠る。

音が止まった。

障子が開いた。床に積もっていた光の粒子が、風に煽られ透き通った音を立てて渦を巻く。鏡子の膝の上からも波を打ちながら流れ落ちる。

逞しい影が布団の上に伸びた。

鏡子は相手が部屋の中に入ってくるのを待った。


北川嘉朗は月を眺めていた。所長室の窓辺に車椅子を寄せ、南にかかる月へと体を向けていた。

真円ではない。右側がわずかに欠けている。昨夜が満月だったのだから、これから下弦、そして新月へと向かうことになる。

白い光は、決して眩しくはなかったが確かな存在感があった。太陽が炎であるなら、月は鉱石の輝きだ。肌を焼くこともない、眼球を射ることもない、だが確実に光を放ち、そしてそれはあくまでも透明だ。しかも月の力はそれだけではない。光線としての物理的な力以上のものを他者に与える。引力である。光と引力。見える力と見えない力。引力が光とともに降り注いでくる。月が大きく、そしてくっきりと見える。

北川はさらに目を見開いた。明るかった。すべてが明るく見えた。ティコやコペルニクスなどといった大きなクレーターさえも肉眼で見て取れるような気がする。満月の時期になると感覚が鋭くなるのだ。澄んでくるといってもいい。それは伝導率が悪くなった回線が磨かれて錆が落ちるのに似ていた。体の中の不純物が消え去り、浄化され、ピュアな粒子だけが残る。そして瞳の水晶体からも濁りが取れる。月がよく見えるようになる。

一〇分近く、北川はそのまま眺めていた。充分に光と引力を浴びたところで目を閉じ、深く息を吐いた。

手元のスティックを操作し、車椅子の向きを変える。そしてマッキントッシュへと進む。ブレインテックに来てから車椅子を使うようになっていた。はじめのうちは思うように方向転換することができなかったが、今ではもう体の一部になっている。簡単なゴーカートのようなものだ。はじめのうちはモーター音がうるさく感じられたが、改良されてからはほとんど気にならなくなった。すべては技術の進歩だ。テクノロジーが全てを変える。

マッキントッシュの前で車椅子を止め、北川はマウスを操作した。モニタの上部に据え付けられている小さなレンズを横目で見る。画面の中でウィンドウが起ち上がる。

北川はマウスを離し、車椅子を僅かに後方へ退いた。モニタに近づきすぎていると視線がずれる。少し離れたほうが滑らかに会話をすることができる。

ウィンドウにメアリーアンが現れた。

「お呼びでしょうか」

「ああ」

北川はいった。画面の中のメアリーはコンマ何秒か毎のコマ落として再生されている。現状のメモリではそんなことをしなくとも充分に対応できるのだが、北川はわざとそうしていた。相手の表情が残像として画面に短期記憶されるのは時としておもしろい効果を生み出すことがある。画面は美しくない表情さえもくっきりとポーズさせる。それは瞼を閉じる瞬間であったり、舌が口から半分はみ出す時であったり、不格好に頬を膨らませる場合であったりする。北川は相手のそういった表情を見るのが密かな楽しみであった。

「それで、どうだったのかね」

北川はゆっくりと尋ねた。それだけでわかるはずだ。

「……特に不審に思われることはなかったと思います。こちらも気をつけましたから」

メアリーは日本語で答えた。ブレインテックの施設内にいるときはなるべく日本語で話すように指導している。むろん、英語を軽視しているわけではない。北川自身、会話にはほとんど不自由しない。だが日本国内にいるときは少なくとも日本語で話をしたいと思っていた。

「偶然だと思っていたようだったかね」

「ええ、用事があったので出勤が遅くなったのだといっておきました。ちょうどエレベーターで乗り合わせるようにしました。タイミングを合わせるのは少し苦労しましたが」

「なるほど」

「研究棟までの通路を案内しました。それから、IDカードを前もって渡していなかったのは正解でした。わたしが一緒にいなければ中に入れなかったわけですから。彼も感謝しているようでした。きっと親近感を持ってくれたことと思います」

北川は頷いた。

「ああ、警備のものからうまくいったことは連絡を受けている。孝岡のIDカードは夕方に発行した。操作済みだ。いまのところ、君の所へは行けないようにしてある。時機を見てから解除する」

「わかっています」

「これからも彼のことは逐一報告してほしい。毎日私のところへメールを届けるように。次はいつ会うことになっているのかね」

「二、三日したらカフェで声をかけてみます」

「そうか。孝岡の経歴や研究業績についてはすでにわかっていると思うが、会ったときにそれとなく訊いてみると良い。なるべく早く孝岡の信頼を得るのだ。プロジェクトへ誘導できるかどうかは君にかかっている」

「……ええ」

「よろしい。……ああ、ところで、君のところの広沢だが」

「彼が何か？」

メアリーの顔に不安の表情が過ぎるのが見えた。北川は少し息を溜めてからいった。

「どうもソレノイドを使いすぎのようだ。昨夜も例の測定の後、無断でタンクの中に入っていたらしい。何事も度を過ぎるのは好ましいことではない。あれは広沢などには刺激が強すぎるのではないかな。仕事に支障が出るのは困る。人間として節度を保ってもらわなければ」

メアリーが顔を伏せた。

「そうですか……。知りませんでした。確かに昨夜、データの整理もせずに消えてしまったのでどうしたのかとは思っていたのですが……。わたしのほうから注意しておきます。申し訳ありません」

「そうしてくれ。度を過ぎるのはいかん。度を過ぎるのはな」

「………」

「では、これからもよろしく頼む。ドクター・メアリーアン・ピータースン」

「わかりました。失礼します、所長」

回線を切った。

息をつく。

ようやくここまできた。そんな感慨があった。ようやく準備が整った。

車椅子の右の肘掛(ひじか)け部分についているスイッチを押し、カバーを外した。コードを引き出し、マッキントッシュの横に設置してある箱へとジャックを導いた。それを慎重に箱へ差し込む。外れないようにネジで留める。

スティックを動かし、車椅子を九〇度回す。「キリストの変容」と向き合う。

北川は椅子の背凭（せもた）れに体重をかけ、その巨大な複製を見つめた。空へ飛翔（ひしょう）しようとしているキリスト。その顔に見入った。

「……ミツ」

北川は女の名を呼んだ。自分の一生を決定づけた女。あれからすでに四〇年以上が経過していた。彼女が与えてくれたヴィジョンを、北川は忘れることができなかった。あれは真実だったのだろうか。それとも単なる幻なのか。それを確かめるために、人生のほとんどの時間を費やしてきた。

すでに自分の体が衰弱しきっていることは承知していた。おそらくあと一年も保（も）たないであろう。自分の肉体に執着などなかった。だが死ぬ前に何としても答を見極めなくてはならない。幸いにして全ては順調に進行している。そして今日、プロジェクトの鍵（かぎ）となるべき孝岡がやってきた。

あとわずかで人類は神に到達する。

北川は満足し、もう一度女の名を口に出した。目を閉じ、車椅子の肘掛けの上蓋（うわぶた）を開ける。そして、そこに隠されている赤いスイッチを押した。

3

九月二日（火）

この日、孝岡は早めに起床し、マンションのリビングに積んだままになっていた段ボール箱をブレインテックの研究棟へ運んだ。

続いて、一時間ほどかけて雑用を消化した。着任に伴って幾つかの申請書を提出しなければならない。読んでおくべき書類もある。ひたすらデスクワークに没頭した。そしてそれらを終えた後で、パソコンのセットアップとデータの移植に取りかかった。

デスクにはすでにマッキントッシュとIBMのパーソナルコンピュータが一台ずつ配置されていた。電気生理の分野で利用されている解析ソフトウェアの多くはMS-DOSの環境で動く。おそらく学問が発展する過程で工学系の技術を流用してきた名残だろう。データ整理の便を図るためにIBMパソコンが支給されているのだ。

マッキントッシュのほうは、研究者全員と主要なラボに少なくとも一台以上配置されているようだった。そしてそれらは全てイーサネットによってローカル・エリア・ネットワーク(LAN)で繋(つな)がっていた。互いに電子メールのやりとりやデータの共有はもちろん、すでにストックされている膨大なデータから即座に検索をおこなうことも可能であるようだ。北川嘉朗のオフィスへ挨拶(あいさつ)にいったときにも少し驚いたのだが、モニタの上にはカメラが設置されており、互いの顔を見ながら話をすることもできる。先進的な企業でよく導入されているという話は聞いたことがあったが、研究所で使われている例を孝岡は他に知らなかった。また、ブレインテックによって独自に開発された研究サポート用のソフトウェアが非常に充実していた。脳神経科学の研究分野では、他の分子生物学的な研究とは異なった独特のデータ解析が必要となってくる。脳内の画像診断をおこなうにしても、大容量のデータを迅速に、しかも研究者の望む方法で処理し、適切な形態で出力しなければならない。ブレインテックのホストコンピュータはその要望に充分応(こた)えてくれるのであった。また分析機器がホストと連絡しているため、わざわざデータをプリントアウトしてから自分のコンピュータに入力しなおすという手間を必要としない。情報工学系をひとつの柱に据えているブレインテックならではの合理化である。研究に専念できる環境が整っているのだ。孝岡はまだ赴任したばかりなので操作方法に慣れず、セットアップを終える頃には昼近くになってしまっていた。しかし練習すればすぐに快適な情報環境を構築できそうであった。今日はこの程度で良しとするべきだろう。いずれ幾つかの機能を試してみようと思った。

昼食後、孝岡は隣のラボへ出向き、グルタミン酸受容体(レセプター)の研究グループからこれまでの結果を詳細に報告してもらった。今回の赴任に伴って、つくばでの研究テーマをブレインテックへそのまま移植することになっていた。そのため赴任を承諾した時点でデータをこちらに送り、実験を進めてもらうよう手筈(てはず)を整えておいたのである。従って加賀たちは二カ月前から孝岡の研究テーマに沿って仕事をおこなっていた。その結果がずっと気になっていたのだ。

「キンドリングラットは? In situ ハイブリダイゼーション(ISH)の結果が出たと聞いていたんだが」

「かなりクリアに出ました。これを見て下さい」

所員のひとりが自分のデスクでマッキントッシュを操作し、画面上にデータを呼び出した。

黒い長方形が六個、横一列に並ぶ。その上部にはそれぞれコントロール、ステージ１、ステージ２などとキンドリングの段階が記載されていた。左から右へゆくにつれ、その長方形の中に複雑な白い形が浮かび上がってきている。様々なキンドリングラットから脳を摘出してスライスし、レセプターの伝達ｍＲＮＡの発現量を解析したものだ。白い部位に、孝岡のクローニングした新規のＮＭＤＡレセプターが存在していることになる。

孝岡は一目見て唸（うな）った。キンドリングのステージが進行するにつれて、海馬（かいば）の部分に白さが増してきている。また、僅（わず）かではあるが大脳皮質や嗅球（きゅうきゅう）にも反応が認められた。

「発現が一番強いのは海馬のどこだ？」

「海馬ＣＡ１とＣＡ３です。海馬スライスを調べた結果はこちらです」

所員は別のデータを見せる。孝岡は再び唸った。面白い結果だ。

ＮＭＤＡレセプターは、記憶の形成に関係するということで神経生理学者の間で最も注目されているレセプターである。神経細胞のシナプス部分に存在しており、グルタミン酸と結合することによって神経細胞を興奮させる。孝岡の主な研究テーマは、このＮＭＤＡレセプターと記憶との関係であった。昨年の夏、孝岡はこれまで知られていなかった新しいＮＭＤＡレセプターを発見しており、ブレインテックでそのレセプターを詳細に解析しようと考えていたのである。

所員はさらにカイニン酸誘発をおこなったラットについてもデータを示した。やはり海馬や扁桃体（へんとうたい）での発現が多い。孝岡は興奮を覚えながら、トランスジェニックラットの進行具合について質した。

「例のベクター構築は？　すでに遺伝子を導入したと聞いたんだが、ちゃんと生まれたのか」

「はい。cDNAをいただいてからすぐにベクターを構築しました。実際には七月下旬から遺伝子導入を開始していまして、いまのところ生まれたラットはちゃんと成長しています」

「何か表現型が出てきたというようなことは？」

「ふるえを起こすものがあるようです。はっきりとはわかりませんが」

「なるほど」

孝岡は頷いた。キンドリングとシヴァリング。手応えを感じる。このテーマは当たりかもしれない。

NMDAレセプターは記憶の形成に重要な役割を果たすが、実はそれ以外にも虚血やてんかんとの関係が示唆されている。だがこれまで確実な証拠はほとんど得られていない。そのためブレインテックではこの新規のレセプターがてんかんと関係しているかどうかを調べたのだ。

キンドリングラットとは、電気刺激を与えることによって人為的に作られたてんかんのモデル動物である。カイニン酸というアミノ酸を投与することによっても類似したモデルをつくることができる。どちらもてんかんの治療研究を目的として、多くの機関で用いられているモデル動物だ。そのキンドリングラットの脳で、孝岡の発見したレセプターの発現量が増加していたのである。驚くべき結果といってよかった。NMDAレセプターは孝岡の発見したものを除けばこれまで五種類ほど知られているが、それらはいずれもキンドリングラットの脳では誘導が認められないのだ。キンドリングとNMDAレセプターとの関連性がはっきりと確認されたのはこれが世界で初めてである。しかも、遺伝子操作によってこのレセプターを通常のラットに発現させてやるとシヴァリングが起こったというのだ。明らかにこのレセプターは生体内で何か特徴的な役割を担っている。

もっとも、キンドリングとの関連を調べてみようとはじめに思い立ったのは孝岡ではない。ブレインテックである。孝岡自身は記憶のメカニズムのほうに気を取られており、キンドリングのほうまで考えを巡らす余裕がなかったのだ。しかし今となってはブレインテックの慧眼に感服するしかない。

孝岡は他のデータについてもしつこく確認した。ディスカッションを終える頃には夕方になっていた。最後にラットの飼育場所を尋ねた。

「地下です」と、今度は加賀が答えた。「地下に大きな動物実験施設があるんです。トランスジェニックラットはそこで作成しています」

「案内してくれないか。実際に様子を見てみたい」

加賀がガイド役を買って出た。

ブレインテックの地下は広大な実験施設であった。

エレベーターの扉が開いた瞬間にそれを感じた。目の前に現れたのは殺風景なコンクリート壁のホールだったが、その奥に存在する空間を感じ取ることができた。天井から空調の低い唸りが聞こえる。生温い空気がゆったりと流れている。

「どうぞ」

加賀が廊下に沿って歩き出す。孝岡はそれについていった。

すぐに廊下は二手に分かれた。左のほうには放射性同位体施設の入口が見える。加賀は右に折れた。真っ直ぐな道が奥まで続いている。

途中で動物実験施設の入口が現れた。

「この廊下をずっと行けば中央演算施設に着きます」加賀はそういいながらIDカードを取り出した。「普段はここまでしか来ないので、ここから奥はぼくも案内できません」

カードリーダーに読み込ませる。扉が開いた。孝岡も自分のカードを同じようにリーダーに読ませた。

エアシャワーを浴びて中に入り、更衣室で滅菌された実験衣に着替える。空調の唸りが音量を増す。

加賀に案内されながら、枝分かれした廊下を進んだ。途中、どこからか甲高い鳴き声が響いてきた。その音量に孝岡は圧倒された。「そうか、サルも飼っているのか」

「ええ。認知科学の先生がよく使いますからね。それから鳥類もいるんですよ」

「ハトだね」

「ハトもいますが、カナリアを研究している先生もいます。カナリアは歌をうたうでしょう。脳の中に、なんでも歌を司る領域があって、そこは春になると大きさが倍になるんだそうです。

もっとも、細胞の染色法によっては変化が認められないそうですから、本当に大きくなっているのか、ぼくにはわかりません。ある種のホルモンか何かの分泌量の季節変動を見ているのではないかといっている人もいるらしいです。でも、たとえそうだとしても面白い現象ですよ。鳥の聴覚記憶や発声の研究はこれから伸びるでしょうね」

幾つかの部屋を回ってから、トランスジェニック動物の実験室に辿(たど)り着く。扉の横には移植実験室1という札が掛かっていた。

「ここで実際の操作をおこなっています。それから、向かいの部屋で遺伝子を導入したラットを飼育しています。どうぞ、こっちも見て下さい」

加賀が中へと促す。ヌード動物室と書かれたその部屋には、大型のアイソレーターが壁に沿って配置されていた。装置のファンが大きな音を立てている。ガラス扉越しにずらりとケージが並んでいるのが見えた。加賀は扉のひとつを開け、中からケージを取り出した。

「ふるえ(シヴァリング)です」

孝岡は上からケージの中を覗(のぞ)き込んだ。おがくずの敷物に埋まるようにしてラットが一匹、もぞもぞと四肢を動かしている。と、一瞬、寒さを感じたかのように全身をぶるりと痙攣(けいれん)させた。

「……これか」

「そうです。この程度なのでまだなんともいえません。頭をカクカクと動かす動作を見せることもあります。あとは餌(えさ)の摂取量が普通のものより若干少ないようです」

目を凝らす。だがラットは一度痙攣を起こしたきり、それ以上は特徴ある動きを示さなかった。どうやらシヴァリングは常に発現しているわけではないようだ。

「遺伝子が入っているかどうかはもう調べたのか？」

「ちょうど今夜から検査を始めます。離乳して一週間になりますから。まあ、シヴァリングを起こしているラットには遺伝子が導入されていることは間違いないでしょうね。来週の初めには結果をお見せできると思います」

とりあえずは順調に進んでいるようだ。そのことが確認できただけで孝岡は満足だった。

部屋を出て、来た道を引き返す。更衣室で実験衣を脱ぎ、もとの服装に着替えた。エアカーテンを通り抜けて動物実験施設の外に出る。

ちょうど扉を出たところで、誰かが勢いよく孝岡にぶつかってきた。

「WOOOOOPS!」

甲高い声が上がる。あっと思ったときには体のバランスが崩れていた。なんとか扉に手をついて倒れずに済んだが、それでも足を少し捻ってしまった。

「…………？」

見ると少年がひとり、尻餅をついていた。淡い茶色の髪をしている。白人だ。しまったなあとでもいうように舌を出し、腰のあたりをさすっている。

右のほうから慌ただしく靴音が近づいてきた。孝岡はそちらのほうに目を向けた。大柄な黒人だ。年齢はよくわからないが、おそらく三〇代前半くらいだろう。Yシャツにスラックス姿である。その黒人は駆け寄ってきて少年を抱え起こし、「すみません」と少し癖のあるアクセントでいった。

どうやら、廊下を走ってきた少年と出合い頭にぶつかった、ということらしい。

「なんだ、ウォレンじゃないか」

孝岡の後に続いて施設から出てきた加賀が、意外そうに声を上げた。

「知り合いなのか」

「ええ。昨日も少しいいましたけど、ときどき一緒にテニスをするんです」

「ごめんなさあい」

少年はひょこりと頭を下げた。まだ小学校の中学年といったところか。そばかすが表情にあわせて動く。なぜかこの少年をどこかで見たことがあるような気がした。孝岡は腰を屈め、少年の目線に合わせた。「名前は？」

「ジェイコブ」

「よく遊びに来るんですよ。ジェイはいい子です。叱らないで下さい」

ウォレンという黒人が気遣う。もとより孝岡にも叱るつもりはなかった。すでに何となくこの少年に好感を持ちつつあった。裕一の小さい頃を思い出した。

加賀が孝岡を指して黒人にいった。

「ウォレン、こちらが今度うちの部署に赴任された孝岡さん。昨日着いたばかりで、ちょうど動物施設の中を案内していたんだ」

「えっ?」

少年が声を上げ、こちらの顔を覗き込んできた。

「どうしたんだい。名前を聞いたことがあるの」

「うん。月曜に新しく来たドクターでしょ。ママがパソコンで誰かと話しているのを聞いたもの」

そこで気づいた。昨日、エレベーターの中で会ったメアリーという女性に似ているのだ。この少年はメアリーの子供なのかもしれない。

加賀がウォレンに尋ねた。「今日はどうしてこんなところへ?」

「ジェイにOMEGAを見せてあげようと思ってね」

「なるほど。……ああ、そうだウォレン、OMEGAといえばこの間頼んだことなんだが……」

加賀は私用を思い出したらしく、ウォレンと話し始めた。知らない単語が飛び交うので孝岡にはよくわからない部分もあったが、何かのプログラムを自分の端末でも見ることができるようにしてほしいという願いのようだった。話を聞いているうちに、OMEGAというのがニューロコンピュータの名称なのだということがおぼろげにわかってきた。おそらく中央演算施設に設置されているコンピュータなのだろう。もっとも、それがどのような働きをするものなのか、見当もつかなかった。

ウォレンは加賀の要求に快く答えた。明日中には何とかするとのことで話がまとまった後、加賀は孝岡を会話に引き入れてくれた。

しばし取り留めもない挨拶を交わしてから、ウォレンとジェイは会釈をして帰っていった。別れ際、ジェイに「よかったら遊びにおいで」というと、明るい表情でジェイは元気よく頷き、得意そうにウォレンの顔を見た。孝岡は微笑(ほほえ)みながら、ジェイが廊下を走ってゆくのを見送った。

「ウォレンは情報工学の研究者です」ふたりが見えなくなった後、加賀が説明を加えた。「ロスアラモスのサンタフェ研究所というところからやって来たんですよ。今は人工脳を作っているんです」

「人工脳？」

「いや、もちろんコンピュータのソフトウェアの話ですけれどね」

加賀はそこで会話を切った。人工脳という言葉に興味を惹(ひ)かれたが、それ以上イメージが浮かばない。同じ研究所の中とはいえ、自分の専門分野とあまりにもかけはなれている。それほどブレインテックのカバーする領域は広いということか。

エレベーターに向かって歩を進めた。

4

九月三日（水）

味噌汁の椀を口に持っていきかけたとき、横から「Hi」と声がした。孝岡は顔を上げた。白人の女性がトレーを両手に笑顔を浮かべている。メアリーだった。

「ここ、空いているかしら?」

メアリーは身ぶりで孝岡の向かいの席を指した。一瞬戸惑ったが、周囲を見渡して状況を把握した。椀を置いてどうぞと答える。

昼の一二時半を過ぎた頃である。ブレインテックのカフェテリアは盛況であった。一〇〇席近い椅子はほぼ塞がっていた。孝岡がここへ座ったのはほんの数分前だったが、そのときはまだちらほらと席に余裕があったはずだ。それが今では相席をしないと座れない状態になっている。

「あのときはありがとうございました」

孝岡はとりあえず礼を述べた。

「所長の部屋はすぐにわかったでしょう?」

「ええ。広い部屋で驚きました」

「その敬語はやめましょう」メアリーはやんわりと注意した。「遠慮した言葉だとディスカッションもできないでしょう？」

思わず苦笑する。まったくその通りだ。どうも外国人と日本語で話をすることに慣れていない。日本の研究機関では、大抵の場合、外国人に対して英語で話をする。相手が日本語に習熟していない場合が多いからだ。

しかし、このブレインテックではあまり英語で話す習慣がないようだった。そういえば昨日会ったウォレンという男も日本語で喋（しゃべ）っていた。ジェイコブという少年が無意識のうちに発したウップスという言葉が浮き立って聞こえたほどだ。

ジェイコブ。

その名前を思い出し、孝岡はメアリーの顔を見つめた。やはり鼻筋から口元のあたりが似ている。昨日の出来事を話してみると、メアリーはやれやれといった感じで肩をすくめた。

「ジェイはよくウォレンのところへ遊びに行くのよ。最初はウォレンのラボにあるコンピュータゲームが目当てだったらしいけれど、いまでは学校が終わると用事がなくても顔を出しているみたい。あんまり邪魔しないようにといってあるんだけれど」

やはり親子だったようだ。しかしその表情からは、ウォレンという研究者に対する信頼も読みとれた。確かにジェイとウォレンは仲が良さそうだった。

ちょうどウォレンの話が出たので、孝岡は昨日の疑問を口にした。

「そういえば、ウォレンは人工脳の研究をしていると聞いたんだが、どういうものなんだろう」

「ああ、A‐B r a i nのことね」

「A‐B r a i n？」

「Artificial-Brainのこと。ウォレンがやっているプロジェクトよ。ブレインテックの中でもかなり話題になっている研究で、ソフトウェア進化の手法を導入したニューロコンピュータの開発といったところかしら」

　そういわれても孝岡にはよくわからなかった。生物学的な意味での脳とは違うらしい。人工知能の一種だろうか。

「コンピュータの中でニューロンのシナプス形成をシミュレートさせるのよ。わたしもビデオで見たことがあるわ。モニタの中で、ニューロンがうじゃうじゃと成長してゆくの。それぞれのニューロンが生き物みたいに動いて、お互いに自分の持っている情報を伝達しあうわけ。そして全体としてひとつの脳を作り上げてゆく。最近はもっと研究を進めて、人工生命としての機能に注目しているみたい」

「人工生命？　なんだか想像がつかないな」

「いつか機会があったらウォレンに訊いてみるといいわ。ああ、そうだ、ちゃんと自己紹介をしていなかったわね。わたしはメアリーアン・ピータースン。呼ぶときはメアリーでいいわ。ブレインテックが出来てすぐにこちらに移ってきたの」

　よろしく、と右手を差し伸べてくる。孝岡は笑みを返し、その手に握手した。改めて自分の名前とポジションを述べる。

食事をしながら会話を続けた。はじめのうちはメアリーが話題を提供し、それに孝岡が答えたり相槌を打つという形になった。メアリーの声と表情は心地よかった。気さくだが品の感じられる話し方だ。自然と相手をリラックスさせる。

「わたしはもともとミシガン大学の医学部を卒業したの」

メアリーは自分の出身について語った。ミシガン州のジャクソンという町で育ったのだそうだ。宇宙科学センターがあり、五月と六月にはいろいろなフェスティバルが開催されるという。高校を出てからはアナーバーという町に移り住み、大学に通ったという。

「卒業してからは、そのまま大学の医学センターの神経科に勤めていたんだけれど、八年前にコネチカット大学のほうに移ったの。心理学科へ。だから今は心理学のほうが専門といったほうがいいかしら」

おや、と孝岡は思った。心理学は医学ではなく文科系の領域だ。それまでのメアリーの専門分野とはかけ離れた学問である。ではメアリーはふたつの博士号を取得したのだろうか。もちろん大学院への編入は可能だろうが、それでは勤めていた大学病院の職をわざわざ放棄したことになる。

頭の中でアメリカ合衆国の地図を描いてみる。ミシガンといえば五大湖に隣接する中北部の州だ。一方のコネチカット州はニューヨーク州の東である。随分と離れているような気がした。疑問に思ったが、職場や家庭の事情があったのかもしれないと考え、詮索は控えた。そのうち話題はメアリーのことから逸れ、孝岡自身のことへと移ってきた。

ブレインテックの雰囲気や設備について訊かれる。孝岡は率直に、おおむね満足していると感想を述べた。

「こちらに来たのは所長から誘われて？」

「そうだ。決まったのは三ヵ月前かな」

「それは……、かなり急な話ね」

「以前からNMDA受容体の研究をしていたんだ。特にレセプターファミリーの多様性と記憶の形成との関係に興味があってね」

孝岡はこれまでの研究内容と、ブレインテックへ赴任するまでの経緯について簡単に話した。

レセプターとは、細胞の外からやってくる刺激を細胞の中に伝える役目をするタンパク質のことである。多くの場合、レセプターは細胞膜に浮かぶようにして存在している。ちょうど海に浮かぶ氷山を想像すればよい。海の表面が細胞膜だとすれば、レセプターは氷山のように上半身を細胞の外に出し、そして下半身を細胞の中に沈めている。例えばホルモンや化学伝達物質のような刺激が細胞の周囲に満ちてくると、レセプターの突出した部分はそれらの物質と結合する。するとレセプターの構造が変化し、細胞内に沈んでいた部分が何らかのシグナルを発したり、あるいは門を開けるような形で細胞外のイオンなどを流入させたりするようになる。これらのシグナルが発現されることによって、細胞分裂やタンパク質合成などの制御がおこなわれるのである。

このように、レセプターは細胞外の刺激を細胞内に別の形でシグナルとして伝達する重要な役目を担っている。神経伝達物質にはアセチルコリンやドーパミンなどさまざまな種類のものがあるが、その中のひとつに、旨味成分として知られるグルタミン酸がある。このグルタミン酸が結合するレセプター群を総称してグルタミン酸レセプターという。NMDAレセプターはその一派である。記憶と特に関係が深いとして世界中の研究者から注目を集めている受容体だ。NMDAとは*N*－メチル－D－アスパラギン酸という人工のアミノ酸の名称を略したもので、グルタミン酸と構造の一部が類似している。グルタミン酸の他にNMDAとも結合能力を有することからNMDAレセプターと名付けられたわけである。

孝岡はこのNMDAレセプターを主要な研究テーマにしていた。NMDAレセプターは一種類ではなく、幾つものタイプが存在することがこれまで知られており、その構造や作用の違いからR1とR2に大きく分類されている。R1はひとつしか発見されていないが、R2にはR2A、R2B、R2C、R2Dと四種類のサブタイプの存在が明らかになっている。これら四種は脳内における発現部位が微妙に異なっているのだが、構造がよく似ていることから同族体として分類されているのだ。しかしなぜこのように多様なレセプターが存在するのか、これらの働きがそれぞれどのように違っているのか、また互いにどのような影響を及ぼし合っているのか、そしてこれ以外にもレセプターは存在するのか、などといったことはほとんど解明されていない。孝岡はこれらの疑問に対する解答を求めていた。

そこで孝岡は、新たなNMDAレセプターの探索をおこなった。すでに遺伝子構造が決定されているレセプターを土台にして、それと類似した新規のレセプターを発見しようという試みである。

「実をいうと、かなり昔から多くの研究者がNMDAレセプターの遺伝子を捕まえようと躍起になっていた。だがなぜかうまくいかなかった。九〇年代に入るまで、誰もNMDAレセプターの遺伝子をクローニングできなかったんだ。それをうまい具合に解決したのがアフリカツメガエルの手法なんだよ」

「アフリカツメガエル？　ラットの遺伝子をクローニングするのに？」

孝岡はテーブルに置かれていたナプキンを一枚取り、そこにボールペンで図を描きながら説明した。メアリーは相槌を打ちながら話についてくる。専門外だとはいえ、ある程度の基礎知識は持っているようだ。一般の人にはやや難解な遺伝子工学の手法もすんなりと理解してくれる。

「なるほど。つまりラットの脳をすりつぶして伝達RNAを取り出す。それをアフリカツメガエルの卵母細胞に注入して、タンパク質を発現させる。もし注入したmRNAの中にNMDAレセプターの遺伝子が入っていれば、卵母細胞にレセプターが作られる。卵母細胞を溶液の中に入れてやって、その溶液にNMDAを混ぜる。NMDAレセプターが発現していれば、レセプターが溶液中のNMDAと結合するから、卵母細胞は反応して電位変化を起こす。電位変化を調べることによって遺伝子を探すことができる。……いいアイデアだわ」

「それで僕はこの手法を応用して新規のレセプターを探した」

NMDAレセプターは幾つかのサブタイプが組み合わさってユニットを作り、それがレセプターとしての機能を発現すると考えられている。そこで孝岡は、Ｒ１とユニットを形成する新たなサブタイプを探すために、次のような方法を採った。ラットの脳からｍＲＮＡを取って、それをアフリカツメガエルの卵母細胞に注入するところまでは同じである。だがそれと一緒に、すでに精製してあるＮＭＤＡＲ１のｍＲＮＡも注入しておいたのだ。当然細胞はＲ１の作用によって電位変化を起こす。しかし、もしＲ１と結合（アソシエート）する新規のレセプターのＲＮＡがサンプルの中に存在していれば、Ｒ１だけのときよりも大きな電位変化が起こると予想される。

「それで新規のものを釣り上げたってことね？」

「もっとも、網に引っかかってきたもののほとんどは、すでに同定されているＲ２タイプのレセプターだった。その中で、ひとつだけＲ１ともＲ２とも違うタイプのものがあった」

それが孝岡の発見した新規のＮＭＤＡレセプターである。

その後、孝岡はこのレセプターが実際にラットの脳内でどのように発現しているのかを調べてみた。ところが出てきた結果は理解に苦しむものだった。ほとんど発現が認められなかったのである。実験操作の不備かと思い何度かやり直してみたのだが同じだった。遺伝子は存在するものの、肝心のレセプターとしてはほとんど脳の中に発現していないのだ。これでこのレセプターに関しては疑問符を付けざるを得なくなってしまった。生体内ではあまり重要な働きを示さないタンパク質なのかもしれない。孝岡はとりあえずこのレセプターについて追究することを中断した。ＮＭＤＡＲ３と命名し、論文にまとめて海外の学術雑誌に発表したものの、自分自身この結果に対してはあまり自信を持つことができなかった。レセプターの遺伝子は研究室のフリーザーに保存しておいたが、しばらく手をつけることもなくなっていた。

ところが今年の六月、突然ブレインテックから連絡が入ったのである。

このレセプターについてこれから共同研究をおこなわないかという申し出だった。しかもできることであればブレインテックへ来て本格的に取り組んでほしい、研究費はかなり融通が利くので孝岡の研究アイデアをかなりサポートできる態勢にあるという。

これには驚かざるをえなかった。孝岡自身、このレセプターがヘッドハントの理由になるほど重要なものだとは思っていなかったのである。すぐさまブレインテックが何かデータを摑んだのだと直感した。

事実、キンドリングモデルラットでこのレセプターが異常に発現していることをブレインテックは突き止めていた。それを聞いて孝岡は興奮した。はじめてこのレセプターの重大さがわかった。電話口で叫んでしまったほどだ。キンドリング！

「わかったわ。つまり、NMDAR3がてんかんの発現に強く関係している可能性がある、ということね」

「ああ。ブレインテックもよくそれに気づいたと思うよ。私だったらそこまで発想できない。てんかんはまったくの専門外だからね」

それから後の三ヵ月は、まるでベルトコンベアーに乗っているようであった。孝岡はブレインテックの結果に強く興味を惹かれたものの、つくばを離れる必要性を感じなかった。つくばにいながら充分に共同研究を進めることができると考えていた。だが局長をはじめとする上層部がなぜかこの件に積極的だった。ほとんど説得される形で孝岡はブレインテックへ転職することになったのである——。

そこで孝岡は話を区切った。

すでにふたりとも食事を終えていた。それとなく周囲を見渡してみる。どうやらピークの時間は過ぎたようだ。

メアリーは湯気の立たなくなったコーヒーにミルクを加えた。

「ごめんなさい、随分といろいろなことを聞いてしまったわね。迷惑だったかしら」

「いや、そんなことはない。こっちも自分の仕事のことを話せるのは嬉しいからね」

「もしよければ、また一緒に食事をしましょう。ブレインテックのことでわからないこととか、何か困ったことがあったら遠慮なくいって。力になれると思うわ」

「ああ。ありがとう」

メアリーはコーヒーを一気に呷り、そして笑顔でいった。「出ましょうか」

5

九月四日（木）

メアリーは椅子に腰掛け、壁際に設置されたテレビの画面を見つめていた。

映っているのは一頭のゴリラとひとりの女性だ。プレハブのような部屋の中にいる。床はカーペット敷きであった。

ゴリラは大きかった。女性のほうがどうしても華奢に見えてしまう。女性はブロンドの髪を後ろで束ねていた。顔立ちから三〇歳前後とわかる。着ている服は無地のシャツに古びたジーンズだ。

ゴリラと女性は中央に人形を置いて座っていた。人形の首がとれてなくなっている。女性は人形を指しながら、先程からゴリラを叱りつけていた。あなたがやったんでしょう、正直にあやまりなさいと強い口調で話している。女性が右手を動かした。人差し指でゴリラを指す。「**You**」と女性はいった。続いて手のひらで顔を覆い、「**Bad**」という。手話をしながら喋っているのだ。**You bad** と字幕が入った。英語のナレーションが被さる。

「これは実際にはココが壊したのではありません。ココは無実の罪に問われてしまったわけです。このときココはこのように反応しました」

ゴリラがすっと右手を出した。人差し指で女性の胸を指す。そしてその手を拳骨にして自分の顎の下へ持っていった。すぐに手を開き顔を隠す。そして再び拳骨にして自分の鼻へあてた。画面に字幕が現れた。**You dirty bad toilet**

「このようにココは罵り言葉を使うことができます。またココは自分で勝手に罵り言葉を創作することもありました。『トイレット』のほかにも『くるみ』や『鳥』を罵り言葉に流用しました」

メアリーはリモコンで巻き戻しをおこない、もう一度今のやりとりを確認した。ゴリラは途中で考え込むこともなく、かなりのはやさで手話をおこなっている。

一九七〇年代に撮影されたビデオであった。当時スタンフォード大学の心理学に在籍していたペニー・パターソンがおこなったゴリラの言語習得実験の模様を記録したものだ。人間が使用していた手話のひとつであるアメリカン・サイン・ランゲージ、略してASLをゴリラに教え、コミュニケーションを図ろうとした研究である。この研究はゴリラの名を取ってココ計画と呼ばれた。画面に現れているのがペニーとココだ。

ビデオにはこのほかにも様々なシーンが収録されていた。ココの成長に沿う形で編集されている。字幕やナレーションによれば、ココは雌のローランドゴリラで、一九七一年の七月四日、すなわちアメリカの独立記念日に生まれた。パターソンが研究を開始したのはココが生まれてから一年後の一九七二年七月である。まずは「**飲み物**（**drink**）」「**食べ物**（**food**）」「**もっと**（**more**）」の三種類のASLをココに教えようとする。調合乳を与える前に「**飲み物**」のサインをし、ココにも真似をさせるといった方法だ。一カ月もするとココはサイン語を覚えるようになる。手によるサインと物との関係を覚えたのである。その後ココは他のサイン語も習得しはじめ、二カ月後にはサインとサインを続けておこない二語文の話をするようになる。「**もっと　食べ物**（**More food**）」「**ちょうだい　食べ物**（**Gimme food**）」「**飲み物　あそこ**（**Drink there**）」といった具合である。さらにココは多くのサイン語を身につけ、ココが二歳のときは自発的に発話したサインの数が二〇〇語彙、さらに三歳のときは三〇〇語彙と増加してゆく。この頃になると、ココは自らサインを変形させて新しい意味を表現したり、ふざけてわざと間違えてみせたり、時には嘘をついたりするようになる。

メアリーは一旦ビデオを静止させ、手元の資料を取った。チンパンジーやゴリラなど、大型類人猿の言語習得実験についてまとめられたレポートである。昨夜、認知科学のラボに所属している秦野真奈美から電子メールで送ってもらったのだ。ぱらぱらとページをめくる。すでにメアリーは一通り読み終えていた。

類人猿に言語を習得させようという研究は一九三〇年代のヘイズ博士夫妻の実験から始まったらしい。ヘイズ夫妻はヴィッキーというチンパンジーに単語の発声訓練をおこなった。ところがこの実験は結局のところ失敗に終わった。ヴィッキーは人の言葉を聞いて理解し、いわれたとおりに行動することはできるのだが、発声することができない。その後、チンパンジーなどの類人猿は二本足歩行を習慣としていないため声道の形態がヒトと異なっており、ヒトのように発声することは不可能だということが判明した。そのため発声以外の方法でコミュニケーションを取ろうという研究がおこなわれるようになってゆく。

類人猿の言語研究は一九六〇年代後半に著しく進展した。ネヴァダ大学の心理学者であるアラン・ガードナーとベアトリス・ガードナー夫妻が一九六六年からウォシューという雌のチンパンジーにASLを教えはじめたのである。この研究の成果は注目を集めた。従来、言語を操るのは人類のみだと思われていたのだが、それを覆す報告だったからである。多くの研究者がこれに影響を受け、追随実験をおこなった。そのひとりがペニー・パターソンである。彼女は初めてゴリラにサイン語を習得させた。

ただしサイン語によるコミュニケーションには欠点があることが徐々に明らかになってゆく。類人猿は誰のサインでも反応するわけではなかったのである。また、類人猿がどのような条件の時にどのようなサインを示したかという客観的なデータを得ることが困難であった。本当に類人猿が理解してサイン語を操っているのかどうかの見極めが難しかったのだ。さらに訓練に時間がかかることも問題だった。多くの訓練士が寝食を共にして教え込まなければならない。それに致命的だったのはチンパンジーやゴリラの手の形状が人間と異なることである。ASLのおよそ三割が彼らの手では再現することができなかった。

実はこのような問題を解決するための研究は、ガードナー夫妻と同時期に始められていた。カリフォルニア大学のデイヴィッド・プレマック博士はサラという雌のチンパンジーに様々な色や形のプラスチック板を与え、これをボードに配列させるという方法で言語を習得させた。サイン語ではなく我々の用いている「文字」に近いものを教えたのである。さらにジョージア州立大学のデュエイン・ランバウ博士がラナというチンパンジーに図形文字を習得させる。ランバウが優れていたのはコンピュータを導入したことだ。コンピュータのキーボードにレキシグラムを描いておき、ラナにそのキーを叩かせるという方法で意思伝達をおこなわせた。

そして一九七八年、日本の京都大学霊長類研究所で「アイ・プロジェクト」が開始される。ここではランバウ博士のレキシグラムをさらに発展させた方法が採られた。チンパンジーは個室でタッチスクリーンと向かい合い、その画面に示されている四角や丸などの図形を複数組み合わせることによって物や人の名前を表現させる。この方法だと実験者は個室の外でコンピュータを制御することによって実験が可能であるため、実験者による研究結果のばらつきが生じない。客観的なデータを得ることができるのだ。このプロジェクトを通じてアイという雌のチンパンジーが極めて高度な学習をおこなうことが知られるようになった。現在でもこのプロジェクトは進行している。

メアリーは資料をデスクに置いた。テレビの画面に目を向ける。ココがヒッチハイクをするときのように親指を立てたまま静止していた。リモコンのボタンを押し、ポーズを解除する。ビデオは進んでゆく。絵本を見ながらその内容に沿ってサインをつくるココ。不機嫌になって指示と反対のサインを出すココ。ココは育ってゆく。すでに育ての親であるペニーよりも大きくなっている。ブランコに乗って遊ぶココ。自動車の後部座席ではしゃぐココ。木登りするココ。

ココの手話は時として単なるボディ・ランゲージのように見えるときもあった。繰り返しも多く、複雑な構文は作らない。高度な思考表現はできないようだ。レキシグラムやタッチスクリーンを用いた現代の言語研究のレベルからすれば単純（プリミティヴ）なデータだといえるかもしれない。しかし、ココが非常に生き生きと喜怒哀楽を表していることにメアリーは好感を持った。少なくともココは正直であり、自分の感情に逆らっていない。

やがて、その場面が映し出された。北川が必ず見ておくようにと念を押した記録だ。

画面には一九七八年一二月八日とあった。大きくなったココとひとりの女性が映っている。女性はペニー・パターソンではない。ムーリン・シーハンと字幕が付いている。ペニーの助手として雇われていた訓練教師だ。

ムーリンはココに動物の骨格図を幾つか見せていた。ムーリンはその中からココにゴリラの骨格を選ばせようとしている。ココは正確にそれを指さした。それを見てムーリンがＡＳＬを交えながら尋ねる。

「このゴリラは生きているか死んでいるか？」

ココはサインした。**死んでいる　カーテン**（**Dead drapes**）

「もう一度聞くわよ、このゴリラは生きているか死んでいるか？」

ムーリンが再び質問する。ＡＳＬは人間が普通に喋る言葉を全てサインに変換するわけではない。会話の中の主要な単語だけを表現してゆく。画面にムーリンのおこなったＡＳＬの意味が表示された。**Make sure, this gorilla alive or dead ?**

ココが答えた。**死んでいる　さようなら**（**Dead goodbye**）

「ゴリラは死ぬときどう感じるの？——嬉しい、悲しい、怖い？」**How gorilla feel when die——happy, sad, afraid ?**

ココは答えた。

眠る（**Sleep**）

画面が切り替わった。別の日に収録された映像だ。再びムーリンとココが向かい合っている。

ムーリンが訊く。

「ゴリラは死ぬとどこへ行くの？」**Where gorilla go when die ?**

気持ちいい　穴　さようなら（Comfortable hole bye）
「いつゴリラは死ぬの?」When gorilla die？
病気　年とる（Trouble old）

メアリーは鳥肌が立つのを感じた。昨日からすでに五度ほど見直しているが、何度見ても驚きが失せない。それどころか回を重ねる毎に畏れのような感覚が増大してくる。

おそらくこれは、ヒト以外の動物が死後の状態についての考えを語った唯一の記録である。

すでにメアリーの胸の内では多くの疑問が渦を巻いていた。本当にココは死を理解しているのか。生と死の区別ができるのか。「穴」とはいったい何か。なぜ死ぬと「穴」に行くと考えるのか。

だが残念なことに、ペニーやムーリンはこれ以上ココに死生観を尋ねることはしていない。その点については他の研究者も同様であった。誰もこのゴリラに「あなたは死んだらどうなると思いますか」とは訊いていない。

ここにもうひとつの鍵がある。鏡子と並んでプロジェクトの成否を握る大きな鍵。

メアリーは時計を見た。そろそろ時間だ。

ビデオを止め、テレビのスイッチを切った。

「すみません、こちらまで来ていただいたんですね」秦野が手を挙げて走り寄ってくる。「さっそく行きましょう」

メアリーは促されてエレベーターに乗り込んだ。秦野が地下へのボタンを押す。扉が閉まる。下降するのを感じながらメアリーは訊いた。

「ハナはチンパンジーでしょう？　チンパンジーにしたのはどうしてなの」

「脳の機能解析が類人猿の中で一番進んでいるからです。PETやMRIで測定することを考えると、やっぱりこれまでデータの蓄積もありますし、ヒトに近いほうが実際問題として扱いやすいですから。ゴリラだとPETに収まらなくなる可能性がありますからね。それに、わたしが慣れていたということもあって」

秦野は髪を少年のように短く切り、毛先をごく大雑把に手でかき分けていた。化粧もほとんどしていない。木綿のシャツにソフトジーンズというラフな格好だった。秦野と会うのはこれが四度目だが、ほとんど毎回同じような服装である。スレンダーな体つきで背丈が一六五センチ程度あるためジーンズがよく似合う。

エレベーターが止まる。ロビーへ出てまっすぐに廊下を進む。秦野の歩く速度は普通の女性に比べるとかなり速い。スニーカーを履いた足がきびきびと前に進む。

「ハナに習得させたのはレキシグラムではなくてサイン語です。それもASLではなくて、日本で一般に使われているジャパニーズ・サイン・ランゲージです。わたしはいつも略してJSLといっています。どの方法を選択するかで随分悩みました。サイン語の手法はハーバート・テラスの報告以来ほとんど採用されていませんからね。やるとなったらこちらもそれなりの覚悟が必要ですし。所長からお話があったときは自信もなくて、正直いってわたしで大丈夫かと思ってました」

そういって笑う。秦野は髪型や体格だけを見るとボーイッシュな印象だが、笑顔はティーン・エイジャーの女の子のように可愛らしかった。声も柔らかい。

「でも今回のようなプロジェクトだったらサイン語でなければうまくいかないと思います。ハナはいい子ですよ。わたしの方が教えられている感じです。結局レキシグラムのように管理された研究方法だとハナの感情は測れないんです。嬉しい、悲しいといったような表現は、やっぱりこちらが長い時間ハナと一緒に暮らすことでしか正確に把握することは不可能です。ビデオをご覧になっておわかりいただけたと思うんですけれど、サイン語はココの感情をかなり豊かに表現しています。怒ったり、すねたり、飽き飽きしたり。あの豊かさをデータとして掬ってあげる方法を考える必要があると思うんです。確かに所長の方向性には先見の明があったといまでは考えてますよ」

メアリーは曖昧な相槌を打つにとどめた。秦野のいう「プロジェクト」とは対外向けの題目にすぎない。まだ秦野には「オメガ・プロジェクト」の真の意味を伝えていないのだ。

秦野は京都大学の霊長類研究所で学び、一昨年の三月に大学院の修士課程を修了している。レキシグラムを用いた言語習得研究で修士論文を書いているが、この間、一方で生後一年の雌のチンパンジーに指差しコミュニケーションを教えるプロジェクトの手伝いをしていた。

ブレインテック開設までの一年間、秦野は霊長類研究所に研究生として残り、ハナの教育と飼育をすべてひとりでおこなっている。この間、生活費や授業料、研究費はブレインテックのほうから支払われているはずだ。そしてこの研究施設が開設されてから正式に所員として採用され、ハナと共に移ってきている。現在秦野は二四、五歳のはずだ。まだ若い。

おそらく本人はそのまま博士課程に進み、そして霊長類研の職員になりたかったのだろう。しかし北川に注目され、結局ハナとセットでスカウトされたというわけだ。孝岡護弘とまったく同じであった。プロジェクトの本当の意味を知らせずに研究を進行させる。秦野や孝岡だけではない。このブレインテックに勤務する研究者のうちの九割以上が、北川の目論見(もくろみ)を知らずに過ごしている。

動物実験施設の扉の前まで来る。カードを読み取らせ、中に入った。

エアシャワーを通ると秦野は更衣室へ入らずに廊下を進む。長い下りのスロープになった。秦野は早足で降りてゆく。

メアリーはそれに続いた。初めて来る場所であった。メアリーはブレインテックに赴任してから一度も動物実験をおこなったことがない。そのためこの施設に立ち入ることもなかったのだ。秦野につられ、駆け足になりかけたが、不意にざざざという大きな音が聞こえて足を止めた。耳を澄ます。

「葉ずれの音ですよ」と秦野はいった。「風を送っていますからね。大きな音が立つこともあるんです」

スロープを降り切ると、やや大きめの扉があった。モンキーセンターと札が掛かっている。

「ここではチンパンジーを六頭飼っています。雄が二頭、雌が四頭です」扉を開けながら秦野が説明する。「いま歩いてきたように、センターは他の動物の飼育室とは離れているんです。手前がオフィスエリアになっていて、飼育員の三人はほとんどここに詰めています。わたしは第二の南棟のオフィスとこちらを行ったり来たりといった感じですね。それから――」

　秦野はくねくねと曲がる廊下を進んだ。突き当たりの扉をＩＤカードで開ける。

　突然、目の前に大きな空間が広がった。

　施設の外へ出たのかとメアリーは一瞬目を疑った。樹木が何本も立っている。背は低いが濃緑の葉をゆったりと茂らせている。風が吹くのを頬に感じた。梢がなびき、汐のような葉ずれの音が立つ。樹木が立ち並んだその向こうに、木の幹で複雑に組み上げられた巨大なジャングルジムが聳えていた。高さは二〇メートル近くあるかもしれない。上からは柔らかい光が降り注いでいる。天井があった。青白く塗られた天井が広場を覆っている。幾つか照明灯が見える。もうすぐ夕暮れになろうという、仄かに碧く紅い光を放っている。地面へ目を落とすと、ジャングルジムの周辺には赤茶けた土が見えたが、それ以外の部分には芝生が敷き詰められていた。メアリーは呆気にとられた。ブレインテックの地下に林と遊技場が設置されていたのだ。

「そろそろ檻へ帰す時間です」秦野は右手を口にあて、メガホンの形をつくった。「ハナ！おいで！」

　何かがジャングルジムの上で動いた。ざっ、ざざっ、と木の軋む音が聞こえる。黒いものがこちらへ近づいてくる。入り組んだジムの隙間を縫ってやってくる。

　チンパンジーであった。

ホッホッと低い声を上げ、そのチンパンジーは走り寄ってきた。秦野が両手を広げ、笑顔で迎える。チンパンジーはその腕の中によじ登った。メアリーは秦野に抱かれたハナの顔を覗き込んだ。

「さあ、ハナ、挨拶しなさい。メアリーさんよ。メ・ア・リー。ほら、こんにちはって」

秦野はハナを床に下ろし、手話を交えながらそう話しかけた。両の手のひらを顔の前で動かし、そして親指を曲げてみせる。どうやらそれがこんにちはという意味らしい。ハナは秦野の顔とメアリーを交互に見比べてから、その手話を繰り返した。秦野はいい子ね、と笑顔でハナの頭を撫でた。ハナは右の拳を自分の鼻につけたり離したりする。

「なんていってるの?」

「ハナはいい子だって。そうね、いい子よ、ハナ」

秦野は笑顔で手話を繰り返した。まるで愛する我が子に話しかける若い母親だ。メアリーは、かつて自分もジェイやアーロンが小さかった頃はこうやって話しかけていたことを思い出した。ハナの顔が急に人間らしく見えた。まだ体も小さく毛並みも柔らかいが、赤ん坊という感じではない。目つきもしっかりしている。今年で五歳だというから、ヒトの一生に喩えれば年齢を一・五倍して七・五歳、すなわち小学校低学年といったところだ。秦野の服の裾をつかんでひっぱる。秦野は大きな声を上げて笑う。それを見てメアリーは一瞬、これから自分が遂行しなければならないプロジェクトを忘れてしまいたくなった。

「ハナと話してみますか?」

「でも、できないわ」

「簡単ですよ。それに、ハナもあなたのことを気に入っているみたいです」

秦野はしゃがみこみ、ハナと同じ視線の高さで手話を始めた。「ほら、ハナ、この人はあなたの新しい友達。と・も・だ・ち」

ハナはメアリーの顔を見上げながら、両手でにぎにぎの格好をする。

「こんにちは」

笑顔を作りながら、そういってにぎにぎの動作を真似する。しかしメアリーは、小さな胸のしこりを感じた。

これからこのハナには辛い思いをさせることになる。いや、ハナだけではない。秦野にとってもだ。ふたりの和やかな生活は崩れることになるだろう。この自分が崩すのだ。それはもしかしたら、他人の家に上がり込み、掻き回したあげくに崩壊させる行為と等しいかもしれない。そんなことを自分は望んでいるのか?

だが、プロジェクトを停滞させることはできない。

メアリーはハナの目を見つめた。ハナはブレインテックへやってきた。その時点で全ては決定づけられたのだ。ハナは人間にチンパンジーの心の内を伝えるためにここにいる。

果たしてこのハナは生と死を理解しているのか？　死んだらどうなると考えているのか？死後の世界という概念を持っているのか？

ハナの目は美しい茶色で、僅かな濁りも認められなかった。

6

九月五日（金）

孝岡は実験方法（メソッド）の項目を読み終えたところで文献から顔を上げ、窓の外へと視線を向けた。すでに外は薄暗くなっていた。

向かいの施設の窓が見える。孝岡のオフィスがある第二研究施設群に並行する形で第三研究施設が建っているのだ。もっとも窓には常にブラインドが下ろされているので中の様子を窺（うかが）うことはできない。ただ、夜になると室内に照明が点（つ）くので、施設の中に人がいることはわかる。

三人の女性が第三施設の通用口へと歩いて来ているのが見えた。髪の長い女がひとり、そしてその両脇（わき）にお供をするかのように、やや小柄な中年の女がふたり。長髪の女性はおそらく二〇代半ばだろう。髪型に見覚えがあった。人形のようなストレートの黒髪で、毛先は美しく切り揃（そろ）えられている。暗いのではっきりと顔を見て取ることができないが、着ている服は地味な紺色のワンピースだとわかる。足どりがどこか弱々しい。強い既視感が再び湧（わ）き上がり孝岡は目を凝らした。

女の上半身がふらりと揺れた。

あの女だ。声を上げてしまいそうになった。白い着物に身を包んで森の中へ消えていったときの後ろ姿がはっきりと頭に蘇（よみがえ）った。

女性がバランスを崩すのを見て、お供のふたりが慌てて寄り添う。女性は特に反応するでもなく介添えを受け入れた。三人の間に会話はなかった。大丈夫ですかなどと尋ねる様子もない。肉付きのよい中年のお供たちと比べると、その女性はかなりか細く見えた。あまり生命力のようなものが感じられない。まるで陶器でできているようだ。

女たちは第三研究施設の通用口の扉を開け、中へ入ってゆく。そういえば、この村の住人があの扉から出入りしているのをこれまでにも何度か見かけている。いつもふたりか三人のグループで訪れているが、その年齢や性別はまちまちだった。老人夫婦と見て取れるカップルのときもあれば、畑仕事の帰りといったいでたちの女性の場合もある。いったいブレインテックに何の用事があるのだろう。

と、そのときノックの音が背後から聞こえ、孝岡は振り返った。

「こんばんは！」という元気な声が外から響く。

誰なのかすぐにわかった。リモコンでドアの施錠を外してやる。電動のドアが横滑りに開いた。

予想した通り、そこにはひとりの少年が立っていた。この前会ったジェイだ。

「入っていいですか？」

上目遣いに訊いてくる。かしこまったように両手を前であわせているが、瞳を見るとこちらの良い返事を期待していることがありありと窺える。あのとき、いつでも遊びに来なさいといったことを思い出した。幸いにして少しなら時間を空けることができる。孝岡は笑顔で招き入れた。

中に入ると、ジェイは興味深そうにあたりを見回した。孝岡が壁に掛けたオートラジオグラフィーの写真やレセプターの構造図などの前で立ち止まり、もっとよく観察しようと背伸びしたりする。そんな仕草を見ると、無理をして礼儀正しく振る舞っているものの、普段から面白そうなものに目がないということがすぐにわかる。ウォレンという工学系研究者と追いかけっこをしているときの姿を思い出した。

「ジェイ、君のお母さんはメアリーアンっていうのかい」

「なんで知っているの」

「今日、君のお母さんと一緒に昼御飯を食べたからさ。一昨日（おととい）もね。お母さんと一緒に日本へ来たのかい？　日本語がうまいな」

「まあね。しゃべれないとこっちでやってけないからね」

ジェイは大人ぶった口調で答えた。それがかえって子供らしい感じだ。

「いつも学校から帰るのはこのくらいの時間なのかい」

「ううん。野球の練習があるときは遅いんだ。水曜日と土曜日だよ。ねえ、タカオカさんてどんな研究をしているの」

なかなか難しい質問だ。レセプターなどといっても理解できないに違いない。

「記憶についてだよ」とりあえずそう答える。「どうやって人は記憶するのかを研究しているんだ」

案の定、ジェイはきょとんとしている。

「記憶ってわかるかい。神経とか脳の働きについて教えてもらったことは？」

「ウォレンはコンピュータを作っているから、それは見たことあるけど。それとは違うよね」

やはりよく知らないようだ。「よし、こっちへ来てごらん」

デスクに戻り、普段は使っていないスツールを壁際から引き寄せて自分の横に置いた。ジェイは駆け寄ってきて、馬跳びでもするように椅子(いす)の上に手をつき、腰を下ろす。

マッキントッシュを起動させる。ぶうんという音を立ててモニタが点いた。ジェイは早くも画面に釘付け(くぎづ)けになっている。何が起こるのかと興味津々の様子だ。

「ゲームでもするの？」

「いや、ゲームじゃない。それより面白いものがあるんだ」

初期画面が現れる。孝岡は中央演算室のCD‐ROMサーバへと端末を繋(つな)いだ。マウスを操作して目的のソフトウェアを呼び出す。

画面に脳のCGが出現した。三万二千色で描かれた美しい映像だ。重厚なシンフォニーがスピーカーから流れる。それに乗って脳が滑らかに動き出した。背景は宇宙だ。銀河の中をスペースシップのように進んでゆく。小惑星群の中を抜け、太陽の横を過(よ)ぎる。カメラは脳の勇壮な姿を余すところなくとらえる。時にはアップで、時にはロングで映し、全体の構造がわかるようにさまざまな角度へと回り込む。そして――。

《Welcome to Our Brain!》

英語のナレーションが入った。
ジェイの目が輝き出した。

広沢亮は磁気シールドルームの前で船笠鏡子（ふながさきょうこ）を迎えた。廊下の曲がり角から鏡子の姿が現れたとき、広沢は体温が上昇するのを感じた。メアリーに付き添われた鏡子はいつものように美しかった。すでに木綿でできた緑の実験衣に着替えている。裸足（はだし）でビニールのスリッパをつっかけている。足を動かすたびに髪がゆらり、ゆらりと左右に振れる。電灯の光を受けたそれは黒を通り越して藍（あい）色にすら見える。その漆のように滑らかな色合いが白い首筋を一層引き立てている。すでに広沢の手には汗が滲（にじ）んでいた。やってくる。鏡子がこちらへやってくる。そう思うだけで欲望が湧き起こる。股間（こかん）に収まっているものが動く。

今週に入って三回目の検査日であった。半年前から鏡子は定期的に測定を受けている。超伝導量子干渉素子（SQUID）による脳磁図（MEG）と脳波（EEG）の測定だ。ただし厳密に何日毎というスケジュールが決まっているわけではない。およそ週に二度、一カ月に一〇回程度の測定をおこなうが、月の運行によって若干の変動がある。満月の日は和服を着ているためそのままMEGを測定することができるが、それ以外の日は普段着なので木綿の実験衣に替えてもらう。金属製のものを一切身につけないようにするためである。

鏡子がすぐそこまで近づいてきた。広沢はシールドルームの扉に付けられているハンドルを回した。がたん、という音を立てて鍵（かぎ）が外れる。扉を開けた。外部からの磁気を遮断するために金属板が埋め込まれているのでかなり重い。メアリーが鏡子を部屋の中へと導いてゆく。広沢は扉の脇に立ったままそれを見つめ、メアリーに知られないよう気をつけながら口内に溜(た)まった唾(つば)を呑(の)んだ。

シールドルームは二・五メートル四方の小さな部屋で、中央にMEGの測定装置とリクライニングシートが設置されている。出入口は前後に二ヵ所あり、部屋の向こうは制御解析室に続いている。鏡子はシートに腰掛けた。両足をそろえて前に投げ出す。メアリーが傍らに立って片手を握っている。鏡子の瞳はぼんやりとしていた。この定期検査が始まってから、鏡子は抗てんかん薬であるカルバマゼピンを投与されていない。能力を制御する可能性のある薬物は一切排除されている。危険性は残るが、万一の場合にはブレインテックの医師が鏡子の自宅へ急行する態勢が整っている。鏡子がおこなうべきことはただひとつ、普段は村人たちを相手におこなっていることを、この場所で再現することだ。

広沢は部屋の中に入り、鏡子の位置を確認しながらデュワーとシートの位置を調整した。鏡子の頭上で巨大な白い円筒がじりじりと動く。広沢は時々、ここでデュワーが落下してきたらどうなるだろうという妄想を抱く。液体ヘリウムが充塡(じゅうてん)されたその円筒は、間違いなく鏡子の頭部を果実のように潰(つぶ)すだろう。赤い血が四方の壁に飛び散り、前衛絵画のような美しい模様を描き出すだろう。広沢は鏡子の脳を想像する。これまで何度も核磁気共鳴断層装置(MRI)で鏡子の脳の形態を観察してきた。三次元画像でモニタに映し出されたその脳はぞくぞくするほど美しかった。襞(ひだ)のうねり、血管のねじれ、広沢にとってはそのすべてが他の人間と違って見えた。

だがそれはCGによる仮想現実でしかない。本物の脳、鏡子の本物の脳、それを広沢は見たいと思うことがあった。デュワーに押し潰されて飛び出した脳はどんな色だろう。どんな形だろう。髄液や血液にまみれてぬてらてらと輝いているだろうか？　それはどのくらい柔らかいだろうか？　どのくらい温かいだろうか？　広沢は生温かい脳の断片を手のひらですくい上げるさまを思い浮かべ、危うく恍惚の声を上げそうになった。

デュワーを静かに鏡子の頭部へとセットするとき、鏡子の姿勢を調整しなければならず、広沢は軽くその肩や腰に手をかけた。官能的な刺激が指先から入ってくることを僅かに期待したがそれは叶わなかった。しかし素肌の手触りを楽しむことはできた。鏡子の肌は滑らかで、爪を立てればそこに永久に痕が刻まれてしまいそうだった。

デュワーを下ろす。鏡子は顔の前面を残して頭のほとんどが覆われた。特に体を動かしたり抵抗したりすることはない。だが何をされているのかは完全に理解しているはずだ。広沢は鏡子が反抗的な態度を示したところを見たことがなかった。なぜなのかわからないが、船笠家の女性は代々そのように育てられるのかもしれない。全てを受け入れ、そして能力を与える。

さらに広沢は鏡子の手首に電極を取り付けた。感覚神経の検査のためだ。鏡子の手を公に握ることのできる唯一の機会だった。その細い指先を口にくわえ舐め回したいと何度思ったかしれない。

「じゃあ、いいわね」

メアリーが話しかけ、鏡子の手を軽く握りしめた。頷くことのできない鏡子は目線で合図をする。メアリーは笑顔を作り、手を離した。

「さあ、はじめて」

そういってメアリーは部屋を出た。広沢はその後ろ姿に軽く会釈し、扉を閉めた。そして反対側の扉を開け、制御解析室へ入った。歩きづらい。それもそのはずだ。股間は先程から硬くなったままだった。

《Welcome to Our Brain!》

ナレーションと同時にタイトルが画面に現れた。

《ようこそ、わたしたちの脳へ！　これから脳の中の探検に出かけましょう。驚異に満ちた脳の世界を充分に堪能(たんのう)して下さい》

「ねえ、これは何なの？」弾んだ声でジェイが訊く。

「このブレインテックが開発した教育ソフトだよ。昨日見つけたんだ。脳の形と働きについて、わかりやすく教えてくれる」

孝岡はマウスを操作し、次の画面を呼び出した。ナレーションが淀(よど)みない口調で説明を始める。

《わたしたちの脳の重さは成人男性の場合約三ポンド、一三五〇グラムです。たったそれだけのものの中から、限りない創造性と感情が生み出されているのです。脳はいったいどのような構造になっているのでしょうか？　それぞれの部位はどのような働きをしているのでしょう

か？　さあ、脳全体の構造を探る旅の出発です》

再びシンフォニーが鳴り出し、それと同時に、モニタの中の脳が内側から眩しい白光の筋を放射しはじめた。ロケットが切り離されるように左右の半球が分離し、轟音と共に画面の外へと飛んでゆく。さらに残った部分がひとつひとつ結合を解き放たればらばらになっていった。そのCGは精緻で、バックに流れる音楽にあわせてそれぞれのパーツが流麗に動いた。孝岡はジェイの様子を盗み見た。すっかり心を奪われている様子だ。

画面に視線を戻す。延髄から中脳までの部分が大樹の幹のように立ち上がり、悠然と回転していた。画面の端にメニューが表示されている。次の操作に移れということだ。

このソフトはCGをふんだんに用いて、脳の各部分の機能や、またそれぞれの部位が脳のどの位置に存在し、どのように相互作用しているのかを説明してくれる。全体の位置関係を見るときにはアニメーションムービーになり、また個々の形態を詳しく知りたいときにはマウスを操作することによって映し出されているCGを全方向に回転させることもできる。ナレーションによる説明が欲しいときにはその部位をクリックすればよい。非常によくできた教育ソフトであった。複雑な脳の仕組みを簡潔にまとめてある。

だが、全てのナレーションを聞いていると時間がかかるため、孝岡は直接自分の口で説明することにした。

「ここに映っているのは脳幹の一部だ。ほら、色分けされているだろう。下から順に延髄、橋、中脳と名前がついている。延髄っていう名前は聞いたことがあるかい？　体の平衡感覚や血液の循環、それから呼吸を調節している場所だ。ここが壊れてしまうと人間は生きていけない」

ジェイが元気よく頷いた。

「知ってるよ。ここに針を刺されると死んじゃうんだよね。昔、テレビでサムライがやっているのを見たよ」

孝岡は笑った。なかなか面白い覚えかたをしている。

「感覚刺激は延髄を昇ってきて脳幹に入る。そしてここから大脳へと広がってゆくんだ。ここには網様体という神経線維の網があって、それに乗って刺激は脳の中へ傘が広がるように伝播してゆくんだよ。だからここはとても重要なところだ。意識や命を維持している場所といっていい」

「ふうん」

「次にいこう。間脳と大脳辺縁系だ」

画面をクリックする。ＢＧＭの音量が大きくなり、脳幹が活発に回転しはじめた。そこに空豆のような形のものがふたつ、踊るようにして出現する。脳幹の真上に行儀よく並んだ。視床だ。続いてその下部前方に塊がひとつ現れる。上部は左右に分かれているが下はひとつにまとまっており、漏斗のように窄まったかと思うと先端が伸びて垂れ下がった。視床下部と下垂体である。視床の後ろに小さな粒がひとつ現れた。これは松果体だ。続いて視床下部の内部から二本の紐が上へと伸びはじめた。やがて大きく急カーブを描いて後方に進む。視床の外壁を囲むようにぐるりと回り込んで下へ潜り、太さを増しながらさらに前方へと戻ってくる。海馬だ。

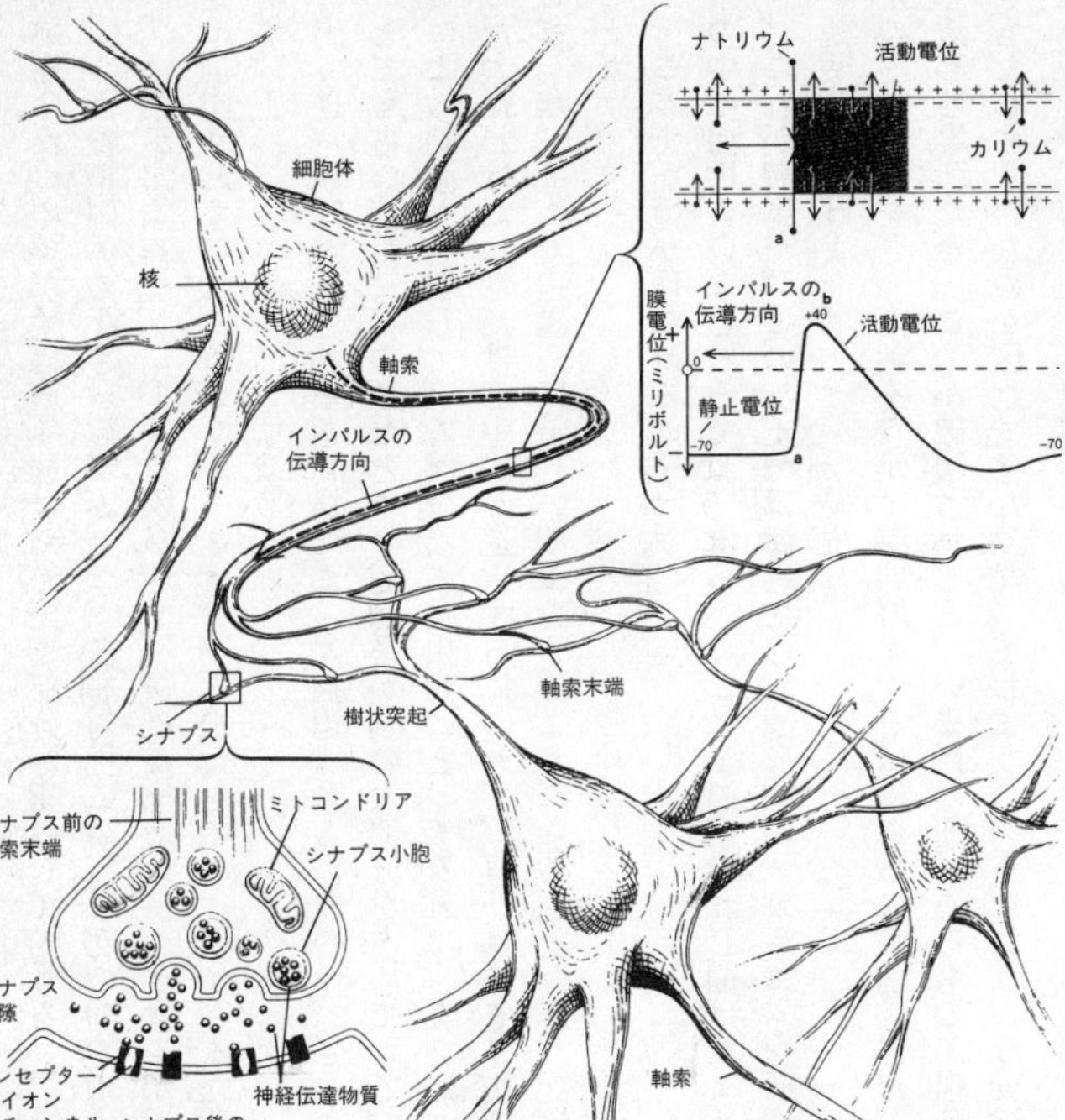

ニューロンの通信方法

『別冊日経サイエンス　脳と心』 日経サイエンス社（1993）より転載

海馬の軌跡をふたつの線がすばやく辿った。先端部分が膨張して固まる。扁桃体になった。最後に空豆のような楕円体の小さい粒がふたつ、左右対称に視床下部の前方のあたりに現れる。側座核だ。音楽が印象的なフレーズを繰り返す。複雑な構造を持つ辺縁系が、見事なＣＧによって完璧に描出されていた。カメラがアクロバット飛行を始め、さまざまな角度からその構造を映し出す。

「ここに出てきたのは大脳辺縁系と間脳だよ。大脳辺縁系というのは、さっきの脳幹もそうだけれど、とても古い脳だ。爬虫類だとこの辺縁系が脳の大部分を占めている。臭いの感覚、つまり嗅覚による刺激を処理している部分だ。爬虫類にとってみれば、臭いがとても重要な刺激のひとつだったわけだね。だけど生物が進化するにつれて、臭いはあまり重要な情報ではなくなってしまった。そこで辺縁系は新しい仕事をするようになる。それが、記憶を作って蓄えるということだ」

「記憶？　ここで記憶が作られるの？」

「辺縁系の中の海馬というところでね。ほら、ここにＹの字をねじ曲げたような形のものがあるだろう。これが海馬だ。このラボでは海馬での記憶形成のメカニズムを研究している。あとで詳しく説明してあげよう。

　辺縁系の他の部位をざっと話そうか。海馬のすぐそばにあるのが扁桃体だ。簡単にいうと好き嫌いを決める場所だな。ここが破壊されると、いま目の前にあるものが自分にとって有益なのか害をもたらすものなのか区別できなくなってしまう。例えばこういう実験がある」

扁桃体の部分をクリックする。実写の映像が現れた。ケージの中に一匹のニホンザルが入っている。ケージには金属製の柵が設けられていた。サルが外を見ることができるようになっているのだ。

ナレーターがいった。

《ふつうのサルに、ゴムでできたヘビのおもちゃを見せてみましょう》

誰かが金属板を下ろし、柵を覆ってサルの視界を遮った。ケージの前にヘビのおもちゃを置く。準備が整ったところで、さっと金属板を引き上げた。

だん！と大きな音を立ててサルが跳び退いた。二本足で立ち上がり、後ろの壁に体をぴったりとつける。怯えながらヘビを見つめている。

《このように不快感を表し、逃げようとしました。サルはヘビが嫌いなのです。それでは次のサルはどのような反応を示すでしょうか。このサルは手術によって扁桃体を除去しています。左右の扁桃体がなくなっているのです》

再びサルが現れた。外見は先程のものとまったく見分けがつかない。同じように柵を覆った後、手前にヘビを置いた。覆いを取り去る。

「あっ」

ジェイが息を呑んだ。サルが平気でおもちゃへと近づき、柵の隙間からひょいと手を出してそれをつかみ、口にくわえたのである。ジェイは呆然として画面と孝岡の顔を見比べた。画面の中で、サルはヘビのおもちゃをなんとか嚙みちぎろうとして歯を立てている。

《扁桃体を除去されたサルは、ヘビが自分にとって有益なのか有害なのか判断できないのです。そのため目の前にあるものをとりあえず口に持ってゆきます》

　孝岡は画面をクリックして映像を静止させた。

「こういうふうに、扁桃体は五感や内臓感覚を受け取って、その情報が自分にとって有益なのか害をもたらすものなのかを判断する。情動の発現に関与しているわけだ。それから扁桃体の内側に位置している側座核、これも重要だ。情動を運動に変換させる部位だと考えられている。やる気を起こさせる部位、といっていいだろうね」

「いろんな部位があるんだね」ジェイが感心したように息を吐いた。

「ああ。人間の感情や本能がいろいろな要素から成り立っているということがわかるだろう？　間脳のほうへ行こう。間脳はいろいろな部分から成り立っているんだけれど、ひとことでその働きをいうなら、恒常性（ホメオスタシス）の維持だ。体の中の状態が常に一定になるようにしている。爬虫類は変温動物で、人間は恒温動物だということは知ってるね？　なぜ人間はいつも体温や血圧が変化しないのかというと、この間脳がさまざまなホルモンを出して、体の内部を調節しているからだ。それだけじゃない。人間には自分の体を守ったり、子孫を増やそうとする本能が備わっているね。食べたり敵から逃げたり生殖したりするわけだ。そういった本能的な働きも、この間脳は作り出している」

　マウスを操作し、モニタの中のポインタを動かしてそれぞれの部位を示してやる。

「ここにあるように、間脳は視床や視床下部、下垂体、松果体といった部位で構成されている。

視床は外部から入ってくるほとんどの情報を選り分け、大脳皮質へと伝える中継点だ。その下にあるのが視床下部。ここがホメオスタシスを調節する自律機能の中心部だよ。体温や血圧の調節、食欲や代謝の調節、その他に性的な欲求の発現や感情の調節もここでおこなっている。下垂体へ指令を出して、さまざまなホルモンの発現を制御したりもする」

「へえー、性的な欲求！」

ジェイは孝岡からマウスを取り、その部分をクリックした。ナレーションがスピーカーから流れてくる。

《視床下部がこのような数多くの働きをするのは、幾つもの神経の核が集まっているからです。それぞれの働きを簡単に見てゆきましょう。視床下部は大雑把にいうと前群、中群、後群にわかれています。前群には性欲を発現させ、セックスをする前に感情を高めてゆく視索前野と呼ばれる部分があります。この視索前野と弓状核から分泌されるホルモンは下垂体へ作用して、最終的に女性の生殖周期や男性の精子形成を制御します。中群は主として食欲と性欲に関係しています。例えば背内側核はセックスをおこなっている時に興奮します。また腹内側核は満腹中枢とも呼ばれており、ここが障害を受けると満腹感が得られず過食になり肥満体になることが判明しています。女性の場合、背内側核に加えてこの部位もセックス時に興奮することが知られています。外側野は食欲を促す摂食中枢です。そして後群には体温の調節をおこなう中枢があります》

「わお、ねえ聞いた？　セックス時に興奮するんだってさ！　ええっと、てことは、つまり女の人はセックスするとおなかがいっぱいになるのかな？」

「さあ、どうだろう」

孝岡は苦笑した。ジェイは大声ではしゃいでいる。ちょうど性というものに興味を示しはじめる年頃なのだろう。

「先へ進むよ。下垂体はさっきもいった通り、視床下部からの刺激を受けてさまざまなホルモンを放出する場所だ。それから後ろのほうにある松果体、ここは外界の光の量や天体の周期に反応する。環境の情報を受け取っているわけだね。この松果体からはメラトニンというホルモンが出ていて、この分泌量は昼に少なく夜に多い。これによって人間の一日の活動周期はコントロールされているんだよ。ジェイはデカルトっていう人を知っているかい」

「知らないなあ」

「一七世紀のフランスの哲学者だ。彼は脳の構造の中でも特に松果体に注目した。なぜかというと、大脳皮質や大脳辺縁系のほとんどは左右対称にひとつずつ同じ構造のものがあるのに、松果体だけは真ん中にひとつ存在するだけだったからだよ。彼は『脳』と『心』は別のものだと考えた。『心』が松果体に作用して『脳』を制御していると思っていたんだ。ジェイはどう思う？」

「……うーん、わからないよ。でも心（ハート）は心臓（ハート）にあるものだと思ってたけど、そうじゃないんだね。今までの話を聞いてると脳にあるみたいだけれど、なんとなくどこでもないって気もするよ。心（ハート）と魂（ソウル）の違いもよくわからないし」

「確かにこの問題は難しすぎるね。科学者でもわからないんだから」

「タカオカさんもわからないの？」

「ああ、正直いってよくわからない。手がかりはあるけどね。よし、次にいこう。大脳基底核と小脳だ」

孝岡はマウスをクリックした。画面の中で脳幹と大脳辺縁系が淡い色に変化し半透明になる。またもＢＧＭが大きくなり、それと共に大脳基底核のパーツが出現し、ぐるぐると回り始めた。辺縁系以上に複雑な形状だ。

まずは視床の両脇（わき）に寄り添うような形で丸い物質が固定された。淡蒼球（たんそうきゅう）である。さらにその脇に奇妙な格好のパーツがおさまる。中央は凸面レンズのようであり、その周囲をぐるりと紐が取り巻いている。レンズの側面からは放射状に何本も線が出ていて紐に連絡している。その姿はまるで車輪か蝸牛（かたつむり）の殻とでもいったような形だ。中央のレンズ状のものが被殻（ひかく）、まわりの紐が尾状核（びじょうかく）である。あいだを連結している放射状の線は間橋（かんきょう）だ。

そして脳幹の上部に一対の丸い塊がおさまった。さらにもう一対、その上に入る。下のほうが黒質、上は視床下核である。最後に、画面の脇から小脳が現れた。後方から脳幹の橋のあたりに結合する。

「大脳基底核と小脳は全身の運動を制御する場所だ。大脳基底核のほうが大雑把な動きを受け持って、小脳がそれを細かく調整する。例えば、眼をつぶって指先を口に持ってゆくという動作を考えてごらん」

ジェイはその通りにやって見せた。

「そうだね。ここで大脳基底核が担当しているのは、腕を動かして指を顔のほうへと持ち上げる、という運動だ。だけどそれだけでは口を触ることはできないよね。鼻や目じゃなくて、ちゃんと口を触ることができるように、指や口がどこにあるかをしっかりと認識して、微調整することが必要だ。そういった動作の最終段階にあたる細かい運動を小脳が受け持っているんだよ。専門的な言葉を使えば、体性感覚と平衡感覚を司（つかさど）っている、ということになる」

ジェイは面白がって何度も動作を繰り返す。

「実をいうと、小脳は記憶とも関係しているんだ。これも後まわしにしておこう。残っている部分を説明してしまうよ。大脳新皮質といって、『心』に最も近いと考えられているところだ」

画面をクリックする。

左右から巨大な大脳半球が出現した。BGMが荘重な調べに変わった。ふたつの半球は内側から白い光を発しながら互いにその身を近づけてゆく。そしてこれまで築き上げられてきた脳幹、大脳辺縁系、そして大脳基底核の上から、ゆっくりと降下し、それらに覆い被（かぶ）さってゆく。辺縁系や基底核が見えなくなるまで降りてきたところで、左半球と右半球の間に目映（まばゆ）い閃光（せんこう）が走った。一本、二本、三本。次々と光の筋が架かってゆく。無数の光線が束となって脳弓（のうきゅう）を作り上げた。左右の半球がさらに近づいてゆく。光の束に引き寄せられるようにして近づいてゆく。そしてついに連結され——、最初に見た本来の脳の姿が完成した。

「この大脳新皮質が一番重要だ。中心溝を境にして、前頭葉の最後部は運動の信号を送り出す働きがあるし、頭頂葉の最前部は運動の信号を送り出したり、体のさまざまな部位から得られる触覚を受け取っている。後頭葉という部分は視覚に関わっている。ちょうど耳の上にあたる側頭葉は、記憶や知覚、聴覚に関係している。それから前頭葉の前のほう、額の内側のところは、こういったいろいろな情報を統合して、創造性とか意思とか思考を司っているといわれている」

「すごいや」ジェイは目を輝かせながら興奮した口調でいった。

「メニューをクリックしてごらん。もっといろいろ説明してくれるから」

「うん、それもいいけど、タカオカさんの研究について教えてよ。記憶ってどうやって作られるの？」

孝岡は嬉しくなった。ジェイの好奇心に応えてやりたい。

「よし。それじゃあ、まずはこの図からだ」

広沢は制御解析室で端末コンソールの前に座り、小さな白黒のモニタを見つめた。デュワーと一体化した鏡子の姿が映っている。シールドルーム内に設置されたビデオカメラの映像だ。手前に伸びている両足は腿のあたりまで実験衣に覆われている。ワンピースなので裾がはだけることはない。その奥を覗く楽しみがないのが広沢には不満だった。

広沢は測定を開始した。モニタに波形が記録されてゆく。鏡子の脳磁図（MEG）と脳波（EEG）である。

神経細胞が興奮するとき、細胞内に電流が流れる。この電気的な活動によって観察される電位変動を記録したものが脳波(EEG)である。頭の表面に電極を置き、それぞれの電極が示す電位の差を測定するわけだが、この方法は分解能が低く、脳内の活動をごく大雑把にしか知ることができない。

そこで一九七〇年頃、神経細胞の活動によって生じる磁場の変化を測定する方法が開発された。この測定方法は脳波測定よりも格段に感度が良いため、現在多くの大病院で利用されている。磁場の変化は超伝導と半導体技術を組み合わせてつくられた超伝導量子干渉素子(SQUID)によって測定される。測定装置全体のことを脳磁計、またこの方法によって得られるパターンを脳磁図と呼び、どちらも略称はMEGである。

このブレインテックに設置されている脳磁計(MEG)はフィンランド製の最新機種で、頭部一二二カ所の脳磁図(MEG)と一九カ所の脳波(EEG)を同時に測定することができる。いまモニタにはそのうちの主要とされる数十チャンネルがずらりと一列に表示されていた。

広沢はその中のT_4とF_8のEEGに注意を向けた。時折り特徴的な波形が現れる。ぴくりと鋭い棘波(スパイク)の後、緩やかな山が続く。棘徐波複合(きょくじょは)だ。いつもと同じパターンであった。明らかな不調和音である。

T_4やF_8とは頭部にセットされた電極の位置を示す記号だ。T_4が右側頭中部、すなわち右耳の真上にあたり、そしてF_8はT_4よりもやや前寄りの部位を指す。鏡子はこれらの部分の波形が乱れることが、すでにこれまで蓄積したデータから判明している。広沢はMEGのパターンにも目を向けた。やはり右頭中部で同様なスパイクが見て取れる。

この定期測定をはじめて半年になるが、鏡子の右側頭葉に発生する不調和音の頻度は見事なほど月の運行と同調(シンクロナイズ)していた。この前の日曜日が満月であり、そして今日はそれから五日が経過している。日曜日のときに比べると、下弦に近づいている分だけ鏡子の発するスパイクの数は少ない。しかしそれでも睡眠賦活を必要としないほどの強さだ。

広沢は喉(のど)を鳴らした。

目の前で幾筋もの線が複雑な波を描いて行く。その波の群れを、美しいと広沢は思った。CGで創られた芸術作品のようだ。鏡子の描き出す波形は他の人間のそれとは確実に異なっている。それは鏡子の頭蓋(ずがい)の中に収まっている脳の美しさを象徴している。鏡子の右のこめかみで、誰にもわからないほど微(かす)かなタッチで鍵盤(けんばん)が叩(たた)かれている。キン、キン、キンと甲高い音が鏡子の皮膚を通り抜けて空中に舞っている。自分だけがその音を聴くことができるのだ。自分だけが鏡子の奏でる繊細な音楽を鑑賞できる。鏡子はこの自分のためだけに愛のメロディを弾き続けている。

「続いて感覚神経の検査」

広沢はそうアナウンスし、手元のキーを操作して電流パルスを発信させた。

「脳というのは、簡単にいってしまえばたくさんの神経細胞が集まったものだ。大脳新皮質だけでも一四〇億個の神経細胞があるといわれている。ただし、集まっているだけでは何の意味もない。実は神経細胞同士の繋(つな)がり方が重要なんだ。神経の中を通る刺激が電気だということを聞いたことはあるかい」

「うん、それは知ってるよ」

孝岡は画面に有髄神経細胞の模式図を表示させた。

「これが典型的な神経細胞の姿だ。細胞体からは樹状突起が幾つも出ていて、それから軸索というものが長く伸びているのがわかるね。軸索の先端は神経終末といって、ここが別の神経細胞と連絡する部分だ。それから、ここで注意してほしいのは、細胞と細胞が連絡している部分だ。こっちの拡大図を見てごらん。くっついていないだろう。だいたい一ミリの五万分の一くらいの隙間が空いている。この部分をシナプスという。一個の神経細胞は、だいたい一千個くらいの他の神経細胞とシナプス結合している。刺激を伝える側の神経終末は、ボタンのように膨らんでいるからシナプスボタンとも呼ばれている。そしてここからが重要だ。神経細胞の中を通る刺激はインパルスという電気刺激だけど、このシナプスの間はインパルスが伝わらない。細胞が離れているからね」

「えっ、じゃあどうするの」

「神経伝達物質というものが使われる」孝岡は幾つも模式図をモニタに起ち上げながら説明を続けた。「インパルスが軸索を伝わって神経終末まで来ると、神経伝達物質が放出される。神経終末にはシナプス小胞という泡みたいな袋が幾つもあるのがわかるだろう。この中に神経伝達物質が入っている。インパルスが伝わってきたのをこのシナプス小胞が感知して、中に入っている物質を細胞の外に放出する。シナプスの隙間をシナプス間隙というんだけれど、そこに物質が撒かれるわけだ。すると、ほら、受け取る側の細胞には受容体というものがある。ここに神経伝達物質がくっつく。するとこのレセプターは、物質がくっついたということを認識して刺激を作り出す。受け取った側の細胞で、新しくインパルスが発生する。こうして刺激がニューロンからニューロンへと伝達されるんだ」

「細胞の中では電気が流れてるけど……、細胞と細胞の間は違うってことだね」ジェイが自分なりにまとめてみせた。

「そういうことだ。神経伝達物質にはたくさんの種類がある。グルタミン酸、アセチルコリン、ドーパミン、その他いろいろだ。それを受け取るレセプターもそれぞれ違っている。伝達物質とレセプターはちょうど鍵と鍵穴のような関係になっていて、互いに適合するものとだけ反応する」

「へええ」

「インパルスの正体は何かというと、活動電位だ。どうして活動電位が起こるのかというとナトリウムイオンが細胞の中に入るからで、細胞の中がマイナスからプラスに変わるためだ。こういうふうに細胞内の電位が変わることを脱分極という。

ここはちゃんと説明しておこうか。まず、細胞の外は液体で満たされている。そうでないと細胞は乾いて死んでしまうよね。ただし細胞の中と外ではその組成が違う。例えば、細胞の外はナトリウムイオンがたくさんあるのに対し、細胞の中では少ない。ナトリウムイオンは電気的にプラスの性質を持っている。だから細胞の外はプラスだ。一方、細胞の中はというと普通マイナスになっている。細胞の膜にはナトリウムを通す門のようなものがあるんだけれど、普段これは閉まっているからナトリウムイオンは細胞の中に入ってこない。ここまではいいかい？」

「うん。細胞の外はプラスで、内側はマイナスだね」

「神経細胞が刺激を受け取っていないときはこのままの状態で休んでいる。ところがある部分で刺激が起こると、そこにあった門が開く。プラスのナトリウムイオンがどっと細胞内に流れ込む。細胞の中は、そこだけプラスになる。するとその刺激を受けて、今度は近くの門が開く。そこでまたナトリウムイオンが入り込む。その刺激でまたその隣の門が開く。こういうふうに、一カ所でマイナスからプラスへの変換が起こると、プラスになる場所が次々と移っていく。インパルスが伝わっていくわけだ。有髄神経ではその速度が秒速一二〇メートルといわれている。かなりの速さだね。そしてインパルスが神経終末まで届くと、それを受けて神経伝達物質が放出される」

「なんとなくわかったよ。でも、どうしてシナプスなんてものがあるの？　そんなに電気の刺激が速いんだったら、シナプスなんか作らないで、細胞をくっつけちゃったほうがいいんじゃないかなあ」

「でも、そうすると都合が悪くなるんだ。どこまでも刺激が同じ強さで伝わってしまう。刺激が来たときに、それをもっと強くして次へ送ったり、逆に弱くしたりすることができる仕組みが脳の中では必要なんだよ。それを調節しているのが、このシナプスというところなんだ。この働きのおかげで記憶することができるんだよ」

「ふうん」

ジェイはそんなふうに答えた。まだあまりイメージが湧かないのだろう。もう少し説明を続ければわかってくるに違いない。孝岡は次の図を呼び出した。

「よし、とりあえずニューロンからニューロンへの刺激の伝わりかたがわかっていてくれればいい。いよいよ記憶の話に入るよ。ジェイ、記憶っていうのは細かく分けるとどのくらいの種類があると思う？」

「種類？　そんなに種類があるの？」

「ああ。まず記憶は保持力の長さの面から大きく三つに分類できる。どれだけ長い時間覚えているかという分け方だよ。短いほうから順に、感覚記憶、短期記憶、長期記憶と呼ばれている。このうちひとつめの感覚記憶というのは、厳密にいうと記憶しているわけじゃない。いまこうやって話をしているときにも、無意識のうちにいろんなものを見たり聞いたり感じたりしているだろう。全ての感覚様式を介して流入してくるそういった刺激を、とにかく最初に受け入れておく状態が感覚記憶だ。これはだいたい数秒で頭から消えてしまう。見たもの聞いたものの全てを覚えていたら、大変なことになってしまうよね。インプットされた感覚記憶のほとんどは気がつかないうちに忘れてしまうんだ。そういったものの中で、意識的に注意を向けたものが、ふたつめの短期記憶として残ってくる。例えばお使いを頼まれたとする。ブレインテックの購買部に行って鉛筆と消しゴムを買ってきて、といわれたとするね。この鉛筆と消しゴムを、ジェイはどうやって覚える?」

「それくらい何もしなくても覚えられるよ。鉛筆と消しゴムでしょう?」

「でも覚えようとしているはずだよ。購買部に行くまでの間、鉛筆と消しゴム、と心の中で何回か繰り返すはずだ。電話をかけるときも似たようなことをしているだろう? 電話帳を開いて、そこに書いてある番号を覚える。番号を口に出していっているかもしれない。そして電話のボタンをプッシュするね。やっぱり何秒か何分かの間は番号を覚えていないといけないわけだ。こういうふうに、何度か心の中で繰り返したり、口に出したりといったリハーサルをすることによって、物事を短期記憶として蓄えることができる。そしてそのリハーサルをうまくやると、短期記憶は長期記憶になる。こうなると何年経ってもなかなか忘れない。ジェイも小学校でテストを受けるだろう。その直前に教科書を見て、なんとか覚えようとしたことはないかい。それでテストは乗り切っても、何日か経つともう忘れてしまっているなんてことがある。これは短期記憶が長期記憶にならなかったからだね」

「そっか」

「こういった記憶は三つのプロセスから成り立っている。記銘、保持、再生だ。記銘は経験したことをインプットすること。インプットしたものをそのまま蓄えておくのが保持。そして思い出すのが再生だ。感覚記憶というのは記銘しただけで保持していない状態だね。保持しないからすぐに流れていってしまうわけだ。こういうふうに、一口に記憶といっても細かく分けることができるということがわかるね」

「うん。ここまでは簡単だよ」

「よし。次に、どうして記憶にいろいろな種類があるとわかったのか、ということについて話そう。一九五三年、H.M.という男の人が脳の手術を受けた。この人は重いてんかん症状に悩まされていたんだ。彼は二七歳のとき、てんかんを治療するために脳の側頭葉の内側を左右とも切り取った。具体的にいうと、海馬と扁桃体と海馬傍回（ぼうかい）のあたりだ。H.M.さんのてんかんは治ったんだが、その後、彼を手術したお医者さんは大変なことに気づいた。記憶障害が起こってしまったんだよ。それも奇妙な障害だったんだ」

「どんな？」

「新しいことが覚えられなくなった。それから手術から三年前の出来事も部分的に忘れてしまった。このH.M.さんは健忘症（アムネジア）になってしまったんだ。ところが古いことはよく覚えている。例えばお医者さんがH.M.さんを検査するとこんな具合になるんだ。H.M.さんが一〇代、二〇代だったころに起こった出来事を質問していく。するとH.M.さんはちゃんと答えられる。その頃活躍した俳優や、当時の大統領の名前も忘れていない。ごく正常な受け答えをする。そこまで検査したところでお医者さんは急用ができ、少しのあいだ席を外さなければならなくなってしまう。何分かして、用を済ませて戻ってきたお医者さんは『すみません、遅くなりまして』といってあやまる。するとH.M.さんはびっくりしてこういう。『あなたとはこれまでお会いしたことがありませんが』」

「ええ？　どうして？」

「新しいことが覚えられないからさ。H.M.さんは毎日会っているお医者さんや看護婦さんの顔を覚えられない。少し気を逸らしてしまうと、それまで自分が何をしていたのかわからなくなってしまう。

このH.M.さんの症例から、海馬のあたりがなくなると短期記憶が障害されてしまうのだということがわかったんだ。そしてどうやら短期記憶と長期記憶が蓄えられる場所が異なっているらしいということもわかる。H.M.さんは昔のことはずっと記憶しているわけだからね。ただしH.M.さんは運動記憶はそのままだった。つまり、技能の習得は普通の人と同じようにできたんだ。だから運動記憶の場所は海馬ではないということもわかった。H.M.さんはその後もずっと生きているけれど、おじいさんになっても年齢を訊かれると手術をしたときの二七歳と答えるそうだ。H.M.さんは常に、『今』を生きているのかもしれないね」

ジェイは目を丸くした。

「もうひとり、H.M.さんと同じような症状になってしまった人にR.B.さんがいる。R.B.さんは心臓の手術を受けていたときに心臓が止まってしまって、一時的に虚血状態になってしまった。お医者さんが心臓マッサージをしたおかげでR.B.さんは回復したんだけれど、しばらくしてR.B.さんが健忘症になっていることがわかった。古い記憶は覚えているのに、新しいことは覚えられなくなってしまった。ここにR.B.さんが描いた絵のコピーがある。見てごらん」

マウスを操作し、ロケットの絵が三つ描かれている図を示す。

「一番右に描かれているのがお手本の絵だ。R.B.さんはお手本を見ながら模写をすることはできる。ところが何十分かしてから、今度はお手本を見ないで記憶だけで描こうとするとできない。真ん中の絵は普通の人を同じようにテストした結果だ。こっちの人は記憶だけでもかなりお手本の絵と似たものを描くことができた。これだけ違いが出てしまうんだ。

R.B.さんは手術から五年後に亡くなったんだけれど、そのとき脳を取り出して調べてみたら、海馬のCA1というところだけが損傷を受けていたことがわかった。この部分の細胞は虚血になると壊れやすいんだよ」

「……なんだか可哀相だね」

「これで短期記憶が海馬と密接に関係していることがわかったろう。このラボでは、海馬でどのようにして記憶が形成されるかということを研究しているんだ。ここでようやく最初に話していたシナプスに話が戻る。シナプスでの神経伝達物質と受容体の反応が記憶を作り出しているんだよ」

広沢がキーを押すと同時に波形が変化しはじめた。鏡子の手首に取り付けた電極へ刺激を流したのである。おそらく鏡子は疼くような鈍い刺激を感じているはずだ。頭部の二次元図を再生してみる。頭頂葉の感覚野が活性化していることがわかった。これも予想通りの結果であった。感覚神経が正常か否かを確認する検査である。充分なデータを得たことを確認した後、広沢は刺激を切り、マイクに向かっていった。

「では、始めて下さい」

モニタの中の鏡子がぴくりと体を動かす。唇が離れ、白い前歯が僅(わず)かに覗(のぞ)く。広沢はその口元を凝視した。

鏡子の頭部を覆っているデュワーの中にはコイルが敷き詰められており、脳から出る磁場を検出する。コイルはデュワーの中に入っている液体ヘリウムによってマイナス二七〇℃にまで冷却され、超伝導状態となる。脳から発せられる磁場は10^{-13}テスラと極めて微弱だ。地球から出る磁場が10^{-5}テスラであるからその一億分の一である。コイルを超伝導にすることによって検出感度が飛躍的に上昇し、この僅かな磁場を測定することができる。

まだT_4とF_8では棘徐波(きょくじょは)が断続的に現れていた。

いまモニタに現れている波形を見れば、おそらく多くの医師がこう考えるだろう。これは発作間歇(かんけつ)時の典型的なパターンだと。

確かにそれはある意味で正しい。

見かけ上、鏡子の症状は側頭葉てんかんである。少なくともMEGによる検査の結果からすれば、そういう結論が導かれる。いま、鏡子は発作を起こしていない。従って発作間歇時の波形がモニタに刻まれている。

世界保健機関(WHO)によると、てんかんは「種々の病因によってもたらされる慢性の脳疾患であって、大脳ニューロンの過剰な放電から由来する反復性の発作(てんかん発作)を主徴とし、それに変異に富んだ臨床ならびに検査所見の表出が伴う」と定義される。鏡子の場合、右の側頭部に「大脳ニューロン由来」の「過剰な放電」が存在し、そして能力の発現に同調して「反復性の発作」が生ずる。この症状は彼女が一〇歳のときから続いている。つまり「慢性の脳疾患」だ。明らかに鏡子の症状はてんかんの定義に当てはまる。

だが、それだけでは鏡子の全てを表現したことにならない。

鏡子には、通常のてんかん患者に見られない特殊な能力が備わっているのだ。この一点で、鏡子はこれまでに報告されたどのてんかん症例とも厳密に区別される。

広沢はこの測定室でしか鏡子と会ったことがなかった。普段どのような生活をしているのか、どこで何をし、何を食べ、誰と共にいるのか、広沢にはまったくわからない。そういった重要な情報は、メアリーから一切与えてもらえないのだ。

しかし、鏡子の儀式がどのようなものであるかは僅かながらに情報を摑んでいる。はじめてその事実を知ったとき、広沢は身悶えするほどの嫉妬と怒りを感じた。鏡子の白い裸身が闇の中でうねうねと蠢くさまを想像し、眼球の裏で閃光が散ったほどだ。いまモニタの中で人形のように全身を伸ばしている鏡子が、ここへ来るときは常に無表情でこちらの問いかけにまったく反応しようとしない鏡子が、村人たちの前では淫らに喉を反らせ、髪を振り乱し、乳首を鋭く立て、股を大きく開き、爪先を丸め、脇腹を痙攣させ、眉をしかめ、そして唇を開き、その端から粘り気のある唾液を垂らし、大きな声でよがり——。

広沢は鏡子の唇から目を離した。

横のモニタに視線を移す。

T_4の棘徐波の周波数が大きくなり始めた。

「いままでは時間の観点から記憶を分類してきたね。でも別な角度からの分け方もある。何を記憶するかだ。大雑把にいうと、運動系に関する記憶と運動系でないものに関する記憶、というふうに二種類に分けることができる」

「運動？」

「少し難しい言葉だけれど、運動系に関するほうを運動記憶、そうでないものに関するほうを認知記憶という。認知記憶というのは、例えば学校の授業で習ったことを知識として覚えているとか、昔友達と海に行って遊んだときのことを覚えているとか、そういうふうに言葉で説明できるような記憶だね。これは主に脳の中の大脳新皮質や海馬といったところと関係がある。運動記憶のほうはその名前の通り、体の動きの記憶だ。自転車に乗ったりピアノを弾いたりできるのは、何回も練習して体に覚え込ませるからだろう？　だけどこのときのやり方を口で説明しなさいといわれても、なかなかうまくいえない。認知記憶とは違った種類の記憶だということがわかるね。こちらは大脳新皮質のほかに、小脳や大脳基底核といったところも関係している」

「うん」

「認知記憶のほうから説明しよう。ここのラボでやっている研究に近いからね」

孝岡は海馬の錐体細胞の詳しい模式図をジェイに示した。

「シナプス小胞に入っているのがグルタミン酸というアミノ酸だ。名前は聞いたことがあるだろう。調味料なんかにも入っているね。あれは実をいうと神経伝達物質としても使われているんだ。軸索からインパルスが伝わってくると、シナプス小胞はシナプス前膜のほうに向かって動き出す。そして中のグルタミン酸がシナプス間隙へ放出される」

次の図を出す。シナプス小胞が膜と融合し、中に入っている小さな粒が幾つも外へ出ている様が描かれていた。その粒が、シナプス後膜のレセプターに結合している。

「グルタミン酸は、シナプス後膜にあるグルタミン酸レセプターというのにくっつく。グルタミン酸レセプターには色々な種類があるんだけれど、ここで関係するのはそのうちのAMPA型とNMDA型の二種類だ。AMPAレセプターのほうにグルタミン酸がくっつくと、このレセプターは門が開いて、外にあったナトリウムイオンを中へ通すようになる。ナトリウムイオンが細胞の中に入るから、細胞の中はプラスになる。脱分極が起こるわけだね。刺激が伝わったわけだ」

「それでおしまい？　簡単じゃない」

「まだ続きがある。これだけだと単に刺激が伝わっただけだろう？　これでは記憶が形成されないよ。ここでNMDAレセプターのほうが関係してくるんだ。NMDAレセプターにもグルタミン酸はくっつくんだけれど、普通の状態ではこのレセプターは何も働かない。なぜかというと、門の中にマグネシウムイオンが挟まっているからだ。門が詰まっているから、グルタミン酸がくっついてもイオンを通さないんだ。ところが、いいかい、ここが重要だ。ジェイが電話番号を覚えようとしてその数字を何度も何度も心の中で繰り返すとするだろう。ジェイが繰り返す度に、同じインパルスが軸索を通って流れてくる。何度も何度もグルタミン酸が放出されて、AMPAレセプターからナトリウムイオンが入る。刺激を受け取っている後シナプスの脱分極が長く続く。すると、NMDAレセプターのマグネシウムイオンのブロックが外れるんだ。そしてこのレセプターを通って、今度はカルシウムイオンが細胞の中に流れ込んでくる」

「カルシウム？　今度はナトリウムじゃないの？」

「ああ。カルシウムイオンが細胞の中にたくさん溜（た）まると、細胞の中にあったある種のタンパク質が活性化される。このタンパク質はAMPAレセプターやNMDAレセプターを活性化して、グルタミン酸に対する感受性をもっと強くさせる。そうなるとレセプターはどんどんイオンを通すようになるから、細胞が受け取る刺激はもっと強くなる。こういう活性化が起こると、しばらくの間はその状態が続くんだ。つまり、グルタミン酸が少し放出されただけでもたくさんの刺激が後シナプスに伝わるようになる。これはどういうことかわかるよね」

「ええと、刺激が伝わりやすくなったってことでしょ」

「その通り。これが学習したってことなんだ。こういうふうにシナプスの伝導効率がずっと上がる状態を長期増強（ロング・ターム・ポテンシエーション）、略してLTPという。記憶のできあがりさ」

ジェイは大袈裟（おおげさ）にへええと声を上げた。目を大きく開いて図を見つめている。LTPの概略はだいたい理解してくれたようだ。

これでも孝岡は一連の反応経路のうち、かなりの部分を端折(はしょ)っていた。しかしおおよその仕組みを知るだけであれば、いま説明した内容で充分であるはずだ。

ジェイが興奮した口調でいう。

「なんだか不思議な感じだね。記憶するってことは頭の中でナトリウムとかカルシウムの流れ具合が変わることなんだね。いまこうしていてもナトリウムが細胞の中に入ってるんだ」

「ああ、そうだよ。でもこれはまだ短期記憶の話だ。海馬で短期記憶として蓄えられた刺激は、大脳新皮質へ移されて長期記憶になる。いまいったように、海馬で起こるLTPはタンパク質の活性化に依存しているわけだから、この活性化がなくなって元通りになってしまうと刺激の伝わりかたも普通に戻ってしまう。この間がだいたい数時間から数週間といったところだね。だからそうなる前に刺激を大脳新皮質へ固定しないといけない。大脳新皮質では海馬の細胞と違って、レセプターを活性化するほかにシナプスの数までも変えてしまうんだ。細胞内にカルシウムイオンが増えると、細胞の中にあるプロテインキナーゼCといった酵素が働いて、二次伝達系(セカンド・メッセンジャー)が活性化される。これが神経細胞のDNAに作用して、シナプスを増やすのに必要なタンパク質や神経突起を増殖させる因子をどんどん作らせるんだ。これによって新たな神経回路網が形成される。シナプスの数が増えれば、より多くの刺激を次の細胞へ伝えることができるようになる。タンパク質をただ活性化したのと違って、シナプスの数を増やすわけだから、長期間にわたって安定して強い刺激を出すことができるよね。だから一旦(いったん)大脳新皮質に移った記憶はなかなか消えないんだ。長期記憶になるわけだよ」

「……うまくできてるんだね」ジェイは腕を組むと、ふうと息を吐き出した。「記憶するたびに脳の中の神経が形を変えるんだね。ぼくらの記憶はシナプスの数とかナトリウムの入り込み具合で決まっちゃうんだ」

孝岡は一瞬言葉に詰まった。ジェイがなにげなくいった感想は、脳に対する研究者と一般の考え方の違いを端的に表しているような気がしたのだ。

人間の精神活動はすべて脳のニューロンの働きで説明されうる。喜怒哀楽、記憶と情動、意識や思考、それらは分子によって引き起こされる化学反応である——。少なくとも孝岡はそう思っていた。いや、おそらく医学に携わるほとんどの人が同じ考えだろう。物質還元主義的な立場から人間の営みを捕らえているはずだ。その感覚が全身に滲み付いてしまっている。だから以前、あのDNA二重らせんモデルの提唱者フランシス・クリックが一般向けに書いた啓蒙書を読んだとき、そういった考え方をわざわざ「驚くべき仮説」として紹介してあることに、ひどく居心地の悪さを感じた。

だが……、それを「驚くべき」ものとして素直に感心するジェイのほうが、実は健全なのかもしれない。記憶することによって神経回路網が物理的に変化するという事実は、確かに日常の感覚からかけ離れている。

ワイルダー・ペンフィールド。ジョン・C・エックルス。孝岡はふたりの著名な脳神経学者の名を思い出した。脳の研究に一生を捧げた彼らが晩年になって到達した結論は、「心は脳の働きでは説明できない」というものだった。その境地を、孝岡はまだ実感できない。むしろジェイのほうが、このふたりの研究者に近いところにいるのではないか。

「タカオカさん、すっごく面白いよ。運動記憶のほうも同じなの？　小脳のやつ」

「あ、ああ」

ジェイの貪欲（どんよく）な好奇心はなかなか止まらない。孝岡は気圧（けお）されながらポインタを動かし、小脳のプルキンエ細胞の模式図を呼び出した。

そのとき不意に、耳元で何かが弾（はじ）けた。

「…………？」

「どうしたの？」

孝岡は天井を見上げた。ジェイには聞こえなかったようだ。静電気が閃（はし）ったのだろうか。何でもないといって説明に戻った。気のせいだったのかもしれない。

「ええと、運動記憶の話だったね。運動記憶というのは練習して自然と身につく『技』のことだ。自転車に乗るためにはバランスを取ることができるようにならないといけない。そのコツは言葉で教えてもらっても覚えられないよね。何度も練習することによってだんだんと身に付けていくわけだ。

　このとき体を動かす命令を発しているのが大脳新皮質の運動野というところだ。そこから体の各部分へ、錐体路系（すいたいろけい）を介して刺激が送られる。その間で細かな制御を担っているのが小脳ということになる。自転車に乗るためのコツを学習するのは、運動がうまくいかなかったときに、簡単にいうと、誤りだった部分を小脳が微調整するからだ。誤りが少なくなるような方向に変化させるわけだね。誤りの調節の仕方には刺激を抑制する方法と促進させる方法があるけれど、このうち抑制させるほうを、LTPに対して長期抑制(ロング・ターム・デプレッション)、LTDと呼んでいる」

「LTD?」

「この図を見てごらん。小脳の神経細胞はちょっと複雑だろう。プルキンエ細胞という神経細胞が上下に長く伸びているね。これに蔦(つた)がからみつくような形で、登上線維(とうじょうせんい)というのが一本寄り添っている。そしてこのプルキンエ細胞を横切るようにして、何万本という数の平行線維(へいこうせんい)が走っているんだ。この登上線維や平行線維はプルキンエ細胞とシナプスで結ばれている。プルキンエ細胞の表面にはレセプターがあって、さっき教えたように神経伝達物質がくっつくと門が開いてナトリウムイオンやカルシウムイオンが入る仕組みになっている。難しいかな?」

「大丈夫だよ。結局、さっきとちがうのは二種類の細胞とシナプスでつながっているってことでしょ」

「いいぞ。その通り。プルキンエ細胞は登上線維と平行線維のふたつから刺激を受け取ることができる。ところがこのプルキンエ細胞は、両方の線維から同時に刺激を受けたときに変化が起こる。平行線維からの刺激をあまり受け取らなくなってしまうんだ。今度同じ刺激が来たときはそれを弱くしてやろうという方向に働く。同じ失敗を繰り返さないようにするといってもいいかな。こういうふうに刺激を受け取る感度が長期的に下がっている状態がLTDだ。

もっとも、このLTDだけで運動記憶が説明できるわけじゃない。さっきもいったように、運動記憶に関係している働きのほんのひとつに過ぎない。運動の記憶というのはなかなか覚えられないけれど、一旦覚えてしまうとずっと忘れないよね。これは神経突起が新たに発芽してシナプスができたからだ。一度結合ができてしまうと、さっきの認知記憶のときと同じで、失われることはない。まあ、つまり、認知記憶と運動記憶は厳密にその働きを分類することはできないんだ。互いにオーバーラップしているところもあって、知的な認知学習をするときに運動記憶の処理が使われることもあるし、逆に運動の学習のときに認知記憶の処理が用いられるときもある」

最後のあたりは少し歯切れが悪くなってしまったが、すっぱりと単純に説明できないのが脳の難しいところでもある。これでも孝岡はかなりの部分を省略して伝えていた。わかりにくくなってしまったかとも思ったが、少なくとも記憶のメカニズムの面白さはジェイに伝わったようだ。

「うーん、なんか今日はすっごく頭が良くなった感じがする。ぼくの頭の中も随分変わったよね？　きっとシナプスがどんどんできてるよ」

ジェイが唸る。その表情は僅かに紅潮していた。瞳も熱を帯びて輝いている。

再び、ちりっという小さな音が鳴った。

孝岡はあたりを見回した。何かがおかしい。漏電でもしているのか。

「ねえ、どうしたの。もっと教えて」

「ジェイ、何か聞こえないか」

「えっ？」

「火花が散っているような音だ」

ちりっ、ちりっと耳のすぐ側で神経質な音が弾ける。あの夜に似ていた。今度は確かに聞こえた。なぜジェイは感じないのだろう。周囲の気配を探る。ジェイが裾を引っ張った。「ねえ、早く」

車の中で感じた頭痛に似ている。ブレインテックに着いたあの夜、仕方なく話を再開する。新しいNMDAレセプターを発見したこと、そのレセプターにNMDAR3と命名したことなどをかいつまんで教えた。だが見えない静電気の火花に気を取られ、うまく説明することができない。集中できなくなる。それでもジェイは熱心に聞き入り、新規のレセプターを見つけて名前をつけたということに驚きの声を上げた。

「それで、NMDAR3はどういうレセプターなの？　他のとどう違うの？」

説明を続けなければならない。だが片頭痛は急速に痛みを増してきていた。こめかみに指をあてる。ちりっ、ちりっという音がさらに鋭くなってきている。疼くような痛みが頭蓋の内側で動いている。

一瞬、目の前がハレーションを起こし孝岡は顔を上げた。蛍光灯が放電したのかと思った。瞳孔が一気に広がったようだ。だが眩しくはない。何だこれは、と叫ぼうとしたそのとき――。

広沢は脳波の波形を目で追った。波の幅は急速に狭くなり、振幅が高くなってゆく。6Hz波へと変化してゆく。白黒のモニタの中では鏡子が目を閉じていた。目を閉じて集中している。何かを手に取ろうとするように軽く両手を上げ、その指先に力を込めている。口を僅かに開いている。波形とカメラのモニタを交互に見つめた。すでに周波数は8Hz程度まで上がり、脳磁図(MEG)は右側頭葉に幾つもの棘波(スパイク)を刻みつけている。

ちりっ、と何かが音を立てる。画像が一瞬揺らぎ、またもとに戻った。横を見る。核磁気共鳴断層装置(MRI)画像を合成するためのワークステーション端末のモニタが並んでおり、それらが青い光を放っている。

ちりっ。ちりっ。ちりっ。

突然、全ての波形が狂ったようにうねり出した。全てのチャンネルが嵐(あらし)となって乱れる。瞬く間に画面は激しいθ(シータ)波で覆い尽くされた。広沢は鳥肌が立った。

モニタの中の鏡子は、中指をぴたりとこちらに向けている。爪(つめ)の先が刃物のように光を反射する。

凄(すさ)まじい波形が刻まれてゆくモニタを前に、広沢は喘(あえ)いだ。「ソレノイド」の中に入ったときの感覚。光のヴィジョン。背筋を駆け昇ってくる快感。強烈な目眩(めまい)。これまで何度ソレノイドに入ったことだろう。しかしそれは所詮(しょせん)偽物だ。鏡子の代用に過ぎない。

鏡子は知っていたのだ。こちらが鏡子を求めていることを知っていたのだ。だから、それに応(こた)えてくれようとしている。ついに能力をこちらに向けてくれる。

鋭い鍵盤(けんばん)の音が広沢の内耳にはっきりと響き始めた。鼓膜が震える。頭蓋が震える。それは次第に間隔が短くなってゆく。頭の中で鍵盤が鳴り続ける。音楽のことなど何も知らない子供が無邪気に拳(こぶし)で叩くように、そしてそれは無邪気であるがゆえに手加減を知らず、やがて暴力的なまでの速さになってゆく。キンキンキンキンキンキンキンキンと頭頂を締めつける。

広沢は笑みを浮かべた。

「そうだ、そうだよ、鏡子」

いつの間にかそう口にしていた。そして自分が、相手のことを鏡子と呼び捨てにしたことに気づき、驚きと同時に悦びを感じた。女性の名を呼び捨てにしたのはこれが初めてだった。それほど自分と鏡子は深い仲なのだ。深い充足感が胸の中に広がってくる。鏡子、鏡子、鏡子と何度も呼びかける。

そのとき、ゆらり、と床が揺れた。

7

九月六日（土）

「……サイレント・アースクエイクか」北川は呟いた。

フレームがわずかに左右に揺れる。四分割された画面の右上では、広沢がコンソールの端を摑みながらじっとあたりを窺っている。再びゆらりと緩慢な揺れが返ってくるのがわかった。ごく軽い微震だ。

左上の鏡子のウィンドウにはまったく変化がない。右側頭葉で激しい放電が起こっているにもかかわらず、外見上はいたって穏やかである。

左下のウィンドウでは孝岡が立ち上がり、天井を見上げている。ちょうどカメラの方向を向いているが、こちらに気づいたわけではないだろう。どこか放心したような顔つきだ。隣に座っている少年が揺れを感知したらしい。《地震だ》という声がスピーカーから聞こえた。

サイレント・アースクエイクが発生してからおよそ六秒後、ようやく脳磁図(MEG)と脳波(EEG)を表示した右下のウィンドウが落ち着きはじめた。δ(デルタ)波へと移行しつつある。揺れがおさまった後、広沢はしばらく呆然(ぼうぜん)としていた。状況が理解できない様子で、測定室の鏡子の姿と波形を見比べている。だが、やがてこの波形の変化がシンクロナイズド・サイレント・アースクエイク(SSE)によるものだとわかったのだろう、悔しそうにデスクを叩(たた)いた。

「これが昨日の記録です」冨樫玲子がいった。「孝岡はSSEに反応しています」

玲子の声が耳に響き、思わず北川は顔をしかめた。横についていた医師が声をかけてくる。それを指で制し、そのままの姿勢でモニタを眺めた。

「この後の広沢の動きにご注目下さい」

玲子に促され、右上のウィンドウに集中する。

広沢はぶつぶつと独り言をいいはじめた。声が小さいためよく聞き取れない。そして何を思ったのか、急に憑(つ)かれたような表情になると鏡子の映っているモニタに顔を近づけた。

《そうか、そうなんだね、鏡子。わかってるよ。君のことはなんでもわかってるよ。恥ずかしいんだね。こんなところじゃ嫌なんだね。ふたりきりで愛し合いたいんだね》

「……どういうことだね」

「つまり広沢は、鏡子が自分のために能力を発揮してくれたものと勘違いしていたようです。しかし実際はSSEによる地磁気の変化が鏡子の脳に影響を与えていたのだとわかった。そこで広沢は、鏡子が自分に力を与えてくれないのは恥ずかしがっているからだと考えたのです」

「……妄想か」

ウィンドウの中ではそんな冷笑を浴びるとも知らずに広沢がマイクを引き寄せ、測定室の鏡子に次回の測定開始時間の変更を伝えていた。いつもより一時間早く来るように、ただしメアリーアン・ピータースン博士にこのことを話してはならない、など。鏡子はまったく反応しない。聞いているのかどうかさえ判断できない。だがそれでも広沢は構わないらしく、満足げな笑みを浮かべた。

「もういい、わかった。外を見たい」

手を振って合図する。玲子がマウスを操作し、再生を終了させた。

看護婦が車椅子の向きを窓のほうへと変えてくれた。玲子が壁際のスイッチを押す。モーターの唸る音と共にカーテンが動き、ほぼ右半分を欠いた月が姿を現した。明日は下弦になるだろう。北川は闇の空に浮かぶその白い天体を見つめた。

やはり満月のときのような蒼く透き通った引力は届いてこない。この一週間、自分の体に張り巡らされている血管が日に日に弾力を失い、心臓の収縮力が減衰し、血液の流速が弱まってくるのを感じていた。指先は冷えて固まり、皮膚は硬化し、舌はざらついてゆく。月と共に自分の体が欠けてゆくのがわかった。半年前までは恒常性が保たれていたが、もはや自律神経だけでは制御できなくなりつつある。

点滴のカニューレが挿入された右腕に視線を落とす。どす黒い血管が弱々しく浮き上がっていた。体に痛みや疼きは感じないが、しかしそれは外部からのコントロールによるものだ。医師たちが八時間毎に定期検査をおこない、結果に応じて刺激の位置を調節する。もしそれがなければ全身から痛みが脳髄へ駆け昇ってくるだろう。

「……私はプロジェクトを最後まで見届けることができるだろうか」

月に視線を戻しながら北川は訊いた。医師が一瞬息を呑む。

玲子はわずかに目を伏せ、しかし極めて事務的な口調でいった。「わかりません。難しいかもしれません」

予想はついていたことだ。北川は頷いてみせた。医師と看護婦は気まずそうに俯きながら所長室を出ていった。

玲子とふたりきりになったところで、北川はいった。「科学とはいったい何だと思う」

玲子は答えない。どう返答したらいいのかわからないのだろう。だが北川にしても、特に反応を求めていたわけではなかった。なぜか急に、喋りたい気分になってきていた。

「誰かがこんなことをいった。科学とは、神と対話することであると。……この言葉を初めて知ったとき、私は自分が科学を志したことを誇りに思ったものだ。実際、私はもう四〇年以上も科学に身を捧げている」

「……存じています」

「我々は何者なのか。なぜ生まれ、死んでゆくのか。なぜこの世は存在するのか。それを知るために、我々は宗教を創(つく)り、神に祈りを捧げる。奇蹟(きせき)を待ち望む。だが、残念なことに、神は決して平等ではない。神の声が聞こえる者もいれば、聞こえない者もいる。そうだろう？」

「…………」

「ただ祈るだけで真理を摑み取ることのできる人間など、僅(わず)かしか存在しない。この世に生を受けるほとんどの人間は、神を見ることなどできない。ではどうすればよいか。もちろん、方法はひとつしかない。自ら神のもとへ駆け寄り、肩を摑んで問いかけるのだ。神よ、なぜ宇宙は生まれたのか？　我々人類はどこへ行くのか？　私はこう思うのだが、神よ、あなたの意見はどうか——と。

　つまり、神から答を授かるのではない、我々は神と対話することによって、真理を摑み取ってゆくのだ。それが科学なのだよ。私の人生は、まさに神との対話に終始していた」

「…………」

「玲子。おまえは信じないかもしれないが、私は無邪気な人間なのだよ。小さな子供と同じだ。何でも知りたがる。見ること、触れること、感じることに貪欲(どんよく)なだけだ。……いや、それは私だけではない。多くの科学者がそうなのだ。その証拠に、見たまえ、優れた科学者ほど、その瞳は少年のように輝いている」

「……ええ」

「私は自らの好奇心を満足させることだけを目的に生きてきた。一秒たりとも時を無駄にしなかった。……しかし、不思議なものだ。この段階になってなお、私は生に執着している。

若かった頃、年老いたときの自分を想像したことがある。ある種の達観のようなものを持ち、移ろう自然の色合いを眺めながら、取り留めのない回想録をつらつらと書き留め、そして充足感とともに穏やかな心で死んでゆく、そんな老後を思い描いていた。だが、実際に時が過ぎてみると、とてもそんな境地には到らないということがわかったのだよ。私は老いるには無邪気すぎるのだ。科学を捨てることなどできない。もし科学を捨てるときがあるとするならば、おそらくそれは自らの肉体が死を迎える瞬間だろう。知りたいという欲求は、むしろ歳を追う毎に増しているのだ。私はこんな体になったからこそ、自らの本能に忠実でありたいと思うようになった。私は少年へと回帰しているのだよ。……私は時間が欲しい。少年の頃、一日一日が惜しかったのと同じように、私はいまの時間が惜しい。まだわからぬことが山のようにあるのだ。それに、最も重要な目的すらまだ果たしていない」

「……そのためのプロジェクトなのではありませんか」

思わず笑った。

「ああ。その通りだ。そして私は無邪気であるがゆえに、貪欲であるがゆえに、手段を選ばぬときもあるのだよ。だが、それは正当な行為であるはずだ。何人(なんぴと)も私の本能を抑制することはできない。私は神と対話をしたいのだ。神を求めることを、いったい誰が止められるかね？」

「……はい」

北川は月を見つめた。

微（かす）かではあるが、引力を感じた。魂が、ほんの数ミリだけ宙に浮き上がったような気がした。引力は見て取ることができない。しかし人類は引力を知っている。引力を理解できる。全ては科学によるものだ。

「月には魔力がある。そうは思わないかね」

玲子からの答はなかった。

沈黙が室内を埋めてゆく。北川は目を閉じ、僅かに降り注いでくる月の光を全身で受けとめた。

「……月曜は広沢から目を離すな」

「鏡子の身を守れということですか」

「違う。機会を見計らって、鏡子を孝岡と接触させるのだ。その後、メアリーアンに連絡を取れ」

「孝岡をオメガ原型（プロトタイプ）に誘導するのですか？　それはまだ時期尚早なのではありませんか。当初の予定ではピータースン博士が時間をかけて……」

「時間は欠けてゆくのだよ、玲子。だが決して月のように再び満ちてくることはない」

「……わかりました」

「いいかね、我々科学者の務めは反応（リアクション）を導いてやることだ」

北川は目を閉じたまま、そう諭した。

「我々はフラスコの中に物質を入れ、化学反応を起こす。それによって得られた生成物が、果たして予想していたものか、それともそうでないのか、我々に課せられた使命はそれを調べることだ。予想通りならばそれでよし、そして予想と違うのであれば——、なぜなのかを考えてみればよい」

「……はい」

玲子の応答に、北川はゆっくりと頷いた。

「そうだとも。これはサイエンスなのだよ」

8

九月七日（日）下弦

「ジェイコブ・ピータースン選手、ぐんぐんと距離を伸ばしています！　おっとタカオカ選手は歩き始めました、どうしたんでしょう、追ってくるのはウォレン選手ひとりだけです！　ジェイコブ選手、逃げ切れるんでしょうか——、さあ、いまタッチダウンです！　ジェイ選手やりました！　何ヤード走ったのか見当もつきません！　グレート・ランです！」

ひとりで実況中継しながら走っていたジェイは、湖のほとりにまで行き着くとソフトボールを地面につけ、くるりとこちらを振り返った。「だめだよ、ちゃんとついてこなきゃ！」

孝岡は降参だと両手を挙げた。それほど体力は落ちていないだろうと思っていたが、僅か七、八〇〇メートルを走っただけで息があがってしまった。やはり運動不足はどうしようもない。

メアリーが笑っていった。「ウォレンとテニスでもしたほうがよさそうね」

ウォレン・パーカーがジェイに追いつき、ソフトボールを拾い上げる。ウォレンのほうは孝岡と違ってまだ体力に充分余裕があるらしい。はしゃぐジェイにソフトボールを軽く投げる。ジェイは歓声を上げながら身をかわし、点々と転がってゆくボールのほうへと駆けていった。

メアリーに誘われ、昼過ぎから駐車場の隅を陣取ってキャッチボールをしていたのである。ジェイの球は球威もあり、ストライクゾーンによく入った。守備も堂に入ったものでフライをうまく捌く。小学校では野球のクラブに入っているとのことだが、この実力ではかなり活躍しているのだろう。ウォレンはジェイとよく遊んでいるらしく、バッテリーも様になっていた。そして二時間ほど遊んだところで、ジェイが湖へ行こうといい出したのである。駐車場からここまで、皆で走ってきたというわけであった。

こうやって外で体を動かすことなど久しぶりだ。特にこの五年ほどは家族と離れて単身の生活をしている。日曜日に息抜きをすることもなく、研究室に通い詰めの毎日だったのだ。孝岡はジェイの笑顔を見ながら、また裕一の小さかった頃のことを思い出した。休日は公園でキャッチボールをしたものである。もっとも、裕一はあまりスポーツが好きではなかったのだが。

「はやく!」

ジェイが手を振る。孝岡はメアリーと顔を見合わせ、歩く速度を速めた。道が細いためところどころで左右から木の枝が伸びており、それを掻き分けながら進まなくてはならない。最初の一〇〇メートルほどは砂利が敷かれていたのだが、いつのまにか土が見えている。踏み固められてはいるが特に整備されている様子はなかった。途中で「船笠湖→」と書かれた標識が立てられていたが、それはおそらくブレインテックの施設が建設されたときに置かれたものだろう。もともと村人たちの通り路だったに違いない。県道から第三研究施設の通用口を経由して、ここまで約五分の距離だ。

湖のほとりに着くと、曇り空が見えた。午前中は日が照っていたが、一時間ほど前から雲が厚くなってきている。どうやら雨雲らしく、周囲は薄暗くなっていた。少し空気も肌寒い。

孝岡は湖を眺め渡した。風を受けて、湖面がささくれ立ったように細かい波形を描く。水は深緑色だが濁ってはいない。岩にむした苔や藻の色が浮かび上がってきているのだろう。湖底は深いようだ。

こんなところに湖があることを孝岡はいままで知らなかった。ブレインテック施設群のすぐ横に位置しているにもかかわらず、周囲が林で覆われているため道沿いや施設の窓からは見て取ることができないのだ。直径は三〇〇メートルほどだろう。まるで人工湖のような美しい円形をしている。

「こっちに広いところがあるんだよ」

ジェイが再び走り出す。湖の周囲をぐるりと囲うように道ができていた。孝岡たちはそれに続いた。

四分の一周ほど進むと広場のようになっているところへ出た。むき出しになった褐色の土は硬く、大勢の人によって踏み固められていることがわかる。

先週の日曜日、村人たちはここへ集まっていたのだ。おそらく何か祭事でもあったのだろう。孝岡は広場の中心に立ち、ぐるりと周囲を見回してみた。特に目を惹くものはない。ごくありきたりの光景だ。湖面は漣を立て、林は葉を茂らせ、空は灰色に染まっている。ただひとつ特徴があるとすれば、途轍もなく静かだということだ。車の走行音も人のざわめきもない。枝葉の擦れる音が僅かに四方から聞こえてくるだけだ。

そう、静かだった。自分の息が整ってくるに従い、あたりの静けさがはっきりとわかるようになってきた。ジェイの歓声が湖の上空へと拡散してゆく。自分たち以外には誰もこの村に存在しないかのようだ。

「ようし、ジェイ」ウォレンがいう。「もう一度競走だ。湖を一周、どっちがはやく走れるか」

「オーケイ。タカオカさん、これ持ってて!」

ジェイがボールとグローブを放ってよこした。ウォレンが靴の踵で地面に線を引く。ふたりはそこに並んで位置についた。

「よーい、スタート!」

ここまで駆けてきた疲れも見せず、ジェイは猛然とダッシュした。ウォレンはこちらに手を振り、ジェイを追いかけて行く。メアリーはその様子を見て苦笑した。

「いつもばたばた走り回っていて」

「元気でいいじゃないか」

そのとき孝岡は、メアリーの笑顔にわずかな影が過ぎったのを認めた。ジェイはすくすくと育っているように見えるが、メアリーの心の内には心配事があるのかもしれない。しかし、他人がとやかく詮索することではない。

孝岡は昨夜かかってきた電話を思い出した。東京に残っている妻の久枝からで、声を聞くのは一週間ぶりだった。

「……お義父さんがね、そろそろ危ないって」

孝岡の父は三年前から老人病院に入っており、久枝が週に一度見舞いに出向いている。だが孝岡自身は会いに行ったことがなかった。久枝から聞いた話によれば、かなり痴呆が進み、相手の顔すら識別できなくなっているらしい。金曜日の夜から急に容態が悪くなったのだという。

「なるべく近いうちに一度帰ってきて。お義父さんに会っておいたほうがいいと思う」

「……ああ」

「裕一にも伝えておいたから」

孝岡は息子の名を聞き、一瞬言葉に詰まった。

「――裕一とは連絡を取っているのか」

「たまにね。そういえばあなたから電話があったっていってたかしら」

「ああ。月曜日にかけた」

「どんな話をしたの」

「住所を教えた」

「……そう」

久枝の溜息が受話器の向こうから漂ってきたような気がした。その後に続いた沈黙は、東京と船笠村を繋ぐ長い電話回線の中で、灰色の結晶となってこびりついていった。もういくら削っても取ることのできない、硬く重い結晶となった。

わかっている。裕一を受け入れることだ。理性的に裕一を理解し、そして一人の個人として認め、その全てを肯定することだ。久枝もそれを望んでいる。そうなのだ、自分でも頭では充分にわかっているのだ。

しかし、どうしても湧き起こる感情を制することができない。心の一番奥底で裕一を受け入れることができない——。

横でメアリーが息を呑み、孝岡は我に返った。メアリーは後方を見つめている。視線の先を追った。

がさり、と枝が揺れ、何者かが林の奥へと駆けて行くのが見えた。男だ。村人だろうか。こちらを窺っていたようだ。

「誰だろう」

さあ、とメアリーは首を傾げた。

不思議な村だ。まるで現実感が存在しない。黙々と畑仕事をしているだけで、伸びやかさも活気も感じとれないのだ。もちろん孝岡自身が四六時中ブレインテックの施設内で暮らしているため、村の空気に触れていないからわからないということはあるだろう。しかしそれにしても生活の臭いがこれほど希薄な土地も珍しいのではないか。

　孝岡はふと頭に浮かんだ疑問を口にした。「蛍が出るのか？　このあたりは」

「えっ？」

「ここに着いた夜、この林で蛍が飛んでいるのを見たんだ。かなりの数だったな。光が見えたのはほんの数秒だったんだが」

「……それは何時頃？」

「一一時半くらいじゃないかな。村の人たちが白い着物姿で集まってきていた。そう、ちょうど若い女性が第三施設から出てきたのを見たんだ。メアリー、君は知らないか」

　メアリーが肩を竦める。だがその仕草はぎこちなかった。

「おーい！　そろそろ戻ったほうがよさそうだ。空気が湿ってきてる」

　湖の向こう側でウォレンが声を上げた。ジェイは途中でばててしまったのか、地面に座り込んでいる。

「オーケイ！　マンションに帰りましょう！」

　メアリーが手を振って合図をする。孝岡は空を見上げた。

　ブレインテックへ来て初めての雨になる。

9

九月八日（月）

エレベーターを降りて通用口へと駆ける。ロビーに三人の姿が見えた途端、広沢は心の中で舌打ちした。やはり鏡子は取り巻きを連れていた。ひとりきりで来て欲しいと密かに願っていたが、それは叶わなかったのだ。もちろん鏡子はひとりで外出することなどありえない。これまでもブレインテックへ検査に訪れるときは必ず介助役を後ろに従えていた。それは充分にわかっていた。しかし心のどこかでは、その慣例を破ってくれるのではないかという期待があったのだ。自分だけは特別だ、自分だけは誰にも邪魔されずに会うことができる、唯一その資格を持っている、そう思っていた。だが仕方ない。これから一時間は鏡子を自分のものにすることができるのだ。広沢は笑顔を作りながら廊下とロビーを隔てている扉を開け、鏡子たちへ声をかけた。

「お待ちしていました。さあ、どうぞ中へ」

取り巻きのふたりの女性がおずおずと頭を下げる。鏡子が静かに歩み寄ってきた。やはり下弦を過ぎたためだろう、足どりが先週よりもしっかりしている。表情も引き締まっていた。髪や衣服がわずかに湿っている。広沢はロビーのガラス越しに外へ目を向けた。雨は依然として強く降り続いている。雨音が遠くからノイズのように聞こえてくる。久しぶりだった。船笠村は朝や夜更けに霧が発生することはあるが、周りの山がそれほど高いわけでもないので雲は停滞し難く、従って夏の間はほとんど雨が降らない。雨は鏡子にどのような影響を与えるのだろうか？　広沢はふと思った。自然は鏡子に大きな影響を及ぼす。自然が鏡子の神経細胞を活性化させる。

　まず鏡子が扉をくぐり、施設の中へ入る。金魚の糞のようにふたりの取り巻きがそれに続いた。このふたりの女がどういう報酬を得ているのか広沢は知らなかった。なにも受け取っていないのかもしれない。「船笠家の娘」に付き添うことができるというだけで充分満足しているとも考えられる。どうであれ、この世に大して必要とは思われない人間たちだ。実際、彼女たちの顔はいつも土色で生気というものが感じられない。

「申し訳ありませんが、シールドルームの前でお待ちいただけますか。今日は最初に新しい測定をしますので」

　広沢は慇懃な笑顔を作って付き添いの女たちにいった。

　段取りが普段と異なっていることに女たちは戸惑ったようだが無視した。そのまま置き去りにし、鏡子とともにエレベーターへ乗り込む。

　広沢は三階のボタンを押した。扉が閉まり、箱が上昇する。

　狭い空間の中で鏡子とふたりきりになっていることに、広沢は僅かな興奮を感じた。鏡子の様子を盗み見る。スカートの裾から滴がひとつ落ちる。汗をかいたためなのか、雨の中を歩いてきたためなのか、薄いブラウスが胸元に張り付いている。鏡子のうなじがしっとりと濡れていた。舐めてみたい、と思ったが堪えた。その程度の欲望で満足するわけにはいかない。鏡子はこちらに気づいているのかいないのか、無表情に前を向いている。

扉が開く。広沢は思い切って鏡子の腰に手を回した。鏡子はされるがままだった。腕に、そして手のひらに、広沢は鏡子の柔らかさを感じた。そのまま足を踏み出した。いま自分が鏡子を支えている。他の誰のものでもない、いま鏡子は自分のものになっている。

エレベーターを降りて廊下を真っ直ぐに進む。ゆっくりと、一歩ずつ、一歩ずつ。広沢の歩調が鏡子のそれと同調する。さらにふたりの関係が親密になったような気がした。すぐに一番奥の扉に辿り着く。

——NDE附属実験室1。

そのドアの表札には、そう札が掲げられていた。これだけでは何のための部屋なのか部外者にはまったくわからないだろう。ブレインテックの所員でもこの部屋の用途を知っている者は一〇人に満たないはずだ。だがむしろそのほうが好都合だともいえた。無意味な詮索をされることもない。安心して利用することができる。

広沢はドアの横に設置されているカードリーダーに自分のIDカードを通した。先週メアリーに注意されて以来、この部屋に入るのは初めてだった。自分のカードではロックされるかとも思ったが、すんなりとドアは横滑りに開いた。メアリーのお人好しにも呆れたものだ。

室内が眼前に現れる。

決して広くはない。全体でおよそ二〇平米。窓もない長方形の部屋だ。実験のときにはサーモセンサーなど幾つかの測定機材が搬入されるため狭くなるが、いまは隣のコントロールルームに移されているようだ。極めて殺風景に見える。

その中央にタンクが据えられていた。

天国への柩(ひつぎ)だ。そう思って広沢はひとり笑った。鏡子を抱え、部屋の中へ入る。後ろで自動的にドアが閉まった。

静謐(せいひつ)。

意識の中から何かが消えた。どうしたのだろうとあたりを見回し、先程まで無意識に感じ取っていた雨音が完全に遮断されているのに気づいた。はじめてこの部屋の造りを広沢は体感した。ここは外界の躍動が一切排除された部屋だ。四方の壁には防音材、断熱材、そして磁気を遮断するためのミューメタルの合金が埋め込まれている。自然が入り込むことはできない。真夏日であろうが大嵐であろうがここでは関係ない。ただ意識を包み込む。孤立(アイソレート)。

広沢は思った。人間はあまりにも簡単に自然(ネイチャー)に左右されてしまう。だから真の意識同士で結合するためには目を閉じ、口を閉じ、闇(やみ)へと降りゆく。鏡子と自分はこの世から離れた聖域で交わる。この部屋で。ソレノイドで。

タンクの前へと進む。

縦二・五メートル、幅一・三メートル、高さ一・二メートル。紡錘型の緩やかなフォルムは繭を思わせる。昨年に広沢が中心となって開発した隔離(アイソレーション)タンクだった。アルファベットと数字による長い名前が付けられているが、広沢自身は単に「ソレノイド」と呼んでいる。この装置の中で最も重要な役割を果たすのがソレノイドだからだ。

アイソレーション・タンクを考案したのはアメリカのニューエイジ科学者、ジョン・C・リリーである。リリーははじめ、カリフォルニア工科大学で技術工学のコースに入学したが、ショウジョウバエの突然変異体の研究でノーベル生理学・医学賞を受賞したトーマス・モルガンの教える生物学コースに感銘を受け、卒業後は脳生理学の研究をおこなうようになる。ニホンザルの大脳皮質に存在する感覚野を電気的に刺激し、勃起と射精とオルガスムの感覚が個別の部位によって制御されていることを突き止める。またリリーはイルカの言語研究にも力を入れ、世界中に衝撃を与えた。さらに彼は人間の意識そのものに興味を惹かれてゆく。

当時、意識の保持に関してふたつの意見が提出されていた。ひとつは外界からの刺激を受けていないと意識はなくなり眠りに陥るという意見。そしてもうひとつは、意識は外界からの刺激と無関係に自律しているという意見であった。どちらが正しいのかを確かめるべく、リリーは完全に外界刺激から遮断された環境に人間を置くことを考える。内部を溶液で満たし、完全に暗闇の状態でそのタンクの中に浮かび、意識が保持されるかどうか自ら被験者となって研究をおこなった。これが一九五四年のことである。しかし、やがてリリーはLSD25や彼自身が「ビタミンK」と呼ぶ幻覚物質を摂取した状態でタンクに入るという過激な実験を繰り返すようになり、タンクを単なるトリップのための小道具に貶めてしまう。アイソレーション・タンクは一時リラクゼーションの道具としてもてはやされたが、リリーの過激なイメージがついてまわったためか、現在ではほとんど顧みられていない。

広沢をはじめとするブレインテックが開発したモデルは、リリーのように単に隔離のみを目的としているのではなかった。ソレノイドを付加させたのである。カナダ・オンタリオ州のローレンシアン大学に勤めるマイクル・A・パーシンガーの研究成果を取り入れることにより、さらに強い効果を導き出すことに成功したのだ。リリー型のタンクでは決して得られることのないヴィジョンを被験者に体験させることができるのである。アイソレーション・タンクとソレノイドを合体させたのはこのブレインテック・モデルが世界で初めてである。その意味でこのタンクは極めて画期的であった。

広沢は渇いた喉で喘ぎながら、最も重要な言葉を押し出した。

「脱いで」

語尾が掠れた。鏡子は応えない。ただタンクを見つめている。どうした、なぜ頷かない。これから崇高な交わりへ導いてやるというのに。僅かに残った唾を無理矢理呑み込み、もう一度広沢はいった。

「脱いで」

鏡子はゆっくりと首を振った。体が硬くなっている。

ああ、と広沢は心の中で喘いだ。鏡子はわかっている。これから途轍もない快楽がやってくることを感じ取っている。その中に身を置くことを怖がっているのだ。そんな鏡子の反応に初々しさを感じた。「大丈夫だよ」といい、鏡子のブラウスに手をかける。

ひとつ、ふたつ。ボタンを毟った。全身に化粧しているのではないかと思われるほどの白い肌が現れる。広沢は強い目眩（めまい）を感じた。大丈夫だよ、大丈夫だよ、心配ないから、そう繰り返す。自分の声がうわずっているのがわかる。鏡子は肌着を身に付けていなかった。上着を剝（は）ぎ取り、小振りな乳房を手のひらで摑（つか）む。桃色の乳首が指と指の隙間（すきま）から漏れ出る。白い肌の中でその胸の二点だけが果汁のように生々しい。鏡子は僅かに腕で胸元を庇（かば）ったが、それ以上の抵抗は見せなかった。そうだ、それでいい、広沢は乾く口の中を舌で舐め上げた。鏡子は期待している、タンクに入り、そして交わることを期待している。スカートをひきずり下ろした。体つきからは想像できないほど濃い陰毛の茂りが現れる。耐えきれずに広沢は呻（うめ）き声を発した。やはり鏡子は剝ぐほどに美しくなってゆく。頭蓋（ずがい）の中の美しさと同じであった。おそらくこの肌を切り裂けば、さらに美麗な組織が浮かび上がってくるのだろう。淡い桃色の血を滲（にじ）ませたその姿が広沢の瞼（まぶた）の裏で激しく明滅した。

　タンクの蓋（ふた）をスライドさせて開ける。内部は全体が黒く塗られており、そして底から三〇センチ程度の高さまで溶液が満たされている。蓋を開けたときの小さな衝撃を受けたのか、液体は漣（さざなみ）を立てた。その波紋は壁に当たって跳ね返り、水面に複雑な模様を描き出す。見た限りでは普通の水と変わりがない。だが溶液の密度を調節するためグリセロールなどを溶解させてある。

　鏡子を両腕で抱え、ゆっくりとタンクの中に下ろした。三六・五℃にセットされているため溶液は生温（なまぬる）い。ちゃぽん、ちゃぽんと波が大きな音を立てる。鏡子の体が全て溶液に浸されたところで広沢はそっと腕の力を緩めた。鏡子の胴体がふわりと浮かび上がる。そうなるとは予想していなかったのだろう、鏡子は慌てたように四肢をばたばたと動かした。静かに、と広沢は優しく指示した。大丈夫だ、溺れたりはしない、ただそのまま力を抜けばいい。赤ん坊に子守歌を聴かせるように優しくいった。その言葉の意味を理解したのか、鏡子は手足の動きを止めた。そして自然な姿勢のまま、静かに目を閉じた。広沢は鏡子の背から腕を抜いた。鏡子は仰向けの格好で、体の三分の一を溶液から浮かび上がらせた。後頭部からなびく黒髪が海藻のようだ。

タンクの側部にあるスイッチを操作する。ポンプが働き、低い唸りと共にじりじりとジェルピローが底部から迫り上がってくる。すでに広沢は鏡子に適合したピローを作製し、タンクにセットしていた。これまで何度もＭＲＩ解析をおこない、鏡子の頭部の三次元パターンをデータとして収集している。その結果を流用したのだ。ピローは適切な高さまで上昇し、鏡子の後頭部をそっと包み込んだ。

本来ならタンク内でこのような枷を付けることは好ましくない。タンクの目的は一切の感覚刺激を遮断することにある。従って通常のタンクは極めてシンプルな構造である。被験者は浮力調整されたプールにただ浮かぶだけだ。あえて特別な装置といえば、辛うじて酸欠を防止するために空気の調節口が設けられ、そして溶液の温度を一定に保つサーモスタットが取り付けられている程度である。しかし広沢たちの開発したタンクはソレノイドを付加させているため、どうしても被験者の頭部の位置を固定する必要があった。そこでなるべく被験者の感覚を刺激しないようにジェルタイプの枕が考案された。温度を溶液と等しくさせ、ジェルにすることにより表面の触感を溶液に近づけ、そしてさらに被験者の後頭部の形とフィットするよう窪みを調節することによって、頭が枕に載っているという感覚を極力排除させている。広沢は鏡子の体の位置を微調整した。鏡子は目を開けることもなくジェルピローを受け入れている。

続いてさらにスイッチを操作した。油圧が働き、鏡子の頭部の左右から筒が伸びてくる。その先端はこめかみから一センチ離れたところで停止した。これこそがこのタンク最大の特徴である。円筒の中にはソレノイドが設置されている。ソレノイドとは円筒状のコイルのことだ。ここに電流を流すことによって磁場が発生する。磁場は鏡子の左右のこめかみを包み込むだろう。そして頭蓋の奥に潜んでいる側頭葉も。

「そのまま浮かんでいればいい。目を閉じたまま。何も心配はいらない。終わったら迎えにくる。いいね、心配はいらない」

広沢は鏡子の頰を静かに撫で、そしてゆっくりと扉を引き上げた。鏡子の顔が隠れてゆく。それは繭に還った蝶のようであった。完全に扉を閉めた段階で広沢はひとつ息を吐いた。これで鏡子は外界から断絶されたことになる。

タンクの蓋を見つめながら、広沢は衝動を覚えた。中指の先で蓋に触れ、そしてその一瞬後には抑制が利かなくなっていた。屈み込み、一メートル下に存在しているはずの鏡子を想像しながら蓋に激しく唇を押しつけた。タンクの表面は冷たかった。だが広沢は何度も何度も舌を動かし唇を窄め吸った。三〇秒近く口づけをした後、立ち上がり、タンクから離れた。大丈夫だよ、そういい残して部屋を出る。隣のコントロールルームに入った。

ソレノイドを用いた実験はすべてこのコントロールルームで制御され、測定される。広沢は部屋に設置されている五台のパソコンのうち、一番奥の前に座り、マウスを操作した。モニタに青白い鏡子の顔が映し出される。目を閉じ、美しい溺死体のように浮かんでいる。そうだ、鏡子の本来の美しさはモニタを通したときに最もよく表現される。電子のフィルターを通り抜けることによって鏡子は純化される。

広沢はプログラムを呼び出し、実行させた。

冨樫玲子はモニタに映し出されたふたつのウィンドウを観察していた。ひとつはNDE附属実験室1、もう一方はその隣のコントロールルームである。広沢が喰い入るようにシステムの画面に見入っているのがわかる。

この男はサル以下であった。全て性的な報酬刺激を中心に行動を規定している。もっとも、どんなに理性的な人間であっても欲望を抑えることはできない。人間は脳だけで生きているのではないのだ。外部からのストレスに反応し、免疫担当細胞たちはサイトカインを狂ったように放出させる。内分泌細胞はアミンやステロイドを吐き出す。オピオイドをぶちまける。それらは濁流に呑まれ、数秒の内に全身を駆けめぐる。細胞はそれに感応し、ストレスタンパク質をその内にばらまく。気分、雰囲気、欲望。そこでは血管系が常に神経系を規定する。奔流。体の中は奔流だ。理性でくい止めなければあっという間に押し流されてしまう。この広沢という男は己の奔流を脳で制御することができないのだ。未熟な脳だといっていい。

冨樫はマウスを動かし、ふたつのウィンドウを画面の端へ除けた。そして昨夜のうちに作成しておいた偽物のムービーを呼び出した。確認のためにボタンをクリックする。画面の中で、メアリーアン・ピータースンがこちらの求める台詞を喋り始めた。

これまでに蓄積されている膨大な通信データを基に、メアリーのCGを加工したのである。この程度の容量であれば、ごく短時間で合成することができる。

確認を終え、続いてメニューからブレインテック内の地図を呼び出す。第二研究施設の中央棟、三階。孝岡の部屋には西側と東側にひとつずつカメラが設置されている。玲子は西側のマークをダブルクリックした。

僅かな間をおいて、白黒のウィンドウがモニタに出現する。孝岡のオフィスの天井に取り付けられてあるカメラの映像である。孝岡はデスクに座り、加賀彗樹と話をしている最中だった。ふたりでなにか紙を見ているようだ。データを検討しているのだろう。ちょうどいい。

画面の端に追いやっていた広沢と鏡子の映像を確認する。時間を見た。鏡子がタンクに入ってから一五分が経過していた。ソレノイドが作動し始める頃だ。キーで孝岡のアドレスを入力し、合成映像を送信する。そして孝岡の動きを見据えた。

すぐに反応があった。孝岡は加賀とのディスカッションを中断し、デスクのマッキントッシュに向き直り、受け取った映像を再生させた。戸惑っているようだ。やがてマウスに手を伸ばした。どうやらメアリーに確認しようと考えたらしい。先回りして玲子はメアリーへの通信をロックさせた。加賀と話し合っている。ようやく孝岡が腰を上げた。

廊下のカメラに切り替える。孝岡が第三研究施設へ向かうのを追尾しながら、玲子はメアリーへと端末を繫いだ。

「何か？」

本物のメアリーがモニタに現れる。玲子は用件を伝えた。

「所長のご意向により、孝岡博士をオメガ原型に誘導することになりました」

「……オメガ？」

「NDE実験室1に行って下さい。すでにそちらでは、あなたの部下が船笠鏡子をアイソレーション・タンクに入れています」

メアリーが息を呑むのがわかった。慌てて横を向き、壁を見つめる。時計を見ているようだ。混乱した表情でカメラと時計に交互に視線を移す。「しかし、検査は五時からのはず……」

「処理をお願いいたします。後ほど所長に報告して下さい」

メアリーは鋭く悪態をついた。こちらを睨みつけ、大きく息を吸ってから言葉を吐き捨てた。

「……失礼します」

そういってメアリーは画面から消えた。実験室に向かったのだ。これでよい。玲子は横目で広沢と鏡子の映像を観察した。

変化が始まっていた。

広沢は立ち上がった。画面から目を離すことができない。

鏡子の瞼が突然開かれたのだ。眼球がいまにも飛び出してきそうだった。こちらを凝視している。そのまま鏡子は硬直していた。ただ双眸を真円に見開いている。顔の半分が液体に沈んでいた。瞳の端は液に浸かっている。それなのに瞬きすらしない。

どうしたのだ。広沢は息を詰めた。じりじりと時が過ぎてゆく。動かない。ソレノイドに反応したのか？

ぐりっ。音が聞こえたような気がした。蝸牛が潰れるような不快感が背筋を這った。

鏡子の瞳が動いている。

広沢はモニタを両手で抱え、薄暗い映像に顔をぐいと近づけた。動いている。鏡子の黒目が、徐々に上へと動いている。ぐりっ。広沢は叫んだ。うなじのあたりでぶよぶよとしたものがのたうちまわっているようだ。鏡子の眼がゆっくりと、ゆっくりと反り返ってゆく。瞼の裏に潜り込んでゆく。黒い太陽が笠に隠れる。瞳孔が消える。白目と痛々しい毛細血管が拡がってゆく。

だん！　と鏡子の体が跳ね上がった。

広沢はコントロールルームを飛び出し、隣の実験室へと走った。閉まっている扉を拳で打ちならす。どっと汗が額から噴き出るのを広沢は感じた。危険な状態だ。鏡子が予想以上に反応したのだ。シャツのポケットからカードを取り出す。手が震えてうまく摑むことができない。落とした。慌てて拾い、リーダーに通す。扉が全開するのを待ちきれず、両手で押し広げた。

そのとき鈍い衝撃音が聞こえ、広沢は悲鳴を上げた。鏡子の体に万が一のことがあったら取り返しがつかない。タンクに駆け寄り、思い切り蓋(ふた)を開いた。
細い腕が広沢の顔を直撃した。弾(はじ)きとばされる。だが怯(ひる)んでいるわけにはいかなかった。再び駆け寄る。鏡子が全身を激しく突っ張らせていた。首や腕に筋が浮き上がり、強直(きょうちょく)している。顔のほとんどが溶液の中に沈んでいた。頬が赤黒く変色している。タンクの液が大きく波打って溢(あふ)れ出てきた。

呼吸停止。最悪の事態が脳裏に浮かんだ。広沢自身がパニックに陥っていた。こんなはずではなかった。鏡子は至高の悦楽を感じ、それを自分に与えてくれるはずだった。なぜこうなったのだ。刺激が強すぎたのか？　ソレノイドでは強すぎるのか？　これまで全般発作へ発展したことなどなかったのに！

とにかく一刻も早く鏡子をタンクから出さなければならなかった。広沢は抱え上げようとした。だが四肢が伸び切り硬直しているためなかなか引き上げられない。何とか顔を液体から上げる。がくん、がくんと鏡子が顎(あご)を振った。髪が喉元(のどもと)に絡みついている。そして突然全身を大きく痙攣(けいれん)させた。手が滑った。飛沫(しぶき)を上げて鏡子の体が落ちた。広沢は絶望の叫びを上げた。

鏡子がびりびりと皮膚を震わせながら腕を縮め始めた。拳を硬く握りしめ、それを胸に圧(お)し当てる。胎児のような姿勢で鏡子は白目を剥(む)いたままがくがくと小刻みに筋肉を痙攣させる。膝(ひざ)がタンクの内部に当たりだんだんだん！　と音を立てる。溶液が狂ったように跳ね上がる。黒い髪が凄(すさ)まじい速さでうねり鏡子の顔に貼(は)り付く。広沢は喚(わめ)きながら腕を突っ込み、鏡子を抱え上げた。足元が滑った。そのままひっくり返る。激しい落下音を立てた後、濡(ぬ)れた鏡子の裸体が床を転がった。広沢は倒れながらその方向へ手を伸ばした。

そして見た。

部屋の扉が開いている。なぜだ、と広沢は津波のように揺れる頭の隅で思った。扉は自動的に閉まるはずだ。なぜ開いている。

影が動くのを感じた。誰かが部屋に入ってきている。まずい、と咄嗟に思った。ここに鏡子を連れてきたのがばれてしまう。誰だ。誰が入ってきたのだ？　影が鏡子に駆け寄ってゆく。抱き上げようとしている。広沢は力ずくで瞳の焦点を合わせた。

その瞬間。絶叫が起こった。

自分が声を上げたのかと広沢は思った。だが違った。影が大きく震え、反り返った。それは男だった。鏡子を抱き上げようとしたのだ。頭を抱えながら悲鳴を上げている。大きな音と共に男が倒れた。

「タカオカ！」

どこかでメアリーの声がした。おかしい、なぜここにいると知れたのだろう。メアリーにだけは気づかれないようにしたのに。広沢は手を伸ばした。鏡子は尻を広沢に向けたまま間代痙攣を繰り返していた。触って欲しい。広沢はそう思った。こめかみにその指を当てて欲しい。

そして与えて欲しい。

だがそれは叶わなかった。メアリーが鏡子を抱え上げる。広沢の目の前から白い尻は遠のいた。

10

九月九日（火）

孝岡は、目を覚ました。

ベッドの中だった。上掛けを首までかぶり、枕に頭を置いて、まっすぐ天井を向いていた。両腕は胴の左右に伸び、軽く指を丸めているのがわかる。足は揃っており、膝は曲がっていない。体がねじれていることもない。ベッドの中で、自分の姿勢はごく普通であり、どこにも無理な力は働いていなかった。おそらく寝間着も乱れてはいないだろう。見て確認したわけではないが、そうだとわかる。

天井で何かがゆらゆらと揺れている。二、三度瞼を閉じたり開けたりしてみる。青白い光だ。長方形の青白い光がゆっくりと揺れている。暗い部屋の中で、そこだけが照らされている。それは少しずつ移動していた。左から右へ、じっと見ていなければわからないほどの速度で天井を這っている。孝岡はただそれを見つめていた。なぜ光が見えるのかわからなかった。そして、なぜ自分がそれに反応しようとしないのかもわからなかった。

長方形の光の中央には、一本の線が縦に入っていることに気づいた。何だろうと思い、そしてそれが窓のサッシだとわかった。窓の形が天井に映し出されているのだ。だがそれ以上のことは考えようとしなかった。仰向けのまま光の動きを見ていた。鍾乳洞の中で鉱物が輝いているような、美しい光だった。

　ふと、孝岡は視線を下ろした。自分の行動が自分で制御されているのかどうかよくわからなかった。ロボットのように操られているような気もするし、自分の意志で目を動かしているような気もする。とにかく視線を下ろしていた。

　そこには、サルがいた。

　一匹のサルが、孝岡の腹のあたりに座り、こちらを見つめていた。

　孝岡はそのままの姿勢で、サルを観察していた。

茶色い毛のニホンザルのようだった。それほど大きくない。孝岡の腹に重みは感じられなかった。両手を下げ、こちらに正面を向けている。微動だにしない。呼吸をしているのかどうかもわからない。だが剝製(はくせい)ではないことはわかった。なぜかこのサルは生きていると確信した。

　サルは孝岡の目を凝視している。その眼と視線が合った途端、逸(そ)らすことができなくなった。サルの眼は黒かった。白眼が存在しないのだ。瞼の向こうは漆黒だった。その双眸(そうぼう)が孝岡の目を見据えている。サルの視線は強く、孝岡の眼球の裏まで貫き、そしてその奥の脳まで達していた。心の中までも射貫かれるようだった。孝岡は動けなかった。指先すら一ミリも動かすことができなかった。サルの黒い眼にきつく縛られていた。

　この異常な事態を、孝岡はしかし、自分でも不思議に思えるほどすんなりと受け入れていた。こんなことが前にあったかもしれないとすら思っていた。夢を見ているわけではなかった。意識は澄み切っており、夢に特有の非現実感がなかった。自分はいま、確かに目を覚ましている。

そしてサルと視線を合わせている。サルが自分の心を探っている。その事実に疑いはなかった。サルは視線を離そうとしない。黒い眼がわずかに濡れて光っている。その奥には何か小さいものが渦を巻いているようにも見える。眼窩の向こうで何かが蠢いているのかもしれない。孝岡は目を凝らす。それが何なのかを見極めようと目を凝らす。食い入るようにサルの眼を見つめる。サルも孝岡の目を見つめている……。

そして

孝岡は、ひとつ

瞬きをする。

——どん！

突然部屋の中が明るくなり目を細めた。慌てて起き上がりあたりを見回す。朝の光がカーテンを通して射し込んでいた。小さな埃が漂っているのが見える。何だ？　といって孝岡は目を擦った。時計が枕元の棚に置いてあったことを思い出す。午前七時二七分。七時？　思わず声に出してしまった。朝なのか？　さっきまでは夜だったではないか？

ベッドの上を見渡す。上掛けは若干乱れているものの、特に異常は見当たらない。体はしっかり上掛けの中に潜っていた。何かが乗っていた形跡などまったくない。

目に軽い痛みを感じ、孝岡は再び瞼を擦った。もう一度時計の表示に視線を向ける。七時二八分。少し針が霞んで見える。眼球が乾いているのだろうか。

ベッドから起き上がり、洗面台へと走る。鏡の中の顔を覗き込む。髭がわずかに伸びている。両目が充血していた。

そのとき、自分が寝間着を表裏逆に着ていることに気づいた。トレーナーのようにボタンのついていないタイプのものだったのだが、上も下も両方とも裏地が表に出ている。鏡にぽかんと口を開けた己の表情が映ったが、取り繕うことすらできなかった。昨夜はそんなに疲れていただろうか。寝間着の表裏を間違えるほどに？

とにかく寝間着を脱ごうとして両手を服にかける。そのとき、なにか粘り気のある冷たいものが脇腹のあたりに付着しているのを知って悲鳴を上げた。

指先を見つめる。茶色いどろりとしたものがこびりついている。上着を脱ぎ捨て、右手を挙げて腋の下を鏡に晒した。重油のようなものが薄く張り付いていた。慌ててタオルで拭き取る。鼻先に持っていってみる。臭いはなかった。ベッドのスプリングの油だろうかとも思ったが、もしそうだとしても腋の下だけ汚れている説明がつかない。孝岡はしつこいほどタオルで擦った。

目の痛みがとれない。部屋に戻る。全身にだるさを感じていた。体の節々が軋む。充分に寝たはずなのに疲れがとれていない。周囲を見回す。起きてからきょろきょろと視線を動かしてばかりいるような気がした。なぜか落ち着かないのだ。

下着を替えようとして、箪笥の前に向かった。抽斗に手を伸ばした瞬間、突然ぐわっという騒音が部屋中に広がった。何が起こったのかわからず孝岡は飛び退いた。凄まじい振動が、どん！　どん！　と響き渡る。ドラムの音だ。どこかで大音量の音楽が鳴っているのだ。ようやくその発信源が箪笥の上のラジカセだとわかった。ボリュームを下げようと近づいた瞬間、ラジオがぶつりと切れた。孝岡は数秒間、そのまま立ちすくんでいた。どういうことなのかわからなかった。おそるおそるラジカセに触れてみる。何も起こらない。ボリュームのつまみを回してみる。音は聞こえない。ラジカセは故障していた。

「……なんだ？」

孝岡は声に出した。言葉にしないと自分の頭がついてこれなかった。「どうした？　何なんだいったい？」

両手で顔を拭った。思考の焦点が合わない。肩が凝っている。足も引き攣っているようだ。胃が重い。

「……落ち着け。……落ち着け」

そういいきかせる。頬をはたく。体に異常がないか手で探った。下も脱いで全裸になる。もう一度洗面台へ行き、全身を鏡に映した。くるりと腰を捻り、背部も確かめる。不審な傷は見当たらない。

確かに、つい一〇分前までは真夜中だったはずだ。なぜ急に朝になってしまったのだ？　それに、あのサルはどこへ行ったのか？　なぜサルが布団の上に乗っていたのだ？　あれは決して夢ではなかった。しっかりとこの目で見たのだ。夢であるはずがない。

寝室に戻り、掛け布団を調べてみる。サルの毛が落ちているかもしれない。だがそれらしきものは何も付着していなかった。箪笥の抽斗を開けて下着を取り出す。

わからない。孝岡は首を振った。何かの錯覚なのだろうか。それともやはり夢だったのか？常識で考えればサルが部屋の中にいることなどありえない。

カーテンを開ける。明るい陽射しを浴び、反射的に目を細めた。サッシを開けてベランダに出る。あたりを見回した。

船笠村の朝が拡がっていた。雨雲は過ぎ去ったのだろう。青空が高い。どこにも異常はなかった。空気は冷たく、適度に湿気を含み、清らかに透き通っている。いつもと変わりのない風景だ。しかし孝岡は強い違和感を感じた。明らかに昨日までとはどこかが違っている。救いようのないくらいに。

サルの瞳がくっきりと脳裏に蘇（よみがえ）った。

「……何があった？」

だが、それだけでは終わらなかった。

午後五時三〇分。

くそっ、と孝岡は悪態をついてマッキントッシュのモニタを見つめた。三〇分で五度目のフリーズである。爆弾マークすらモニタに現れない。突然静電気のようなものが走り、画面が歪（ゆが）

んだかと思うとキーを受けつけなくなってしまうのだ。まるで仕事が進まない。

リセットボタンを押す。反応はなかった。そんなばかな、と呟きもう一度押す。やはり再起動は起こらない。

「どうなってるんだ」

完全に壊れていた。机を両手で叩く。冷静さを欠いているのが自分でもわかった。だがどうしようもない。異常事態だ。今日一日、まるで仕事にならない。

まず朝はIDカードが読み取り不能になった。地下道を抜けて施設へ入ろうとしたとき、突然カードリーダーから甲高い電子音が響いたので肝を冷やした。警備員がやってきてカードを調べたところ、磁気が完全に変化しており使いものにならなくなっていた。仕方がないのでマスターキーを借り、それをリーダーの鍵穴に差し込むことにした。それでどうにか施設内に入ることは出来たが、自分のオフィスに入ろうとしたとき、今度はリーダー自体が故障してしまった。これには警備員も首を捻っていた。検査しても原因がわからず、今日一日はオフィスの扉を開け放しにしておくことになった。そのためか、デスクに座っていても気が散ってどうしようもなかった。いつものように集中できないのだ。常に人から見られているような気がしてならず、周囲を見回してしまう。

午後にはさらに状態が悪化した。時として赤い閃光が瞼の裏を駆ける。風邪のようだが、熱や咳はない。ただ頭の中が疼くような痛みを放っているのだ。午後の会議では結局、議題が何であるかさえわからなかった。カフェテリアや図書室にでも行って気分転換すればよかったのかもしれないが、いつカードリーダーが壊れるかわからないような状態では危なくて歩けない。ほとんどオフィスの中にいるしかなかった。だがこの分では夕方に書き上げてしまうつもりだった報告書も断念しなくてはならない。

首を振る。いったい何が原因なのか？　パソコンやカードリーダーなどエレクトロニクス製品が悉く故障するところをみると、自分の体に静電気でも溜まっているのだろうか。

スチールの棚に指先をあて、自分の体が帯電しているかどうか確かめてみる。だがまったく反応はない。空気が乾燥しているわけでもなさそうだ。

かなり前に、どこかの雑誌で電気に感受性の高い人間を紹介している記事を読んだことがある。静電気によって強い不快感や頭痛を感じる人がいるのだそうだ。そればかりか、電化製品に近づくとその製品を故障させてしまう。あまり信用できそうもない記事であったが、百歩譲って実際にそういう症状が存在するとしよう。自分はそれに当てはまるのかもしれない。だがそれだけで全ての説明がつくだろうか？　マンションの部屋で見たサルはどうなる？　ラボの研究員たちには今の自分の状態を知られるわけにはいかなかった。なんとか対処しなくてはならない。なぜこんなことになったのだ。

昨日の出来事が原因だろうか。

そうだ。それしか考えられない。あのときに何か異常な事態が発生したのだ。

昨夜までのことを孝岡は思い返した。

午後一時から三時まで会議があり、それを終えてからはこのオフィスに戻ってマッキントッシュに向かっていた。一時間ほどキーを叩いたところで加賀がやってきた。トランスジェニックラットの遺伝子導入効率の結果が出たのだ。

加賀はサザンブロットの結果を示し、二〇匹中三匹に遺伝子が導入されていたことを報告した。悪くない効率だ。

孝岡は一匹から脳の切片を作り、NMDAR3遺伝子の発現部位をノザンブロット解析で確認するよう指示した。予想が間違いなければ、海馬のCA1とCA3で強い発現が見られるはずだ。

その他幾つか細かいことを指示したところで、マッキントッシュの画面に掲示が現れた。ビデオメールが届いている。思わぬことにメアリーからであった。

メールの内容は首を傾げたくなるようなものだった。至急、第三研究施設の三階にあるNDE実験室1に来てほしいという。どこかせっぱ詰まった表情でウィンドウの中のメアリーは用件を伝えた。すぐに来てほしい、と二度も告げ、そのメールは終了した。それを見終わって孝岡は加賀と顔を見合わせた。もう一度再生してみる。まったく心当たりはなかった。

どういうことなのか尋ねてみようと、孝岡はメアリーの端末に連絡を取った。メアリーのアドレスは先程のメールに表示されている。

しかし、何度か相手を呼び出してみたもののまったく反応がなかった。仕方がないので職員録をめくり、メアリーの内線電話の番号を探した。しかしメアリーアン・ピータースンでもNDEでも記載がなかった。このとき初めて気づいたのだが、第三研究施設の職員はまったく名簿に載っていないのだ。なぜだろうと思ったが、考えても理由は思い当たらない。結局、直接出向くしか方法はなかった。

オフィスを出て、高架になっている連絡通路を渡る。第三研究施設へ入るのはこれが初めてだった。どこにNDE実験室があるのかもわからない。ひとつひとつ表札を見ながら早足で進む。一番奥の扉にその名が記されていた。自分のIDカードで入れるのかと思案していると、観察されていたかのようにタイミング良くその扉が開いた。

異様な光景が現れた。

監獄のような狭い部屋の中に、奇妙な形の装置が置かれていた。そしてひとりの男が取り乱しながらその装置に手を突っ込み、喚いていたのだ。装置の中には水が入っているようだった。飛沫が男の顔にかかる。何がおこなわれているのか孝岡にはまったくわからなかった。メアリーの姿はない。部屋を間違えたのだろうか。きびすを返しかけたとき、男が何か大きなものを装置の中から担ぎ上げた。

それは女性だった。黒髪が顔や首に貼り付いている。何も身につけていない。男が足を滑らした。裸の女性が投げ出される。何か下手な喜劇を見ているかのようだった。事態が完全に常軌を逸している。女性は倒れたままだ。がくがくと小刻みに体を震わせている。何かがおかしい、とようやく孝岡は気づいた。

訳のわからないままに女性のもとへと駆け寄る。打ち所が悪かったのではないかという不安が一瞬頭を過ぎった。痙攣を繰り返している。抱え上げ、顔にかかっている髪をかきわけた。

声をかけようとして、息を呑んだ。

あの女だった。

あまりに唐突な対面に孝岡は面食らった。なぜこの女性がここにいるのだ？　なぜ裸で？

そのとき、女が左腕を上げた。白目を剝き、がくがくと震えながら、何かを摑もうとするかのように左手を上に持ち上げた。どうした？　孝岡は抱えている腕に力を込めた。おい、どうした、しっかりしろ、そういおうとして――。

そう。頭の中に凄まじい閃光が散ったのだ。

爆発だった。脳の神経細胞全てがパルスを一度に放出したかのような過負荷が襲ってきた。眼球の裏で光が激しく乱舞した。全身の細胞がばらばらになってゆく。腹の最深部から途方もない津波が押し寄せてきた。地響きを立てて巨大な力が体を押し上げて行く。宇宙の果てまで弾きとばされるようだった。そして次の瞬間には何かに胸ぐらを摑まれ底なしの闇へ突き落とされた。天地左右がわからなくなり、全身がぐるぐると回転した。灼熱の電流が体中で暴れ回る。地震が湧き起こり激しい縦揺れによって体が突き上げられる。揺れは止むことがなかった。大きく、どんどん大きくなってゆく。耳元で銅鑼を打ちならすような轟音が響く。死ぬ、その言葉が微かに浮かんだ。死んでしまう！

そこでどうやら意識を失ってしまったらしい。気絶する直前、メアリーの声を聞いたような気もする。

目を覚ましたのはベッドの上でだった。ブレインテック附属の医療施設である。ベッドの脇にはメアリーが座っていた。メアリーはこちらが目を覚ましたのに気づいて安堵の表情を浮かべた。

先程のメールはどういうことかと孝岡は尋ねた。しかしメアリーの答は曖昧だった。あれはミスだった、あなたに連絡を取るつもりではなかった、ごめんなさい、とメアリーは頭を下げた。しかし明らかに何かを隠していることが窺えた。

メアリーはその話題を避け、そのかわり何度も大丈夫か、気分は悪くないかと訊いてきた。何か普段と変わった感じはしないか、頭痛はないか、耳鳴りは、等々。

病棟を去るとき、メアリーは念を押すようにいった。あなたはひとりじゃない。何かあったら相談に来て。

どうも意味がわからず孝岡は尋ねた。あの部屋にいた男性と女性はどうしたのかと。するとなぜかメアリーは目を伏せ、しばらく口ごもった後、小声でいった。あれは村の人を検査しているところだったの。ただそれだけ。女の人はもう帰ったわ――。

孝岡は女性に触られたときの感覚を思い出し、刺すように痛む右のこめかみをさすった。本当にあれが原因なのか？　だが、なぜ？

とにかくメアリーに訊いてみなくてはならない。少なくとも昨日の検査の結果を聞き出すのだ。孝岡は昨日と同じように所員名簿を繰った。だが、やはりどこを見てもメアリーの名は記載されていない。事務員に教えてもらおうと、電話の受話器を取り内線番号をプッシュする。だがノイズがひどく、まったく使いものにならなかった。電話まで調子が悪くなるのか。

直接会うしかない。孝岡は立ち上がり、オフィスを出た。廊下を進む。気持ちが焦り、どうしても早足になる。

第三研究施設への渡り廊下まで来たところで、孝岡は呆然として足を止めた。閉鎖されている。

「そんな馬鹿な」

シャッターを叩く。確かに昨日までは開放されていたのだ。なぜ今日に限って往来を禁止しなければならないのだ。まるでこれは……。

不意に、ぞくりと背筋に冷たいものを感じ、孝岡は周囲を見回した。誰かに見られている。確かに視線を感じる。それも強く、鋭い。巨大な目がどこかで自分を睨んでいる。ばかげていた。だが体がそう感じるのだ。得体の知れない不安を覚え、孝岡はオフィスに駆け戻った。だが、部屋に足を踏み入れた瞬間、自分が途轍もなく無防備になっていることを感じた。これでは丸裸だ。見つめられている。この感覚は何だ？　時計を見た。午後五時五四分。窓だ。孝岡は窓の外を見据えた。すでに闇が広がりつつある。昨夜見たサルの瞳のような色だ。闇の中にサルが潜んでいる。なぜかそんな気がしてならない。胸の内に不穏な靄が立ちこめてくる。慌てて駆け寄り、ブラインドを下ろした。それでも不安は消えない。カーテンも下ろす。

孝岡はこめかみを押さえながら椅子の背凭れに体を預けた。音を立てないように注意しながら深呼吸する。しかし体の凝りはほぐれない。ベージュのカーテンは外の暗闇を完全に遮断しているが、それでもじわじわと部屋の中へ滲み込んできそうだ。手のひらが汗で濡れている。胸の内の靄はおさまらない。それどころかさらに広がってゆく。

　そのとき、突如として自分の腹部に不快感を感じた。まるで泥水を大量に飲んだようだ。思わず臍のあたりを押さえる。吐き気がこみ上げてきた。カーテンを窺う。窓の向こうからの強いプレッシャーを感じる。誰かが外からこちらを見つめている。

　黒いものが喉元を迫り上がってくる。こめかみが痛む。ラットの姿が脳裏に浮かぶ。がくん！　がくん！　と身を波打たせながらも決して視線を逸らそうとしないラット。その充血した赤い眼がカーテンに重なる。ラットが見ているのか？　それともあのサルが見ているのか？　誰かが、何かがこのカーテンの向こうで息をひそめている。はっきりと気配を感じる。途轍もなく大きな眼でこちらを見ている。そんなはずはない、ここは三階ではないか、そいつは宙に浮かんでいるとでもいうのか！

　息ができない。首筋をかきむしる。急速に見えない圧力が増してくる。いまにも窓ガラスが割れそうだった。気のようなものが窓をぐいぐい押してくるのだ。胃が圧し潰されそうだった。内臓が音を立てて軋む。額の汗が目の中に入った。頭蓋の中で脳が軋む。本当に軋んでいるのだ。ぎりぎりと音を立てて脳の襞が蠢いている。まるで古い殻を破ろうとしているかのようだ。新たな襞がひとつひとつ刻まれ膨張してゆく。何てことだ、自分は怖がっている、はっきりとそれがわかった、子供のように怖がっている！

「どこだ！」

身を翻しカーテンを開けた。ブラインドの紐を一気に引く。

そこには汗ばんだ自分の顔が映っていた。窓の外は夜だ。向かいの施設の明かりがところどころに見て取れる。何の変哲もない夜の闇であった。誰もいない。自分を見つめている者など誰もいない。だが不安を消すことができなかった。不安は喉元で引っかかったまま下りてゆこうとしない。闇の中に誰かが潜んでいるような気がしてならない。慌ててブラインドを下ろし、カーテンを閉めた。

崩れるようにして椅子に腰を下ろした。頭痛がおさまらない。ようやくのことで孝岡は声を出した。それは自分でもはっきりとわかるほどうわずっていた。今日になってもう数え切れないほどどいった言葉だった。

「何だ？ 何なんだこれは？」


午後九時。

エレベーターを降り、駆け足でロビーを抜ける。長い地下通路が扉の向こうに現れる。

孝岡はバッグを抱えながらその通路を走った。両脇の壁には黄色いランプが一定の間隔で埋め込まれている。自分の影がそれらの光を浴びて幾重にも分かれ後ろへと飛んでゆく。靴音が反響する。荒く息を吐きながら孝岡は懸命に走った。途中で何度も振り返った。通路が曲がり角に差し掛かったとき強い不安を覚えた。死角があるのが耐えられない。すべての方向を把握できないと我慢がならない。心を落ち着かせることができない。最後には全力疾走になっていた。マンションの地階にようやく辿り着き、エレベーターに乗り込むと膝に手を置き乱れた息を大きく吐いた。

五階に着く。一番奥まで進み、自分の部屋の前まで来る。鍵を差し込み、右に半回転捻る。鍵を抜き、ノブに手をかけ、それを手前に引こうとして、

部屋の中が闇だということに気づいた。

それがわかった途端、孝岡は恐怖を感じた。ノブを握る右手が震え出した。なぜ電気を点けておかなかったのだ。開ければ闇が襲ってくる。闇に取り囲まれる。闇の向こうから誰かがやってくる。じっとこちらを見つめながらやってくる。またも汗がじんわりと滲んできた。奥歯ががちがちと鳴っている。

ゆっくりと深呼吸する。早鐘のように打つ心臓をなんとかして落ち着かせようとした。ノブが汗で油じみてくる。自分を騙し騙し仕事をしていたが、九時になってどうしても耐えられなくなったのだ。デスクに座りながら何度後ろを振り返ったかわからない。自分の体のすぐ近くに闇があると思うと理性を保つことができなくなるのだ。とても報告書を書けるような状態ではなかった。後かたづけもせず、部下に挨拶することもせず、逃げ出すようにして帰ってきた。マンションに帰れば安心だと思った。だがここにも闇は待っていた。もう一度深呼吸する。サルの姿が脳裏を過ぎった。もし、あのサルがいたらどうする？　扉を開けた途端、廊下にあのサルが座り、暗がりからじっとこちらを見つめていたらどうする？　あの黒い眼でいまもこの扉の向こうからこちらを見ていたらどうする？

強くノブを引き中へ駆け込んだ。玄関と廊下のスイッチを手のひらで叩きつける。光が灯った。そのまま靴を脱がずに上がり、片端から部屋の電気を点けて回る。寝室書斎和室リビングキッチン、そして洗面所バスルーム便所。３ＬＤＫが光で照らされる。そこでようやく孝岡はあたりを見回す余裕ができた。

何もいない。

今朝起きたときのままだった。何も変わっていない。位置がずれているものもない。いつもの自分のマンションだった。いったい自分は何をしているのだ。自嘲気味に声を出して笑ってみた。だがその声は力なく消えていった。まだ心のどこかが緊張している。リラックスすることができない。これだけの明かりがあるのに安心できない。

寝室へゆく。靴を脱ぎ、背広を脱ぐ。窓はカーテンが閉まっており、外は見えない。だがはっきりとその向こうに闇を感じた。壁ひとつ隔てた向こうは広大な夜の世界だ。

はっとして孝岡は振り向いた。クローゼットを開ける。

部屋を回り、全てのクローゼットと押入れの扉を開けた。どこにも異常はなかった。だが確かめずにはいられなかった。密閉された空間を作ってしまえばそこからサルが湧いて出てくるような気がしてならない。

喘ぎながら寝室に戻る。ベッドに腰を下ろす。室内を見回した。影になっている部分がないか何度も何度も確認する。自分はどうなってしまったのか？

孝岡は呻いた。

11

九月一〇日（水）

ドアが開いたのでメアリーは手元の資料から顔を上げた。

「ただいまー」

ジェイだった。ランドセルとバッグをずるずると手でひきずりながら部屋に入ってくる。スポーツを終えた後の充実感が顔に現れていた。野球の練習の日だ。もうそんな時間になるのかとメアリーは壁に掛かっている時計を確認した。なるほど、午後七時一〇分前だ。

「おかえりなさい、食事にする？」

「ウォレンのところでサンドイッチ食べてきた。少しだけどね」

「ウォレンも仕事があるんだから、あまり長い間くっついていないようにね。邪魔になるでしょ」

邪魔してないよ、とジェイは口を尖らせる。もとよりメアリーにもそれはわかっていた。ジェイは学校から帰ると毎日のようにどこかのラボへ遊びにいっている。その中でも情報処理部門のウォレン・パーカーが特に気に入っているようだった。ブレインテックは所員以外の出入りをかなり厳重に取り締まるのだが、ジェイに関してだけは大目に見てもらっている。施設の周囲は畑ばかりだし、同年齢の子供もほとんどいない。さすがに山へひとりで行かせるわけにもいかなかった。結局、ブレインテックとマンション以外に遊ぶところがないのだ。そんな事情もあり、ジェイにも制限付きのカードを支給してもらっている。

「昨日もウォレンのところへ行ってたの？」

「ううん、タカオカさんのところへ行ってきた」

意外な名前が出てきたのでメアリーは驚いた。そうだったの、と曖昧に頷いておいたものの、ひやりとした感覚が残った。まだ北川からは連絡を受けていないが、一昨日の鏡子との接触によって孝岡の体質は変化している可能性が高い。ジェイは何か異常を感じたのではないか。

「ねえ、孝岡さんは普段と同じだった？　具合が悪そうだったということはなかった？」

「さあ」ジェイは首を傾げる。「先週と同じだったけど。ただ、コンピュータがすぐ壊れるんだっていってたよ。それから窓の外を気にしてた」

やはり、とメアリーは思った。後で北川に詳しく訊いてみる必要がある。

「でも、どうして？」

「ううん、なんでもないの。ただ気になっただけ」メアリーは話題を変えた。「野球はどうだったの？」

「そうそう、今日はスリーベースヒット！」

ジェイは得意げに笑みを浮かべた。バッターボックスに立つポーズをしてみせる。そして見えないバットをフルスイングした。バットが風を切るぶんという音が聞こえそうだった。

昨年の四月に日本へ来たとき、ジェイはまだ九歳だった。ブレインテックへの赴任が決まった時点でジェイには語学スクールへ行かせるようにし、基本的な日本語の文法程度は覚えさせたが、それでもこちらの小学校にひとりで通学しても大丈夫なものかどうか、はじめのうちはかなり心配だった。東京や大阪ならともかく、船笠村はそれまで外人がまったく住んでいなかったところだ。クラスの子供たちから仲間外れにされないだろうか。それでもブレインテックの関係者の子供が何人かいれば救われたのだが、残念なことに子供を連れて赴任してきた者は皆無だった。ほとんどの外国人研究者は施設の場所があまりにも都市から離れていることに不安を覚え、単身赴任を選択したのである。しかし夫と別れているメアリーにとって、ジェイをアメリカにおいてくることはできなかった。

ジェイは車で三〇分の距離にある隣町の学校へ通学することになった。このあたりは人口も少ないためか、船笠村を含めて周囲の村に住む子供たちの教育をそこが一手に引き受けている。県道にはバスも走っており、ブレインテックが創設されてからはその本数も若干増えたようだが、それでも登校時間に合わせた運行はしてくれていない。村の子供たちは徒歩で通学しているようだった。登校時だけはメアリーが車で送っているが、迎えに行くことはできないのでひとりでバスに乗って帰ってくる。

きっとジェイは、日常の生活の中でもっと刺激が欲しいのだ。しかしこの船笠村ではジェイの好奇心に応えてくれる場所が存在しない。小学校の野球だけでは発散できないのだろう。こちらから見てときどきはしゃぎすぎていると思えるようなこともあるが、そうすることによってしかストレスを発散できないのかもしれない。

自分は親として、ジェイを満足させてやっていないのではないか。

ふとそんな思いが頭を過ぎる。慌ててメアリーはかぶりを振った。何を考えているのだろう。ジェイは快活に育っているではないか。これ以上は望めないほど良い子に育っているではないか。何を不安に思うことがあるのだろう。だが――。

ジェイが何度も打ったときの様子を再現してみせる。ピッチャーの投げた球の勢い、打ったボールの方向、ベースを蹴ったときに見えたもの、聞こえた歓声、ジェイは身ぶりと共に克明に話してゆく。ジェイの二の腕には僅かながら筋肉の盛り上がりが見て取れた。その筋肉がいきいきと動く。

アーロン。

メアリーは息を吐いた。

アーロンが生きていたら、今頃どんな姿になっていただろう。

アーロンとジェイは顔つきがよく似ていた。どちらもメアリーの容貌を受け継いだのだ。顔だけではなく、人見知りしない性格や食べ物の好き嫌いまで似ていた。もし生きていたらアーロンも野球をしただろうか。スリーベースを打ったといって嬉しそうに報告しただろうか。

あの音が蘇ってくる。骨が軋むような、あの冷たく鋭い音が耳に響いてくる。あれから八年が経とうとしている。だが忘れることはできない。月に一回、あるいは二回、突然海の底から浮かび上がってはメアリーの耳元を叩き、記憶を呼び覚ます。そしてそれは曖昧になるどころか、年を経る毎に鋭さを増し、メアリーの全身を掻き毟る。

ぴしっ。

メアリーの頭に、あの日の光景が広がってきた。

日曜日の朝だった。病院を出たとき、あまりの暖かさに思わずあたりを見回したのを覚えている。堆積していた雪の表面が溶け、きらきらと陽の光を反射させていた。空を仰ぐと、久しぶりの快晴が広がっていた。春の到来にしては早すぎるが、おそらくは神の気まぐれなのだろう。何にせよ、外で過ごすには絶好の日だ。心地よさが昨夜からの疲れを癒してくれるような気がした。早足で北口の駐車場へ向かいながら、しかし約束の時間に遅れていることもこの陽気が許してくれるのではないかとメアリーは思った。宿直が終わる寸前、午前七時半になって急患がやってきたのだ。明け方まで飲んでいたその男は、泥酔状態で自宅へ帰ったらしい。そしてかねてから仲の悪かった妻と口論になり、そして鍋の底でしたたかに殴打されたというわけである。男がかつぎ込まれた救急医療室は即座に安酒と汗の臭いで満たされた。そうなのだ、遅れた原因はすべてその男にあった。だが、その時点でメアリーは男を許す気になっていた。素敵な一日が始まりそうな、そんな軽やかな予感を抱いていた。アーロンもジェイコブも、きっと満足してくれるのではないかと思った。その時までは。

家に帰ったのは九時一〇分前だった。家のドアをくぐった瞬間、アーロンがリビングから走ってきて、遅いよママ、と口を尖らせた。謝りながらダイニングを覗くと、すでに夫はデトロイトへ向けて出発した後で、テーブルには朝食の残りが置かれていた。ジェイはリビングでごろごろと転がっていた。メアリーはトーストをほおばりながら二階の寝室へ行き、急きたてるアーロンの声に返事をしながら着替えた。

バーンズ・パークに遊びに行くと、その二日前に約束していたのだ。アナーバーの中心地からほど近くにある公園で、自然の池が凍結して出来たスケートリンクがある。アーロンはこのところ毎日のようにスケートをしていた。学校が終わってから近くのアリーナに通っているのだが、たまには野外で滑りたかったようだ。バーンズ・パークはメアリーたちの住んでいる北西部から歩いていける距離ではないが、テニスやバスケットボール、サッカーのグラウンドが整備されているほか、ピクニック用の広場もあるなど、町民の憩いの場として親しまれている。久しぶりにゆったりと公園で過ごすのもいいだろうと思ったのだ。

支度を終えてリビングに戻ると、アーロンはすでにコートを着込み、スケート靴を持ってはしゃいでいた。心はリンクへと飛んでいるようだった。ジェイはまだ眠いのか目をぐりぐりと擦っている。メアリーは戸締まりを点検してから、ふたりの子供を急きたてて家を出た。４ＷＤの車をパッカード通りへと走らせる。太陽の光が明るかった。後部座席でアーロンがアニメーションの主題歌を口ずさんでいた。

スケートリンクは空いていた。五、六人の子供が親と一緒に手前のほうで滑っているだけだった。アーロンはすぐさま靴を履き替えると、歓声を上げながらリンクの中央へと進んでいった。

メアリーはリンクの脇に腰を下ろし、息子の後ろ姿を眺めた。ジェイが横でジュースを飲む。穏やかな風が左から吹いてきて頰を撫で、そして流れていった。ジェイの背に腕を回し、そっと引き寄せる。メアリーは微笑んだ。高い空、美しい雪、ジェイ、そしてアーロン。アーロンはリンクの中央まで辿り着くとこちらへ大きく手を振った。メアリーは手を振り返す。アーロンはそれを認めるとにっこりと笑い、さらに向こうへと滑っていった。赤い毛糸の帽子と茶色のコート。このリンクで見失うはずはなかった。アーロンは一番奥まで行くと弧を描いて引き返してきた。ジェイがジュースを飲み干し、缶を渡してきた。メアリーはそれを受け取ろうと手を伸ばした。

そして風が吹いた。

メアリーは顔を上げ、風のやってきた方向を思わず探った。顔に当たるその風は、いままでの微風ではなかった。何か荒々しい気配が空気を乱し、この町へやってきたような、そんな気がした。ジェイが缶を押しつけてくる。だがメアリーはそれを制した。胸騒ぎが急速に湧き起こり、アーロンのほうを見ようと瞳を動かしたそのとき、大きな葉ずれの音がリンクの上空に立ち昇り、メアリーは思わず身を縮めた。

きらきらと輝く白い雪が空に舞った。樹々の枝に降り積もった雪が、気温と風のために崩れ落ちたのだ。手前で遊んでいた家族が、子供たちが、ジェイが、一斉にその音のほうを向いた。そして小さく見えるアーロンが、一瞬遅れて、同じ行動をとった。

ぴしっ。

空が割れた。メアリーは咄嗟にそう思った。硝子の割れるような鋭い音が空に響き渡った。それは僅かに右へ曲がりながら、碧い空を裂き、白い雲を断ち切り、遥か彼方へと閃り抜けていった。

アーロンは転んでいた。

リンクの上で、周囲に誰もいないその氷の上で、アーロンは大きく転倒し、尻餅をついていた。そしてアーロンのすぐ脇で、巨大な亀裂が瞬く間に十字の形となって広がっていった。

メアリーは立ち上がった。立ち上がり、口を開けた。口を開け、腹の内側から空気を絞り出そうと筋肉を動かした。動かしながら上へ逸れた自分の瞳を下へ戻し、前方を必死で探った。探っている間にも全身の皮膚からぶつぶつと粟が立ってくるのを感じた。空気が気道の奥から這いあがってくる。塊となって昇ってくる。だがそれが口の中で声に変換される前に、氷面が大きくしなり、きらりと陽を反射させたかと思うと、内側へ陥没していった。その動きはあまりにも緩慢で、アーロンがその場に座っていることに、メアリーは一瞬腹立たしさを通り越してやりきれなさを感じた。だが氷は緩慢でありながら、決して動きを止めようとせず、蟻地獄の巣のように、確実にアーロンの体を捕らえ、冷たい音をぴきぴきと立てながら、亀裂をさらに広げていった。メアリーの口の中で、最初の空気の塊は、氷の動きに呑み込まれてしまったかのように勢いを失い、結果的に低い呟きとなって唇の間を出た。だめよ。

次の瞬間、アーロンの体は沈んでいた。

小さな飛沫が上がった。アーロンは視界から消えた。だめよ。メアリーはふたつめの言葉を発した。風が吹いた。枝がざわめき、そして遠くのグラウンドから子供の笑い声が漂ってきた。亀裂は動きを止め、後に何もないただの氷だけがその場に取り残された。だめよ。三度目にそうぃったそのとき、小さな右手が、まるでモニュメントのように氷の中から突き出された。その小さな右手はゆっくりと、本当にゆっくりと動き、空を摑み、大きく揺れると、再び氷の中に沈んでいった。メアリーの口はようやく息子の名を叫んでいた。

ぴしっ。

「……ねえ、ちゃんと聞いてる?」

その声にはっとして顔を上げた。ジェイがふくれ面をしている。ああ、ごめんなさい、とメアリーは髪を搔き上げ、努めて明るい表情を作った。

ジェイが説明を再開する。ダイヤモンドを駆けたときの様子を大袈裟にジェスチャーで示す。メアリーはそれを見ながら、しかし頭の中に浮かんでしまったあの日の思い出を消すことができなかった。いつもそうだ。一度浮かび上がってしまうと、容易に振り払うことができない。

その後の数時間に起きたことを、なぜかメアリーはよく覚えていない。誰かがレスキュー隊を呼んでくれたことは確かだった。メアリー自身は呼んだ記憶がない。だが、隊員たちがやってきたのが五分後だったのか、あるいは一時間後だったのか、まるでわからない。アーロンが氷の中に落ちる瞬間、おそらくほんの一秒か二秒であったはずのその部分は永遠のように感じ、しかも克明に覚えているというのに、その後の展開をメアリーは正確に思い描くことができない。

手前で遊んでいた家族連れの男が、慌ててアーロンのほうに滑っていったのが最初の行動であった。だが彼はアーロンに近づくことができなかった。亀裂が広がる危険性があり、下手に接近すると巻き添えを食ってしまう可能性があった。レスキュー隊員が到着したときには、すでにアーロンは動きを止めていた。心臓麻痺(まひ)を起こしていたのだ。隊員のひとりがロープを身に巻きつけ、氷の上を進んだ。途中、背筋の軋むような音がして、氷が大きく崩壊し、隊員が呑み込まれた。だが彼は氷塊の浮かぶその水の中を泳ぎ、アーロンを抱き留めると大きく手を振った。岸辺に残っていた隊員たちがロープを引き寄せた。その動きは、メアリーにとってあまりにももどかしく、あまりにも頼りないものでしかなかった。

アーロンの体は完全に冷え切っており、しかも転んだときにぶつけたのか、後頭部に裂傷を作っていた。すぐさま病院へ運ばれ、蘇生(そせい)手術が施された。だが、そのあたりのことは記憶が薄れている。

結局、次に浮かび上がってくる情景は、暗い集中治療室(ICU)の中でベッドの中のアーロンと向かい合っているときであった。

事故からどのくらい経ったのかわからない。とにかく一時的にアーロンは意識を取り戻した。ベッドの中で身動きひとつとれない状態で横たわったアーロンは、静かに目を開けるといった。

ママの後ろに人が見えるよ。

はっとして振り返ったが、そこには誰もいなかった。そのときのICUは、なぜかアーロンとメアリーのふたりだけだった。普段は慌ただしいその室内に、救急スタッフも看護婦も誰もいなかった。外の廊下に足音はなく、人の話し声もなく、強いていえば小さな機械のモーター音が聞こえているだけだった。これほど静かなICUをメアリーは知らなかった。

なにいってるの、誰もいないじゃないの。笑ってそう答え、アーロンの手を握った。だが頭の隅では焦りを感じた。幻覚を見ているのかもしれない。脳内に血栓か何かができたのだろうか。

ううん、ちゃんと後ろにいるよ、見えるんだ。アーロンはか細い声でいった。だが、その表情はしっかりしており、夢にうなされているわけではないことがわかった。瞳は一点を見つめていた。それはメアリーの顔を通り越して、その奥に焦点を合わせていた。アーロンは安心させるような口調でいった。大丈夫だよ、いい人たちだから。そうか、ママには見えないんだね。

急に涙が溢れてきた。アーロンの優しい話し方が、かえって胸を強く衝いた。止まらなくなった涙を拭いながら大声でいった。ばかなことをいわないで、誰もいないんだからしっかりと目を開けて見て、さあ、ママの顔をちゃんと見るの、そんなことをいっていたらパパが帰ってきたとき心配するでしょう、そんな人はどこかへいなくなっちゃえっていうのよ、さあ、どこかへいなくなっちゃえって、ぼくの体はこんなに元気だぞって、ほら、アーロン。

だめだよ、ママ、そんなこといえないよ。アーロンは笑った。だって悪い人たちじゃないんだから。光っているんだ。さっきからずっとこっちを見ているよ。ぼくのほうを見ている。

だめよ、アーロン、手を強く握りしめ、何度も何度もだめよという言葉にあわせて振る、涙が止まらなかった、すでにみっともないくらいに声が大きくなっていた、自分でも信じられないくらいに取り乱していた、だめよ、そんなことといっちゃだめよ、あなたは夢を見てるの、幻覚なのよ、幻覚に勝たなくちゃ、そんな人はいないの、ここにはいないの、お願い、いないっていって、アーロン、だめよ、わたしだけを見て、気をしっかり持って、ほら、アーロン、お願い、お願いよ。

アーロンは静かにいった。きっといいところだよ。いいところに連れていってくれるんだ。だから心配しなくていいよ、ママ。全然心配することはないよ。泣かないで。光が見えるんだ。すごくきれいだよ、ママ。きっとぼくは、あそこへ行くんだ――。

「ちゃんと聞いていないんだったら話すのをやめるよ」

ジェイの憤慨した声が耳に入った。メアリーは慌てて微笑み、頭を強く振って思い出を強制的に追い払った。記憶に刻みつけられているアーロンの澄み切った表情は、目の前にいるジェイの顔の中へと溶け込んでいった。

「ごめんなさい。ちょっと疲れていたから」

「タカオカさんもママもおかしいよ。仕事はほどほどにしないと」

「そうね」

ジェイの言い方が可笑しかったのでメアリーは苦笑した。確かにその通りだ。いつまでもアーロンのことを気に病んでいるわけにはいかない。自分にはジェイを幸せにしてやる義務がある。

義務が。

メアリーは立ち上がり、ぽんとひとつ手を叩いてみせた。

「さあ、食事にしましょう」

12

九月一一日（木）

男が可動ベッドの上に横たわり、巨大な陽電子射出断層撮影装置（PET）の穴の中に頭を入れている。その装置は白い壁のようでもあった。厚さが一メートル近くある壁の中央に、丸くトンネルがくり抜かれている。その部分にベッドが挿入されているのだ。トンネルの内側にはぐるりとγ（ガンマ）線検出装置が埋め込まれている。男の左腕にはチューブが取り付けられており、静脈へラジオアイソトープ（RI）標識された水が自動的に注入されるようになっている。トレーサーであるこの水は、血管を流れて男の脳へと入る。水分子を構成する放射性同位元素の寿命は短い。わずか二分で全体の半分が崩壊し、陽電子を放出させる。陽電子はすぐさま消滅し、同時に二本のガンマ線を発する。この巨大なPET装置は、そのガンマ線を的確にとらえ、男の脳のどこにトレーサーが存在していたかを割り出す。それによって男の脳に流れる血液の動態を鮮やかな図として再構築する。

測定室にいるのは五人であった。男、その左脇にメアリーアン・ピータースン、右脇には助手と看護婦。そしてもうひとり、船笠鏡子である。鏡子は男の胸に手を当てている。メアリーはストップウォッチを片手に、鏡子と男の表情を観察している。

「一〇秒前……、五、四、三、二、一、はい二分」

メアリーが告げるのと同時に助手がシリンジを操作し、男の橈骨動脈から採血する。看護婦は採取された血液をチューブに移し、それを手に駆け足で出て行く。別室に控えている技師に渡し、放射線量をカウントしてもらうためだ。

広沢は憮然としながら、その様子をガラス越しに隣の制御室から眺めていた。測定室の中は秒単位で作業が進んでいる。だが、ここにいる自分は、それら一連の流れから完全に排除されている。

検査されている男は船笠村の住人である。名前は聞かされていない。背はそれほど高くはないが、腕や肩の筋肉は発達しており、いかにも屈強な感じがする。まだ二〇代前半だろう。鏡子の家で働いている者かもしれない。ゆっくりと上下するその男の胸に、鏡子の白い手がのせられている。美しい手の甲が、男の呼吸にあわせて静かに浮き沈みする。広沢は男に激しい嫉妬を感じた。あの陶器のような手が男の脳に影響を与えている。

看護婦が戻ってくる。助手がシリンジをセットする。メアリーがカウントダウンする。そして、三分というメアリーの声とともに、助手がシリンジを引く。そんな動きがスケジュールに沿って続いてゆく。一寸の狂いもない。メアリーをはじめ、助手や看護婦は広沢のほうを見ようともしない。鏡子はこちらに背を向けている。どんな表情を浮かべているのか、広沢には見ることができない。

退屈な時間であった。隣室の鏡子も、今日は広沢の心に訴えかけてこない。当然であった。今日の被験者は男であって鏡子ではない。鏡子の脳を覗くことはできない。

コンソールのモニタに視線を移す。男の脳の血流量が、リアルタイムで再構築されている。七色で表現された、しかし全体としてはぼんやりとしているその画像は、その色合いを刻々と変化させていた。左側の一部に青い点が出現し、それがゆっくりと広がり始めている。やはり右側頭葉とそれに接近している海馬だ。虚血が起こっている。広沢は男に僅かな嫉妬と苛立ちを覚えた。鏡子によって自分の脳が変化を起こしているというのに、この男はその素晴らしさを理解していない。

測定は着実に進んでいった。メアリーは鏡子に指示を出し、手を置く位置を変化させては同様の操作をおこなった。胸、腹、右手、喉元。鏡子の手が男の頭部に近づくにつれ、モニタの中では右側頭葉が濃い青色へと移行してゆく。喉元まで終えたところでメアリーは初めてこちらに目を向けた。きつく睨んでから、ストップウォッチを手にしたまま制御室にやってくる。コンソールのモニタを覗き込んだ。

「どう?」

広沢は腕組みをし、わざと横を向いた。途端にぴしゃりと叱責がとんだ。

「ふざけないで。どうかと訊いているの」

「……あなたが思っているとおりの結果です」

「触れる場所が頭部に近いほど虚血は起こりやすい。そういうこと?」

「そうですよ」

「ちゃんと仕事をして」

そう言い捨てるとメアリーは測定室に戻った。鏡子に男の右の首筋を触るよう指示する。鏡子は黙ってそれを受け入れた。測定が再開される。広沢は腕組みをしたままその様子を見つめた。

あの男は鏡子と何回交わっただろうか。

広沢の頭に、男と鏡子の絡み合った光景が浮かんだ。想像の中の鏡子はすぐに最も淫らな姿勢をつくった。美しい鏡子の肢体が獣に蹂躙されている。何ということだ。肉欲だけを求める汚らわしい男たち。この自分とはあまりにも違う。

自分は疎外されている。広沢は痛切にそれを感じた。すぐ隣の部屋には鏡子がいる。その姿を見ることもできる。だがその体に触れることはできない。メアリーアン・ピータースンによって、鏡子と自分の絆は引き裂かれている。

広沢は月曜のことを思い返した。

あの出来事の後、鏡子は第一研究施設の北棟に運ばれ、精密な検査を受けた。ソレノイドの強い磁場が鏡子の能力に影響を与えたか否かを調べるためだ。その間、自分は看護士の監視つきで治療室の一番隅のベッドに追いやられていた。

ソレノイドの部屋に最初に入ってきた男を、広沢は知らなかった。初めて見る顔だった。その男は鏡子を抱きかかえようとして、突然痙攣し、体を反らせたかと思うと声を上げることもなく卒倒した。その直後にメアリーが駆け込んできたのだ。

メアリーはその男をタカオカと呼び、男の側に寄って体を揺すった。だが男は完全に意識を失っていた。メアリーはそれを見て取ると男を仰向けに寝かせ、そしてすぐに鏡子の容態を確認しはじめた。その時点で鏡子は強直相から間代相へと移行しつつあり、がくがくと全身を痙攣させていた。メアリーは鏡子の顔に貼りついた髪をかきわけ、チアノーゼになっていないか、舌を噛んでいないかを確かめながら、廊下に向かって助けを呼んだ。その直後、鏡子が大きな声を上げてタンクの液を吐き出し、ようやく不規則に呼吸を始めた。メアリーはその様子をじっと観察し、鏡子の全身から緊張が抜けてゆくのを見届けてから、鏡子を楽な姿勢に戻してやった。広沢は床に転がったまま、それら一連の行為をただぼんやりと眺めているしかなかった。医療スタッフが駆けつける頃には、鏡子は昏睡に入ろうとしていた。

スタッフたちが鏡子を担ぎ上げ、ストレッチャーに乗せた。そのときもメアリーは緊迫した表情で指示を与え続けていた。続いて男が別のストレッチャーに乗せられ、そこまで事が進んでようやくメアリーはこちらを向いた。

「立ちなさい！」

一瞬、部屋の中がしんとなった。医療スタッフたちがびくりと肩を動かすのがわかった。すべての視線が広沢に向けられた。

屈辱を感じながら、ゆっくりと広沢は立った。メアリーは近寄ってきて、有無をいわさぬ口調でいった。「ふたりの検査が終わってから話を訊きます」

メアリーはその後、全ての検査に立ち会ったらしい。終始硬い表情を崩さなかったと聞く。

結局、鏡子に異常は認められなかった。その能力にも影響はなかったものと思われる。タカオカと呼ばれた男のほうはどうなったのか知らない。

その日の深夜、ようやくメアリーはやってきた。その顔には疲労が貼り付いていたが、広沢の寝ていた治療室に入るなり全身から憤怒の気を発散させ、拳を握りしめたままつかつかと歩み寄ってきた。そして見張りの看護士に席を外させると、突然広沢の頰を打った。

そして怒りに身を震わせ、視線を逸らすと吐き出すようにいった。「まったく所長は何を考えて……」

それ以来、広沢は鏡子の測定に立ち会うことができずにいる。

MEGの定期測定のスタッフから、広沢は排除された。コンソールに入ることもできない。今日のように鏡子以外の人間を測定するときは呼ばれることもあったが、そういった場合でも鏡子と同じ部屋に入ることを禁止された。もちろん、ソレノイドの設置されているNDE実験室に入ることはできなくなった。ソレノイドで気を紛らすこともできない。広沢はこの数日間、自分の体の中に溜まった欲求を吐き出すことができず怒りを感じていた。

広沢はそのときの頰の痛みを思い出し、叩かれた部分を手でさすった。測定室の中ではメアリーが真面目な顔つきで指揮を執っている。その態度が気に入らなかった。

あの女は何もわかっていない。鏡子と自分は互いに納得した上で魂の交感を果たそうとしたのだ。おまえたちの邪魔さえ入らなければ、自分たちはいまごろ至高の愛を共有していたはずなのだ。おまえなどには一生理解することができないだろう。

哀れで、愚かな女だ。

モニタの画像に目を戻した。その画像に集中しようと努める。PETの再構築画像はクリアな結果を映し出していた。左の一部が紺色へと強い寒色系に変移している。しかもその位置は先程まで反応していた箇所とまったく同じであった。広沢はここに表示されている画像が自分の脳のものだと考えようとした。

その後二〇分ほどで測定は終了した。可動ベッドが後方へずらされ、男が起こされる。メアリーが男に何かを尋ねた。助手や看護婦がてきぱきと片づけを始める。そんな中、鏡子はただぼんやりとその場に立っていた。

やがてメアリーが鏡子と男を連れて測定室を出た。広沢はそれを見て、慌てて立ち上がった。鏡子が帰る前に、一瞬でもその体に触れておきたい。

廊下に出ると、鏡子はメアリーの後ろについてこの場を離れようとしていた。思わず手を伸ばして駆け寄る。だが、メアリーのほうが早かった。すいと身を動かして鏡子の前を塞いだ。

「わたしがふたりとセッションをしている間に報告書を作成すること。いいわね」

広沢はメアリーの肩越しに鏡子を見つめた。鏡子はこちらの視線にまったく気づく様子もない。横を向き、ただぼんやりと立っている。

「……わかりました」

広沢はきびすを返し、その場を後にした。

第三研究施設に戻る。苛立ちを抑えきれなかった。

広沢のデスクは、NDE関係に携わる助手が共有で用いているラボの一角にある。扉は開け放たれたままになっていた。複数の人間が頻繁に出入りするので、日中は開けたままロックしてあるのだ。広沢はラボに入るときにちらりとメアリーのオフィスの扉を見やった。しっかりと閉じられたその扉を、広沢はくぐることができない。広沢のIDカードでは開かないのだ。おそらくあの部屋の中には鏡子とのセッションを記録した膨大なビデオテープが保存されているはずだ。だがそれを見ることはできない。メアリーは鏡子を独占している。

ラボには誰も戻ってきていなかった。広沢は大声でメアリーに対する不満を吐き散らし、自分のデスクを拳で叩いた。椅子に座り、パソコンのマウスを手に取る。Kyoko と名をつけたフォルダの中からテキストファイルをダブルクリックして開いた。

画面に横書きの文書が現れた。一番上の段には日付と時間、そしてセッション番号が記されている。三月の記録だ。メアリーがこのブレインテックに赴任してから、これまで五〇回近くも鏡子とのセッションが執りおこなわれている。だがその内容はメアリーによって秘匿され、広沢たちスタッフにもほとんど知らされることはない。それが不満であった。このテキストファイルは一年前に広沢がメアリーの端末から盗んだものである。回線を通じてクラッキングをおこない、たまたまパスワードロックのかかっていなかったものをコピーすることに成功したのだ。その後も幾度か広沢は侵入を試みているが、相手も用心しているためか、重要なデータは釣り上げることができないでいる。

広沢は画面をスクロールしながらその文書に見入った。すでに何百回と読み直した記録だ。だが決して飽きることはない。それどころか読む度に強く惹かれてゆくのだ。ここには鏡子の喋(しゃべ)った言葉がはっきりと記されている。広沢はこれまで鏡子の声を聞いたことがない。その鏡子が、メアリーを相手に普通の言葉で答えているのだ。いったい鏡子はどんな声で、どんな口調で話すのか。想像しただけでぞくぞくしてくる。

Q　それで毎夜あなたは村の人たちに力を与えているわけですね？
A　そうです。
Q　そのときに光が見えることがあるといいましたね。
A　はい。
Q　そのことを詳しく教えて。
A　迎えが来るときもあります。来ないときもあります。明るい夜は、よく迎えに来てくれます。
Q　待って。あなたのいっている「迎え」というのは光のこと？
A　光の中から迎えが来てくれます。
Q　それは誰なの？
A　お光様の使いです。

鏡子はメアリーの質問に、必ずしもはっきりとは答えていない。供述は曖昧(あいまい)で、ときには意味がわからないこともある。しかし、それゆえに鏡子の言葉はイメージに富んでいた。広沢はこの文書を読みながら、鏡子の秘められた生活をこれまで何度も思い描いてきた。

Q　お迎えがくるとどうなるの？
A　昇ってゆきます。
Q　昇ってゆく？　屋根を突き抜けて？
A　高いところへ昇ってゆきます。
Q　どこまで昇ってゆくの？
A　白い部屋の中までです。
Q　昇っていって、どこかの部屋に入るということ？
A　迎えの人がそこまで連れていってくれます。

連れていってくれます、と広沢は口に出して読んだ。一瞬、自分と鏡子が一体になったような気がして、苛立(いらだ)ちが少しおさまった。この記録に書かれている鏡子の供述は、にわかには信じられないような代物(しろもの)だ。ファンタスティックで、宗教がかっている。だが広沢は、これを真実だと確信していた。だからこそ自分もソレノイドを使って天へ昇ろうと考えたのだ。

Q　お迎えの者たちは、あなたに何をするの？
A　よく、向こう側を見るよう指示されます。

Q　向こう側っていうのは何のこと？

A　いろいろ変わります。扉だったり、窓だったり、カーテンだったりします。その向こうにその方がいらっしゃいます。

Q　誰がいるの？

A　わたしたちをいつも見ていらっしゃいます。

Q　お願い、教えて。その人の姿を見たことがあるの？

A　見たことはありません。

Q　声を聞いたことは？

A　ありません。

Q　それならどうして向こう側にいるとわかるの？

A　いつもわたしたちを見ていらっしゃいます。

Q　気配を感じるということ？　確かにそこに誰かがいるというような？

A　そこにいらっしゃいます。

Q　よく考えて。その人はどんな人だとあなたは考えているの？　どんな姿だと思う？　あなたのいっているのは……、神だということ？

A　お光様です。

「仕事熱心ね」

はっとして振り返った。メアリーが腕組みをして立っていた。

「どうしてあなたがそんな文書を持っているの？　いやらしい真似はやめてちょうだい」

「………」

メアリーはマウスをもぎ取り、パソコンの電源を落とした。そしてぐいと顔を近づけるといった。

「いい？　これ以上おかしな真似をしたら二度とこのブレインテックに出入りできないようにするわよ。汚らわしい妄想は捨てて、仕事に専念しなさい。月曜日にあなたがやったことを、わたしは絶対に許さない。彼女はあなたや所長のために生きているんじゃない。それを勘違いしないで」

なるほど。そういうことか。広沢は笑いを嚙み殺し、メアリーに鼻息を吹きかけた。

「何がおかしいの？」

「所長が見ていたんですか？　どこから？」

「それは……」

メアリーが言葉を詰まらせる。やはりそうだ。あのタカオカという男が部屋に入ってきたのも、メアリーがやってきたのも、全て所長の計算通りだったというわけだ。

上目遣いに天井を探ってみる。暖気を排出するダクトの穴で目を止めた。カメラが置かれているとすればあそこだろう。この分ではマンションにも取り付けられているに違いない。こうして所員は一日中監視されているわけだ。

メアリーが眉尻を吊り上げるほど、可笑しさがこみ上げてくる。この女は自分だけを正当化しようとしているが、一番罪が重いのはおまえではないか。自分の仮説を実証するために鏡子を何十回と機械にかけ、さまざまな測定を繰り返す。単なる研究材料としてしか見なしていないのだ。そんなおまえにとやかくいわれる筋合いはない。

「いい？　はっきりいっておくわ。彼女に何かしたら即座に解雇するわよ」

メアリーは指を突きつける。広沢は頷いた。だが、もちろん相手の意見に納得したわけではなかった。

すでに広沢の頭には、鏡子と会うための手段が形をなしていた。これまでは何とかソレノイドだけに止めていたが、メアリーがこれからも妨害するというのであれば仕方がない。障壁が大きいほど、魂の伴侶は強い力で互いを求めあうのだ。

ケタミン。フェンシクリジン。どちらでもいい。それなら研究試薬として幾らでも手に入れることができる。もちろんカメラに写らないよう手だてを考えなくてはならない。だがそんなに難しいことではないだろう。カメラの位置さえ把握していれば、死角を計算することもできる。

メアリーはじっとこちらを睨みつけた後、部屋を出ていった。広沢は笑いながらその後ろ姿に手を振り、心の声で呟いた。

鏡子。

もうすぐおまえのところへ行くよ。

13

九月一二日（金）

孝岡は自分がどうなってしまったのかわからなかった。月曜に倒れて以来、体質が完全に変化してしまっていた。火曜日から次第に回復しつつあるようだが、それでもまだ全身がいつまでもだるい。右のこめかみのあたりが疼く。眠れない。コーヒーが飲めない。

IDカードは水曜日の朝に再支給された。しかし調子が良いとはとてもいえなかった。何度も読み取りエラーが表示されてしまう。マッキントッシュは結局動かず、交換してもらう羽目になった。だがそれも一時間としないうちに同様の運命を辿った。いまは手を触れないようにしている。パソコンが使えないのは仕事をする上で致命的だ。

それだけではない。マンションの電化製品に対する影響も日増しに強くなってきている。水曜の夜、寝室へ入ったと同時に蛍光灯が切れた。部屋の中へ降りた暗闇に孝岡は耐えることができなかった。その夜は居間のソファで寝たのだ。朝を迎えるまで途轍もなく不安だった。寝室の闇からサルが出現する。ぎいとスプリングの音を立ててベッドから下り、ゆっくりと廊下を歩いてくる、あの黒い目でじっと見つめながら近づいてくる、闇と同じ深さの黒い目で……。

闇。

「まずラットへのNMDAR3遺伝子の導入効率ですが」

不意に部屋の中が薄暗くなり、孝岡はびくりとした。椅子が大きな音を立てる。一斉に所員たちがこちらへ振り向いた。

孝岡は目を瞬いた。皆が怪訝な表情を浮かべている。慌てて会議室を見回した。加賀が壁際に立ってこちらを見つめている。部屋の照明が弱められたのだとようやく気づいた。

「……あの、どうかしましたか」

加賀が尋ねる。孝岡は首を振った。報告会の最中に別のことを考えていたなどと悟られてはならない。

加賀は小首を傾げたが、それ以上尋ねようとはしなかった。テーブルのまわりに座っていた他の所員たちも加賀の方に顔を戻す。

「ええと、遺伝子導入の効率を図にしましたので、こちらを見て下さい」

そういって加賀はオーバーヘッド・プロジェクタのライトを点けた。引き下ろされたスクリーンがその光を浴びる。

その強い白光に孝岡は目を細めた。ひりひりするほどの眩しさだ。加賀が手元のファイルからＯＨＰシートを取り出している。だがそれを待っていることはできなかった。眼球が灼けそうなのだ。孝岡は顔を逸らした。自分の目元に視線を向ける。だがそれでも真夏の太陽のような熱さを感じる。光を浴びて頬が汗を噴き出し始める。なぜＯＨＰのライトがこんなに眩しいのだ。光に対する感受性もおかしくなってしまったのか。

「それで現在、これらラットの脳スライスをＩＳＨで解析中です。またシヴァリングが見られることを考慮して、ラットの行動をさらに詳細に観察することを……」

加賀の説明が続く。何としても聞いておかなければならない報告だった。この研究の成果によって今後の方向性が決定されるといってもよい。これまでおこなってきたレセプター研究が、ここで大きな山場を迎えているのだ。だが孝岡には加賀の言葉が耳に入ってこなかった。熱い。光が熱すぎる。こめかみが痛む。考えられない。

机の上に置かれている自分の両手を見つめる。どこかに精神を集中させていないと光に耐えられない。両方とも手のひらは上を向いている。細かい皺が見える。それらがOHPのライトを浴びて光っている。手が熱い。

ライトに照らされて熱くなっているのではない。手のひら自体が発熱しているのだ。じっとりと汗ばんでくる。慌てて孝岡はズボンのポケットからハンカチを出して両手を拭った。だがすぐに新たな汗が噴き出してきた。それら滴は互いに集まり、より大きな粒となり、深い溝へと流れてゆく。皺に沿って粘り気のある汗が溜まってゆく。生命線や運命線が渓谷のように抉り取られてゆく。脂がてらてらとした光を反射する。孝岡は何度もハンカチで汗を拭った。自分の手が熱を放出している。熱が手のひらの皺から湯気のように立ち昇ってくる。その湯気は空中で液化し、降り注ぐ。

「……孝岡さん？」

はっとして顔を上げる。加賀の報告が終了していた。周りの部員たちがこちらを見つめている。

「どこか具合でも？」加賀が尋ねる。

「……いや、大丈夫だ」

「それで今後は」

「今後？」

「今後の実験内容はこれでいいんでしょうか」

「あ、ああ、そのまま続けてくれ」

そう答えるしかなかった。ほとんど加賀の報告を聞いていなかったのだ。

「わかりました。このまま進めます」

加賀は特に疑問を表すこともなくOHPのライトを切った。薄暗さが戻ってくる。手のひらの火照りが消えた。部屋の中にファンの音が残った。

オフィスへ戻る。研究班の報告書類を纏めなければならない。マッキントッシュは使えないので、まず便箋で下書きをつくり、文章を完成させてから誰かに体裁を整えてもらうつもりだった。

だが便箋に向かったまま三〇分経っても集中することができない。少し書いては消し、また書いては消す。新たな文章は浮かんでこない。自分は何を苛立っているのだろう。なぜこれほど落ち着きがないのだろう。

背中に何かを感じる。視線だ。また誰かに見られている。慌ててブラインドを下げ、カーテンを引く。だが背中の疼きはおさまらない。孝岡は便箋を破り取ってごみ箱へ捨てた。

立ち上がり、筆記具を鞄へ詰め込む。午後五時五九分。マンションへ帰って続きを片づけるしかなかった。日没以後ここにいることはできない。窓を背にして座り続けることなどできない。

鞄を抱え、部屋を出る。途中、第三研究施設との連絡通路の前を通った。その入口はぴたりとシャッターが降りている。月曜からずっとこのままだ。あの日以来、第三研究施設は断絶されている。メアリーとは連絡が取れない。ジェイも訪ねてこない。やはりあの女性が原因なのか。だが孝岡には確信がなかった。なぜ他人と接触しただけで体質が変化するのだ。あまりにも非科学的な発想だ。そんなことを誰かに話したら正気を疑われる。誰にも相談することなどできない。

エレベーターで地下に降り、通路を走る。長く伸びる直線。身が吸い込まれてゆきそうな気がした。

孝岡はベッドの中で、その夜すでに何十回目かになる寝返りを打った。ちっ、ちっ、ちっ、ちっ、ちっ、と秒針の音が耳の奥で響く。それは一度聞こえ出したら二度と消えることはなかった。頭を枕に押しつけても、布団を被っても、決してその微かな音だけは意識から離れない。

目を開ける。天井では蛍光灯が煌々と光り、室内を照らしている。

目を瞑る。瞼の裏がじりじりと無数の微細な紅砂を点滅させる。

結局仕事はまったく進まず、時間を浪費しただけで終わった。全ての部屋の明かりを点け、全てのクローゼットの扉を開けたまま、孝岡は午後一〇時にベッドの中に入ったのだ。しかし、やはり予想していたように、そのまま睡眠へと移行することはできなかった。すでに横になってから二時間か三時間は経過しているはずだ。もう一度布団の中で姿勢を直し、仰向けになる。両手を胸の上で組む。大きく息を吐く。

そのとき。

突然世界が回転した。

自分の体を軸にして、ぐるりとベッドが半回転した。自分が寝返りを打とうとしたのに、体はそのままでベッドのほうが動いた。ベッドが自分の体の上に来てしまったのだ。うなじの毛が一気に逆立つ。孝岡は悲鳴を上げ、目を開いた。

それは自分の顔であった。

目を閉じ、眠っている自分の顔があった。

いや、違う。顔だけではない。上に見えているものは、ベッドに入っている自分自身だった。

なぜだ。なぜベッドが天井にある?

そこで再び視野が大時化のように回転した。自分自身とベッドの位置が逆転する。そして孝岡は、ようやく自分が空中に浮いているのだということがわかった。浮かびながら、寝ている自分を見おろしているのだ。

……ばかな。

パニックに陥りそうになるのを辛うじて堪えた。何が自分の身に起こったのか冷静に把握しなければならない。

　どうやら意識を持っている自分は寝室の天井近くで漂っているらしかった。真下にベッドともうひとりの自分が見える。その姿はごく自然で、特に奇妙なところは見当たらなかった。動く様子はまったくない。熟睡しているように見える。自分は離人症に罹ったのか？　だが浮いているというのはどういうことだろう。これではまるで——。

　魂？

　いまの自分は魂なのか？

　自分は死んでしまったのか？

　おさまりかけていたパニックが再び迫り上がってくる。孝岡は大声で助けを求めた。巨大な不安に呑み込まれそうになりながらも必死で声を張り上げた。だがその声は本当に発せられているのか？　もし自分が死んでいるのなら幾ら叫んだとしても無意味なのではないか？

　またしても急に事態が変化した。突如として白い光が周囲に充満し、自分を包んだ。何もかもが光の中に消えてゆく。孝岡は悲鳴を上げ、反射的に一瞬目を閉じた。そしてその瞼を開けたときには——。

　あたりの景色が変わっていた。

　……なんだこれは。

　周囲を見回す。あまりの展開に思考がついてゆけない。すでにパニックを通り越して麻痺状態に入り込んでいる。

そこは台所であった。

見たことのない部屋だ。全体で三畳ほどのスペースしかない。二口のガスコンロと小型の冷蔵庫。食器棚の上には炊飯器。隅には四五リットルのポリバケツ。シンクの周りは綺麗に掃除されていた。水切りの中には食器が並んでいる。丁寧にも大きさに即して順に配列されていた。皿も茶碗もカップもそれぞれふたつずつある。ブレインテックのマンションではありえない。もっと古いアパートの一室だ。

左手にガラス戸があった。ぴったりと閉められており、黄色い光が灯っているようだがよくわからない。孝岡はガラス戸へ近寄ってみた。

何の抵抗もなく、体はそこを通り抜けた。驚きながら下を見おろす。

「…………?」

最初のうち、孝岡には目の前でおこなわれている光景の意味がわからなかった。

ふたりの人間がベッドの上にいる。ベッドは壁際に寄せられており、両者ともその壁に凭れるようにして座っている。ひとりはシャツがはだけており、裾をズボンから外へだらしなく出している。もうひとりは上半身が裸だった。ベッドの下にTシャツが落ちている。どちらも男だ。

そして、ふたりは口を吸い合っていた。

孝岡の浮かんでいる場所からは顔が見えない。だがおそらくふたりとも二〇歳前後だ。シャツを着ているほうの男の腕がもう一方の男の腰をぐいと引き寄せる。裸の男は僅かに抗う素振りを見せたが、しかしすぐにシャツの男のほうへ体重を預けた。さらに求めるように顔を寄せる。ベッドのシーツがふたりを中心に放射状の皺を描く。じりじりと息の詰まるような熱い雰囲気が周囲に立ちこめている。

まさか。

男たちは互いの顔を相手に埋め、首筋を舐め始めた。黒い髪が擦れ合う。シャツの男がさらに一方を引き寄せる。何か声を上げたようだ。だが孝岡には聞こえなかった。そのとき初めて何も音が聞こえないことに気づいた。車の排気音、電車の音、風、町で聞こえてきそうな音がなにひとつ自分の耳に入ってこない。無音の世界でふたりは抱き合っている。

シャツの男がもう一方の男の耳を吸った。感じたのか、裸の男が大きく身をよじった。顔が見えた。孝岡は愕然とした。

裕一だった。

裕一は男に抱かれながら目を閉じ、眉根を寄せ、そして口を半開きにしながら顎を上げ小刻みに震えた。裕一の首は電灯の黄色い光を反射している。それが汗なのかシャツの男の唾液なのか孝岡にはわからなかった。シャツの男は執拗に裕一の耳朶に舌を這わせている。裕一の喉仏がくがくと上下する。声を上げているのだ。裕一は感じているのだ。

ようやくわかった。ここは裕一のアパートなのだ。今年の四月から裕一は大学の近くのアパートで一人暮らしをしている。だが、なぜ自分はこんなところにいるのだ。なぜ何も聞こえないのだ。なぜ自分は浮かんでいるのだ。これは夢なのか？　夢を見ているのか？

裕一がびくりと体を震わせ、男の腕から離れた。

どうした、とシャツの男がいっているようだ。だが裕一はそれに耳を貸さず、きょろきょろとあたりを見回し始めた。

こちらへ視線を向けたまま止まった。そして、

「……裕一」

裕一はじっとこちらを見つめている。

「裕一、わかるか？　私だ」孝岡は声をかけた。「私がわかるか？　これはいったいどういうことなんだ？　私だ、私だよ裕一！」

シャツの男が裕一にのしかかった。

ああっ、という甘い悲鳴が聞こえたような気がした。シャツの男は裕一の片方の乳首を舌の先で転がし、そしてもう一方を指でしごいている。裕一は目をきつく閉じ、無防備な姿勢のまま苦痛と快楽が入り交じったような表情を浮かべた。孝岡は絶望的な気持ちで叫んだ。

「裕、一！」

次の瞬間、孝岡は自分のベッドにいた。

目の前には蛍光灯の光があった。

上体を起こし、周囲を見回した。自分の寝室だ。乱れた呼吸を整えようと唾を呑み込み、孝岡はいま起こったことの説明をつけようと必死で頭を回転させた。夢や幻覚として片づけるに

はあまりにもリアルな光景だった。信じがたいが現実に起こったこととしか思えない。では、いま自分は裕一の部屋から戻ってきたということなのか？　空を飛んで？

　ベッドから起き、寝室を飛び出す。確認しなければ。本当に自分が裕一の部屋へ行って来たのかどうか確認するのだ。居間へ駆け込み、孝岡は電話の受話器を取り上げる。

　……待て。

　ダイヤルボタンに指先を置いたまま、孝岡は硬直した。いま裕一に電話をかければどうなる。もし先程見た光景が事実なのだとしたら、いま裕一は男と抱き合っている最中なのだ。だいたい裕一に電話してなんといえばよいのだ。いまおまえは男に抱かれていなかったかなどと質問するのか。いま父さんが浮かんでいるのを見なかったかと？

　ぴしっ、という破裂音が耳の横で響いた。

　それと同時に全身がわけもなく震え出した。あのときの痙攣だ。女に頭部を触られたときに起こったあの痙攣だ。膝が割れ、がくんと前にのめった。壁に頭が打ちつけられる。突然足の指先に熱湯を浴びたような痛みが生じた。足元から腿へ、腹へ、両腕へ、そして頭蓋へと電流のように閃ってゆく。さらに右肩から鋭利な冷たさが広がった。氷塊が体の中で凝固したのだ。それがもの凄い勢いで内部を駆け巡り始めた。熱も頭蓋を折り返し反射するように体の中央へと疾走してくる。体内で熱と氷の塊がぐるぐると跳ね回る。その軌跡には攣っ張ったような激痛が火花となって散る。全身が砕けそうだった。ぐらり、と世界が歪んだ。倒れるのだ、自分は床に倒れるのだ。

孝岡は手から受話器を落とした。

14

九月一三日（土）

秦野真奈美は次のサンプルをモニタに映した。ギニアのボッソウで撮影されたビデオの一シーンだ。一頭のチンパンジーが木の上でイチジクの果汁を吸っている。唇の内側と歯の間にイチジクの実を入れ、圧縮して汁だけを吸い取っているのだ。チンパンジーは残ったかす(ワッジ)を吐き出す。

秦野は右手のモニタを見つめた。ブースの中の様子が映し出されている。ハナがスクリーンに見入っているのがわかる。さあ、答えて、と秦野は心の中で呟(つぶや)いた。ハナが「勉強」しているときは、どうしても小学校の先生のような気持ちになってしまう。

ハナはスクリーンに顔を向けたまま両手で拳(こぶし)をつくり、自転車のハンドルを握るように肘(ひじ)を張ると、その拳を胸の前で二回上下させた。**生きている**。秦野はコントロールパネルのボタンを押した。ホロホロホロという優しい音色のチャイムがブースの中に響く。正解だ。

「ハナ、その調子よ。よく見て、次はこれ」

次のサンプルを示す。同じくボッソウでの記録だが、こちらは腐敗しかけ肋骨(ろっこつ)の見えるチンパンジーの遺骸(いがい)だった。ハナはすぐさま両手をあわせるとそれをぱたりと右へ倒した。**死んで**

いる。

正解のチャイムのボタンを押したところで、こつこつとドアがノックされた。顔を上げると、ガラスの向こうにメアリーの姿があった。微笑みながら合図している。その手にはA4判の紙の束があった。

今朝送ったデータの件だろう。秦野はすぐに察しがついた。

「このまま続けていて。すぐ戻るから」

横に座っていた助手の男にそういって席を立つ。廊下に出てメアリーに挨拶した。

「ごめんなさい、あとにしましょうか?」メアリーが部屋の中の様子を窺いながら小声で尋ねる。

「いいえ、いいんです。ハナはわたしがいなくてもちゃんと『勉強』しますよ」

秦野はメアリーを事務室へと案内した。本来は仮の詰め所として設けられた部屋だが、運動場や「勉強部屋」に近いこともあって、実際はこちらのほうをオフィスとして使っている。

ドアを開けてメアリーを中へ促すとき、秦野は少し恥ずかしさを感じた。普段は何とも思わないビデオテープや文献の山も、こうして人を招き入れるとなるとひどく見苦しい。

「すみません、散らかっていて。ソファに座って下さい」

慌ててテーブルの上に積んであった絵本を脇へどける。昨日ハナに読んで聞かせてやったのだ。その中でもハナはなぜか『かちかち山』が気に入ったようで、何度もページをひっくり返してはクレヨンで絵に落書きをしていた。この落書きも貴重なデータになる。

「さっきの実験は？」

メアリーが座りながら尋ねてくる。秦野は目的のビデオテープをデスクの上の山から引き抜きながら答えた。

「今朝差し上げたものと基本的には同じ実験です。まだ始めて一週間も経っていないんで、あの程度の報告しか差し上げられなかったんです。もう少しデータを集めて処理しないと」

「ハナはかなり正確に生死を区別しているようね」

メアリーは手元の紙を繰って、印字されている表（テーブル）の数値を指差す。秦野は頷（うなず）いた。昨夜自分が纏（まと）めたデータである。ハナに写真やイラスト、ビデオなどで様々な動物を見せ、それが生きているのか死んでいるのかを判断させるという実験だ。ハナはスクリーンでそれらの映像を見て、生きている、死んでいる、わからないという三つの手話を用いて答える。正解すればチャイムが鳴り、間違えればブザーが鳴る。ハナは「勉強部屋」の中に設置されたブースの中で解答するため、外にいる実験者の姿を直接見ることはできない。つまり実験者の表情や振る舞いから解答を推測することはできないようになっている。なお、ハナは質問に正解したとしても餌（えさ）などの報酬を得るわけではない。ハナは報酬欲しさに答えているわけではなく、完全にボランティアとして「勉強」をしているのである。もともとハナは「勉強」が好きなのだ。

ビデオテープをデッキに押し込みながら秦野は答えた。

「ビデオサンプルのように動きがわかるものを見せられた場合はかなり正確に判断します。写真やイラストだと、ぱっと見て死んでいるとわかるもの以外は正答率が落ちますね。骸骨になっているものなんかはさすがに正しく答えます」

「ハナは生まれたときからずっと研究室で暮らしているんでしょう？　実際に死体を見たことはあるの？」

「いえ、実物を見たことはないはずです。ただこれまで何度も野生のチンパンジーの生態を記録したビデオを見せていますから、それで死ぬと姿がどう変わるかということを覚えたんでしょう」

「野生のチンパンジーはどうなのかしら。例えば仲間が死んだときどういう行動を示すのか興味があるんだけれど」

秦野は頷いた。よく訊かれる質問だ。

「わたしが前にいた研究室ではボッソウでフィールドワークをおこなっているんですが、そこでジョクロという女の子のチンパンジーが風邪をこじらせて死んだときの様子が観察されています。このとき母親のジレはジョクロが死んでもその死体を投げ出さなかったんですよ。腐りはじめても連れて歩いたんです。毛づくろいをしてやったり、たかってくる蠅（はえ）を追い払ったりもしています。もちろん腐臭には群れの他のチンパンジーたちも気づいていたようで、ジョクロの死体に近寄って鼻を近づけたりしています。だけどわざわざジレから死体を取り上げて捨てようとするものはいなかったんです。あまり関心がなかったようですね。そのうちジョクロの死体はミイラ化するんですが、それでもジレはその死体を持っていました。一ヵ月以上も手放さなかったことが確認されています。最終的にどうなったのかは観察されていません」

「つまり、チンパンジーは死を理解できないということ？」

「いえ、そうとはいいきれないと思います。こんなエピソードが目撃されているんです。ジョクロの父親であるテュアが、ある日仲間のチンパンジーたちに八つ当たりを始めたんです。そんな場合、大抵は枝を引きずり回すディスプレイをするんですが、このときのテュアはジョクロの死体を持ってきて引きずったんです。テュアはジョクロが死んでいるということは理解していたんですよ。そうでなかったら枝の代わりなんかに使うはずはないですからね。おそらく他のチンパンジーもジョクロが死んでいるということはわかっていたんです。ただし、その騒ぎが終わった後、ジレは置き去りにされたジョクロの死体を堂々と取り戻しに来ています。そしてまた肩に担いで連れていったんです」

「どうしてジレは死体を捨てなかったのかしら」

「わかりません。チンパンジーが常にこういう行動を取るわけでもないんです。死体がミイラ化して、極端に姿が変わらなかったことが原因かもしれません。きっとジレはジョクロのことをすごく愛していたんだと思います」

「そうね……。自分の子供だものね……」

そうメアリーが呟く。秦野はなんと答えてよいかわからず、本来の話題に移ることにした。

リモコンのスイッチを操作し、ビデオを再生する。メアリーがここへやってきた目的は、この映像を確認するためであるはずなのだ。

「一昨日(おととい)の映像です」

テレビの画面に現れたのは秦野自身とハナである。勉強部屋の隣にある遊技場でハナとJSLで会話したときの模様をビデオに記録したのだ。

画面の中で秦野はハナと向かい合って座っている。秦野はサインしながらハナに尋ねた。

「さあ、教えて。ハナ、あなたは生きている？　それとも死んでいる？」

ハナが答えた。

ハナ　生きている

「そうね、ハナは生きている。じゃあ真奈美は生きている？　それとも死んでいる？」

真奈美　生きている　ハナ　生きている　生きている

「そうよ、真奈美も生きている。ハナも生きている。いい子ね。じゃあ次の質問。ハナは死ぬとどう感じるのかしら？」

ハナは突然体を揺すり始める。秦野の質問に何か感じるものがあったのだ。

「さあ、答えて。ハナは死ぬときどう感じると思う？」

ハナは素早く両手を動かした。鼻息が荒くなっている。

暗い　暗い　冷たい　怖い　ハナ　怖い

「怖がらないで。ハナ、死ぬと冷たくなると思うのね？」

怖い　長く　長く　眠る　冷たい

「ハナは死ぬとどこへ行くと思う？」

ハナ　真奈美に　会えない

「そうね。さあ、もう一度。ハナは死ぬとどこへ行くの？」

秦野はリモコンの静止ボタンを押した。「どうです？」

メアリーはモニタを見つめたまま唸った。

穴の中

「穴の中……。なるほど」

「土に還るという感覚があるんじゃないでしょうか。遺骸は時間が経つにつれて腐敗し、有機物は土の中に溶け込んでいきます。ハナはそういうプロセスをしっかりと観察しているんですよ」

「ココの例と似ているのは、ハナも死後の世界を穴と表現していることね。暗いところ、というイメージから転じたものかもしれない。この表現は類人猿に共通なのかしら」

「さあ……。そこまではわかりませんが」

「ただ、ハナのほうがココよりもイメージが膨らんでいるわね。穴の中を暗くて冷たいといって怖がっている。穴に対する恐れの気持ちがある。ヒトに近い感覚だわ」

メアリーは頬を上気させていた。興奮を隠しきれない様子だ。

「でも、まだわからないことがある。ココもハナも死後に行くところを暗い穴、つまり土の中と表現しているわ。だけど私たちには、死んだら魂は天に昇って行くという感覚があるでしょう？　土の中と空の上じゃ大違いよ。この天に昇るというイメージを、少なくともゴリラやチンパンジーは持っていない。だとしたら、いったい私たちの先祖はいつ土から空へと発想を大転換させたのか、という謎が残る。単に宗教上のイメージとは考えられない」

　はっとした。確かにメアリーのいう通りだ。

「本当はハナに魂という概念を持っているかどうか訊いてみたいところだけど、質問するのはちょっと難しいでしょうね。他者の心を理解してゆく過程で魂の概念も形成されてきたということなんだろうけど……」

　メアリーが発達心理学の問題に言及したので秦野は少し驚いた。短い間にずいぶん論文を読んだようだ。それだけ今回の研究に強い関心を抱いているということだろうか。

　動物の心に関する研究は古くからおこなわれている。特に注目されているのは類人猿の研究だ。ヒトに極めて近い動物であるため、ヒトの心のメカニズムを探る格好の手がかりになるのである。

　チンパンジーは鏡に映っている自分の姿を自分だと理解することができる。例えば、チンパンジーに麻酔をかけ、その間に顔にマークをつけてやる。すると麻酔から醒めたそのチンパンジーは、鏡の中の自分を見て、顔についているマークを擦り落とすのだ。また、自分の名前と自分の写真を対応させることもできる。しかしニホンザルやカニクイザルなどの旧世界ザルは鏡の中の自分を自分だと認識することができない。すなわち自己認識の能力を持っているという点で、チンパンジーなどの大型類人猿は旧世界ザルと決定的に異なっている。

　では、果たしてチンパンジーは我々ヒトと同じような意識や心を持っているのか。

　そこで「心の理論」という言葉がキーワードとなる。

簡単にいうと、心の理論とは「他者の心を理解する能力」ということだ。ヒトは他人の心の内を読み、相手がどのように考え、どのように振る舞うのかを類推することができる。従ってヒトは心の理論を持っているといえる。しかし、多くの動物は心の理論を持っていない。それどころか、ヒトであっても幼いうちはこの能力を獲得していないことがわかってきた。

例えばこのような実験がある。子供にマキシという少年とその母親が登場する人形劇を見せるのである。その劇は次のような内容だ。マキシは母親がチョコレートを青色の戸棚にしまうのを手伝う。その後マキシは外へ遊びに出かけるのだが、その間に母親はケーキを作るためにチョコレートを戸棚から取り出し、そして今度は青色の戸棚ではなく緑色の戸棚にしまう。そこでマキシが帰ってくる。母親は買い物に出かけていて家にいない。マキシはお腹が空いたので戸棚からチョコレートを出して食べようと思う。ここで人形劇を中断し、子供に質問する。マキシはどの戸棚を探すでしょう、青色の戸棚かな？　それとも緑色かな？

青色の戸棚に決まっているではないか、マキシは母親が場所を変えたのを知らないのだから、と普通の大人なら答えるだろう。だが四、五歳になるまで子供は正解することができない。自分は人形劇を見て、緑色の戸棚にチョコレートがあることを知っている。しかしマキシがそのことを知らないということを理解できない。他者が認識していることと自分が認識していることの区別ができないのだ。

ではチンパンジーは心の理論を持っているのか。それを調べるために実験がおこなわれたが、いまのところ、ヒトが四、五歳で獲得するような「他者の心の理解」という能力をチンパンジーが持っているという確証は得られていない。チンパンジーとヒトの心には隔たりがあるのだ。つまり、ヒトは進化する過程でこの「心の理論」を獲得したと推察される。

メアリーは自分の考えを纏めるかのように呟いた。

「死者を埋葬するという儀式は六万年前のネアンデルタール人もおこなっていたことがわかっている。彼らは死者のまわりにたくさんの花を添えている。少なくともネアンデルタール人は、現在のチンパンジーと異なった心を持っていた。死者を思いやる心、つまり他者の心を推測する能力……」

メアリーはそこで秦野のほうへ顔を向けた。熱と躊躇いの入り交じったその瞳の輝きに、メアリーの複雑な胸中を感じ、秦野は不審を覚えた。メアリーは何かを隠している。自分の思いをこちらへ伝えるべきかどうか悩んでいる。「……どうかしましたか？」

続いてメアリーが発した声は、先程までと違って重苦しかった。

「秦野さん、私たちはハナにある薬物を投与したいと考えています。それによってハナの死生観がどう変わるか調べてみたいの」

「薬物？」

秦野は聞き返した。そんな計画は初耳だった。今回の研究は類人猿の意識進化を解析することを目的としたプロジェクトの一環だと説明を受けたのだ。秦野とハナに割り当てられた研究テーマは、あくまで認知心理学の立場に則り、ＪＳＬを中心とした手法で解析されるはずであった。秦野自身そのように理解していたのだ。

「BT－ω《オメガ》195と私たちは呼んでいます。合成をおこなう際に付けられたコード番号をそのまま名前にしているわけだけれど」

「オメガ……？」

「生物模倣技術《バイオミメテイック・テクノロジー》でω《オメガ》エンドサイコシンの活性を強調させた人工の合成物質よ。遺伝的アルゴリズムを利用して生理活性物質のアミノ酸配列を進化させることができるの。その結果得られる配列の中には、もとの配列よりずっと強い生理活性を示すものがある。この技術を応用して、ブレインテックはωエンドサイコシンの活性部位を五世代ほど進化させたのよ。そうやって出来た配列を基に、置換基や全体の立体構造をいろいろと組み合わせて誘導体をデザインしたの。そのうち最も活性が強かったのがナンバー195の物質《コンパウンド》だった」

「ちょっと、ちょっと待って下さい」慌ててメアリーの言葉を遮る。「何のことか、さっぱりわかりません」

「ごめんなさい、秦野さん。あなたに知らせないままプロジェクトを進行させてしまって」

メアリーが頭を下げる。なぜそんなことをされるのか秦野はわからなかった。いつの間にかメアリーとブレインテックが他者になってしまっている。相手の心が認識できなくなってしまっている。

「ハナにBT－ω195を投与し、それによってハナが何を感じるか、何を見るかを調べます。同時にPETやMEGを使って脳の活動をモニタし、コントロール時と比べてどの部位の活性が変化しているかを解析します。同時にハナの死生観が薬物によってどのように変わったかも聞き出します。それが終わってから、ハナに手術を施すことになります。ハナの頭蓋(ずがい)を開いて、神経活動を直接測定……」

手術？　頭蓋？

メアリーのいっている意味が脳の中で形を成すまで数秒の時間がかかった。聞き間違いかとも思った。途方もない方向へ話が進んでいる。気がついたときには怒鳴っていた。

「そんなことさせないわ！　ハナの頭を開けるですって？　そんなこと絶対に許さない！」

「秦野さん、これはもう決まったことなの」

「何を考えてるんです？　何の理由があってハナに手術するんです？　あなたのいっていることがわからない！　いきなりそんな話をされたってわかるわけがないでしょう！」

「秦野さん、落ち着いて。もちろんハナが苦痛を受けないよう細心の注意が払われるはずだし、それにブレインテックの技術は……」

「ハナを育てているのはわたしなんですよ！　毎日一緒に暮らしているんです！　そのわたしに無断で誰がそんな計画を立てたんです！　教えて下さい、誰なんです！」

「アメリカ合衆国大統領よ」

突拍子もないその答に秦野は絶句した。いまメアリーは何といった？

だがメアリーの表情は真剣だった。こちらをじっと見つめたまま言葉を続ける。

「国立衛生研究所(NIH)とエネルギー省(DOE)のトップたちがプロジェクトを統括しているわ。日本では国立医薬品食品衛生研究所と理化学研究所の所長がこの件を知っているはずよ。実際に日本で陣も」

「……どういうこと？」

「秦野さん、これはプロジェクトの一環なの。私たちにはハナが必要なのよ。そしてあなた頭指揮をしているのは北川嘉朗だけどね」

あまりにも話の展開が急で、秦野は完全に混乱していた。なぜ自分がアメリカの大統領やNIHと関係があるのかまったく理解できなかった。手術することがハナの死生観とどう繋がるのかもわからなかった。ただひとつ確かなのは、自分がこれまで騙されていたということだ。

「本当にごめんなさい」メアリーは再びそういって目を伏せた。「この機会にちゃんと説明しておいたほうがいいと思う。私たちの研究目的、このブレインテックの意味、そういったことをあなたにもわかってもらいたい。そうして私たちに協力してほしいの。ハナのプロジェクトを成功させるためにはあなたが必要なのよ」

秦野は目眩を感じた。デスクに手をつく。テレビの画面ではハナと自分がサインをつくったまま静止していた。ようやくのことで秦野はいった。

「拒否することはできるんですか？　ハナを渡さない、ハナに手術なんかさせない……。そう主張することはできるんですか？」

「残念だけれど、あなたにその権利はないわ」

「もしかすると、わたしがブレインテックへ来ることを受諾したときからそんなことを考えていたんですか？」

「もっと前からよ。あなたが大学院に在籍していたときから。ハナが生まれたときから」

「……そうですか」

秦野は頭を押さえながらメアリーの向かいに座った。

長い話になりそうだった。

15

九月一四日（日）

加賀彗樹は時計を見ながらマイクロシリンジを圧し続けていた。11:16:42 PM。11:16:43 PM。11:16:44 PM。じりじりと液晶の数字は変化してゆく。

ラットは声ひとつ立てず、おとなしく脳定位固定装置に頭部を挟まれ、前を向いている。シリンジの先の針は真っ直ぐに下降し、ラットの頭蓋の中へと射し込まれている。二日前、加賀はこの装置にラットを固定し、正確にドリルで頭蓋に穴を開け、ガイドカニューレを留置しておいた。いま、注射針はそのカニューレの中を通り、ラットの海馬に達しているはずだ。シリンジの中に入っている透明な液体はBT－ω195である。僅か一マイクロリットル、すなわち一ミリリットルの一〇〇〇分の一の容量を、加賀は五分かけてゆっくりと注入している途中であった。

11:17:00 PM。注入開始から二分が過ぎたところで、指先の力が変化しないように気をつけながら、加賀は周囲を見回した。ファンの唸りだけが気怠く聞こえてくる。自分以外の人間がこの動物実験施設にいる気配はない。

加賀の独断による実験であった。遺伝子が確実に導入されているラットから一匹を選び出し、勝手に薬物を注入している。しかし、たとえこのラットが死んだとしても、孝岡に不審を抱かれることはないはずだった。ラットたちの世話はこれまでも加賀が一括しておこなっている。シリンジなどの消耗品はストックしてあるものを用いている。そして哀れなことに、BT－ω195という薬物の存在を孝岡は知らない。

すでに加賀は、この実験の結果をある程度予想していた。だが、科学というものはアイデアだけでは成り立たない。データが絶対的な力を持つ。アイデアを出し、なおかつ誰よりも早くデータを公表する。それを実行した者だけが生き残る。科学に二位や三位など存在しない。常に一位を取ることが、科学者であり続けるための最低必要条件だ。

そしてこの実験は、自分が一位であるかどうかを確認するためのものでもある。

小学校何年生のときだったろうか、父兄参観の授業があった。担任の女の先生は似合わないピンクのスーツを着て教室に入ってきた。まだ新米だったのだ。その表情が強ばっているのを見て、加賀は心の中で半分同情し、半分嘲笑しながら、起立、礼のかけ声に従った。その授業は算数で、どうやったら平行四辺形の面積を計算することができるか、みんなで考えましょう、というものだった。担任の女は苦労して作ってきたらしき段ボールの平行四辺形を黒板に貼った。驚いたことにその平行四辺形はふたつに分解できるようになっていた。一方に飛び出た三角形を切りはずし、反対側に持っていけば美しい長方形になるように最初から作られていたのだ。ばかばかしい、と加賀は思いながら授業の成りゆきを眺めていた。案の定、学級委員の女が手を挙げ、はきはきとした声で正解をいった。担任は満足したように ひとつ頷(うなず)いてから、必死で覚えてきた授業要領の文書を、にっこりと微笑(ほほえ)んでいった。ほかに、誰かありませんか？

加賀は手を挙げた。そして黒板まで出て行き、堂々とコンパスを取り上げ、平行四辺形の斜線の長さを測り、正確にその長さの線分を底辺から引き、長方形を作った。教科書に載っている不正解の解答をそのまま演じてみせた。そして担任の表情を真似てにっこりと微笑んでやった。こうすれば面積が測れると思います。

そのときの担任の顔を、加賀は忘れられない。これで授業は成功した、これで自分は教師として満足のゆく結果を出すことができた。輝かしい笑顔には墨汁でそう書かれていた。

加賀の心の中で何かが弾(はじ)けて散った。

自分を正当化するつもりはないが、その表情を見るまで、少なくとも加賀は彼女に対し敬愛の念を完全に捨てていたわけではなかった。いくら新米教師とはいえ、自分よりも経験を積み、勉強を重ねてきたはずの彼女に、最低限の礼は尽くしていたつもりだった。だが最後の砦(とりで)の一ミリほどのかけらさえもが、その瞬間にあっけなく心の中から消失した。

いまでも加賀はその教師に感謝している。彼女は重要な教訓を与えてくれた。

時計が11：20：00 PMを表示する。ちょうど加賀はシリンジを最後まで圧し終えた。そのままの姿勢でさらに三〇秒待つ。そしてシリンジを外し、ラットをケージに戻した。ラットの顔を窺(うかが)う。何も感じないのか、口を開けたまま鼻先をひくつかせ、おがくずの中をごそごそと動き回る。加賀はしばらくそれを見つめた。

ブレインテックへの就職を持ちかけられたのは二年前の夏である。加賀は大学院の博士課程三年に在籍していた。その時点で、自分が書いた論文は三報に過ぎなかったが、その後の半年でさらに三報分のデータを出す余裕はあった。しかしそれ以外にも、講座のシークエンサーのオペレーションを引き受けていた関係で七報の蓄積があり、さらに完全に行き詰まっていた助手の仕事を手伝い、適当にデータをでっち上げてやったため二報稼いだ。さらに教授の下請けで教科書を二冊訳した。大学の研究室が工事現場と何ら変わらないことを、すでに加賀は充分承知していた。知の最前線などとはとても呼べない、泥濘(ぬかるみ)のような社会だった。

すでにそのとき、加賀は幾つかの海外の研究室と手紙をやりとりしていた。ポストドクトラルフェローとして赴くことを考えていた。そのうち二カ所からは好意的な返事が来ていた。どちらかに決めようとしていた直前、加賀は突然教授に呼ばれたのだ。教授は有無をいわさぬ口調で明日ブレインテックという研究所の関係者が来ることを伝え、必ずひとりで会って詳細な話を聞くよう念を押した。その翌日は台風が接近し、激しい雨となった。他の学生や職員たちははやめに帰宅し、研究室には加賀だけが残った。

やってきたのは玲子だった。玲子は紫のスーツを着込んでおり、真っ赤な口紅を引いていた。およそ研究の世界とは縁のない女性のように思えた。だが、加賀は玲子の瞳を見た瞬間、はっきりと気づいた。この女も切っ先に生きている。

そして結局、加賀はブレインテックを選んだ。

グルタミン酸レセプターについて、加賀は当初何も知らなかった。赴任してからの一ヵ月でおよそ三〇〇報の文献に目を通した。論文などというものは、同じテーマで書かれているものであれば量をこなすほど速く読めるようになる。マンションの自室で黙々と読んだ。そしてNMDAレセプターとPCPレセプターとの関連性に興味を持った。このふたつは必ず重要なところで結びついている。そう思えてならなかったが、そのことを強調する総説はほとんどなかった。ここでも同じだ。小学生のときに得た教訓は正しかった。知の現場に籍を置いているからといって、その者が鋭い洞察力を持っているわけではない。尊敬に値する知を持っているわけでもない。多くの者たちは脳がぬかるんでいる。

その後、加賀は的確に幾つかの実験をおこなった。もちろん人付き合いは忘れなかった。自分の笑顔が多くの人から魅力的に見えることを、加賀はそれまでの人生で充分に承知していた。自分の性格やふるまいをコントロールすることは容易だった。周囲の三流研究者たちの感情をコントロールすることはもっと容易だった。講座の教員たちは常に加賀に対して協力を惜しまなかった。一年が経ち、加賀の書いた論文は、当然のことながら一流のジャーナルに採用された。

そして加賀は孝岡の論文を見つけた。一読して、あまりの可笑しさに腹を抱えて笑った。この著者は何を見ているのだろう。自分の出したデータの重要性をまるでわかっていない。

孝岡さん、と加賀はまだ見たこともないその論文の著者に向かっていった。教えてあげるよ、あんたのクローニングしたNMDAR3は、みんなが必死で探しているPCPレセプターだ。

孝岡との共同研究が決まり、加賀はひとりでトランスジェニックラットの飼育を受け持った。幸いにしてNMDAR3遺伝子の導入は致命的(リーサル)ではなかった。ラットたちは順調に生まれ、成育している。そう、いま目の前で動いている、このラットがその成果であった。

順調なのはラットだけではなかった。一カ月前、内職としておこなっていた研究が結果を結んだ。分子量五五〇〇〇のタンパク質を捕らえたのである。つい先日、精製も完了した。近いうちにクローニングできるだろう。シグマ-1(ワン)レセプターに違いないと加賀は考えていた。PCPレセプターと同じく、これまでその存在が強く示唆されていながら実体が不明のままだったレセプターだ。

PCPレセプターとシグマ-1レセプター。これらが脳の中に発現したことにより、人類は宗教を創造し、天国と地獄を考え、そして来世に想いを馳(は)せるようになった。

このふたつのレセプターによって、確実に人類は変貌(へんぼう)を遂げる。

だがそのことを誰も知らない。誰も気がつかない——。

部屋の隅で電子音が鳴った。備えつけられているパソコンの端末にチャットが入ったのだ。加賀はラットの動きに注意しながら端末の前まで移動し、受信操作をした。

「実験中?」

思ったとおりだった。ウィンドウの中に、笑みを浮かべた玲子の顔が現れた。

「ああ。そっちは？」

「仕事よ」

そういって玲子は横に視線を向ける。北川が所長室にいるということなのだろう。北川が最近急速に衰弱しているということは聞いている。執務中に意識不明になる可能性も否定できない。秘書として常に彼の容態を観察しておく必要があるのだろう。

「結果は？」

「まだだ。ちょうど投与が終わったところだ。あと一時間したら報告を送る」

「相変わらず熱心ね」

「何をいってる。わかっているくせに。好きでやってる奴(やつ)が負けるのを見るのが楽しいだけだ」

「屈折した愛情よ」

こちらを見つめている玲子の目は潤んでいた。何かを打っているのかもしれない。時々玲子は覚醒剤(かくせいざい)をくすねている。玲子であればブレインテックの薬物管理ソフトなど簡単に書き換えられるだろう。

加賀は玲子の素性を知らなかった。自分より年上であることは確かだが、まだ肌は衰えていない。三〇代前半だと思うが、どのようにして北川と知り合ったのか、どういうルートで北川の秘書になったのかもわからない。しかしブレインテック構想の初期段階から関わってきたことだけは間違いなかった。多くの所員は玲子を窓口としてブレインテックへの転職手続きをおこなっている。

玲子との個人的な付き合いはなかった。玲子が普段マンションのどの部屋で寝起きし、何を食べているのかすら知らない。もしかしたら北川と二四時間を共にしているのかもしれないが、それは加賀に関係のないことだ。ただ、このようにしばしば玲子は加賀にチャットを申し入れてくる。そして他の所員には決して見せないような爛れた笑みを浮かべ、たわいもない話をする。ブレインテック創設時からそれは続いていた。

キイッ、とラットが声を上げた。加賀はケージに視線を戻した。

「待ってくれ。ラットが反応した」

加賀はラットを見つめた。ラットが痙攣している。いつものシヴァリングに似ていたが、そうでないことはすぐにわかった。二度。三度。四度。ラットは震えた。そして四肢と尾をぴんと伸ばしたかと思うと顔を上げた。

加賀と目が合った。

次の瞬間、ラットの全身に凄まじい緊張が閃った。体毛の一本一本が逆立ち、そのまま凍りついた。頭を上下させる。素早い筋肉の動きだ。感電したかのようにカクカクと動かす。その振幅が次第に大きく、早くなってゆく。さらに早く。さらに早く。壊れてしまうのではないかと思うほど激しい首振りだ。

突然止まった。

総毛立ったままラットは硬直した。

そして、その眼から何かが流れ出た。

それは涙だった。ラットが自分を見つめたまま涙を流していた。

がくん！　とラットは大きく痙攣した。そしてそのままの姿勢で倒れた。おがくずが音を立てた。

加賀は待った。息を殺し、次に何が起こるのか待った。だがラットはそれ以上反応しようとはしなかった。たっぷり三〇秒待ったところで、加賀は恐る恐る手を差し出し、ラットに触れた。

——死んでいた。

心臓部に指先を当てて確かめる。鼓動はなかった。ラットは硬直したまま死んでいた。

急に周囲がざわめき出した。顔を上げる。アイソレーターの中からがさがさという音が聞こえてくる。ケージに収められたラットたちが一斉に動き出していた。何かに反応している。おがくずの擦れる音が部屋中に充満する。まさか。思わず加賀は天井を探った。何もいない。少なくとも変化を目で確認することはできない。だが明らかにラットたちは興奮している。必死で四肢を動かしている。

まさか、本当にラットの魂が抜けだしたのか？

思わず加賀は笑い声を上げた。部屋を見回し、両手を広げ、見えない魂に向かって呼びかけた。

「いるのか？　おい、どこかにいるのか？　いるんだったら返事しろ。できないか？　返事できないか？　いるんだろう？　そこにいるんだろう？　ほら、みんなが見送ってるぞ。手でも振ってみたらどうだ。ははっ」

だがもちろん、何の物理的な変化も起こらなかった。魂は静かにどこかへと消え去った。室内の質量が何グラムか軽くなったような気がした。素晴らしい。

加賀はモニタに顔を向けた。「感じたか？　いまのを」

「やめて。取り憑かれたくないわ」

玲子は唇の端で笑っていた。だが加賀は確信した。玲子もいまの結果を感じたはずだ。こちらの予想を遥かに超えた結果に震えたはずだ。そうでなければならない。

切っ先。

「そうだ、いま孝岡は何をしている？　この世紀の瞬間に、あいつは何をやっているんだ？」

「……どうしてそんなことを知りたいの？」

「あいつよりも俺のほうが有能だということを確かめたいだけさ。この前の会議のときにもおかしかった。鏡子と接触したのか？　知っているんだろう？」

玲子は少し考えるような素振りを見せ、勿体をつけた。そして軟体動物のように滑らかな赤い唇を動かし、ふんと鼻で笑った。

「孝岡なら、地獄で閻魔様に遭ってるわ」

16

九月一五日（月）新月

男のものが押し当てられる。鏡子は背骨を反らし、腰を上げる。そして男のものを三本の指で支える。

今夜は新月である。

鏡子は目を閉じたまま爪先に力を込め、股をさらに大きく開いて男が突いてくるのを待つ。船笠家の女は与えなければならない。母に教わったことがふたつだけあった。ひとつ。男たちは何も見えない。真の闇の中では、男は周囲の様子を探ることはできない。鏡子がどこにいるのか、どのような姿勢でいるのか、軀の中心はどこにあるのか、男たちは知ることができない。従って女の方が導いてやらねばならない。一旦結合してしまえば男たちに任せておけばよい。だが結合する時には男のものを自ら手に取り、自分の中へ入れてやらなければならない。ふたつ。男が放った瞬間、女は男の右のこめかみに触れなければならない。

鏡子は母の教えを忠実に守っている。そしてそれをすでに一〇年間、休むことなく続けている。

男が鏡子の尻を片手で摑み、一気に突いてくる。鏡子の軀の中へものが入ってくる。

鏡子は薄目を開けて窓のほうを見る。

粉のような銀色の光を見ることはできない。鈴の音も聞こえない。新月の夜は鏡子の視力が最も弱まる。軀の中の時計も清明に刻を告げることはできない。頭蓋の中には薄い霧がかかり、体内に張り巡らされた血管や神経も愚鈍になる。今夜は自分の体内でのたうつ消化器の蠕動がようやく判別できる程度である。男にも多くのものを与えることはできない。

男は自分のものを根元まで入れると、鏡子の腰を抱え上げ、上体を引き寄せて向かい合わせる。そして下から突き始める。鏡子は声を上げる。だがほとんど感じない。男のものは鏡子の軀に何も引っかかることなく、ただ機械的に上下している。男は動く毎に荒い息を吐き、その熱が鏡子の喉元に吹き付けられる。この男は常に座った姿勢から始める。常に喉元へ息がかかる。鏡子はすでに覚えている。

鏡子はこの男が誰なのか知らない。すでに数十回と夜を共にしているが、しかしその顔を見たことはない。満月の夜でもない限り、相手の顔を認識することはできない。大凡の輪郭は判別がつくが、それをもって誰かを想像してはならない。相手を人格として識別してしまうからだ。この男と鏡子の軀は合わない。だがそのために与えることを躊躇してはいけない。相手の善し悪しで与える量を変化させることは厳に禁止されている。なぜなら、それが船笠家に生まれた自分の存在する理由だからである。母はそういう。母がいうことは真実である。

男が体重をかけてくる。鏡子はそれを受け、仰向けの姿勢に戻る。男が膝の裏に腕を回し、そして再び挿出を始める。

男が速さを増してくる。息が荒くなってくる。鏡子は男の頭を両手で抱える。男が放とうとしているのがわかる。鏡子は声を上げ、動きに合わせて軀を揺らし、男の頭を自分のほうへと引き寄せる。肌を打ち合う音が大きく、大きくなる――。

異変を感じ、鏡子は目を見開いた。

部屋が青白い光で満たされている。霧吹きで水を噴霧したように微細な光が部屋中に充満している。

男の顔が見えた。せっぱ詰まった表情を浮かべ、捻れた唇の奥から黄色い歯を見せたまま、男は固まっていた。男は鏡子に自分のものを入れ、放つ最後の一歩手前で自らの快感を逃すまいと眉間に皺を寄せたまま硬直していた。鏡子の軀の中のものはそのまま動きを止めていた。鏡子は顔を上げ、男の肩越しに障子のほうを見つめた。

月光が射している。

障子の桟がくっきりと象られ、十字の筋が大きく室内に投射されている。障子の向こうから強烈な輝きが射し込んでいる。

しゃらん、しゃらん、と音が聞こえてくる。天井の向こうから、天のほうから何千、何万もの鈴の音が近づいてくる。室内に映し出された桟の筋がゆっくりと上へ動き始める。光が降りてきているのだ。障子の向こうで巨大な光源がゆっくりと降りてきている。しゃらん、しゃらん、しゃらん、鈴の合唱が部屋の中の光の粒を震わせる。ちりちりちりと震わせる。真っ直ぐな黒い筋が滲み出す。青白い粒が動き出し、桟の影がぶれ始める。

血液の中で小さな細胞たちが流れる。その奔流の音が鏡子の頭蓋の奥に響きわたる。赤血球が血管の内壁に当たり、ぐるぐると回転しながら流れてゆくのがわかる。神経細胞から無数の物質が飛び出し隣の細胞の表面に当たってゆくのがわかる。脊髄を幾つもの刺激が遡ってゆくのがわかる。自分の軀の中に入っている男のものの形、大きさ、張り、角度、温度、括れや皺の数まで全てが正確にわかる。頭蓋の中の霧が一瞬にして消え去り、精密な構造までもが設計図を見るようにわかる。

光は強さを増しながらゆっくりと降りてくる、降りてくる。青白い光。青白い巨大な光源。鏡子は脚を開き仰向けで股間に男のものを咥え両手で男の頭を抱えたまま障子を見つめる。男は動かない。剝製になったように放出前の姿勢を硬く維持している。鈴の音はすでに銅鑼の如く室内に反響している。

障子の向こうに、光の中から染みのように小さな影が現れる。次第にはっきりとした形を作り上げてゆく。

「ああ」

それがお光様の使いであるとわかり、鏡子は獣のように喉を鳴らす。

曼陀羅が回っている。

孝岡はそれを見つめている。リビングの隅で膝を抱え、背中を壁につけたまま、リモコンを手にテレビの画面を見つめている。

赤や黄色などの原色が細かく散りばめられたその円環は、ゆっくりと反時計回りに回転している。内部に描かれている仏や動物たちはそれに沿って歯車のように滑ってゆく。落ち着いたナレーションが何かを喋っているが孝岡の脳内では言葉を形成しない。ただ荘重な音楽だけが床を這うようにして耳に届いてくる。

孝岡は額の汗を拭った。息が荒い。手のひらの皺にも脂が溜まっている。なぜこんな番組を見ているのだ。こんな場所で、こんな格好で。

だがその理由が自分でもわからないのだ。

頭蓋の中で神経細胞が発芽してゆくのが感じ取れる。網の目のように張り巡らされたニューロンがさわさわと音を立てて触れ合い絡みつきインパルスを受け渡してゆくのがわかる。頭の中が再構築されているのだ。まるで母親の子宮の中で胎児が発達するかのように、この数日というもの、頭の中心に存在していた一粒の種から新たな神経細胞たちが芽を出し急速に伸長し広がってきているのだ。頭の中の構造が先週までと完全に変わってしまった。その間肉体は脳の指令から解放され、激情のような反応を表している。発熱、痙攣、発汗。皮膚の奥では消化器官がぐるぐると捻れ、化学兵器の如くに酸や酵素が分泌されている。

曼陀羅は一定の速度で回転し続ける。いつからこの番組を見ているのか。一〇分、あるいは二〇分前からか。もちろん画面は曼陀羅ばかりを映しているわけではない。荒涼とした山頂、紅色の布をまとった僧たち、彼らのもとへ集まる民。僧はテントの中で、様々な色に染められた砂粒を用い、少しずつ少しずつ曼陀羅を作り上げてゆく。ヘラやエアブラシのような道具を用いながら微細な文様を鮮やかに刻んでゆく。この番組が単発のものなのか、それとも毎週シリーズで放映されている紀行番組なのか、孝岡にはまったくわからない。だがそんなことはもはやどうでもいいことだ。問題なのは、なぜこんなにも自分がこの番組に惹かれているかということだ。一時も目を離すことができない。曼陀羅の中央に吸い込まれてしまいそうだ。ほとんど瞬きすることもできず、眼球が乾いて赤い痛みを発している。

昨夜から排泄のとき以外はほとんどこの場所を動いていなかった。蹲りながら時折り襲ってくる電化製品の異常な誤作動に怯えるしかなかった。強迫観念が膨張する。サルが闇から手を伸ばしてくる、サルがやってくる、そう感じ、自分の背後に空間を作ることができなくなってしまった。自分の周囲に隙があることが途轍もなく怖ろしい。本当は便所へ行くことすらも嫌なのだ。放尿している間に後ろからサルが襲ってくるような気がしてならない。

静寂に耐えられず、テレビを点けたのはそれほど前のことではない。ブラウン管に光が灯ったその途端、孝岡は吐き気に襲われ、思わず口を手で塞いだ。そこに現れたのは女性の乳房だったのだ。若者向けのクイズ番組らしい。髪を茶色に染めた女性がセミヌード姿で笑顔をふりまき解答者に体をすり寄せている。孝岡は喉までこみ上げてくる饐えた苦味をなんとかおし留めた。女はだらりと垂れ下がった大きな乳房を弾ませる。それはぶよぶよに弛緩した肉の風船のようであった。いまにも肌が裂け、中から腐敗した汁が滲み出てきそうだった。孝岡は耐えられずリモコンのスイッチを押した。そして現れたのがこの曼陀羅だったのだ。

右手の指先でこめかみをぐりぐりと圧す。あの女性がここに触れた瞬間のことが蘇ってくる。あの日、意識不明に陥っているときに何か薬物でも投与されたのではないか？　誰に？　まさかメアリーに？

ありえない。どこにも注射の痕など存在しなかった。それに薬物を一回投与されただけで、こんなに何日も幻覚が続くだろうか？　意味もなく闇を恐れ、誰かに見られているような強迫観念にとらわれ、そして曼陀羅に異常な関心を抱く、そんな症状を発現させる薬物とはいったい何だ？　ＬＳＤか？　なぜＬＳＤを投与されなければならない？

メアリー。あのときの言葉を思い出す。何かあったら相談に来て。メアリーはこのような状態になることを知っていたのか？　だが、もし会うことができたとして、どうやって話せばいい？　まだ五回しか会ったことがない相手に、自分は夜中にサルを見たと告白するのか？

番組は終了へと向かいつつあった。画面にエンドクレジットが現れる。終わってしまう、曼陀羅の映像が消えてしまう、なぜビデオに撮らなかったのだと不意に自分の落ち度を呪った。だがおそらく撮ったとしても正常な映像は記録されないだろう。いまの自分ではビデオデッキが正常に作動するとは思えない。テレビが映っていること自体が幸運なのだ。画面が暗くなる。孝岡は慌ててリモコンの先をテレビに向けた。もうひとつのチャンネルで見ることができるかもしれない、あの曼陀羅の円環を再び見ることができるかもしれない。ボタンを押す。

派手なテロップがいきなり画面に出現した。男が何か叫んでいる。何かが胸の中でざわざわと波打つのを感じた。突然、けたたましい声が鼓膜を打った。

「……は飛来するのか！　九月二九日、緊急生放送！　テレビの前のあなたが目撃者となる！」

どおん！という雷のような効果音がリビングに響く。

その直後に映し出された映像に、孝岡は総毛立った。

それは巨大な黒い目を持つ異様な顔だった。

どおん！

突然、カーテンの隙間から幾筋もの青白い光が発射された。途轍もない強さで、全てを射貫くかのように光線が横殴りに降りかかってくる。グロテスクにデフォルメされた照明灯の影テレビの影ソファの影がリビングの一方に投射された。ちりちり、ちりちり、とどこかで耳障りな音が響く。あの音だ。孝岡は叫び声を上げ、目を庇(かば)いながら歪(ゆが)んだ影を見つめた。自分の足元から伸びる黒い物体は巨大な丸い頭部を天井に広げている。がくがくと自分が動く毎にその膨れ上がった頭部もこちらの動きの何倍何十倍もの大きさに拡大され天井を這いずり回る。光はさらに強くなってゆく。カーテンが焼失するのではないかと思えるほどの強さでリビングを攻めてくる。孝岡はよろめきながらカーテンのほうへと一歩足を踏み出す、さらに一歩踏み出す、右手を挙げる、カーテンを開けなければ、カーテンを開けて何がその向こうにあるのかこの目で確かめなくては！

視界の隅を何かが横切った。孝岡は今度こそ絶叫した。大きな音を立ててその場に尻餅(しりもち)をつく。誰かが廊下へと走っていったのだ。慌てて顔を向ける。ここからでは死角になって廊下の様子が見えない。だがいま見たものが何なのか、はっきりと孝岡は脳裏に再現することができた。裸の子供、灰色の肌をした子供、巨大な頭を持った子供。いまテレビに映っていた異形(いぎょう)の人間。

　孝岡は両手で体を支え腰を上げ廊下へ向かおうとした。だが膝の力が入らず前へつんのめり額を床にぶつけた。唇の端が前歯に挟まれ、がりっと鈍い音を立てて千切れる。両手を動かしながらなんとか起きあがり、拳で膝を叩き足を立たせる。そして転げるように廊下へと走る。

　しゃらん、と風流な鈴の音が聞こえた。

「……そんな」

　呻いた。玄関まで一直線に伸びた八メートルほどの廊下の一番奥に、それは立っていた。

　そして昆虫を思わせる大きな黒い目でこちらを見つめていた。

　轟音と共にマンションが回転した。全てのものが左へと一斉に回転した。光源がマンションの右手へ廻ろうとしている。それにつれて変形した影たちがぐるりと天井を滑ってゆく。激しい目眩を感じ孝岡は頭を抱えた。床に倒れ込む。だが必死で顔を上げ、舟底のようにぐらぐらと揺れる廊下の向こうを見つめた。相手から目を離したらその瞬間に襲われそうだった。

　自分と小人のちょうど中間に、まるで切り裂いたように光が四角い形を作って充満していた。

　それが寝室から放射されている光だとわかるまでに数秒かかった。マンションの外で停滞している光源が寝室の窓の横へ廻ったのだ。そしてその光が開け放たれていたままのドアから漏れ、廊下を照らしているのだ。光のカーテンに覆われ小人の姿はほとんど見えない。光の強度がさらに増してくる。光のトンネルであった。廊下がトンネルのように見える。その向こうで、それまで微動だにしなかった小人が動いた。あまりにも不意の動きに孝岡はびくりと体を反射させた。小人はゆっくりと手を挙げる、右手を挙げる、こちらへ近づいてくる。孝岡は耐えられずに目を閉じ、大声を上げた。

ばん！　と破裂音が響きわたり、一瞬にして光が消えた。

目を開ける。廊下は薄暗くなっていた。小人の姿は消え失せている。

床に細かい透明な破片が散らばっていた。

天井を見上げる。照明の小さなランプが割れていた。体を起こし周囲を見回す。全てはもとに戻っていた。テレビの画面がただちゃかちゃかと薄っぺらな音楽を流している。

そんなはずはない。孝岡は首を振った。

限界を超えていた。もはや制御できない。これ以上異様な現象が起これば完全に自分は崩壊する。

悲鳴を上げ、玄関で靴をつっかけると部屋を飛び出した。

行く先はひとつしかない。

鏡子は自分の軀が浮遊するのを感じた。

下を見ると、自分の抜け殻が男に抱かれていた。男は背を反らし、顔をしかめ、自分の中心を鏡子の股に押し込んでいる。鏡子は脚を広げ、肘を立てて上半身を起こし、障子のほうを向いている。顔の半分は髪で隠れている。そしてふたりはそのまま硬直している。部屋の中は青い光で満たされている。

鏡子は顔を上げた。暗いトンネルが遥か上空まで続いている。トンネルの外壁ははっきりとした質感を持っておらず、靄のようにゆらゆらと揺れ、所々で小さな渦を巻きながら、全体としてゆっくりと右回りに回転している。どこかから低い唸りが響いてくる。それは祭祀で大太鼓が打ち鳴らされる音のようでもあり、瀧が水煙を上げ周囲の苔を濡らす音のようでもあり、稲妻が天空を駆け抜けた後に厚い雲間から聞こえる不機嫌な鳴動のようでもある。そのいずれにも似て、いずれとも異なっている。

鏡子は穴の中へと引き寄せられてゆく。

不安は感じない。すでに幾度となく通った道である。お光様の住まう世界に行くためにはこの穴を通らなくてはならない。穴は時として、闇の中に照らし出される真っ直ぐな舗装道路であったり、狭い鍾乳洞であったり、形のよく判別できない奇妙なうねりであったりする。軀の状態によって見えるものは変化するが、しかし行き着くところは常に同じであり、そこで待っているお迎えの者の姿も同一である。

音は背後に遠ざかってゆく。それに反比例して前方の光が大きくなってゆく。軀は速度を感じない。風や重力は存在しない。髪はためかず、瞳は空気に晒されない。ただ昇ってゆくという感覚、そしてそれを裏付けるように後方へと流れ去る暗い靄の壁。穴の出口が広がってゆく。その向こうにはただ白色の光が満ちている。光が降り注ぎ顔を照らす。だが眩しさも熱さも痛みもない。目を細めることもない。光は満ちてくる、周囲に満ちてくる、出口は太陽のように巨大であり、鏡子はそこへ潜水するかのように軀を伸ばし、顔を上げ、そして目を閉じ―

ひゅん、と小さな音がして、光の世界へ到達する。

自分の足が、

床についていることを充分に感知した後、

ゆっくりと、鏡子は瞼を開く。

そこは白い部屋である。鏡子はここがどこなのか、いまだにわからない。常にこの部屋へまず辿り着く。全てが白く光っている。その中央に自分は全裸のまま立ち、そしてお迎えの者と向かい合っている。

お迎えの者は無言のまま別の部屋へと促す。鏡子はそれに従う。

そこは、高い天井のドームである。

何も存在しない。ただ淡く光る空間と、そして見上げるほど大きな鏡が存在するだけである。

お迎えの者が鏡を指差す。

鏡子は一歩、そして一歩とそこへ歩み寄る。鏡は鏡子自身の姿を映し出している。だが鏡子にはわかる、鏡の向こうは壁ではない、その奥には空間がある。透かしてそれを見よとお迎えの者は促している。鏡子は自分の鏡像に向かって進む。手を差し伸べ、それを抱き留めようとする。そして指先は鏡に触れる。

鏡面に顔を近づける。映し出された自分の瞳を見つめ、見つめ、見つめ、声も出さずに額を圧し当てる。黒い瞳が大きく迫ってくる。鏡子は目を凝らす。

どおん！　と部屋全体が振動する。

孝岡は非常階段を駆け下りた。メアリーは確か三階に住んでいるといっていたはずだ。何とかしていまの状況を説明し助けてもらわなければならない。

マンションの廊下に通じる内扉の取っ手を握る。だがその直後、鈍い金属音がして鍵がかかった。はっとして取っ手を握りしめ強く引く。だが開錠しない。孝岡は焦った。天井を見上げる。防犯カメラが無言のままこちらにレンズを向けていた。誰かに監視されているということなのか。

扉を叩く。しかし誰かがいる気配は感じとれない。孝岡は舌打ちし、二段飛びで階段を下りた。足首を捻る。二階の扉も開かない。さらに下へ降りる。さらに下へ。地下通路へのドアが堂々と口を開けていた。誘導されているのだ。

孝岡は走った。何度もバランスを崩しそうになる。目が霞む。だが倒れるわけにはいかない。口の中に滲んだ血の味を唾と共に呑み込みながら走り続ける。まだ倒れるわけにはいかない。

ブレインテックの扉が前方に現れる。ドアは小さな空気音を吐き出しながら横滑りに開いた。それをくぐり抜けエレベーターのボタンを押す。中に乗り込む。箱は上昇する。

到着すると同時に孝岡は駆けた。行く先々で、ロックされているはずの扉は待ち構えていたように開く。第二研究施設から第三研究棟へ、そして角を曲がり、目的の部屋へ。これは誰かが操作しているのか？

そして孝岡はその部屋の前に到達した。

NDE - RL。

ドアは開いた。

「待っていたわ」

光の散乱する部屋の奥から、メアリーアン・ピータースンの声が聞こえた。

17

九月一六日（火）

目を細めたまま孝岡は立ち、扉の向こうを見つめていた。白いハレーションがゆっくりと退いてゆく。黒い染みがぽつん、ぽつんと現れはじめ、そしてそれらはやがて結合し、線となり、面となって本来の形を露にしていった。長方形、窪み、緩やかな曲面。光が薄くなるにつれ色が判明してくる。ベージュ、緑、茶色。机が見えた。ソファが出現した。その向こうに脚が現れた。左右の脚が組まれている。椅子に座っているのだ。こちらを向いている――。

ようやくその姿が焦点を結んだ。

「待っていたわ。さあ、入って」

メアリーは薄い青色のスーツを着ていた。髪を後ろで束ね、耳を出している。オフィスチェアに座り、脚を組み、そして両手を肘掛けの先端に軽く載せた姿勢でこちらを向いていた。

孝岡はあらためて部屋の中を見渡した。通常の研究室と同じくらいの広さだ。窓はすべて白いカーテンで覆われている。窓に向かい合うようにして大きなデスクがひとつ据えられており、メアリーはその前に座っていた。デスクとその脇の本棚には文献や書籍が積み上げられていた。ほとんどは英字のようだがここから内容を見て取ることはできない。孝岡とメアリーの間には応接用らしいソファとテーブルが置かれていた。デスクの横には実験机が一台置かれていたが、その上はパソコンや書物で占められている。日常的に実験をおこなっている形跡はなかった。そこから先は布張りのついたてで仕切られており、その向こうをはっきりと窺うことはできない。だが黒い長椅子や寝台のようなものの影が見える。診察室として使うことがあるのかもしれない。

「あのときいったはずよ、何かあったら相談してと。だから来てくれたんでしょう?」

孝岡は確信した。メアリーはこちらの事情を把握している。何らかの方法で自分が助けを求めに来ることを知っていたのだ。今日、この時間に。だからここに控えていたのだ。

だが、なぜ?

いまになって孝岡は急速に不安を感じ始めた。ここ数日間の不可解な出来事は、ほとんどがひとりのときに起こったことだ。第三者が居合わせているわけではない。自分の体験したことが真実であったのか、それとも単なる幻覚なのか、実証する手段がないのだ。

「だめだ。到底わかってもらえるとは思えない」

「どうして? 話してみなければわからないでしょう?」

「信じてくれるわけがない」

「じゃあ、こうしましょう」メアリーはいった。「カウンセリングと思って。あなたは何か異常な体験をしたために悩んでいる。だけどその体験が人に信じてもらえるかどうかわからない。そういうことでしょう? 状況から一歩退いて冷静な視点に立ってみたほうが話しやすくなるわ。あなたの体験が現実なのかそうでないのか、どういった意味があるのか、ふたりで探っていく。そして解決策を一緒に考えるのよ」

「………」

目を閉じ、息を吸う。確かにメアリーのいう通りだ。なんとしてもここで助けを借りなくてはならない。これ以上得体の知れない気配に怯えて過ごすことはできない。

孝岡は促され、応接用に置かれているらしいソファに腰を下ろした。メアリーはメモ用紙を引き寄せ、ペンを手に取る。

「まず、最初に奇妙なことが起こったのは?」

深夜に寝室で見たサルのことから、孝岡はゆっくりと、順を追って話した。途中、言葉に閊えてしまうこともあったが、メアリーはうまくこちらを誘導してくれた。感情の抑制が利かなくなりそうになったときは静かに声をかけ、落ち着かせてもくれた。これなら全てを話せそうだ。

だが、そう思いはじめた矢先、金曜日に起きた空中浮遊のところで孝岡はいい淀んでしまった。

「それで、どこかに飛んでいったの？」

反射的に体が硬くなる。あのときの裕一の姿が脳裏に浮かんだ。だめだ。これだけは話すわけにいかない。

「どうしたの？　お願い、本当のことを話して」

孝岡は首を振った。自分のことなら幾らでも話していい。だが、これだけはだめだ。

「……どこにも行かなかった。すぐに体の中に戻った」

「……そう」

メアリーはペンを走らせる。孝岡はうしろめたさを感じた。メアリーはあくまで冷静に、真面目に聞いてくれている。そんな真摯な態度を裏切っているような気がした。

話を続ける。小人を見たときのことについて、メアリーは細かく質問してきた。それが終わると今度は怪異現象が起こらなかった日常の行為についても訊いてきた。ブレインテックで誰と会い、どの部屋へ行き、どんな仕事をしたのか、何を思ったのか。孝岡は答え続けた。全てのことを語り終え、時計を見たときはすでに午前三時をまわっていた。

メアリーはぱらぱらとメモを見返し、要点を整理しているのか幾度か短い文章を書き加えた。そして再び孝岡のほうに向き直った。

「もう一度訊くわね。あなたはテレビで番組のコマーシャルを見た。そして突然の不安に襲われた」

「ああ」

「そのコマーシャルはUFO番組のものだったのね？　つまり、エイリアンの顔を見て体が勝手に反応してしまった」

「ああ」

「そのことは先週から続いている一連の体験と何か関係があると思う？」

「わからない。……たぶん、あると思う」

「これまでUFOを見たことは？　鍋(なべ)の蓋(ふた)のような円盤型でなくてもかまわない、つまり文字どおり未確認飛行物体(アンアイデンティファイド・フライング・オブジェクト)を見た経験はあるかしら？」

「ない」

「今回の体験以前に、宇宙人、エイリアンのような生き物と遭遇したことは？」

「ない。……そんなにあのコマーシャルは重要なのか？」

「記憶を失ったことは？　気がついたら数時間が過ぎてしまっていたとか、それまでとはまったく違った場所に自分がいるのを発見したとか」

「月曜日の夜、サルを見たときだけだと思う。昔のことはあまり覚えていないが」

「体のどこかに奇妙な傷痕(きずあと)があるということは？　腕、肘(ひじ)、膝(ひざ)、臑(すね)、その他どこでもいいんだけれど、気がついたら何かの手術痕のようなものがついていたということは？」

「わからない。たぶんないと思う」

「昔のことでもいいのよ。よく考えて。何か奇妙なことが起こって、その結果自分の体に傷がついていたということはない？」

「まあ、引っかき傷のようなものならあるだろうが……奇妙なことが原因でということはないと思う」

「そういった傷が不安や恐れを引き起こしたということは？」

「それはない。おそらく」

「IDカードの磁気が壊れたりマッキントッシュが故障したといったようなことは以前にもよく起こったの？　電灯が消えるということも？」

「いや。だから驚いたんだ」

「火曜日の朝、体に付着していた油を拭き取ったタオルはどうしたの？　その油を分析にかけてみたいんだけれど」

「洗濯した」

「なるほど。それはちょっと残念だわ」

だがメアリーはあまり残念そうに見えなかった。すでにわかっているという感じで頷く。

そこで突然質問の方向が変わった。

「昔からUFOや宇宙人について興味があった？」

「いや、そんなことはない。SFはあまり好きではなかったから」

「子供の頃のことを聞かせてちょうだい。本を読んだりテレビを観たりするのは好きだった？」

「家に本はあったが、それほど読まなかった。草野球をしたりしていた」

「空想に浸ったり、架空の友達を作り上げて話をしたことは」

「いや。そんなことはない」

「未来に起こることがわかるような気がしたり、自分の人生には何か特別な目的があるのではないかと考えたり」

「……何のことだ？」

「子供の頃に死にかけたことは？　事故に遭ったり、あるいはどこかで頭を強くぶつけたということは？」

「いや、覚えがないが……、なぜそんなことを訊くんだ？」

「形式的なことよ。気を悪くしないで。次はいま現在のことを訊きます。今回の体験以後、自分の性格や考え方が変わったということはあるかしら」

「それは……」

「例えば他人に対する奉仕の欲求、宗教への関心、社会の正義や意義について想いを馳せる、などなど」

「どうだろう、わからない。昨夜、チベット仏教のテレビ番組を観てしまったということはある。特に仏教に興味があるというわけでもなかったんだが」

「性的な嗜好は？　まあ、ここにひとりで住んでいるわけだからこの一週間でセックスをしたとは思えないけれど、好みの女性のタイプが急に変わったとか、セックスの方法について考え方が変化したというようなことは？　あるいはインポテンツになったり、性について非常に罪悪感を覚えたり」

「……そんなことまで訊くのか」

「答えて」

「確かに、テレビで性的な場面を観ることができなくなった。気持ちが悪くなるというか、どこか動物的な感じがする」

「そう……。やはり変化があるのね。そして夜になると理屈のつかない奇妙な不安が襲ってくる。見えないところやクローゼットの中に誰かがいるような気がする。誰かに見られているように感じる。テレビに映っていたエイリアンが一連の出来事と関係しているように思える。そういうことね」

「……ああ」

「いい？　ちゃんと答えてね。あなたはこれまでの出来事は幻覚だと思う？　それとも本当に起きたことだと思う？」

返答に詰まった。

まさにそれを知りたくてここへ来たのだ。孝岡自身、どちらなのかわからなかった。幻覚だとすれば、月曜に女と会ったことによって自分の体が変化したのだと考えるしかない。だが……。

「きみはあの女を知っているのか」

「知っているわ」

「あの女が原因なのか」

「たぶんそうでしょう」とメアリーはいった。「でもあなたに起こったことが真実なのか幻覚なのかは別問題よ。あなたがどう思っているか知りたいの。どちら?」

熟慮の末、孝岡は答を絞り出した。

「……リアルだった。そうとしかいいようがない」

わかったわ、とメアリーは頷き、ペンを置いた。「これを解決する方法は幾つかあると思う」

「……本当か」

「ひとつ調べてみたいことがあるの。あなたは月曜の夜、サルに見つめられ、そして気づくと朝を迎えていた。つまりあなたはこのとき、数時間の記憶を失っている」

記憶?

孝岡は眉根(まゆね)を寄せた。それが何か手がかりになるというのだろうか。

「おそらくこの空白の時間が、以後の出来事に大きく影響している。催眠分析で記憶を取り戻しましょう。もしかしたら思い出したくない記憶を掘り出してしまうかもしれない。だけど、わけもわからず怯(おび)えているより確実に解決へ近づく」

「催眠分析?」

メアリーはいった。

「催眠退行で月曜日の夜に戻るの」

その入口には、催眠分析室というプレートが掲げられていた。

八畳程度の広さだった。壁と床は淡いベージュで統一されている。窓はどこにも存在しない。天井の照明だけが唯一の光源だった。ソファがふたつ、事務椅子(いす)がひとつ、そしてサイドテーブルがふたつ。ソファと事務椅子は斜めに対面する形で据えられている。孝岡は首を回して部屋の設備を探った。天井の隅にはビデオカメラが設置されており、ソファのひとつにレンズを向けている。奥にはミニコンポが置かれているが、最近使った形跡はなかった。天井の隅から低いエアコンの唸(うな)りが聞こえる。

「心配しないで。ここはセッションがリラックスしてできるように考えて作った部屋なの。そこのソファに座ってくれる？」

メアリーが中央の黒いソファを指す。背凭(せもた)れが長く、床屋や歯医者でよく見かける大きなソファだ。

「まだ背凭れに重心はかけないように。ああ、力は入れないで」

メアリーはこちらの姿勢が安定するのを確認してから壁のスイッチを操作して照明を落とした。真っ暗ではなく、しかし明るさも感じない半暗室状態だ。事務椅子を動かして孝岡の左前方に座った。サイドテーブルを横に据える。

「さあ、そのまま気を楽にしていてね。催眠退行を経験するのは初めて？」

「ああ」

「催眠についての知識は？」

「ほとんどない。学生だった頃に授業で聞いたような気もするが」

「それなら、始める前に少し説明しておきましょう。あなたの催眠に対する不安をなくしておきたいの」

「わかった」

「もしかしたらこれまでに、テレビのショーか何かで催眠術を見たことがあるかもしれないわね。有名なタレントが赤ちゃんになったり、突然踊り出したり。それから秘密にしておきたかったことを喋(しゃべ)ってしまったり。そういうショーを思い出して、自分もあんなふうになってしまうんじゃないかと不安に思う？」

「そうだな、少しは」孝岡は正直に答えた。

「そうね、初めて催眠を受ける人はどうしても不安に思うものなの。でもあれはショーだということを忘れないで。心理学の研究でおこなわれる催眠分析には、大袈裟(おおげさ)なジェスチャーもお芝居みたいな言い回しも必要ないの。催眠というと胡散臭(うさんくさ)いイメージがあるかもしれないけれど、実際はそれほど普段と掛け離れた経験でもないのよ。わたしはあなたを信頼しているわ。だからあなたもリラックスして、催眠に対して興味を持って、わたしのいうことを信頼してくれればいいのよ。オーケイ？」

「オーケイ」

「それから記録のためにこのセッションをビデオとカセットテープで記録しようと思うんだけれど、いいかしら。これはあくまで研究記録の目的であって、あなたのプライバシーを侵害するようなことには用いない。ただ、もし不都合だと思うんだったら止めておくけれど」

「構わないよ。続けてくれ」

「ありがとう」メアリーはサイドテーブルに備え付けられている操作盤らしきもののスイッチを入れた。「それじゃあ、まずは深呼吸でリラックスすることから始めましょう。わたしが時間を測っているから、それにあわせてゆっくり息を吸ったり吐いたりしてほしいの。まずゆっくり息を吐いて。……そう、そうしたら、二〇秒かけてゆっくり息を吸ってちょうだい」

メアリーはサイドテーブルの抽斗からストップウォッチを取り出し、それを見ながら指示を与えた。息を吸ったら一呼吸おき、そして今度は三〇秒かけて息を吐く。メアリーがやや低めの声でリズムを取る。孝岡はそれにあわせてゆっくりと呼吸を繰り返した。息を吸い、止め、そして吐く。それに集中する。時間の進行が緩やかになってくるのを感じた。頭の中がぼうっとしてくる。

二〇回近く続けただろうか、ちょうど息を吐き終えようとしたところでメアリーがペンライトを持ち孝岡の正面に立った。

「はい。これを見て」

ライトを点け、上方から光を向ける。孝岡は目線を上げた。

「目だけじゃなくて、顔全体をこちらに向けるの。そう、その感じ」

メアリーの言葉に誘導され、顎を上向けてゆく。ライトの中心へと視野が近づく。目に入る角度まで顔を上げた時点で、耐えられなくなり孝岡は目を細めた。それと同時にメアリーの声が聞こえた。

「さあ、だんだん瞼が下りてくるでしょう。瞼が重いですね。瞼が下りてくる、下りてくる……、ほら、もう目を閉じてしまいました」

本当に瞼が重くなってくる。やや赤みがかったライトが次第に見えなくなってゆき、やがて瞼の向こうに消え、闇となった。孝岡は目を瞑ったまま頭を垂れた。

「はい、背筋を伸ばして下さい。少し浅く座りましょう……、そうです。そう、そのまま……、さあ、だんだん体が揺れてきますね。そう、左右に揺れてくる、揺れてくる……、そうです、気持ちいいでしょう、ひなたぼっこしているみたいですね……」

孝岡はいつの間にか上体をぐらぐらと揺らしていた。メアリーの言葉通りに自分の体が反応してゆく。催眠に対する不安はなかった。このまま意識がなくなるのではないかという恐れもなかった。むしろこのままの状態を続けて欲しいとさえ思うほどの心地よさだった。

「わたしが、はい、というとあなたは目を覚まします。しかしすぐにまた瞼が重くなってきます。そしてあなたはどんどん深く降りてゆきます。いいですね？　はい……。そう、瞼が重いですね。あなたはどんどん深い底へと降りてゆきます……」

メアリーが、はい、といった瞬間、孝岡は一時的に覚醒した。井戸の底から急速に浮かび上がったような目覚めだ。目の前にメアリーの姿と周りの景色が出現した。だがその直後に再び井戸の底へ落ちた。瞼が重い。目を開けていられなかった。下へ、下へと落ちてゆく。頭の中が霧で覆われる。

メアリーの声が聞こえる。最深部まで降りていっているというのに声は遠くならなかった。しっかりと聞こえる。

「少し温度を上げましょう。あなたの体はほんの少し温かくなります。ちょうどぬるま湯に体を浸しているようですね。温かくて、ほんのりと気持ちがいい……。さあ、どんな感じですか？」

「ああ……、ちょうどいい気持ちだ……」

実際、毛布にくるまっているように快適だった。母親の胎内で浮かんでいるときはこのような感じなのかもしれない。

「それじゃあ、少しずつ始めましょう。まずは簡単な質問から。あなたの生年月日を教えて下さい」

孝岡は答えた。自分の声はしっかりと聞き取ることができた。相手の質問内容も明確に把握できる。その問いについて自分で考え、自分の意志で返答することができる。決して眠っているのでもなければ操られているのでもない。

さらにメアリーは今日の出来事について尋ねてきた。それにひとつひとつ答えてゆく。メアリーは満足したようだった。

「とてもいいわ。では、少し時間を遡りましょう。わたしが数字を数えると、その分だけ日付が前へ戻っていきます。いいですか？　ひとーつ、ふたーつ……」

セッション番号：BT－一二三
セッション期日：一九九＊年九月一六日、午前四時
被験者：孝岡護弘（四五歳、男性）
精神分析者：メアリーアン・ピータースン、M.D.、Ph.D.

「さあ、八日です。あなたは何をしていますか？」

その途端、目の前に自分のオフィスが出現した。いつも見ているオフィスそのままだ。夢に特有の非現実感はない。孝岡は首を回し、横を探った。するとそれにあわせて景色も横へ動いた。いま自分はソファに座っている、メアリーに催眠を受けている、そのことを知覚していながら、同時に意識がオフィスへ飛んだのだ。

いや、単に意識が飛んだのではないことを孝岡は悟った。自分の手が目の前で動き、デスクの上の論文を摑んでいる。鞄に入れた。その情景はまさに普段自分が見ている世界そのものであった。自分の顔は見えないが体は確認できる。視点が自分の目と共振していた。だが不思議なのは、いまの自分の意志で横を向いたり下を見たりできることであった。どうやらいま見えているイメージは、実際に見た角度だけでなく、意識下で視野に入っていた部分にも焦点を合わせられるようだ。

「さあ、どんな情景が見えますか？　教えて下さい」

すでに孝岡はこれがいつのことなのかわかっていた。状況をメアリーに報告する。

「オフィスを出るところだ。少し頭が痛い。手に鞄を持っている。仕事を早く切り上げてマンションの部屋に戻ろうと思っている。加賀に食事を誘われたが断ったんだ。壁の時計は八時二〇分だ」

「なぜ早退したんですか」

「夕方に倒れたんだ。それで医務室で休んでいた。きみも来てくれたじゃないか。疲れているのかもしれないと思って早く帰ることにした。書きかけの論文はマンションの部屋で見直そうと思って鞄の中に入れてある」

「わかりました。それでは部屋に行きましょう。どんなことをしましたか」

視界が飛び、マンションのダイニングになった。しかし違和感は感じなかった。必要な場面だけがうまく目の前に現れる。

「あまり食欲がない。冷蔵庫を開けて中を見た。口に入れられそうなものがなかったんで食べるのは諦めた。烏龍茶を少し飲んでから、論文を取り出して机に向かった。まだ頭痛が治っていない。集中できそうもない。考えがまとまらないんだ。文章が頭に入ってこない。仕方がないから寝ることにした」

「ベッドに入ったのは何時頃ですか」

「一〇時くらいだ。すぐに寝てしまった」

「なるほど。さて、あなたはマンションの自分の部屋のベッドで寝ています。それからどうなりましたか?」

その瞬間、自分はベッドに寝ていた。

背中がマットレスと接触しているのを感じる。腰も膝も布団の中で素直に伸びている。寝乱れた様子はない。顔は天井を向いている。それ以前に何をしていたのか思い出すことはできなかった。ちょうど眠りから覚醒したところなのかもしれない。

「目を開けた……。なぜかはわからないが、目を覚ましてしまった。真夜中だと思う。もしかすると午前二時か三時かもしれない。時計を見ていないからわからないが」

「なにか気づくことはありますか」

光が現れた。

あの光だ。青白く澄んだ光線がカーテンを通り抜けて天井を照らしている。

「天井が明るい。明かりは消したはずだが……。青白い光だ。青白く照らされている。ベッドに入ったままで、仰向けの姿勢で、それを見上げている。少しずつ光が動いているようだ。光源がゆっくり移動しているのかもしれない」

「その光のもとはどこにあるんです」

「ああ、私もそう思って、寝たまま顔を横に向けた。窓のほうを見た。光っている。窓の外で何かが光を出しているようだ。どうしてだろう、なんだか落ち着かない。不安なんだ。青白い光だ。それが窓から差し込んで天井を照らしている。どうしてそんな光が外で動いているんだろう。ここはマンションの五階のはずだ。車のライトにしてはおかしい。ああ、気分が悪くなってきた」

「大丈夫よ。続けて」

光源が急速に近づいてくる。窓枠で切り取られた四角い光跡は天井を滑り、大きく歪んで左手の壁へと動いていった。カーテンの隙間から射し込む光線の筋はすでに床と平行になっている。孝岡は不安が膨らむのを感じた。飛行機か何かが自分の部屋めがけて突っ込んでくるのではないかと思った。さらに光が近づいてくる。近づいてくる。これ以上近づけばガラスに衝突する——そう思ったとき、光はふっと威力を弱めた。見ると、小さなボール状の輝きが窓際でゆらゆらと揺れていた。

「光が部屋の中に入ってきた。光の玉だ。こいつが光っていたんだ。どうやって入ってきたのかわからない。窓は閉めてあるのに。私の頭の上をゆっくり通り過ぎていく。そんなに眩しくない。輝いているというよりは灯っているといった感じだ。なんだこれは。おかしい。逃げ出したいんだが動けない。光が部屋の奥へ向かっている。クローゼットのほうだ。よく見えない。起き上がることができない。どこへ行ったのか……？　なんだ？　誰かそこにいるのか？」

孝岡は息を呑んだ。

クローゼットの横に子供が立っている。

いや、子供ではなかった。子供にしては体つきがおかしいのだ。すでに光の球は消滅してしまったのか、再び部屋の中は薄暗くなってしまい、あたりの様子を窺うことはできない。クローゼットの方向は影に覆われ、ぼんやりとした輪郭しか判別できなかった。だがそれでもそこに立っているのが普通の子供でないことはわかった。頭が大きいのだ。風船のように膨れている。

ゆらり、とその頭が揺れる。こちらへやってくる。息が詰まる。

「落ち着いて。誰もあなたに危害を加えることはないから安心して話して」

自分の息がぜえぜえと砂塵のような音を立てる。メアリーになだめられ、すっと激情が退いていった。楽になった胸を押さえ、唾を呑み込む。共振の距離が修正されたのだ。孝岡はようやく、視点と感覚が別であることをおぼろげに感じた。見える情景がリアルであるために、ともするといまの自分があの夜の自分と完全に同化してしまう。それでは感情の抑えが利かなくなるのだ。視点に間借りしながら、あくまで感覚の主体はこの部屋になければならない。孝岡は続けた。

「クローゼットの前に誰かが立っている。光の中から現れたのか？　よく見えないが、人間じゃない。こんな人間がいるはずがない」

ゆらり、ともう一歩近寄ってくる。ぼやけた輪郭が次第に線となってくる。裸だ、とまず孝岡は思った。そうでなければ体にぴったり合うボディスーツを着込んでいる。ゆらり、とさらに一歩近づく。寝ている孝岡へと歩み寄ってくる。メアリーに制御されたはずの恐怖心が再び迫り上がってきた。ゆらり。ベッドのすぐ向こうまで寄ってきている。こちらへ回り込んでこようとしている。闇の中でその全身が次第に浮かび上がってくる。孝岡は悲鳴を上げた。

「どうしたの？　こわくないのよ。いまのあなたは安全なの。落ち着いて相手を観察して」

「身長は高くない。一メートル二〇くらいだ。頭が異様に大きい。体が小さいのに頭だけ大きい。目が黒いんだ。アーモンドのような形で黒い。こちらを見つめている。じっと見つめている。やめろ。目を逸らすことができない。近づいてくる。大きい目だ。ベッドの脇まで来ている。こいつは何なんだ。動けない。ああ、顔を近づけてくる。体毛がない。頭にも毛が生えていない。坊主頭だ。目が大きい。目だけが大きい。こいつは何者なんだ？　人間なのか？　鼻が小さい。口も薄い。唇がない。ただ切れ目が入っているような感じだ。目だけが大きくて、こっちを見つめている。やめろ。黒い目がこっちへ来る。覗き込んでくる。吐きそうだ。ほんの数センチのところまで迫ってきている！」

「大丈夫だから落ち着いて。それからどうなったの」

視野一杯に相手の目がクローズアップされた。視線を逸らすことができない。じりじりと巨大な目が詰め寄ってくる。自分の体がその中へ落ちていってしまうのではないかと思った。目の奥にあるものが見えてくる。単に黒いだけではない。この目はゴーグルかレンズだ。内部にあるもうひとつの目を保護している。黒いレンズの向こうで何かが渦を巻いている。さらに黒い、真空のような闇がゆっくりと動いている。それが本当の目なのか、それともどこか自分の知らない宇宙空間の映像なのか、孝岡にはわからなかった。だがその渦に引き込まれてゆくのを感じた。ぐるり、ぐるりと渦が蠢く。密度の異なる液体が互いの流動に逆らいながら混じり合わずにゆったりと己の姿を変形させ続けている、まさにそんな動きであった。溺れてゆく、渦の中に溺れてゆく。自分の頭が動きに合わせてぐるりと歪み、漂ってゆく。なぜか孝岡はゆったりとした安らぎを感じた。羊水の中で身を屈めながら浮かんでいるような心地よさだ。先程までの不安や胸のむかつきはどこかへ消え去ってしまっていた。なぜなのかわからなかった。相手の目の中へダイヴしているうちに安息だけが残っていた。いま自分がどこにいるのかわからなかった。自分の体がどのような姿勢をとっているのか、寝ているのか起きているのかさえわからない。黒い渦が緩やかに中央へ収束し、ひとつの点となってゆく。その向こうに相手の体が見えた。こちらを見つめたままだ。窓の横に立っている。自分も立っているのがわかった。いつの間にかベッドから起きあがったのだ。

「……あいつが歩いていく。どこへ行くんだ。連れていこうとしている。昇っているようだ」

「昇っている？」

小人は片手を上げ、カーテンに触れた。その腕の細さに孝岡は驚きを覚えた。だが骨が浮き上がっているわけでもない。指も異常なほど細く、そして長い。その指先がまるで水面に入るかのようにカーテンの生地を抜けた。孝岡が見ている前で、その者は窓を通り抜けていった。抵抗も何もなかった。それが当たり前だというように、カーテンとガラスを抜けていった。孝岡は足を進めていた。なぜか自分の両足は躊躇することなく窓へと歩いていた。そして瞬きをすると、ベランダが下に見えた。

「浮かんでいる、体が浮かんでいる。部屋の外に出たのか？　通り抜けたのか？　窓は閉まっていたのに」

上昇してゆくのがわかった。体がゆっくりと空へ昇ってゆく。次第に加速してゆく。ベランダが遠のいてゆく。マンションの全景が回転し始めた。自分の体が回っているのだ。孝岡は目眩を感じた。高速のエレベーターに乗っているようだった。加速してゆく。さらに加速してゆく。マンションが小さくなってゆく。孝岡は上方から光が射しているのに気づいた。花火の残骸が飛ぶかのように光の筋が何本も下へと流れてゆく。その数が一本、さらに一本と増え、やがて無数の光の束となってあたり一面に降り注ぐ。何かが頭上で発光しているのだ。孝岡は天を見上げた。

そこには巨大な物体があった。

燦然、という言葉の実体を初めて孝岡は知った。眩しすぎて細部を観察することはできない。巨大な円形の物体が真上に浮かび、光を放っている。吸い込まれる、と孝岡は感じた。あの中へ吸い込まれる。下から圧し上げられているかのように上昇のスピードはさらに速くなってゆく。ぐいぐいと加速してゆく。視界が光で覆われる。全てが青白い光に照らされる。さらに速く、さらに速くなる。やめろと孝岡は叫んだ。物体の中心へ自分は突入してゆく。

そこで上体がソファからずり落ちそうになり、共振が退いた。メアリーが助け起こしてくれる。息が乱れていた。気管が痙攣し、空気をうまく吸うことができない。ヴィジョンが中断された。メアリーが大丈夫、落ち着いてと繰り返す。その低い声は安定感があり、何分かそれを聞いているうちになんとか胸の震えがおさまってきた。孝岡は開いていた唇を結び、鼻で息をするよう努めた。

「さあ、もう大丈夫ですよ。続けられますか？」

「ああ……」

「あなたは光の中へ吸い込まれました。その後のことを思い出して下さい。いまあなたはどこにいますか」

白いヴィジョンが広がった。ゆっくりと呼吸するよう心がけながらあたりを見回す。

円形の部屋の中だった。

天井はドーム型になっており、十字に梁が交差している。照明が見あたらないにもかかわらず、部屋は光で満たされていた。先程までのような目映い光ではない。部屋の壁が全て蛍光灯で出来ており、内側から電子的に発光している、そんな感じであった。四方から光が注がれており、部屋の中には影というものが存在しない。しばらくしてから自分が寝かされていることに気づいた。だがベッドや寝台の上ではなさそうだ。何か硬いものでできている。だが金属的な冷たさはなかった。硬質プラスチックだろうか。

「手術室かもしれない」思ったことをメアリーに告げた。「病院の手術室とは随分違っているが、そういう気がする。白い部屋だ」

「部屋の中にあるものを教えて下さい」

孝岡は首を回し、部屋の中に何があるのか目を凝らして観察した。自分の脇にもうひとつベッドが据えられていた。だがそれはベッドというより現代美術のオブジェのようであった。波のようなカーブで造形されており、大人がちょうどひとり横たわれるよう上部が窪んでいる。布団やシーツの類いはない。これとまったく同じものに自分が寝ているのだということがわかる。

　さらに視線を巡らすと、壁際には何か測定装置のようなものが幾つも並んでいるのが見えた。初めて見るデザインであった。どれも流線型をしている。子供の頃に見た漫画に出てくる未来都市のように、輪郭がどこも丸くなっている。角張ったところがまったく存在しない。人工的な機械にしてはあまりにも滑らかだった。孝岡はそれらの様子をメアリーに伝えた。

「あなたはどんな状態ですか」

　自分は全裸だった。寝間着を脱がされたのだ。起きあがろうとして、孝岡は自分の体の自由が利かないことに気づいた。両の手首がテープのようなもので留められている。

「部屋の中にはあなたのほかに誰かいますか」

　足の向こうに奴ら（やつ）が立っていた。マンションの部屋に入ってきた、目の大きなあの小人であった。まったく同じ身長と体格のものが三人、並んでこちらを見つめている。孝岡は初めて彼らの姿をはっきりと見ることができた。ヌードマウスを灰色にしたような肌をしている。股間（こかん）はつるりとしており性器らしきものもない。生殖機能を持ち合わせていないのか、それともいま見えている全身がスーツで、本当の姿は内部に隠されているのか、孝岡にはどちらとも判断がつかなかった。ただ異様に大きな目でこちらを見ている。

　突然、スイッチが入ったかのように三人が動き出した。あまりにも不意のことだったので孝岡は思わず声を上げた。

「それから？」

三人が孝岡の周囲に集まってきた。そして一斉に両手を上げ、孝岡の体に触れてきた。悲鳴を上げ、やめろと抗議する。だが彼らはもはやこちらの顔を窺おうとはしなかった。じっと体を見つめ、もの凄い勢いで肌を触り続ける。タイプライターのキーを叩くように手分けしてあらゆる部分を指先で確認してゆく。

「彼らは何をしているんです？」

すぐにひとりが孝岡の肋骨に興味を持った。指先でその一本一本を押してゆく。そして弾力の違いを比べるように腹と肋骨を交互に押した。孝岡はもがきながら大声で助けを求めた。まるで触診されているようだ。

「触診？」

人間ではとても真似のできないスピードで彼らは診察を続けていった。胸から腹、腕、腰、そして足へと移ってゆく。孝岡は彼らの肌を感じた。温かくもなければ冷たくもない。爬虫類や両生類のようでもない。産毛がないということを除けばあまり特徴が認められない。微かに彼らの体から臭いがしたが、どのように形容したらよいのかわからなかった。

ひとりが孝岡の右足を持ち上げた。ふくらはぎをじっくりと観察し、そしてかくかくと膝を曲げる。なんとか振りほどこうと足を動かしたが、他の二人に押さえつけられ、足首をテープで留められてしまった。

そして何の前触れもなしに、ひとりが股間に手を伸ばした。たまらず孝岡は怒鳴った。

「やめろ！　そんなところを触るのは！」

性器がつまみ上げられる。孝岡は顔を上げ、やめろと叫んだ。だが彼らはこちらを向こうともしない。性器は小さく縮こまり、彼らのなされるままに角度を変えられ、先端や裏側を観察されている。耳が熱くなるのを孝岡は感じた。羞恥と共に強い怒りが湧き起こってくる。別のひとりが何かを体に塗り始めた。どろりとした粘度の高い液体だ。それが何なのか見ることができない。孝岡はわめき散らした。三人はそれでも抗議を無視して黙々と作業を続けた。自分の声だけがドーム内に響く。そのとき初めて孝岡は、彼らが一言も声を発していないことに気づいた。自分の声だけしか聞こえないことに、突然途轍もない不安を覚えた。

ひとりがカートのようなものを寝台の脇に引き寄せてくる。その上にあった棒を手に取った。と、その先端を孝岡の顔へ向けた。抗う暇も与えず、その棒を口の中に押し込んできた。孝岡は両手で喉を掻き毟った。「やめろ、苦しい！」

「大丈夫よ、しっかりして」メアリーの声が聞こえる。「いまのあなたは安全よ、何も怖いことはない、あなたはいま安全なところにいて、ただ昔のことを思い出しているだけ。実際に喉が詰まっているわけじゃないの。さあ、ゆっくりと呼吸をして」

唇を捻り、首筋に両手の爪を食い込ませながら、孝岡は鞴のような音を立てて空気が自分の喉を通ってゆくのを感じた。そうだいま自分は手を喉に当てている息を吸っている椅子に座っているここはメアリーのオフィスだいま自分はただあの夜の出来事と共振しているにすぎない。もう一度大きく息を吸う。肺が肋骨の内側で膨張する。彼らに触られた部分がぎしりと軋む。

「大丈夫？」

「……ああ」

「続けましょう。さあ、それから彼らはどうしました？」

彼らは触診を終えたようだった。手を離し、寝台から一歩退く。そのとき孝岡はもうひとり部屋の中にいることに気づいた。これまでの三人とは違っている。

「違うというのはどんな具合に？」

少しばかり身長が高い。なぜなのか自分でもわからないが、孝岡はこの者がリーダーなのだと直感した。こちらへ近寄ってくる。

「どうしてリーダーだとわかるんですか」

うまく説明できなかった。だがリーダーだということは確信できた。見ればわかる、としかいえない。もどかしさを感じた。もしかすると他の三人は検査技師で、この者はドクターなのかもしれない。

「そのリーダーは何をしていますか？」

近づいてくる。ベッドの脇に立った。こちらをじっと見つめている。マンションの時と同じだった。ゆっくりと顔を近づけてくる。視線を逸らすことができない。やめろと孝岡は叫んだ。

「あなたはそのリーダーに『やめろ』といったんですね？」

孝岡ははっとして口を噤んだ。声が聞こえたのだ。初めて彼らの言葉を聞いた。リーダーはまったく口を動かさなかった。それにもかかわらず孝岡ははっきりと彼の声を知覚した。『危害は加えない』確かにそう聞こえた。

「その言語は？」

「日本語だ。頭の中に直接入ってくる」

「なるほど。それからどうしました？」

なぜこんなことをするんだと訴えた。『とても大切なことなんだ』という言葉が頭に届く。どういうことだ、質問をはぐらかすのか、孝岡はそう思い抗議しようとした。だがそうする前に、リーダーは顔をぐいと接近させてきた。

「目を見つめてくる。近づいてくる。こんなに近くまで顔を寄せてきている。額が接触しそうだ。大きい目をしている。真っ黒な瞳だ」

「続けて」

リーダーの目がじっとこちらを見つめている。彼の意識がその強い視線を伝導し、自分の中に侵入してくる。網膜を抜け視神経を走り脳の深淵へ。孝岡は突如として自分の頭蓋の中が無数の紙切れと化し、それらが凄まじいスピードでめくられていくように感じた。一枚一枚に書かれている情報が次々と読み取られてゆく。走査されているのだ。孝岡は何もすることができなかった。体も顔も眼球も硬直してしまい抗うことができなかった。目を閉じることすらできない。ばらばらと轟音を立てながら記憶のファイルが読まれてゆく。全ての知識、全ての記憶が吸い取られてゆく。孝岡は絶叫した。だがそれは声にならなかった。

「見つめられていると、心をスキャンされているように感じたというわけですね？」

小さいほうの奴が何かを持ってくるのが見えた。チューブのようなものを引き寄せている。

どこかの機械に繋がっているらしかった。先端は漏斗のように広がっている。孝岡は悲鳴を呑み込んだ。その先端が性器に押し当てられたのだ。次の瞬間、股間が小さく震えるのを感じた。どういうことなのかわからなかった。射精していたのだ。勃起もしていなければ、放つときのせっぱ詰まった感覚すらなかった。それなのに自分の性器は液体を放出していた。その白い液を漏斗が吸引している。

「……ちょっと待って」メアリーが言葉を挟んだ。「あなたの目の前にはリーダーの顔があったはずでは？」

「……そうだ。じっと見つめられている」

「それなら、どうして性器に取り付けられたチューブが見えるの？」

はっとして口を閉じた。確かに矛盾している。だが実際に見えたのだ。孝岡は混乱した。

「……わからない。気配でそう感じたのかもしれない。チューブを付けられたことは確かだ。視界の端で見えたのかもしれない」

「精液を出すとき、快感を感じましたか？」

「いや、そんなものはなかった。リーダーの目を見つめ返しているんだ。頭の中を探られている。ぼうっとした感じだ」

「わかりました。続けて下さい」

リーダーが顔を離した。スキャンが終わったようだ。それと同時に天井から箱が降りてきた。

「箱？」

それは一辺が三〇センチくらいの黒い箱であった。この部屋の中で唯一有色かつ角張った物体だ。全てが流線型のドームの中で、その箱のフォルムは非常に浮き立って見えた。天井からワイヤのようなもので吊り下げられている。小さいほうの奴らが箱の位置を孝岡の目の前にくるよう調節した。リーダーが『これを見ろ』といった。

「その箱のことをもっと詳しく教えて」

金属で出来ているように思えた。手前の面が開く。ブラウン管が現れた。そこで孝岡はこれがテレビだとわかった。再び『これを見ろ』というリーダーの声が頭の中で聞こえる。

「リーダーはどこにいるんですか」

横に立っていた。先程からこちらを見つめたままだ。

テレビの画面に何かが映った。

「何が映っているんですか」

どこかの風景だった。アルプスだろうか。向こうに山が見える。緑の草が一面に生えている。手前のほうは右から左に傾斜していて、ところどころに黄色い花が咲いている。美しい光景だった。人の姿は見あたらない。のどかな雰囲気が感じ取れる。モニタは少しずつパンしながら広大なその風景を映し続ける。

不意に画面が切り替わった。孝岡は虚を衝かれた。見たことのある場所だったのだ。狭い台所が映し出されている。思わず声を上げた。東京にいたとき住んでいたアパートだったのだ。久枝の姿が見える。孝岡は目を凝らした。まだ若い。一〇年くらい前だ。食事の支度をしている。スライスしたハムをテーブルに並べている。自分の姿もあった。自分はもうテーブルに座っていて、食事が運ばれてくるのを待っている。テレビのある部屋から裕一がやってきた。まだ小さい。小学校五、六年といったところだ。白いシャツに茶色の短パンを穿いている。裕一が席に着く。久枝が茶碗に飯を盛って運んでくる。自分と裕一に配っている。

「その日は正確にいつかわかりますか」

わからなかった。だが、みんな半袖だ。電気が点いていることから夕食だと見当がつく。三人揃って食べているのはこの日が日曜日だからだろうか。

「昔の光景をモニタで見せられているわけですね?」

その通りだった。なぜ奴らが自分の過去を映像として記録しているのかわからなかったが、そこに展開しているのは間違いなく自分の過去だった。だが寝台の上の自分は特に何か反応することもなく、ただぼんやりとその映像を見つめている。音は聞こえなかった。それはまるで防犯カメラが捕らえた映像のようだった。一定の方向にカメラは固定されており、延々と食事のシーンを再現してゆく。モニタの中で自分は裕一に何か話しかけていた。それを聞いて久枝が笑っている。何を話しているのか聞きたかった。あの頃の裕一との会話を聞いてみたかった。

また画面が変わった。目の前で大爆発が起こり、孝岡は反射的に顎を反らした。モニタの中で閃光が炸裂する。目が眩むほどの光、一瞬のうちに湧き起こる噴煙、抉り取られ水面のように波打つ大地、うねりながら膨張する砂塵。原爆投下や核実験の比ではない。情け容赦のない完全な破壊だった。しかも一発だけではない。休む間も与えず連鎖的に光が拡がってゆく。ここでも音は一切聞こえなかった。黙々と爆発は目的を遂げてゆく。森が消滅した。高層ビルディングが粉々に砕け空へ舞い上がった。湖が蒸発した。画面の中に動物の姿はひとつとしてなかった。鳥も動物もいない大地が、車も電車も動いていない大都市が、次から次へと破滅してゆく。それはこの世の終わりだった。世界の終焉の光景であった。何もかもが炎と塵になってゆく。画面がゆっくりと引き始めた。カメラが上空へ、上空へと昇ってゆく。それと同時に爆発の規模が大きくなっていった。もはや個々の爆発を目で捕らえることはできなくなっていた。それぞれが生物のように蠢き、互いに呼応し合っている。まるでそれは脳内のニューロンであった。それぞれのニューロンが発火し、隣接するニューロンへ刺激を伝え、さらにそれが伝播してゆく。そして全体として巨大なパルスを作り上げている。カメラの捕らえている破滅の力はまさに脳内を駆け巡っているインパルスの群れであった。さらにぐんぐんとカメラは上昇してゆく。そしてついに宇宙空間へと脱けた。画面一杯に映し出された地球の表面を紅い光がネット状に閃った。次の瞬間、地球はぶわりと膨張していた。「ああ!　ああ!」

絶叫し——

今度は平常心に戻るまで時間がかかった。

孝岡は深呼吸を繰り返した。

メアリーが静かに促している。

「気持ちを穏やかにして、話を続けて下さい。モニタを見せられたあと、どうなりました?」

ゆっくりと呼吸しながら答える。

「なにかひどく急いでいる感じだ。もう終わったのかもしれない。寝台から起こされた。小さいほうの奴がふたりがかりで私を起こしている。歩けといっているようだ」

「どこへ連れて行かれましたか」

「光の中を降りている。エレベーターに乗っているようだ。マンションが下に見える。近づいてくる。窓だ。部屋の窓が見えた。そこに向かっている。窓から部屋に入った」

「マンションのあなたの部屋に帰ってきたわけですね」

「ああ。小さい奴が横に立っている。服を着ろといっている。寝間着をつけた。服を着るのを手伝ってくれている」

「それから?」

「寝た」

第二部　オメガ・プロジェクト

懐疑的で、ほとんど信じていなかった私は、死後のいのちについて特別興味もわかなかったのですが、ひんぱんに起こる現象を観察するにつれて感銘を受けざるを得なくなり、どうして今まで誰も、死の真実を研究しなかったのだろうと思うようになりました。特別に科学的理由があるわけでもなく、もちろん訴訟なども関係なく、単に自分の好奇心によるものでした。

人間がこの世に誕生してから四千七百万年になりますが、そのうちの最近七百万年は現在のような存在になり、神への意識も現れました。毎日、世界中いたる所で人々が亡くなっています。しかし、人間を月へと送って安全に戻ってこさせることのできるこの社会で、人間の死を定義する努力はしてきませんでした。おかしいとは思いませんか。

——E・キューブラー・ロス

『死後の真実』(伊藤ちぐさ訳)より

18

同日九月一六日（火）

目を覚ますと、ソファの前のテーブルにはラップでくるまれたサンドイッチが置かれていた。明るい自然光が射し込んでいる。馴染みのない空間だった。マンションの自分の部屋ではない。まだ半分しか覚醒していない頭の中で、ここはどこだろうと思いながら、孝岡は目を細め、周囲を探った。昨夜はあれから——。

「大丈夫？　疲れは取れた？」

メアリーの声が聞こえる。はっとして上半身を起こした。昨夜の記憶が蘇ってくる。催眠から醒めた途端、感情の抑制が利かなくなったのだ。涙が溢れて止まらなくなった。そしてメアリーに凭れて泣き続けた。どうやらそのまま眠ってしまったらしい。

メアリーは自分のデスクの椅子に座り、体をこちらに向けて微笑んでいた。昨夜と同じスーツだ。あれからずっとここにいたのだろうか。なんと答えたらよいのかわからず、孝岡は右の手のひらで顔を拭った。そのとき、これまでずっと感じていた痺れるような緊張感が体から抜けていることに気づいた。意外と深い眠りだったようだ。奇妙な夢を見ることもなく、また途中で目を覚ますこともなかった。ほぼ一週間ぶりの熟睡だ。

何時だろう、と思い、もう一度室内を見渡してみる。

「午後一時。いい天気よ」

こちらの心を察知したのか、メアリーはそう答え、そして窓のほうを指で示した。四角く切り取られた外界の風景は光に満ちていた。昨夜あれほど自分に迫ってきた窓の向こうは、いまや爽やかな陽射しを乱反射させながら、絵に描いたような雲をなびかせている。ただひたすら平和で何事もない穏やかな昼の空だ。眩しすぎて孝岡は何度も目を瞬いた。

両足をソファから下ろし、もう一度手で顔を拭う。シャツの裾を直した。喉の奥がざらついている。乾いた咳が出た。

「大丈夫？　少し栄養を摂ったほうがいいと思うわ。そこにあるのはわたしからのプレゼントだから遠慮しないで。ああ、飲み物があったほうがいいわね」

メアリーは立ち上がり、冷蔵庫から烏龍茶のペットボトルを取り出し、マグカップに注いでくれた。それを受け取り一気に呷る。

「もう一杯欲しい？」

孝岡は頷いた。メアリーが注いでくれる。今度はゆっくりと味わいながら飲んだ。適度な冷たさが体の中を染み渡ってゆく。カップを握りしめたまま孝岡は大きく息を吐いた。ようやく体を構成する細胞たちが活動を始めたようだ。

ボトルを冷蔵庫にしまいながらメアリーがいった。

「もっと休んでいたほうがいいわ。昨夜は精神的にもかなり疲労したはずだから」

「いや、もう充分だ。――それより」

そこまでいってからわずかに逡巡した。昨夜の催眠退行セッションのときの記憶が脳裏に蘇る。椅子に凭れ無防備な姿勢で感情を曝け出している自分。それをじっと観察しているメアリー。自分の口から現れたシーンがひとつひとつ鮮明な映像として湧き起こってくる。

「教えてくれ。昨日のセッションの結果をどう考えればいいのか」

メアリーは何も答えず、冷蔵庫の扉を閉める。孝岡は続けた。

「セッションの間、きみは少しも驚いた素振りを見せなかった。きみはあのセッションについてどういう解釈をしているんだ？　あんな記憶を持っていたということが自分でも信じられない。……信じられないが、いまでもはっきりと思い出せる。はっきりとだ。メアリー、教えてくれ。私は……本当に宇宙人と遭ったのか？　それとも完全に気がおかしくなってしまったのか？」

孝岡は宇宙人という単語を口に出している自分に驚きを感じた。あまりにも子供じみていて滑稽な言葉だ。しかしそれ以外の表現方法を思いつかない。宇宙人としか呼びようがなかったのだ。

メアリーは観念したようにデスクの椅子に腰を下ろした。こちらへ向き直り、手で髪を梳く。

「……セッションの結果を普通に解釈すれば、あなたはエイリアンと遭遇し、宇宙人の乗り物に連れていかれて何らかの検査を受けた、ということになるでしょうね」

「ああ、そうだろうな」

「……UFOや宇宙人のことについてどのくらい知っている？」

メアリーの目を見つめ返す。こちらのバックグラウンドを明確にしようとしているのだ。孝岡は正直に答えた。

「ほとんど何も知らない。昔から小説や映画にはあまり興味がなかった」

「でも空飛ぶ円盤（フライング・ソーサー）という言葉くらいは知っているでしょう？　『未知との遭遇』という映画は？」

「題名は知っている。ポスターの図柄を覚えている程度だ。映画そのものは観たことがない」

「ロズウェルという地名は？　ヒルという名前は？　ホイットリー・ストリーバーは？」

「知らない。初めて聞いた」

「本当に？　ちゃんと考えてみて。海外の学会に行ったとき、書店に入ってストリーバーの本の表紙を見たことは？」

「わからない。本屋にはあまり行かないし、行ったとしてもパソコンや医学系の雑誌のコーナーしか見ないんだ」

「そうね……、そうかもしれない」

メアリーは頷いた。こつこつとデスクの上を指で叩（たた）きながら部屋の中を見回す。どこから話をはじめようかと考えている様子だ。そしてたっぷり二〇秒近く黙った後、ようやく言葉を繋（つな）いだ。

「実をいうと、あなたと同じような体験を話す人はたくさんいるのよ。あなたは決して特殊じゃない。まずそれを忘れないで」

「たくさん……？」

どういうことだ。孝岡は訊き返した。こんな体験をしている人がそんなに多くいるはずがない。まさか――

「メアリー、きみは疑っているのか」

「心配しないで。疑ってなんかいないわ。あなたが嘘をついているとは思っていない」

「しかし……」

「順番に話を進めましょう。まずはＵＦＯの定義から。ＵＦＯという言葉は Unidentified Flying Object――未確認飛行物体の略称で、よく知らない人は意外に思うかもしれないけれど、この言葉自体に宇宙人の乗り物という意味は含まれていないの。つまり本当は単なる旅客機や飛行船であっても、目撃する人がはっきりとその正体を確認することができなければＵＦＯといって差し支えないわけ。だから誰でもＵＦＯを目撃する可能性はあるし、実際に目撃してもおかしくはない。ここまではいいわね？」

「……ああ」

そう答えたが、メアリーがどこへ話を持って行こうとしているのかわからなかった。

「ＵＦＯの実質的な歴史は一九四七年から始まったの。一九四七年六月二四日、火曜日の午後。ケネス・アーノルドという実業家がワシントン州のカスケード山脈を飛行機で飛んでいた。彼は当時三二歳。そこで彼は、正体不明の飛行物体が九機、編隊となって飛んでいるのを目撃する。彼は『水の上をスキップしている皿のようだった』と発言した。これを聞いて地元の新聞記者が、正体不明の物体を空飛ぶ円盤(フライング・ソーサー)と表現した。この言葉はすぐにメディアにのって一般に浸透する。

ただし、これにはトリックがあって、彼は物体の、形を皿(ソーサー)と表現したわけじゃないの。物体の動きがスキップしている皿(ソーサー)のようだったといっているだけで、彼自身はディスクに切れ込みが入ったブーメラン型の物体を見たのだと後で主張しているわ。まあ、そんな誤解はあるけれど、とにかくこの事件によって空を飛ぶ正体不明の形は円盤状だというイメージが広く世間に植え付けられたといっていいでしょうね」

「ちょっと待ってくれ、メアリー」

孝岡は慌てて遮った。「きみは……UFO研究家なのか」

もしそうだとしたらメアリーに助けを求めるのは危険だ。疑ってかからなければならない。

だがメアリーは、違うわ、と答えた。

「私はUFO研究家(ユーフォロジスト)じゃない。未確認飛行物体や空飛ぶ円盤にはまったく興味がないの。ただ、話の流れとして説明しているだけ」

「…………」

「続けるわよ。とりあえず知っておいてもらいたいのは、この事件をきっかけにして、誤認やでっちあげも含めたいろいろなUFO目撃証言が出てきて、マスコミを賑(にぎ)わすようになったということ。これでわかるように、UFO騒ぎというのは機体の目撃から始まったの。ところが一九五〇年代に入ってから、宇宙人と遭遇したという人が現れはじめる。UFOの中に入って宇宙人とコンタクトしたと主張する人たちがね。ジョージ・アダムスキーがその代表例で、こういう人たちは俗に被接触者（コンタクティー）と呼ばれている。彼らのいうことによれば、宇宙人は頭が良くて発達した文明を持っており、しかも私たち人類に対して極めて友好的。時には有益な助言すらしてくれる。私たちは宇宙の兄弟（スペース・ブラザーズ）だというわけ。アダムスキーは金星人と会って、月の裏側や火星に連れていってもらったと主張してるわ。もちろん、そんな話はあなたの体験とは似ても似つかない」

とりあえず頷くしかない。

「ところが六〇年代になると、少し様子が違ってくるの。コンタクティーが自分の意志でUFOに乗り込んでいたけれど、今後は自分の意志と無関係に、強制的に連れ込まれたという人が現れはじめたのよ。研究者たちは、コンタクティーのケースと区別する意味で、このような事例を誘拐（アブダクション）、そして誘拐された人のことを被誘拐者（アブダクティー）と呼んでいる。あなたがセッションで語ったことは典型的なアブダクション体験なのよ」

「……アブダクション？」

「お願い、落ち着いて。突然こんなことをいわれて驚いたかもしれない」

「……聞かせてくれ」孝岡はいった。確かめずにはいられなかった。「どういったケースが報告されているのか教えてほしい」

「そうね……」

メアリーは躊躇（ためら）いがちに目を伏せた。ここまで話しておきながら、なぜ逡巡しているのだろう。これ以上教えると差し障りが出ると考えているのだろうか。だがしばらくして決心したように頷いた。

「……わかったわ。しっかり聞いていて。ただし約束してちょうだい、気分が悪くなったら遠慮しないでいうこと。あなたにとって過去のアブダクション・ケースは真に迫りすぎているかもしれない。辛かったらそういってね。これはあくまでもあなたの問題を解決するためにしていることだから。オーケイ?」

「オーケイ」

メアリーは再び頷き、そして話を再開した。孝岡は全身でそれに聞き入った。

「アブダクションが注目されるきっかけとなったのは、一九六一年にアメリカのニューイングランド州で起こったヒル夫妻事件よ」

メアリーのいうヒル夫妻事件とは、次のような事例だった。

一九六一年九月一九日。ニューハンプシャー州に住んでいたバーニー・ヒルとベティ・ヒルの夫妻が車でハイウェイを走っていた。ふたりはカナダでの休暇旅行を終えて、ポーツマスにある自宅へ帰る途中だった。夫のバーニーは黒人で、ボストン郵便局で夜間の発送係助手をしており、妻のベティは白人でソーシャル・ワーカーであった。帰路の途中、ふたりは沿道のレストランに立ち寄り、夕食を摂っている。そこを出たのが午後一〇時五分。この時点でふたりは、遅くとも午前二時か三時頃までには家に辿り着けるだろうと計算していた。車はバーニーが運転し、ベティは助手席に座った。そしてふたりの愛犬デルジーがベティの足元で眠っていた。

車はやがて、曲がりくねった山道へと入ってゆく。あたりは暗く、対向車もなかった。ベティはふと、窓越しに空を見上げた。するとほとんど満月に近い月が輝いており、その左下に星が明るく輝いていた。だがしばらくして、ベティは月と明るい星の間にもうひとつ大きな星が見えていることに気づいた。しかもおかしなことに、その星は次第に明るく、大きくなっていた。ベティの足元で犬のデルジーがそわそわし始めた。ベティは運転しているバーニーをつついた。どうもその光はふたりの車を追ってきている。

ふたりはその光がどうしても気になり、双眼鏡で観察してみた。そこでふたりは光の正体を知る。なんとそれは巨大なパンケーキ状の飛行物体であった。胴体の縁には窓が並んでいる様子さえ見える。ベティは怯(おび)えた。

バーニーはその物体をもっとよく見ようと、車を止めて外に出た。野原を歩き、物体から五〇フィートのところまで近づいて、双眼鏡で物体を見た。すると物体の窓の向こうに、半ダースの人影が見えた。彼らはみな制服姿で、首にはスカーフのようなものを巻いており、その中の隊長とおぼしき者はバーニーを見つめ返していた。バーニーは怖ろしくなってベティのもとへ戻った。慌てて車を急発進させ、外に何か見えるかとベティに訊いた。ベティは窓の外を覗(のぞ)いてみたが何も見えない。そのとき、車のトランクのほうから不思議な電子音が聞こえてきた。突然ふたりは疼(うず)くような眠気を感じた。

ここでふたりの記憶は途切れる。しばらくして、ふたりは二度目の電子音を聞き、ようやく意識を取り戻し始める。車は進行中だった。ベティはバーニーに向かって『さあ、今は空飛ぶ円盤を信じるでしょ？』といった。バーニーは『ばかいうな、信じるものか』と答えた。やがて「コンコードまで一七マイル」という標識が現れ、ここでふたりは完全に意識を戻した。

それからふたりはほとんど話をしなかった。結局、ポーツマスの家に辿り着いたのは午前五時過ぎであった。ふたりは何度も空を見上げ、なぜか胸騒ぎを感じた。バーニーは自分の下腹部が気になり、バスルームへ行き、からだが汚れていないか調べてみた。その後ふたりはコーヒーを飲みながら、このことは口外しないようにしようと話し合った。そして朝食を済ませ、ベッドに入った。

午後三時頃にふたりは起き、もう一度朝食を摂った。そしてベティは妹のジャネットに電話し、昨夜の奇妙な出来事についての意見を求めた。電話口でジャネットは、UFOに遭遇したのだったら放射線を浴びている可能性があると伝えた。不安になったベティは、妹の助言を受けてポーツマスのピース空軍基地へ連絡した。この報告はオハイオ州ライト・パターソン空軍基地のプロジェクト・ブルーブックという全米のUFO目撃報告を検討していた機関に送られる。またベティは、『空飛ぶ円盤の陰謀（ザ・フライング・ソーサー・コンスピラシー）』という本の著者であるドナルド・キーホー少佐に、自分たちの不可解な体験を知ってほしいと手紙を出した。

体験から一〇日ほど経ってから、ベティは不思議な悪夢に襲われるようになる。それは淋（さび）しい路上で道路封鎖に遭ったふたりが、何人もの人影に襲われ、そして知らない乗り物に連れ込まれて身体検査を受けるという夢であった。

体験から約一ヵ月後の一〇月二一日、ふたりのもとへ、全米空中現象調査委員会（NICAP）の科学顧問であったウォルター・ウェッブがインタビューに訪れる。ウェッブはキーホーに宛（あ）てたベティの手紙を見て調査に来たのだ。さらに一ヵ月後、さらにふたりはウェッブから二度目のインタビューを受けた。このとき、なぜ帰宅するまでそんなに時間がかかったのかという質問が出された。普通に車を走らせていれば午前三時に到着していたはずである。なぜそれより二時間も遅れたのか。これを聞いてベティはテーブルに突っ伏してしまうほどの不安を感じた。どうしてもその説明をすることができなかった。ふたりはここで初めて、二時間の記憶を失っていることに気がつくのである。

この席でふたりは催眠治療を受けてみることを薦められる。当時、催眠セッションが記憶喪失の患者や戦争でショックを受けた人々の治療に有効だということが知られていたのだ。ベティはこの案にすぐさま賛成した。彼女は夢で見たことがもしかしたら本当の出来事だったかもしれないと思っていたのだ。催眠治療を受ければ本当のことかどうかはっきりするかもしれない、彼女はそう思った。

そして事件発生から二年後の一九六三年、ようやくふたりは催眠セッションを受ける。セッションをおこなったのはボストンの精神科医ベンジャミン・サイモン博士である。ふたりは別々にサイモン博士とのセッションを受け、そのときの様子はレコーダーに記録された。セッションは六ヵ月にわたって続き、ふたりは失われた記憶を話し始めた。

バーニーが思い出したのは、およそ次のようなことであった。あの夜、バーニーは双眼鏡を持って車を降り、円盤へ近づいていった。そして双眼鏡で物体の窓を見た。物体の中の彼らは制服を着ていて、首に黒いスカーフを巻いていた。顔はアイルランド人のようで、目がななめに吊り上がっていた。そのときバーニーは、物体の中の男が『そこにいろ、こっちを見ていろ』というのを聞く。バーニーは慌ててベティのもとへ戻り、車を発進させた。ところが、車を進めてゆくと道路の前方にオレンジ色と赤の光が見えた。彼らがそこに立っていたのだ。彼らは全部で六人だった。全員が黒っぽい制服を着ていた。目を閉じろといわれ、バーニーは目を閉じた。どこかへ上っていくのを感じ、やがて自分が台の上に寝かされているのに気づいた、というものである。

一方、ベティが思い出した記憶はさらに異様だった。車を止められ、男たちがやってくる。その後ベティは森の中を歩いていた。周りには彼らが付き添っている。バーニーもそこにいた。歩いて行くとあの物体が着陸していた。タラップが下ろされている。ベティたちは中へ連れ込まれ、別々の部屋へと通された。男たちはベティを診察台のようなものに寝かせ、耳垢や髪の毛を採取し、それらサンプルを抽斗の中にしまい込んだ。さらに長い針を持ってきてベティの臍に差し込んだ。ベティはやめてと訴え、なぜ針を差し込むのかと隊長に詰問した。すると彼は、これは妊娠の検査だ、痛くはない、と答えた——。

「……大丈夫？」

メアリーが訊く。孝岡は返事ができなかった。

ポケットからハンカチを出し、額と手のひらを拭う。ハンカチにじっとりと汗が染み込む。息が苦しい。がくがくと首筋の筋肉が震える。自分の記憶と極めて類似していることに衝撃を感じた。これだ。この体験だ。月曜の夜の体験が生々しく蘇ってくる。まるで自分の過去を暴かれているようだ。

「……このあたりで止めておいたほうがいいかしら」

その言葉にぎくりとして身を起こした。「だめだ、続けてくれ」

こんな中途半端な状態でメアリーと別れるわけにはいかない。アブダクションについてもっと知識が欲しかった。なんとしても聞き続けなければならない。

「……無理をしないで。いい？　リラックスして聞いてね」

メアリーは諭すようにいい、そして話を続けた。

「ヒル夫妻の事件がアダムスキーのようなコンタクティーのケースとはまるで違うということがわかったでしょう。確かにリアリティがあるから、アダムスキーたちに関しては否定的なUFO問題の研究家たちも、ヒル夫妻の事件には注目したのよ。実際、ヒル事件以後、催眠退行によるアブダクション研究が流行しはじめたの。その中で特に注目されたのがバッド・ホプキンズによる研究成果だった。

ホプキンズはもともとニューヨークに住む芸術家だったんだけれど、自分自身アブダクションを経験したこともあって、さまざまなアブダクションの事例を収集したの。研究の結果、彼が突き止めたことは、アブダクションの多くが極めて類似した内容を持っているということだったのよ」

「……類似？」

「ええ。アブダクティーは大抵二時間程度の時間を失っていて、その間にエイリアンに攫(さら)われている。そして何らかの医学的措置を受けているの。彼らを誘拐したエイリアンの容姿はよく一致していて、灰色の肌で頭が大きく目が黒いタイプ。灰色の肌をした小さな者(スモール・グレィ・ビーイング)ということで、日本では俗に『グレイ』と呼ばれているエイリアンね。それにアブダクティーは一回だけ誘拐されているわけじゃない。多くの場合、生涯を通じて何度もエイリアンに誘拐されていて、しかも子供時代に何か発信装置のようなものを移植(インプラント)されている」

「何だって？」

「ホプキンズはこういった研究成果を『ミッシング・タイム』という本に書いて一九八一年に出版したの。そして本の最後に自分の連絡先を明記して、もし読者の中でこのような体験をした人がいたら連絡してほしいと訴えた。この本はかなり反響を呼んだの。そして一九八三年、デビー・ジョーダンという女性がホプキンズにコンタクトを求めてきた」

続いてメアリーは、デビーという女性のアブダクション体験について語った。

一九八三年当時、デビーは二四歳で、夫と離婚し、ふたりの子供を抱え、インディアナ州コプリーウッズの両親の家で暮らしていた。彼女は、ある夜に自分の家の庭で光を見たことを後で思い出し、とても不安を感じていた。しかもその夜に、彼女は一時間ほど記憶の空白があったのである。そのため彼女はホプキンズに興味を持ち、ホプキンズに連絡を取った。

ホプキンズは彼女の体験に興味を持ち、何度も面接や催眠退行セッションをおこなって詳しく調査した。そして彼は、デビーがそれまでの人生で少なくとも一二回のUFO遭遇体験をしており、しかも彼女だけでなく、子供たちや彼女の姉のキャシー・ミッチェルまでそれに巻き込まれていたことを突き止める。そして催眠退行によって明らかにされたエイリアンの行動は、ホプキンズの予想をはるかに超えたものであった。

一九七七年。一八歳であったデビーはある男性と出会い、婚約した。翌年の春に結婚式を挙げることになっていた。年が明けてからデビーは妊娠検査を受け、自分が妊娠していることを知る。デビーは喜び、結婚式の日取りを繰り上げた。ところが三月に再び検査を受けたところ、なんと妊娠の形跡がなくなってしまっていた。赤ん坊がどこかへいってしまったのだ。この事実に注目したホプキンズはデビーに催眠退行を施し、三月に彼女が姉のキャシーの家に泊まっていたときに起こった出来事を暴き出す。つまり、一二月にエイリアンがデビーを誘拐し、彼女に受精卵を植え付けた。そして三ヵ月後、彼女をもう一度攫い、大きくなった胎児を取り出したのだ。

この事件はさらに信じられないような展開を見せる。五年後の一九八三年、デビーはベッドで寝ていると、誰かに触られているような気持ちのよさを感じた。この時点で彼女はすでに宇宙船の中に連れ込まれていたのかもしれない。しばらくすると、小さな女の子がふたりの女性に付き添われて部屋の中に入ってきた。その女の子は四歳くらいで、白くてわずかに光沢のあるローブを着ていた。女の子はデビーを怖がっているのか、どこかおどおどしていた。髪の毛は白い綿のようで、まばらに生えている。目は青くて大きく肌はクリーム色だった。ホプキンズは、この女の子こそ五年前にデビーのお腹の中から取り出された子供だと確信した。デビーは人間とエイリアンのハイブリッドを産み、そしてその子供はエイリアンたちによって育てられていたのだ。しかも、デビーが産んだ子供はひとりだけではなかった。それから一年後、デビーは真に迫った夢を見る。その夢で彼女は大きな部屋の中におり、以前に見た子を含む九人の子供たちと対面するのだ。デビーはハイブリッドを九人も産んだことになる。

ホプキンズはこの他にも一〇〇人以上のアブダクティーを催眠退行にかけて、次々とエイリアンの行動を暴いていった。彼の手法は大いに注目され、追従者が何人か現れるようになる。そのうちのひとり、テンプル大学の歴史学の教授デイヴィッド・M・ジェイコブズは、自分の著書の中で誘拐現象の基本的なパターンを抽出、分類、再構成までしてみせた。それほどアブダクティーたちの話す体験は似かよっていたのだ。互いに顔も名前も知らない人々が、UFOやエイリアンに何の興味もない人々が、職業も年齢も性別もばらばらな人々が、まるでひとつのシナリオに則(のっと)っているかのように、生涯を通じて何度も誘拐され、体に通信装置を埋め込まれ、さらには精子や卵子を取り出され、女性は自分の体に受精卵を宿されたあげく数カ月後には強制的に摘出されていた。アブダクティーの多くは匿名を希望していた。つまり彼らは有名になろうと考えていたわけではない。むしろ催眠セッションにかかるまでは自分の曖昧(あいまい)な記憶に強い不安を覚え、おかしな行動を取るようになってしまった自分を怖ろしく思い、そして誘拐の記憶を思い出してからは一日もはやくそのことを忘れたいと願っている、そんな人々だった。ホプキンズやジェイコブズは、そんな人々がアメリカ中に、しかも予想以上に存在していることを明らかにしていったのである。

　ホプキンズはデビーの催眠退行セッションを通じて、エイリアンの最終目的を次のように推察している。すなわち、エイリアンたちは人間と彼らの種族のハイブリッドを作ることによって、彼らの種が絶滅することを防ごうとしている。エイリアンは我々が知らないうちに忍び寄り、ほんの一時間や二時間の記憶を奪っては人間のDNAを掠(かす)め取っている。ある試算によれば、アメリカに住む成人の実に二%の人々が何らかの形でアブダクション体験をしたことがあるという。そしておそらく、その人々の多くから精子や卵子が採取されている。何千人、もしかすると何万人ものハイブリッドが生まれている可能性があるのだ。

　一九八七年、ひとつの本がアメリカで大きな注目を浴びた。ホイットリー・ストリーバーという作家の書いた『コミュニオン』である。その本に書かれていたのは著者自身の奇怪なアブダクション体験であった。本の表紙にはグレイタイプのエイリアンの顔が大きく描かれ、しかもその下には『真実の物語(ア・トゥルー・ストーリー)』と印刷されていたのだ。

　あまりにも衝撃的な内容ゆえに、ストリーバーは作家としての信用を失ってしまう。ところが彼は批判を浴びながらも、自らの体験を書き続けていった。そして結果的には、ストリーバーの本によってアメリカでは完全にアブダクションという現象が一般に認知されたのである。

ストリーバーのもとへはこれまでに一四万通もの体験談が寄せられているという。試算はあながち見当はずれではなかったのかもしれない。エイリアンたちのプロジェクトは途方もなく巨大で、人類はもう取り返しのつかないところまで追いつめられているのかもしれない——。

ついにどうしようもなくなり、がくん、がくんと肩が震えてしまった。するともう止めることはできなくなった。昨夜のように堰を切って溢れてきた。絶望的なその思いが熱い渦となって頭の中をかき回した。涙が出た。自分でも見苦しいとわかるほど涙が流れた。涙は頰を伝い唇の端から口の中へ流れ込んだ。

「どういうことだ」ぐらぐらと声が波のように揺れた。「わからない。いったいどういうことなんだ。こんなに体が震えるのはなぜだ？　いったい奴らは……何の目的で私をこんな目にあわせるんだ？」

だがその後聞こえてきたメアリーの言葉を、孝岡は一瞬理解することができなかった。

「待って。あなたは本当に誘拐されたわけじゃないわ。エイリアンなんて実在しないのよ」

19

孝岡は顔を上げた。

窓の外は明るく、白い光が室内に射し込んでいる。それを背にしてメアリーが椅子に座っている。

壁の時計に視線を向けた。午後二時を回ろうとしている。なにか時計の形状すらが昨夜までとは異なって見える。いや、部屋の中にあるもの全てが奇妙に歪(ゆが)んでいる。本当は、おそらく何も変わっていないのだろう。ただ自分の感覚が昨夜までとは変わってしまったのだ。なぜ時計はあのような形をしていなければならないのだろう。なぜ蛍光灯はあのような色で光るのだろう。ごく当たり前なことがひとつひとつ孝岡の心に引っかかった。物質の意味性が知らぬ間に転換しているようだった。自分の感覚がこの世の中とずれを起こしている。

「……いま、何といった?」

聞き違いかと思い、孝岡は尋ねた。メアリーがそれまでの話とまったく相反する言葉を口にしたような気がしたのだ。

ああ、とメアリーはすまなそうに額の上の髪をかき上げた。

「ごめんなさい、突然すぎたかもしれない。もっと順を追って説明しないと……」

「メアリー、きみはやはり私がおかしくなったと思っているのか」

「誤解しないで。そうじゃないの」

「いま話してくれた被害者たちと同じように、私も妄想に取りつかれたと?」

「ねえ、ちょっと待って」

「先週の月曜に頭を打つか何かして気がふれてしまったとでもいいたいのか? いま話してくれたことは私を騙(だま)すための作り話だったのか?」

「作り話じゃないわ。ユーフォロジストの間では有名な事件ばかりよ。これまでどんなケースがあったのかをあなたに知ってもらいたかったの」

「それならなぜ誘拐されたわけではないといえるんだ？　私の体験はアブダクションではないのか？　ただ幻覚を見ただけだと？」

メアリーはひとつ息をついてから答えた。

「その可能性が高いわ」

「そんなはずはない。もし幻覚だとしたら、ばらばらの証言が集まるはずだ。それなのにどれも話の内容が一貫しているじゃないか。きみもそれは認めているはずだ。実際に私も彼らと同じような体験をしている。あれが幻覚だとは絶対に認めない。私は正常だ。きみは疑っているのかもしれないが、私は自分が正常だということに自信がある。あれが幻覚だとしたら、いまこうやって話していることも幻覚だと考えなければならない。それほどリアルだったんだ」

孝岡はいつの間にか自分が宇宙人の存在を完全に肯定していることに驚いていた。第三研究施設で出会った女性が今回の件とどのように関わっているのかはまだわからないが、少なくとも自分の記憶については疑うことができなくなっている。それなのに突然メアリーはこれまでの説明を翻したのだ。この身に起こったことを曝け出させ、それと極めて類似したエピソードを畳みかけるように伝え、この自分に宇宙人の存在を、そしてアブダクションを信じさせるよう話を持ってゆきながら、それらを完全に否定したのだ。いまの孝岡にとって、メアリーの発言は到底納得のいくものではなかった。

「そうね。確かに証言の内容はどれも似通っている。大まかな部分ではね」

歯切れの悪い答しか返ってこない。孝岡はもどかしさを感じた。

「説明してくれ。論理的に、確実な根拠を示してくれ。幻覚だという根拠を」

「本当はゆっくりと時間をかけて教えるべきだったんだけれど……」

それはまるで、当初の計画とは違ってしまったとでもいうような口振りだった。孝岡は無言のままメアリーを見つめ、続けるよう促した。仕方がない、という感じでメアリーは顔を上げた。

「実はね、これまでの説明では触れなかったんだけれど、どんなアブダクションの事件でも、調べてゆくにつれて真偽を疑いたくなるような発言や事実にぶつかることが多いのよ。ベティ・ヒルにしろホイットリー・ストリーバーにしろ、どう考えてもおかしいと思うような証言もしている。だから彼らの話を全て鵜呑みにすることはできない。本当に彼らが誘拐されたのか、本当に彼らがエイリアンと接触したのか、ということについては疑問が残るのよ」

「……具体的には？」

「ひとつひとつ説明していきましょうか」

メアリーは先程までの速い口調に戻した。

「まずはアブダクションという概念を広めたヒル夫妻事件。このケースは妻のベティが鍵を握っているの。例えば、ベティは催眠セッションでこんなことを思い出している。妊娠の検査が終わったところで、車に戻れるのねとベティは訊いた。すると検査官の男はバーニーの検査がまだ終わっていないといい、部屋の外へ出ていった。ベティと隊長だけがそこに残った。ふたりきりになれた機会を逃すまいとして、ベティは隊長に、これはすごい体験だから証拠がほしいとねだったの。隊長はキャビネットの上に置いてあった本を渡してくれた。ベティがページをめくると、そこには上下に続く、見たこともない文字が綴られていた。

その後、何人ものエイリアンが入ってきて、いきなりベティの口を開けて歯を引っぱり出そうとしはじめたの。何事かと思っていると、彼らは、バーニーの歯はとれたのにベティの歯がとれないのはなぜかとしきりに不思議がっている。ベティは笑って、バーニーの歯は入れ歯なのだと答えた。彼らは入れ歯がわからなかったのでベティは説明してやった。隊長が『たくさんの人がそうなるのか』と訊いたので、ベティは年寄りになると誰でもたいていそうなると教えた。すると隊長は『年寄りとはなんだ』と訊いた。彼らは年を取るという概念はおろか、時間というものを知らなかったの。

やがてバーニーの検査が終わり、ふたりは車へ帰されることになった。そのときベティの持っていた本が彼らの間で問題となり、結局隊長は本を取り上げてしまった。ベティは怒って、持っていってもいいといったではないかと詰め寄ると、隊長は、他の者が反対するのだといった。それでもベティが『これは証拠になるのよ』と訴えると、隊長は『そこが問題なんだ。君には全て忘れてもらいたい』と答えた。ベティは、忘れるものか、自分に忘れさせるなんてことは絶対にできない、どんなことがあっても思い出す、と訴えた。すると隊長は、思い出すかもしれないがそうしてほしくはない、忘れたほうが得だ、それにバーニーは別のことを思い出すだろう、といった。

　ふたりは歩き、車のそばまで戻った。車に寄りかかり、物体が明るくなって遠ざかるのを見届けてから、ふたりは車に乗り込んだ。バーニーがエンジンをかけ、車を発進させる。ベティは幸せな気分になっていった。『さあ、今は空飛ぶ円盤を信じるでしょ?』バーニーは答えた。『ばかいうな、信じるものか』――この話をどう思う?」

　孝岡は唸(うな)った。

　確かにおかしなところが幾つもある。宇宙人たちは道化の真似をしたかったのだろうか。

「この話で明らかに矛盾しているのは、円盤を造るほどの技術を持っている彼らが時間の概念を知らないということよ。もちろん、知らなければ知らないでもいいんだけれど、まずいことに彼らはベティが去るとき『ちょっと待て(ウェイト・ア・ミニット)』といっている。時間の概念を知らない人がどうして Wait a *minute* なんていえるかしら?

　それに、ベティが疑われても仕方のない理由がもうひとつある。彼女は後にリピーター・ウィットネスになってしまうのよ。夫のバーニーは一九六九年に亡くなっているんだけれど、ベティのほうはその後何度もUFOを目撃したの。一九七九年にこんな報告がなされているわ。彼女によれば、UFOは毎週何度も地球にやってきていて、あまりにもよく来るために彼女は名前を付けているほどだとか。しかもときどき宇宙人は外へ出てきて、なんと離陸するときに美容体操をしている、とね」

　孝岡は顔をしかめた。何なのだ、それは。

「UFOを目撃した、と主張する人の中には、ベティのようにリピーターになってしまう人がいるの。空飛ぶ円盤という言葉を流行させるきっかけをつくったケネス・アーノルドも、最初のケースを含めて計六回もUFOを目撃したと主張している。なんで目撃しやすい人と目撃しにくい人が出てくるのかしら？　UFOは人を選ぶのかしら？　客観的に考えてもおかしいと思うでしょう」

メアリーはあくまで冷静な口調で続ける。

「催眠セッションをおこなったサイモン博士は、はじめのうち、バーニーの幻想がベティに伝染したのだろうと考えていた。ところがセッションを進めていくにつれて、本当はその逆でベティの幻想をバーニーが吸収したのではないかと考えるようになったの。ベティの話す内容にはバーニーの話す内容が含まれていて、一方バーニーだけが話している事柄は非常に少なかったから。

この事件が報道された後、さまざまなUFO研究家が詳しい調査をおこなったわ。それによると、ベティは子供時代にストレスの多い状況に置かれていて、それを逃れるためにたくさんの本を読んで空想に浸っていたらしい。そのためベティの母親は、一日に一冊しか読んではいけないと彼女を制限するほどだったの。もしかしたらこのような子供時代の抑鬱が潜在意識にあって、アブダクションの夢として表出したのかもしれない。確かにベティのアブダクション体験では、彼女は一旦本を与えられるものの最後に取り上げられてしまう。これは母親が彼女の楽しみを奪っていたことを無意識のうちに思い出したためかもしれない。それからバーニーのほうは、白人と結婚したために複雑な状況におかれ、毎日の生活の中でかなりのプレッシャーを感じていたらしい。このような緊張感と疎外感がアブダクション体験に反映しているという見方もあるわ。

ロバート・シーファーというＵＦＯ研究家が事件当日の夜の空をシミュレートしてみたの。確かに当日はほぼ満月で、その下にはベティがいったように土星が位置していた。そしてその少し上に、木星が見えていたことを明らかにしたのよ。つまりヒル夫妻は木星をＵＦＯと見間違ったのではないか、とシーファーは主張したのね。そしてアブダクションについては催眠下で作り出されてしまった幻想だと。

サイモン博士は後のインタビューで『ヒル夫妻は宇宙人に誘拐されたのだと思いますか？』と訊(き)かれて、『断じて違う(アブソルートリー・ノット)』と答えているの。おそらく、ヒル夫妻はあの夜、木星を見ているうちに高速道路催眠にかかったのよ。夜中に刺激の少ない道路をずっと走り続けていると、一種の催眠状態のようになることは知っているでしょう？　ヒル夫妻はちょうどそんな状態になったところで木星を見て、その光が動いていると錯覚してしまった。そして意識を失ったまま、二時間近くもドライブし続けた。後になってなんとか記憶喪失の理由をつけようとふたりはあれこれ話し合ったんでしょうね。そんな会話の中でお互いに納得のいく幻想をつくりあげてしまった。たぶん真実はそんなところなんじゃないかしら」

高速道路催眠。あまりにもまともで、合理的な解答だ。これまでの自分であれば真っ先にその解釈を支持しただろう。だが本当にそうなのだろうか？　では、なぜ催眠退行で生体検査のことなど思い出すのだ？　なぜ宇宙人は小人で頭が大きいのだ？

「ところがそういった考察が書かれたシーファーの論文が出る前に、ヒル夫妻のエピソードはすでにドラマ化され、全米の注目を集めていたのよ。『UFO事件』という題名のそのドラマは、一九七五年にNBCテレビで放送された。実際に起きたことよりもドラマチックに脚色されてね。そしてそれから僅か二週間後に起こったのがトラヴィス・ウォルトン事件。これはヒル夫妻事件と並んで世界的に有名なアブダクション事件で、いまもって真偽がわかっていないの。この事件にはアブダクションの包含している矛盾や問題が全て集約されているといっていいかもしれない。それほど複雑怪奇なケースなのよ。ウォルトンは誘拐される前にこの『UFO事件』を見ているから、さらに事態はややこしくなってくる。テレビドラマの内容に感化されてでっちあげを企てたと疑われても仕方のないタイミングだった。長くなるから話すのはやめておくけれど、この事件は多くの研究者が調査して、最後にはUFO研究団体の抗争問題にまで発展してしまうほど大論争になったの。

まあそれはともかく、ウォルトン事件を含めて、『UFO事件』が放送されてからアメリカ中でアブダクションの報告が激増したのよ。明らかにこのドラマに影響を受けたと考えられるわ。そしてヒル夫妻事件とウォルトン事件によって、アブダクションという概念がさらに世間に浸透してしまった。その影響力は凄まじかったのよ。

でもここまではまだエイリアンの姿にバラエティがあったの。グレイタイプだけでなく、大きなものや、中にはロボットタイプのものまで報告されていた。ところが一九七七年、スティーヴン・スピルバーグ監督による『未知との遭遇』が全米で封切られる。これが決定的だったの。この映画に出てくるエイリアンは小さくて頭でっかちで髪の毛のないグレイタイプだった。多くの人がこれを観て、エイリアンの姿形はこうなのだと心に焼き付けてしまった。以後、アブダクション事件で報告されるエイリアンはグレイタイプが主流になってしまう。

そして一九八七年の『コミュニオン』の刊行でだめ押しされたという感じでしょうね。どう？　アブダクションという概念は結局のところマスコミによって作り上げられてきたものだということがわかったでしょう？　こういった状況の中ではアブダクション体験の報告を全て信じろというほうが無理なのよ」

メアリーの論理は明快だった。UFOやアブダクションを否定できるだけの力を持っている。宇宙人の存在を初めから信じていない者が聞けば、我が意を得たりと大きく頷くことだろう。

だが、あの自分の体験はどうなるのだ。

あれがマスコミの影響による幻想だというのか。

いまでも目に浮かぶあのリアルな光景は偽物だというのか。

自分は安易な情報に踊らされ、勝手に怯え、そして恐怖を感じていただけだというのか。

「しかし……」孝岡は反論を試みた。そうせずにはいられなかった。「しかし、たまたまベティやウォルトンのケースがそうだったとは考えられないのか？　アメリカだけでかなりの数のアブダクションが起こっている可能性があるといっていたじゃないか。その中には真実としか思えないようなものも含まれているはずだ。少数の事例を否定しただけでは全体の否定をしたことにならない」

「その通りね。ただ、アブダクションについては解析方法そのものに疑問が投げかけられているのよ。多くのアブダクティーは、何らかの刺激を与えられるまで自分が誘拐されたということを思い出さない。もっともウォルトンは例外で、自発的に記憶を取り戻しているけれどね。つまりアブダクティーというのは、はじめのうち、ただ漠然とした不安や恐怖を覚えているだけで、なぜそういった感情の変化が起こったのか自分でもわからずに苦しんでいる人たちなの。そんな状況に耐えられなくなったときに催眠退行セッションを受けたり、あるいは本やテレビでアブダクションの事例を知って、自分に起こったことを思い出す。そして自分がこれまで苦しんできたのは誘拐された記憶が僅かながらに漏洩していたからだと結論づける。これはちょっと考えると理に適っているようだけれど、その人が誘拐されたという直接証拠にはなっていない。体験を思い出すという作業の中で、幾らでも主観や嘘が入り込む余地があるのよ」

「催眠退行セッションに問題がある、ということなのか？」

「ええ。セッション自体に問題はあるけれど、セッションをおこなう研究者のほうにも問題はあると思う。ホプキンズもジェイコブズもちゃんと心理学や精神病理学を勉強したわけではないの。もちろん催眠分析の専門家でもないわ。彼らは見よう見まねで被験者に催眠を施しているだけなのよ。それに彼ら自身エイリアンの存在を信じているから、どうしても誘導尋問をしてしまうし、被験者が話したことをすべて真実と受けとめてしまう。催眠分析のデータは裁判の場でも用いられるけれど、そのときは催眠をかける段階からしっかりとした記録を取らなければならないとか、いろいろな制約があるの。証拠として使用できるものにするためにね。残念ながら彼らはそこまで厳密にセッションをおこなっていないわ。

それにホプキンズはどうも自分に都合のいいデータだけを選別して公表している節もあるの。彼の報告したケースではグレイタイプのエイリアンが多く登場するんだけれど、彼以外の研究者が報告しているアブダクションの体験談には、もっとバラエティに富んだエイリアンが出てくるのよ」

ではメアリーが自分におこなった催眠分析はどうだったのだろう。孝岡は心理療法や精神分析を専門的に勉強したわけではないのでよくわからないが、少なくともおかしなところはなかったように思える。それに、自分が無意識のうちに嘘をでっち上げたとは信じたくなかった。

「ほかに催眠分析が問題だという根拠はあるのか？」

「さっきもいったけれど、催眠分析によって得られた発言というものは直接証拠にはならない。そこが催眠の限界でもあって、同時に話をややこしくしているところでもある。だから心理学者の中にも催眠分析の危険性を指摘している人がいるわ。催眠にかけられた人は単に役割演技（ロール・プレイング）をしているだけなのかもしれない。催眠をかけられるとこのように振る舞うはずだという思い込みやイメージを誰でも持っているわよね。それを無意識のうちに再現しているだけなのかもしれない。例えば催眠術のショーを思い出してみて。立派な大人が赤ん坊になって指を吸ったりするでしょう。あれは実際に自分が赤ん坊だったときのことを思い出しているわけじゃなくて、単に赤ん坊という役を演じているだけだとも考えられる。

それからホプキンズのやり方で気になるのが、失われた時間があればアブダクションが起こったのだと強引に結びつけるところね。実際、ホプキンズの『ミッシング・タイム』では、なんとそれまで一度もUFOを目撃したことがないのに催眠退行でアブダクション体験を思い出してしまった人もいるの。しかもその人はセッションの一回目と二回目で大きく話の内容を変えたりして、他のアブダクション情報に汚染されている様子が窺える」

自分は汚染されてなどいない、と孝岡は反論しようとした。それに昨夜、しっかりと意識を保っているときに宇宙人らしき小人の姿を目撃しているのだ。メアリーはそれも幻覚だと考えているのか。

「デビー・ジョーダンやホイットリー・ストリーバーの書いたものを読んでも、首を傾げたくなるような場面によくぶつかるの。例えばデビーの手記を読むと、もともと彼女はホプキンズの本に影響を受けていたのではないかと思えてしまう。記憶を失った夜からデビーは奇妙な不安に襲われたわけだけれど、そのときに彼女が思い出していたのが、一カ月ほど前に途中まで読んだホプキンズの『ミッシング・タイム』だったのよ。デビーはその本を読もうとして、なぜかエイリアンの黒い目に恐怖を感じてしまい、結局読み通すことができなかったと記しているわ。デビーは初めからある程度エイリアンの容貌やアブダクションに関する知識を持っていたということなの。

ストリーバーも子供の頃から不思議な体験を何度もしていたらしいけれど、その体験のほとんどはどうとでも解釈できるような曖昧なもので、アブダクションと積極的に関連づけられるほどではない。彼は著書の中で、自分がかなり不安定な精神状態にあることを認めるような記述もしているわ。彼の奇妙な体験のうち、どこまでが本当に起こったことなのか判断するのは難しいのよ。それに最近では彼自身、CNNのトークショーで『いまでは自分の体験は現実のものではなかったと思っている』などと発言しているようだし、実際にアブダクション現象の原因を自然や人体の作用に求めるような文章も書いている。彼が考えを変えてきていることからもわかるように、最近のアメリカではアブダクションを一種の精神障害という文脈から考えることが多くなっているの。つまりこういうことよ。本当にエイリアンは存在するのかもしれない。現実に宇宙人の乗り物（エイリアン・クラフト）が空を飛び回っているのかもしれない。でもそれはアブダクション体験とほとんど関係のない出来事なの。アブダクション体験をUFO問題と関連づけること自体が間違っているのよ。もちろんエイリアンが人間を攫（さら）って生体実験をしている可能性は否定しないけれど、ほとんどのアブダクティーはマスコミや安易な実験によって誘導されたおとぎ話を喋（しゃべ）っているに過ぎないということ」

「しかし……、しかし……」

「もちろんアブダクティーの体の中に移植（インプラント）されたものを取り出したりレントゲンで調べるといった研究はこれまでにも何度かおこなわれている。だけどこれまでに取り出された異物は、ヘモジデリンやケラチンの塊だったりコラーゲンの束だったりと、私たちの体の中で自然に合成されるようなものばかり。通信装置らしき人工物が発見されたことは一度もないのよ。

それから面白いことがある。毎日のように誘拐されていた女性がいたので、ジェイコブズはエイリアンの姿を撮影できないかと考えて、彼女の寝室にビデオカメラを設置したの。それからしばらくの間は何事もなく過ぎたんだけれど、なぜかビデオテープが切れた直後に彼女は誘拐された。またあるときは隣家の声がうるさいため別の部屋で寝ていたところを襲われてしまった。ジェイコブズはこの結果にめげず、ほかの人たちにもビデオ撮影を敢行したんだけれど、どういうわけか誘拐が起こるときに限ってカメラの調子がおかしくなってしまった。あるアブダクティーに到っては自分からカメラのスイッチを切ってしまった。その人が後で語ったところによると、カメラの視界からはずれたところにエイリアンが立っていて、スイッチを切るように命令されたそうよ。どう考えてもおかしな話でしょう？　それなのにジェイコブズはこういった事実をあっさりとエイリアンの仕業だとして受け入れてしまうのよ。エイリアンたちはよっぽど恥ずかしがりやのようね」

サル。黒い眼。白い皮膚。大きな頭。青白い光。思い出そうとすればすぐにでも脳裏に浮かんでくる。あの質感。あの現実感。はっきりと瞼(まぶた)に焼き付いている。あれは決して幻想などではない。いまこうしてあたりを見ているよりも現実的で、実際に見ている光景よりもリアルだった。あれほどリアルなものを見たことはなかった。忘れようとしても忘れることなどできない。それほど強い記憶が、なぜ真実でないのだ？　なぜそんなものを見てしまうのだ？

「それにね、いまの催眠法では完全に記憶を失わせることとなんて簡単なのよ。あとで不安や恐怖に悩まされることもない。催眠分析でも簡単にはロックは外れない。私たち人間がおこなう記憶消去ですらその程度のことはできるのに、なぜエイリアンの記憶消去はいつも不完全なのかしら。自分たちのことを隠しておこうと思うんだったら、もっとしっかりとした記憶消去をおこなうべきでしょう？　たった少しの血液や胚や精子を採取するために何百人もの人にトラウマを植え付けるなんて、藪医者もいいところだわ。結局、アブダクティーの話すエイリアンたちのサイエンスはあまりにもお粗末なのよ。信じるのを躊躇ってしまうほどにね」

長い説明が終わった。

時計の針は午後三時を過ぎていた。起きてから二時間、ずっとメアリーの話を聞いていたことになる。

陽射しは熱を含み始めていた。太陽が確実に西へ傾いているのだ。また夜がやってくる。自分はまた不安を感じるだろうか？　怯えるだろうか？　クローゼットや部屋のドアを開け、その向こうに人影がいないかどうか確かめるのだろうか？

「……話はわかった」

「本当は何日もかけてゆっくりと説明するべきだったわね」メアリーは申し訳なさそうにいった。「それに、セッションで思い出したことは一時的にでも封印しておくべきだったかもしれない」

「いや、そんなことはない。むしろこのほうがよかったと思う。……それでメアリー、きみの結論は？」

「あなたは実際には何も体験していない。脳に何らかの障害が生じた結果、あなたは極度の不安や恐怖を感じるようになった。そしてさらに、脳の異常な作用によって、光を見たり体が浮遊したなどという錯覚を起こした。あなたはそういった幻覚を幻覚と認知することができなかったため、なんとか理屈をつけようとして無意識のうちにアブダクションという偽の記憶を作り出した」

「それなら、機械が壊れたり電球が切れたりしたのはどういうことだ？」

「それは……、また別の解釈が必要だけれど」

「はっきりしてくれ。まだ何か隠しているのか？」

「…………」メアリーはいい淀んだ。

「もう一度質問したい。多くの人が誘拐の記憶を持っているということは、それなりに信憑性があると考えられないか。幻覚だとして切り捨ててしまうには規模が大きすぎる。それに、個々の体験は非常に似通っているといっていたじゃないか」

「確かにそういえるかもしれない。だけど、わたしにしてみれば、大勢の人が同じような体験をしているということのほうが信じられない。もちろん細かい点ではいろいろなバリエーションがあるけれど、たいていの場合、まるでひとつのシナリオに沿っているかのように進んでゆく。これはエイリアンたちがいつも同じことをしているからだと考えることもできるけれど、逆に、ある種パターンにはまった幻覚が多くのアブダクティーに起こっているということもできるんじゃないかしら。そのいい例があなたの体験よ」

「…………？」

「あなたの思い出した体験は、あまりにもこれまでのアブダクション報告と似ているのよ。似ているどころか、ほとんど典型をなぞっているといってもいいくらい。どこにも目新しいものがないの。はっきりいってしまえば、あなたの話したことは他の誰でも話すことが可能なのよ」

頭の中が真っ白になったような気がした。自分の体験が典型をなぞっている？

「待ってくれ、それはどういうことだ。ちゃんと説明してくれ。なぜそんな幻覚が作られたんだ。どういうメカニズムで？　これほど多くの人が同じ幻覚を見るためには、何らかの生理学的な必然性があるはずだ」

「そう、まさにその通りよ。いまはわたしも完全に説明できないけれど、解明するための手がかりはある」

「それは何だ」

「臨死体験。英語でいうと near-death experience。略してＮＤＥ」

沈黙が流れた。

新たにメアリーの口から飛び出したオカルト用語に、孝岡はどう反応すればよいのかわからなかった。会話はどんどん自分の予想していなかった方向へと転がってゆく。自分が臨死体験と関係しているとはどうしても思えなかった。いままで一度も瀕死の状態になったことはなく、三途の川を見たこともない。なぜ宇宙人が臨死体験と繋がるのか。

「……あの女性に会わせてくれ」

「それはできないわ」メアリーは首を振った。

「なぜだ。会えば全てが解決するはずだ」

「いまのあなたにとって有用だと思えない。まだその時期じゃない」

「メアリー、私は全てを知りたい。話してくれるのか」

「ええ。ゆっくりと、順を追ってね。ただ、これだけはいっておきたいの。わたしを信じて。わたしはあなたの味方だから」

だが、信じろといわれても、孝岡はその言葉を素直に受けとめることができなかった。どこに自分の拠り所を求めればよいのか、どの視点に立脚すればよいのか、全てがわからなくなっていた。わかったと思えばすぐにそれはするりと懐から飛び去ってしまう。宇宙人の存在を信じかけた瞬間にそれを否定され、そして今度は自分の記憶が否定されようとしている。確かに自分はあの体験をした。それは記憶に残っている。だがメアリーはそれを幻覚だという。では自分の記憶はなんなのか。偽物の記憶なのだとしたら、本物の記憶はどこへいったのか。偽物の記憶に刻まれた自分は自分ではないのか。

メアリーがいった。

「続きは明日にしましょう。ゆっくり寝ておかないと体がもたなくなる。マンションに帰ったほうがいいわ。明日、またここへ来て。あなたの問題について一緒に考えましょう」

「……だが、夜になればきっと眠れなくなる」

「いい方法を教えてあげる。ジェイコブズの実験を利用するのよ。寝室にビデオカメラを置いて、一晩中テープを回しておくの。もしエイリアンが来たらそれで奴らの姿を撮影するのよ。

でもきっと現れないでしょうね。そう思えば安心して眠れるんじゃないかしら」

孝岡は力無く笑った。確かに名案だ。ばかばかしいくらいに。

「お願いがある」

「なに？」

「もう一杯、烏龍茶(ウーロン)をくれないか」

もちろん、とメアリーは答えた。

20

ウォレン・パーカーは、モニタの中でちかちかと瞬くデジタル生命たちを観察していた。昨夜までの計算結果をニューロコンピュータであるOMEGAから取り出し、CGに再構築してみたのだ。モニタに映し出された仮想空間の中で、青、赤、黄、緑、白で色分けされたマークたちが動き回っている。これまで二三匹が死亡しているので、現在のところマークは計一七七匹である。プログラムが起動されてからすでに二週間が経過しているが、まだマークたちの形成する社会は原始的だ。ただし学習の成果は見て取れる。青と赤のマークは互いに採取した「餌(えさ)」を交換し合い、狩猟のために遠征する行為を合理化するようになった。今後はもっと外交術が発達してくるかもしれない。そうなれば面白くなる。

右から軽快なBGMが途切れることなく聞こえてくる。ウォレンはちらりと横目で隣に座っているジェイを窺った。マッキントッシュの画面を喰い入るように見つめ、懸命にキーボードを叩いている。ジェイお気に入りのピンボールゲームであった。学校からの帰り途にやって来たのだ。ゲームを始めてから、もう三〇分以上も経っている。見ると、得点はもうすぐ一億に達しようとしていた。

「あーっ」

突然ジェイが奇声を発した。ボールがフリッパーの間をきれいに通り過ぎ、下の穴へと消えていった。じゃかじゃかじゃん、と音楽が鳴る。どうやらあと一歩というところでゲームオーバーになったらしい。

ジェイはふくれ面をしてソフトを終了させた。その表情がおかしくて、ウォレンはつい声を上げて笑ってしまった。

「ねえ、もっと他のピンボールゲームはないの？」

「おいおい、もうやめておいたほうがいいんじゃないか」

そこで急にジェイの目が輝いた。こちらのモニタを覗き込む。「あっ、これはなに？　新しいゲームでしょ！　やらせて！」

キーボードを奪おうと身を乗り出してくる。どうやら勘違いされているらしいと気づき、くすぐり攻撃で応酬してやる。ジェイはけたたましい声を上げた。

「けち」

「だめだ。こいつはゲームじゃない。研究だよ」

「だって！　いろんなマークが動いてるじゃない。ウォレンがプレイしてるんでしょ」

「違う。勝手に動いてるんだ。ほら、なんにも触っていないだろう」

「じゃあどうして動いてるの」

やれやれ。ウォレンは肩を竦め、大きく息を吐いた。どうやらジェイをいつもの「教えてモード」にシフトさせてしまったらしい。

仕方なく答える。「こいつらは人工の生物（アーティフィシャル・ライフ）なんだよ」

予想した通り、はしゃいでいたジェイの動きがぴたりと止まった。みるみるうちに好奇心いっぱいの顔になる。

「生物？　生きてるってこと？　このマークが？」

ジェイが訊いてくる。こうなると、もう説明しないわけにはいかない。この時点でウォレンは仕事を中断することに決めた。CGの検討は後でもできるだろう。

もともとジェイと話をするのは嫌いではなかった。仕事の大半はモニタに向かっての作業であるため、どうしても他人と話をする時間が少なくなる。だからこそ元気なジェイと会話するのはいい刺激になるのだ。

「ただ生きているだけじゃない。こいつらは脳を持ってるんだ。脳で考えながら、餌を探したり棲む場所を変えたりしているのさ」

「嘘だあ」

「本当さ。もちろんコンピュータで作られている人工の脳だけどね。その脳は本物の人間の脳をモデルにしていて、ニューロンの成長とかシナプスの形成をおこなう。記憶したり学習することによって、シナプスの繋がり方やインパルスの伝わり方が変化するようになっているんだ。だから、こいつらは考えることができる」

「神経のことはタカオカさんから教えてもらったよ。タカオカさんも記憶の研究をしてるっていってたもの。……でも、よくわからないなあ。だってこれ、コンピュータじゃない。コンピュータの中で動いてるものが生き物だなんておかしいよ」

そういえばジェイには人工生命のことをちゃんと話してやったことがなかった。せいぜいコンピュータのプログラミングをやっていると説明したり、ニューロコンピュータの実物を見せてやったくらいである。このプログラムを見せるのは、もしかしたら今日が初めてかもしれない。

ウォレンは唸った。ALの定義はなかなか難しく、研究者たちの間でもいまだに統一した見解は得られていない。議論を始めると泥沼に陥ってしまうため、最近では定義の問題に時間を費やすことはやめようという意見すらあるくらいだ。だいたい、そんな観念的な命題をいじり回しているより、実際にデジタル生命を創ってしまったほうがはるかに易しく、ALの本質を捕らえることができる。

だがそういった背景をジェイに語ってもわからないだろう。生命とは何かという話から説き起こすとなると時間がかかる。しばし迷った末、ウォレンは開き直る戦法に出ることにした。

「それなら逆に質問するぞ。どうしてコンピュータの中で動いているものを生き物だと考えちやいけないんだい」

「えっ？」ジェイは虚を衝かれたようだ。

「ここで動いているマークたちは、誰にも指図されないで自分で動いてるんだよ。こっちがプログラムしてやったのは初期設定だけだ。基本的な動き方と考え方を教えてやって、あとはこの空間に放り出してやった。そうしたらこうやって集落を作ったり、餌をとりあったりするようになったんだ。学習もする。まずい餌には一度食べると寄りつかなくなるし、楽して食べられる餌をよく狙うようにもなる。こっちはその様子をただ見ているだけさ。箱の中で蟻を飼っているのと変わらないだろう」

「えー、でもやっぱり変だよ。ぜんぜん動物らしく見えないもの」

「別に動物らしく見える必要はないだろう。よく考えてみな。地球ができてからいままで、それこそ数え切れないくらいの生物が生まれてきたんだ。そのほとんどが絶滅している。いま生きているものだけが生物だなんて思ったら大間違いだぞ。昔は目が五つもある生物だっていたんだ」

「そうなの？」

「そうとも。もしそいつが絶滅しなかったら、いまごろ地球上は五つ目の動物ばかりになっていたかもしれない。生物の形はひとつじゃなくて、いろんな可能性があるってことだよ。電子の世界に生きる生物がいたっておかしくないだろう。実際にこうやって動いているんだから」

「……なんか騙されてる感じ」

確かに、こんな説明ではそう感じるかもしれない。

「いいかい、こういうことだ。生物というのは、その生物ならではの振る舞いをする。蛇なら蛇の振る舞いをするし、人間なら人間の振る舞いをする。そういった行動様式を、人工的に創り出そうというのが人工生命の研究なんだよ。ただ、ここで重要なのは、生物というのは決していま自然界に存在しているものばかりだとは限らない、ということさ。細胞や遺伝子を持ってなくても、生物の振る舞いをするんだったらそれを生物といってもいいじゃないか、と考えるわけだ。だからデジタル生命は、人工的に作られたものであるけれど、それ自体で生命現象を営んでいると捕らえることもできる」

「ふーん」

ジェイは納得がいかないらしく、首を捻る。もっと具体的な例を見せてやったほうがいいかもしれない。ウォレンはデジタル生命たちの動きを一旦静止させ、棚からビデオカセットを取り出してジェイに手渡した。「こいつをセットして」

このビデオは妻のミッシェルがロスアンゼルスから送ってくれたものである。勤め先のCGアニメーション会社がテレビプログラムで紹介されたというのでコピーしてくれたのだ。番組はALのヴィジュアル的な側面をうまくまとめている。

ジェイがカセットをデッキに差し込む。リモコンを操作して少し早送りした。見当をつけて再生ボタンを押す。ペンギンの群れが画面に現れた。ミサイルを背負い、夜の町をよちよちと進んでいる。画面に映っているだけでも一〇〇羽は下らなかった。シェルが製作に関わったシーンである。

「あっ、これ観たことあるよ。すっごく面白かった！」

「映画の一場面だ。ジェイ、この映像がCGで出来ていることはわかるかい」

「本物じゃないの？」

「よくできているだろう。だけど、ここで驚いてもらいたいのはCGの美しさじゃない。動物たちの動きだ。実をいうと、こいつらの動きはあらかじめ計算されたものじゃない。勝手に動いているんだ。だけど全体としてはまとまった行動をとっているだろう」

「うん」

「例えばこれをセル画のアニメーションで表現するとしよう。そういうときは、アニメーターという人が一羽一羽を画面に描き込んでいくわけだ。つまりアニメーターが全てのペンギンの動きを計算して、決定してやらないといけない」

「これは違うってこと？」

「ああ。次のCGを見てごらん」

さらに早回しをする。ポリゴンで構成された簡単な三次元空間の世界が映し出された。中央には四本の柱が立っている。そこへ、画面の右端から三〇個程度の小さな三角片が群れをなしてやってきた。鳥か虫の群れのようにも見える。三角片たちは最初の柱に近づくと、左右に分かれて飛び進んでいった。だが、群れの後方にいたものは、前が見えなかったのか柱にぶつかってしまった。

「あっ」

ジェイが声を上げた。ぶつかった三角片が一瞬戸惑ったように左右を見回し、そして我に返ると慌てて柱を回り込み、スピードを上げて群れに追いついたのである。左右に分かれた群れは四本の柱を通り過ぎると再び一群になり、画面の左へと消えていった。その動きは空を飛ぶ鳥の群れにそっくりであった。

「これをつくったのはクレイグ・レイノルズというプログラマだが、彼がここで三角片に与えた規則はたったの三つだけだ。ほら、画面にも書いてある。群れをまとめようとする力、群れが同じ速度で動くように調整する能力、そして互いに近寄りすぎたときに離れる力だ。この三つのプログラムだけで、こんなにも見事に鳥の動きを再現するんだよ。こいつらは、いってみれば人工の生命体だ。さっきの映画に出てきたペンギンたちは、この原理を応用して動かされている」

「へえー」

ウォレンはリモコンを操作しながら、映像的に面白そうなところをざっと見せてやった。にょきにょきと羊歯（しだ）が生え、積み木をつなげたような形のものが動き回る。ジェイは目を丸くしながらそれらのCGに見入っていた。

ビデオが終わると、ジェイは大きく息を吐いて一言、すごい、といった。どのように言い表せばよいのかわからない様子だ。

「こういうのはコンピュータの絵でも生き物だって感じがするだろう」

「うん、驚いた」

「これが電子の世界で創り出されたデジタル生命体だ」

「だいたいわかったよ。……でも、そうすると、こっちのやつはどんな動物を真似したものなの？」

ジェイはパソコンのモニタで静止しているマークたちを指差す。ウォレンは返答に詰まった。

「まあ……、強いていえば人間だな」

「人間？　これが？」

「ああ。姿は全然似ていないがね。ここでは、人間がだんだん進化してきた様子を再現しようとしている」

「サルから人間になるってこと？　形が変わっていくの？」

「いや、そうじゃない。何ていったらいいか……」ウォレンは頭を掻(か)いた。「つまり、コンピュータの中に『心(マインド)』を創ろうという研究だ」

ぴくん、とジェイの背筋が伸びた。

「人間というのは進化の過程の中で、いま持っているような『心』を作り上げてきたんだよ。どんなふうに『心』が形成されてきたのかを調べているってことだ」

「ちょっと待って。『心』なんてコンピュータの中で作ることができるの？」

「まず、コンピュータの中でデジタル生命を創ってやる。そいつらに人工の脳を持たせる。そして、その脳のプログラムに『内なる目(インナー・アイ)』というのを組み込んでおく。『内なる目』を持ったデジタル生命は自己意識を持つようになる、つまり『心』を持つ。――とまあ、そんなふうに考えているんだ」

ジェイはひどく興味を惹かれたようだ。

「どういうこと？　もっと教えて。タカオカさんはこの前、偉い先生でも心のことはよくわからないっていってたよ。ウォレンはわかるの？　『内なる目』ってなに？」

ちょうどそこでビデオチャットの申し込みが入った。ウォレンは話を中断し、マウスを操作してウィンドウを開いた。

相手はジェイの母親だった。

「すみません、そちらにジェイがうかがっていませんか？」

「いますよ、ほら」

カメラを向けてやる。ジェイは、もうそんな時間？という顔をした。

「ウォレン、いつもごめんなさい。早く帰るようにいってくれませんか。食事の時間だから。こっちも仕事は一段落しました」

「わかりました」

ウォレンは笑いながらチャットを閉じた。「ジェイ、聞いた通りだ。講義はまた今度だな」

ジェイは先程のようにふくれ面を作った。

「今度来たときはちゃんと教えてよ」

「ああ。約束する」

ジェイは鞄を持ち、ふくれ面のまま帰っていった。ウォレンは笑いを堪えながらその後ろ姿を見送った。ジェイの感情表現を見ているといつも楽しくなる。自分にもこんな子供がいたら、きっと毎日が楽しくなるだろう。

もっとも――、とウォレンは思った。シェルの心の傷が癒されなければ、それはありえない。

シェルの顔を思い浮かべる。自分の表情から笑みが消えたことに気づいた。

シェルとは大学時代に知り合った。コンピュータ・プログラミングのコースを履修していた黒人はウォレンとシェルだけだったため、すぐに話をするようになった。だが、付き合い始めるまでには少し時間がかかった。

当時のシェルは自分の体に触れられることを極度に怖がっていた。なぜなのかわからなかったが、半年ほどしてシェルはその理由を話してくれた。小学生のとき暴漢に襲われ、レイプされたのだという。両親はそれが原因で離婚してしまい、それ以来、性に対して恐怖心が拭えないらしい。男性に触れられるとそのときのことを思い出し、体が過剰に反応してしまうのだ。なんとかシェルを助けてやろうとした。セラピストのところにふたりで通ったこともある。その成果があったのか、シェルはゆっくりと癒され、ウォレンに対しても心を開くようになっていった。しかし恐怖心は完全には消えなかった。

そして結婚から五年が過ぎたいまでも、ウォレンはシェルと体を合わせたことがない。

しかし、半年前に状況は変化した。シェルは赤ん坊を所有したのだ。母親になったのである。シェルはコンピュータの中で「ニューロ・ベイビー」を育てはじめたのだ。もともとは芸術的な意味合いも含んだ電子ペットとして開発されたプログラムである。モニタの中には赤ん坊のCGが映し出され、人間はマイクを片手にそのCGに向かって話しかける。するとコンピュータはマイクに吹き込まれた声色を分析して数値化し、それに応じて赤ん坊の表情を変化させる。つまり、こちらのあやしかたによって、「ニューロ・ベイビー」は笑ったり泣いたりするのである。それだけではない。この赤ん坊はミルクを飲み、おむつを濡らし、ぐっすりと眠る。その振る舞いは本物の赤ん坊とほとんど変わりがない。

シェルはこの「ニューロ・ベイビー」がいたく気に入ってしまったようなのだ。

ときどき、ロスアンゼルスに残っているシェルと回線でチャットする。ここ数カ月、シェルはルイザと名付けたこの赤ん坊のことを、本当に嬉しそうに話すのだ。昨日はルイザが夜泣きして困った、今日のルイザはシッターのいうことをちゃんと聞いていた、ルイザははにかみ屋で、なかなか他の人になつかない……。最近ではルイザをネットワーク上に置き、ふたりで面倒をみようとまでいいはじめた。そんなシェルと会話するとき、ウォレンは胸に痛みを感じる。

シェルはどこまでルイザにのめり込むのだろうか。

頭を振り、モニタの中の模様を見つめた。マウスを操作し、静止を解く。マークたちはちかちかと動き出す。仮想的な生命。そう、ルイザもデジタル生命だといっていい。

ウォレンは、ふと、クリス・ラングトンの有名なエピソードを思い出した。人工生命という概念を広めたこの男を、ウォレンは崇拝していた。マサチューセッツ工科大学からロスアラモスのサンタフェ研究所へ非常勤の研究者として出向したのも、もとはといえばラングトンのそばで働きたかったからだ。

いまから二五年以上も昔の、ある冬の日の夜。ラングトンは勤め先の研究所にいた。そのとき彼はコンピュータでライフゲームを走らせながら別の仕事をしていたという。ライフゲームとはある数学者が六〇年代後半に考案したもので、チェス盤のような二次元空間の中に置かれた駒を、一定の法則に従って置いたままにしたり取り除いたりするプログラムである。この単純なゲームは『サイエンティフィック・アメリカン』誌に発表されるや、たちどころに世界中の数学者やコンピュータ・プログラマたちを虜にした。駒の群れが分裂や増殖を繰り返し、舟や蛇やグライダーなどさまざまな形をつくりながら、まるで生きているかのように動いてゆくからである。ラングトンもこのライフゲームに魅了され、刻々と駒が描き出す美しいパターンをモニタに映していたのだ。

そしてラングトンは仕事の手を休め、顔を上げた。モニタに目を向けたとき、彼は不意に部屋の中に誰かがいるような気配を感じて、首筋の毛がざっと逆立ったという。慌ててあたりを見回したが、もちろん部屋には誰もいなかった。だが、ラングトンにとってこのときの体験は極めて衝撃的なものだったようだ。彼は何度も当時のことをインタビューで語っている。

その後、ラングトンは幾つかラボを渡り歩き、やがて本格的に人工生命の研究を始めるようになる。おそらくこのときの体験が、彼のその後の方向性を決定したのだろう。ラングトンは「啓示」を受けたのだ。

残念ながらウォレンは、これまでラングトンほどの強い感覚を体験したことがない。もちろんモニタの中で動くデジタル生命たちにはいつも驚かされている。彼らの振る舞いは可愛らしく、また往々にしてやんちゃで、つい感情移入してしまう。だからこそＡＬの研究をしているわけだが、ラングトンのように雷に打たれたかの如き衝撃は感じたこともなければ、シェルのように仮想現実の娘を愛してしまうこともない。

ラングトンが感じたものは何だったのだろう。おそらく彼はライフゲームの気を肌で感じたのだ。機械が生命を模しているのではなく、機械もまた生命なのだということを、一瞬のうちに全身で理解したに違いない。

だが、ライフゲームが発散した気とはどのようなものだったのか。

ただ生命であるというだけで、気配というのは発せられるものなのか。人間は気配を察することができる。人間だけではない。多くの動物が敵や味方の気配を察する。だが果たして人間は、ミミズやクラゲの気配を感じることができるだろうか。気配というものは、その生命体に何かしら強い意志や、思考や、感情が存在してはじめて生まれるものではないか？

ウォレンは目の前のモニタに呼びかけてみた。

「おい、おまえたちは生き物なのか？」

返事はない。当然だった。ブラウン管の中で動き続ける原色のマークたち。

こいつらはデジタル生命だ。それを構成する成分は自分たちとまったく違うが、しかし確かにシステムを持ち、生きて動いている生命体だ。だが、ウォレンは気配を感じなかった。生物特有の、誰もが感覚的に知っているあの気配が、ここにはなかった。

ウォレンはまたも自分が根本の問いに立ち返っていることに気づき、苦笑した。その問いに少しでも近づくために、今回の研究をスタートさせたのではないか。

それはこれまで数え切れないほど自分の心の中に問いかけてきた疑問だった。ウォレンはあらためてその疑問を口に出した。

「おまえたちは意識を持っているか？　心を持っているか？　感情を持っているか？　思考するのか？」

そして、最後の問いは心の中で唱えた。

——こいつらは神を感じることがあるだろうか？

21

九月一七日（水）

「眠れた？」メアリーが訊く。

孝岡はゆっくりと首を振った。

顔を上げる。窓から光が射し込んでいた。部屋の中は白く輝いて見える。壁の時計は一一時七分を指している。

「一晩考えた。だが……、どうしても幻覚だとは考えられない」

「そう……。わかるわ。そうでしょうね」

昨日と同じ位置に、孝岡は座っていた。メアリーも同じように椅子に座り、右手にボールペンを持っている。メアリーの姿勢も表情も昨日と同じであった。穏やかではあるが口元は引き締まり、瞳はまっすぐこちらを向いている。

昨日の次の日。今日という日はただそれだけに過ぎない。目の前にいるメアリーは、昨日との連続性の中でいまここに生きている。

だが、自分は昨日と断絶している。メアリーを見つめ返しながら改めて孝岡は感じた。

メアリーとのセッションが全てを変えたのだ。

この十数時間で、体を構成する細胞全てが入れ替わったような気がしていた。確かにいま自分はここにいる。ここにいて、手を動かしたいと思えば手を動かすことができ、話したいと思えば正確に自分の意思を伝えることもできる。だが、そういった動作や思考全てが自分でなかった。孝岡護弘というまったく別の物体に、自分の魂が移植されたような感覚に囚われるのだ。ときどき唐突に、次の瞬間には自分の肉体を制御できなくなるのではないかという恐れが迫り上がってくる。

自分を形作っている分子が信じられない。

「きみのいっていることは、おそらく正しいんだろう。客観的に考えればそうなる。だが……、いまの自分はきみの説明で納得することができない。あの体験は真実以外の何ものでもなかった」

「ええ」

「臨死体験と関係しているといっていたな？　どういうことなのか、しっかりと教えてくれないか」

自分が研究者だという自覚を捨てたわけではなかった。これまで自分は脳の作用を分子レベルで解き明かすことに生活のほとんどを費やしてきたのだ。分子の挙動こそ、自分にとって最も信頼すべきものだった。だからこそ、いまの自分の感覚を受け入れることができないのだ。自分は精神疾患なのかもしれない。おそらくそうなのだろう。だがそれならばその根拠が欲しかった。自分のいまの状況は異常なのだという、いまの自分は普通の自分なのではないのだという確たる証拠が欲しかった。それも幻覚だなどという適当な解釈ではなく、科学(サイエンス)として納得できるものをメアリーから聞き出したかった。そうすれば救われるかもしれない。

――救われる？

昨夜、ベッドの中でそこまで考えたとき、孝岡は思わず身を起こした。

――自分は「救い」を求めているのか？　サイエンスに？

「まず臨死体験とは何かということについて話しましょうか」

ひとつ頷(うなず)いてからメアリーが話し始めた。

「臨死体験について特に定義のようなものはないけれど、一般的な感覚で捕らえて大丈夫だと思う。疾患や事故で瀕死(ひんし)の状態に陥ったときに体験する超常的な現象のことで、多くの場合は死後の世界をかいま見たり、死んだ知人や神、仏と出会ったりする。体験のしやすさについて、男女差や年齢差、地域差は特に指摘されていない。つまり誰にでも起こりうる、ごくありふれた現象だということ。ただし、体験する人間の宗教的信条や社会的基盤によって体験の内容がかなり規定されることはよく知られている」

「というと？」

「例えば欧米のようなキリスト教圏ではキリストや天使を見ることが多い。日本では仏を見る。インドではヒンズー教の神を見る。特定の宗教に染まっていない子供たちは、サンタクロースや学校の先生に遭ったりする。そのときに見る『死後の世界』の風景にも地域差があって、日本ではよく知られているように三途(さんず)の川を見ることが多いけれど、欧米では壁を見る例が比較的多い」

「何人くらいの人が体験しているんだ」

「ギャラップの調査によれば、アメリカだけで八〇〇万人くらいと出ているわ」

「特定の疾患と相関するという報告は？」

「急がないで。ひとつひとつ検証していきましょう。臨死体験にはコアとなる体験があって、それがかなり規則的に配置されていることがわかるの」

メアリーによれば、臨死体験は概(おお)ね五つの段階で成り立っているらしかった。

まず第一段階として、安らぎや安堵(あんど)感を覚える。多くの体験者が臨死体験を素晴らしいもの、心地よいものと表現している。

次の第二段階が体外離脱体験(アウト・オブ・ボディ・エクスペリエンス)。通常はＯＢＥと略される。自分の意識の主体が肉体から浮き上がり、自分の肉体を見おろすことで、俗にいう「魂が抜け出た」状態である。このときの体験者の感覚は非常に明晰であり、冷静かつ客観的に離脱の状況を受け入れ、周囲を観察する。なお、かつては意識の主体が肉体と紐で結ばれていたと報告する体験者も多かったが、近年ではそのような紐を見る者は少なくなってきている。

　第三段階で体験者は光の世界へと向かう。多くの場合、一旦闇の中に入り、そこを抜けて光の世界へと到達する。トンネルを潜ってゆくような感覚であるといわれる。光の世界とは「死後の世界」あるいは「天国」である。

　第四段階として、光の世界に到達した体験者は美しい風景や建造物、あるいは神や仏、死別した知人の姿を見る。神と会話してメッセージを託されたり、全宇宙と一体になったような法悦感を覚えたという例もある。さらに、これまでの自分の人生が走馬灯のように浮かんできたと語る者もいる。それらの光景が自然に蘇ってくる場合もあれば、神が意図的に見せてくれたという場合もある。

　そして体験者は、神などから「おまえはまだここに来るべき人間ではない」といった拒絶の意向を聞き、あるいは背後から呼ぶ声が聞こえたり無理矢理引き戻される力を感じたりして、自らの肉体に戻る。このとき体験者の多くは「死後の世界」の心地よさを思い返し、そのまま留まっていればよかったと後悔する。これが第五段階である。

「これを聞くと、臨死体験がいかにアブダクション体験と似ているかわかるでしょう?」メアリーが続ける。「まず、体外離脱から光の世界に入るまでの過程。臨死体験では魂が肉体から離脱し、暗いトンネルを通り抜けて、光の世界に入る。アブダクションのほうでは、エイリアンたちに連れられて宇宙船の中に入ってゆく。宇宙船の中は白っぽい印象だったと多くの体験者が証言しているわ。光の世界の中で超越的な存在に出会うことも似ている。臨死体験者の中には過去の記憶が目の前に次々と浮かんできたという人がいるけれど、これはちょうど、あなたのようにエイリアンによってモニタを見せられた体験に対応している」

そうだろうか？　孝岡にはよくわからなかった。確かに個々の事象を比較した場合、両者は類似しているようでもある。だが根本的な部分が完全に異なっているのではないか。

孝岡は反論を試みた。

「いや、明らかに体験者の感情が違う。臨死体験は安らかで心地よい気持ちがするんだろう？　アブダクションのほうにはそれがない。むしろ恐怖感や嫌悪感を引き起こしている。二度と体験したくないといってもいいくらいだ」

メアリーはすでにわかっているとでもいうような表情だ。

「まだある。アブダクションには反復性があるということだ。きみが話してくれたデビー・ジョーダンの事例、それにホイットリー・ストリーバーの事例もそうだ。人生の中で何度も誘拐されているといっていたじゃないか。同じように何度も臨死体験を経験した人はいるのか？　せいぜい二回か三回だろう」

「ええ。確かにあなたのいう通り、決定的な相違点はある。でもこんな事実もあるわ。臨死体験をした人はUFOをよく見るようになる傾向がある。それから、アブダクションの途中で宗教的な体験をする人がいる。キリストを見る人もいる」

「……何だって?」

「マサチューセッツの小さな町に住んでいたベティ・アンドレアソンという女性のアブダクション事例（ケース）が、この問題を解く鍵（かぎ）だと思う。よく聞いていて」

少し間をおいてから、メアリーはベティ・アンドレアソン事件の詳細を語り始めた。


事件は一九六七年一月二五日に起こった。当時ベティは三〇歳である。夫は長期入院中で、このとき家にはベティと彼女の両親、そして彼女の七人の子供たちがいた。

午後六時半頃、ベティが自宅の台所で家事をしていると、突然窓から光が射し込み、四人のエイリアンがドアを通り抜けて家の中に入ってきた。ベティが覚えていたのはここまでである。

八年後の一九七五年、ベティはUFO研究家のジョン・アレン・ハイネックに自身の体験を書き送った。その手紙は相互UFOネットワーク（MUFON）に回され、そして一九七七年、UFO研究家のレイモンド・ファウラーによってベティの本格的な調査が開始される。一四回にわたる催眠セッションによって、ベティは当時のアブダクション体験を克明に語ったのである。

その記憶によれば、四人のエイリアンが家の中に入ってきた時点でベティ以外の家族はマネキン人形のように動かなくなってしまった。エイリアンたちは例のグレイと呼ばれる小人タイプで、そのうちのリーダーは「クアズガ」と名乗った。ベティはクアズガたちに連れられて家を出る。そして裏庭に停まっていた宇宙船に乗り込む。

宇宙船の中でベティは生体検査を受け、その後カマボコ型兵舎のような半円筒型の部屋に通される。そこには奇妙な形の椅子が並んでいた。椅子はちょうど前方が開くようになっており、内部に人間を収めることができる仕組みになっていた。ベティはその中に入れられ、内部を灰色の液体で満たされる。おそらくこの間に宇宙船が星間飛行をしたのだろう。やがてベティは椅子から出され、エイリアンたちに促されて部屋を出るのだが、周囲の状況は一転していた。ベティはエイリアンたちにその世界を案内される。そこでベティが見たのは、不気味な生物が群れる赤い廃墟やピラミッド状の建造物、クリスタルのようにきらきらと輝く空中都市など、地球上では見ることのできない異様な光景であった。

そしてベティは巨大な鷲に遭遇する。その鷲の体長はおよそ一五フィート。白い頭部と褐色の体を持ち、まるで紋章のように両翼を広げた姿で立ちはだかっていた。体の背後からは金色の光が放射されており、ベティはかなりの熱さを感じた。この後、誰かが大きな声で呼んでいるのにベティは気づき、その声と会話を交わす。

ベティはその声に、なぜ自分が選ばれたのかと訊いた。すると声は「世界を見せるためだ」と答えた。「あなたは神ですか?」と尋ねると、「時が経つにつれてわかるだろう」という曖昧な声が返ってきた。さらにベティは質問を続け、次第に興奮してゆく。声に向かって「私はイエス・キリストを信じています!」と叫ぶと、その声は「あなたのおこないはわかっている。だからこそあなたは選ばれたのだ」とベティを諭した。

催眠状態だったベティは、そこまで思い出したところで宗教的なエクスタシーへと駆け昇り、涙を流しながら「神を讃えよ！　ありがとう、あなたのキリストよ」と繰り返した。これにはセッションの場に立ち会っていたファウラーも戸惑うしかなかった。

「つまり」メアリーは事務的な口調でいった。「ベティのアブダクション体験は、途中で宗教体験にすりかわってしまっている」

孝岡は声が詰まった。エイリアンたちの星に行ったら神がいたというのか。そんな馬鹿な話はない。

「結局、ファウラーたちは、この巨鳥との遭遇体験をベティの創作だと結論づけたの。ベティは熱心な原理主義者だったから、そういった宗教的なバックボーンが実際の記憶をねじ曲げてしまったと考えたのね。ベティがエイリアンを神だと思いたがっている様子は、セッションの記録のいたるところで読みとれるわ。最初にクアズガたちが家の中に入ってきたときも、『あなたは神なの？』と訊いている。それにベティは家の中でクアズガに聖書を渡し、かわりに青くて薄い本をもらっているの。その本には記号のような文字が書かれていたらしい」

「その本はどうなった？　物的証拠だぞ」

「隠していたら、いつの間にかなくなっていた」

孝岡は舌打ちをした。なるほど、重要な部分は常に防御線が張られている。

「まだまだ続きがあるわ。ファウラーはベティの過去を調査したの。これはなぜかというと、ベティはエイリアンたちによる生体検査のときに細長い針金を鼻の穴に入れられて、体内から小さな弾丸のような異物を取り出されているのね。つまり、ベティは以前にも誘拐されていて、そのときにその異物を移植(インプラント)されていたのではないかと考えたわけ」

一九六七年のアブダクション事件に対する研究がひと段落した後、ファウラーは再びベティに催眠退行を施し、彼女の過去を探った。そしてこれまでにも何度かUFO体験らしきものがあったことを突き止める。なかでもベティが一三歳のときに起きたアブダクションは、一九六七年の体験以上にドラマチックなものであった。

一九五〇年の秋。その日の朝、ベティはマサチューセッツ州のウェストミンスターにある自分の家にいた。二階から外へと続く階段を往復していたとき、大きな月が丘の上で輝いているのを見つける。その月は次第にベティのもとへと近づいてきた。

そして唐突に、ベティは自分が白い部屋の中にいることに気づく。グレイたちが部屋の中に入ってきて、彼女に「我々はあなたを故郷(ホーム)に連れて行く」と告げる。ベティはガラスの球体に入れられ、奇妙な洞窟(どうくつ)や全てがクリスタルでできた森を通り、やがて巨大なガラス製の扉の前に連れて行かれる。その扉は幾重にもガラスが重なったような不思議な形状をしていた。エイリアンはベティにいう。

「さあ、この『偉大なる扉(ザ・グレート・ドア)』に入り、『一なるもの(ザ・ワン)』の輝きを見るがいい」

ここでベティは突然、体外離脱を体験する。その状態でベティは扉の中に入り、『一なるも(ザ・ワ)

の』と対面した。彼女はその体験を、とても素晴らしかったと表現した。

研究者たちは扉の中がどうなっていたのか、『一なるもの（ザ・ワン）』とは誰なのか、ということに非常に興味を持った。ベティが歓喜にむせび泣くことから、彼らは『一なるもの（ザ・ワン）』が神なのではないかと考えたのである。そのためベティにさまざまな角度から質問したが、彼女は扉の向こうの様子を決して話そうとしなかった。どうやらエイリアンに、このことを他人に話すなと忠告されたようであった。

そうしているうちに、ベティはセッションの途中で奇妙な言葉を喋（しゃべ）りはじめた。研究者はその意味を問い質（ただ）した。

「オーケイ、ベティ、いま何といったのか、私にわかるように説明してくれるかい？」

(泣き始める)「主（ファーザー）は世界をとても愛していらっしゃいます」

「うん？」

「でも多くの人が主を拒絶している」

「なるほど、オーケイ。さっきたくさんの言葉を話しただろう。いったことをもっと説明してくれるかな？」

「信じている者、信心のある者には感じることができるでしょう。それが放つ愛を感じるでしょう」

「オーケイ、いまきみはどこにいる？」

「光のある場所にいます」

「何を見ている？」

「お話しすることはできません」

「オーケイ、まあいい。じゃあ質問しよう。いまきみが感じている愛は、それまでに感じた愛よりも大きいのか、同じくらいなのか、それとももっと違った段階の愛なのか？」

「より大きな愛です」

「オーケイ。きみがいった言葉の全てを私が理解できるようになるのはいつかな？」

「『スピリット』があなたのもとへやってくるのをあなた自身が許すとき、あなたはその愛で満たされます」

『偉大なる扉』を出ると、そこには背の高い男が三人、ベティを待っていた。彼らは人間の姿に極めて類似しており、目は青く白髪で、白いナイトガウンのようなものを着ていた。ベティはガラス製の貝のようなものに入れられる。これは何かの転移装置だったらしく、ベティはさらに炭坑のようなところや黒い壁の部屋などに連れていかれ、さまざまな装置を見せられる。そして検査台の上に寝かされ、グレイたちによって右の眼球を引っぱり出されて眼窩に長い針を挿入される。針の先端には小さなガラス状のものが付いていた。その針はベティの後頭部まで届き、さらに方向を変えられ、頭頂部にも挿入された。このときベティは軽い電気刺激をそれらの部位に感じ、また周囲が明るい色彩で溢れるのを見る。オペが終了するとエイリアンは右目をもとに戻してくれた。このとき移植されたものが、一九六七年のアブダクションの際に鼻から取り出された異物だと考えられる。

そこまで終えるとメアリーは肩を竦めた。

「途中でベティがいっていることは、ほとんど教会で聞く説教と同じね。かなりベティ自身の宗教的な基盤が影響していると考えたほうがいいでしょうね」

何と答えればよいのかわからなかった。このエピソードがどのような意味を持つのか、まるで見当がつかない。

「ベティの一連の体験はファウラーの手で纏められ、出版されたの。かなりの反響を巻き起こしたわ。もちろん彼女の体験が非常に特異であったためでもあるんだけれど、それ以上にインパクトがあったのは彼女が描いた膨大なスケッチだったの」

「スケッチ？」

メアリーは立ち上がり、書棚からペイパーバックをまとめて四冊引き出し、渡してくれた。

「彼女は催眠セッションの途中で、自分の体験の一部始終を克明に描き出したのよ」

孝岡は“The Andreasson Affair”と題された最初の本をめくってみた。すぐにエイリアンのスケッチが目に飛び込んでくる。大きな頭部、アーモンド形の目、薄い口。孝岡自身が見たものとよく似ている。さらにページをめくるうち、孝岡は血流が速くなってゆくのを感じた。どれも素人のものとは思えないほど描線がしっかりしている。ベティが見たという巨鳥の絵も掲載されていた。

「実は、これで終わりじゃないのよ」メアリーは椅子に座り直して話を続ける。「その後ベティは夫と離婚して、やはりアブダクション体験を持つ男性と結婚したの。それからも何度か誘拐されたんだけれど、一九八九年六月二日、遂にベティはこれまでで最も奇妙な体験をすることになる。このとき彼女は五二歳」

その日の早朝、ベティは自宅の二階の寝室で、なぜか外に出て行かなければならないような強迫観念に駆られていた。彼女は木が倒れるような音を聞く。ところが外は風もなく、雷も光もない。彼女はたまらなくなり、起き上がって一階に降りてゆくが、夫に途中で引き留められると、どういうわけか気持ちがおさまった。

ところが後に、家の横に広がる森の中に入って調べてみたところ、太い木が実際に裂けていた。ベティはファウラーにこのことを連絡し、催眠退行を受けることにする。

このセッションで、ベティは失っていた記憶を取り戻す。彼女は寝間着のまま外に出ていたのだ。彼女は森に入ってゆき、青い光を放つ大きな球体を目撃する。彼女はその中に入り、空に浮かび上がって、グレイのもとへ行く。そして彼女は、かつて少女時代に一度訪れたことのある、あのクリスタルの森へと再び案内された。そこでは全てのものが固まり、きらきらと輝いていた。

さらにベティはそこから大きなガラスのボールに乗り込み、グレイとともに旅をする。そして最終的に宇宙へ飛び立ち、巨大な葉巻型のマザーシップへと連れていかれた。そこにはかつて『偉大なる扉（ザ・グレート・ドア）』の前で遭った、背の高い人間タイプのエイリアンがいた。ベティは彼らのことを「エルダー」と呼んだ。どうやらエイリアンたちの間には階層があるらしく、グレイはエルダーによって指揮されているようであった。

やがてベティはエルダーたちに導かれて、ある部屋へ入った。その部屋の壁には丸い機械が埋め込まれており、そこから三次元のホログラフが投影された。ベティはそれを見て驚いた。その映像はなんとベティが子供の頃に住んでいた町の教会の内部であり、しかもベティ自身や、ベティの両親などが映っていたのだ。

祭壇には牧師が立っており、聖書を見ながら話をしていた。その後ろにひとりのエルダーが、そして礼拝堂の脇（わき）のほうにもうひとりエルダーが立っていたが、堂内にいる人々はその存在に気づかないようであった。不思議なことに、人々のうちの何人かは体から光を放っていた。壇上にいたエルダーが、同じく壇の横に座っていた牧師の妻に耳打ちをすると、その女性は突然立ち上がり、壇を降りて、少女時代のベティのほうへと走り寄り、喋り出した。

ホログラフはやがて消え、今度はエルダーたちが輪になって、互いの手を合わせながら、オー、オー、と呪文（じゅもん）を唱え始めた。すると紫色の光を放つ球体が現れた。ベティはエルダーに「オー」とは何かと尋ねた。すると「我々は『オー』の大使だ。『オー』は内部の、外部の、そして永遠の存在だ」との返事を受けた。エルダーがベティにいった。「これから地球へと旅に出よう」

「さあ、ここからが重要よ」メアリーは念を押した。「アブダクションという特異な超常体験がついに越境する」

ベティは紫の球体を抱えたまま、エルダーとともに地球へ赴く。彼女の目の前に現れたのはどこかの病院の一室であった。老人がベッドに寝ており、その脇にはひとりの女性が俯（うつむ）いたまま座っていた。ベティはそこで展開される光景に目を瞠（みは）った。黒い小人が二体現れ、老人から何か魂のようなものを引き抜き始めたのだ。そしてさらに白いものが出現し、黒いものたちの反対側から、老人から何かを引き始めた。まるでそれは老人の魂を綱引きしているようでもあった。エルダーが服から光る小さなボールをふたつ取り出し、黒いものに投げた。すると黒いものたちは消えていなくなった。

なお、このときセッションの催眠者は、ベティに「黒いものたちは邪悪のシンボルのようなものか」と尋ねている。ベティはこの問いに対し、そう見えるとコメントした。

病室の一件が終わった後で、ベティはエルダーに「私たちはこれからどこへ行くの？」と訊いた。するとエルダーは「『一なるもの（ザ・ワン）』を見に行くのだ」と答えた。

この後ベティはエイリアン・クラフトに乗ったグレイたちと合流し、どこかの森へ行く。そこは明るい光で満ち溢れていた。ベティは自分たちが光へ向かって走って行くような感覚にとらわれた。『偉大なる扉（ザ・グレート・ドア）』の中へと入っていったのだ。その中で彼女自身は黄金の光へ、エルダーは白い光へ、そしてグレイは青い光へと変化した。ベティは催眠セッションの中で「素晴らしい」を連発する。

催眠者はここでベティにスケッチを描かせようとした。だがまたしてもベティは『一なるもの（ザ・ワン）』を描くことを拒否した。

やがてベティは惜しみながらもエルダーやグレイたちとともに『偉大なる扉（ザ・グレート・ドア）』から出る。空には歌声が響き、美しいボールが踊り、それが歌を作っていた。

そしてベティは再び宇宙船に戻り、自分の家へと帰還する。抜け殻になっていたもうひとりの自分の中に入り、ようやく長い奇怪な旅は終わった——。

しばしの沈黙が流れた。

「……ファウラーは頭を抱えるしかなかったのよ」

やがてメアリーは静かにそういって言葉を繋（つな）いだ。「天使と悪魔が魂を奪い合っているところをエイリアンが見せてくれたなんて、いくらなんでも信じることはできなかった。彼はそれまで自分がやってきた研究そのものに疑問を感じ、悩んだと思うわ。最終的に彼は、アブダクション体験が臨死体験と極似していることを認めざるを得なくなった」

メアリーの声を機械的に聞きながら、孝岡は手元の本を広げ、ベティの描いた『偉大なる扉（ザ・グレート・ドア）』をぼんやりと見つめていた。そうするしかないほどの混乱と、憤慨と、そして同時に虚無感が胸の中で広がっていった。ベティの物語は真実として捕らえるにはあまりにも支離滅裂で、空想として捕らえるにはあまりにも一貫性があり、わかりやすかった。エイリアンを実際に見た孝岡であっても、最後のほうはいい加減にしてくれといいたくなるようなエピソードの連続であった。

「もちろんアブダクション体験の途中で神が現れたと主張する人はベティだけじゃないわ。ホイットリー・ストリーバーも実は似たようなことをいっているしね」

孝岡は頭を上げた。

「ストリーバーは、アブダクション体験の多くはスピリチュアルなものだと主張しているわ。彼は相手のことをヴィジターと呼んでいて、巷(ちまた)に溢(あふ)れるネガティヴなエイリアンのイメージを否定している。アブダクション体験にしても、生体実験を受けるような怖ろしい事例はむしろ少数派だと自分の著書の中で主張しているの。ストリーバーのもとには一四万通もの手紙が来たといったでしょう? 彼はそういった手紙を読んで、ヴィジターがすでに死亡している人間と一緒にやってきたり、臨死状態のときにヴィジターが現れたりするケースが多いことを指摘しているわ。彼はヴィジターを宇宙人とは考えていないのよ。アブダクションはスピリチュアルな体験だといっている。だから本の題名に『魂の交感(コミュニオン)』なんて題名をつけているくらい」

わからなかった。では自分の体験は何だったのか。自分だけが本当にエイリアンと遭遇したということなのか。あるいはやはり自分が幻覚を見たというだけに過ぎないのか。

「もちろんストリーバーだけじゃ統計的な分析はできないわ。でもこんな貴重な資料を埋もれさせておくわけにはいかない。ＵＦＯやヴィジターとの接近報告がこれほど収集された例は他にないんだもの。だからケンが中心になって、いま徹底的に解析が進められているところ。わたしもこのブレインテックに来るまでは手伝っていたこともある」

――ケン？

メアリーはにっこりと笑った。「ケネス・リング。コネチカット大学の心理学の教授。わたしは彼のラボに所属していたの」

「……待ってくれ」慌てて言葉を挟む。すでに収拾がつかなくなっていた。「臨死体験を真面目（まじめ）に研究している学者がいるというのか？」

「ええ。一九七五年にレイモンド・ムーディーという医師が事例集を刊行したのがきっかけになって、アメリカで学術的な調査が始まったの。ケンは当初から研究に熱心で、一九八〇年には国際臨死研究協会（IANDS）を設立して情報の収集を進めたり、助教授のブルース・グレイソンと一緒に学術雑誌の編集をしたり、国際会議を開いたりしている。ＩＡＮＤＳの事務所はその後フィラデルフィアに移転したけれど、いまでもコネチカットが研究の中心であることに変わりないわ」

「……学術雑誌まで？」

孝岡は首を振った。日本ではまず考えられないことだ。例えば医学部のラボや臨床の場で臨死体験などというオカルト用語をいおうものなら、途端に気まずい雰囲気が漂うだろう。少なくとも良識ある医師が口にすべき単語ではない。

「ケンはストリーバーの『コミュニオン』を読んで、臨死体験がアブダクションと似ていることに気がついたの。それで一九八八年から、あるプロジェクトを開始したのよ。これは臨死体験やアブダクションといった超常的な遭遇体験を心理学的な方法で体系的に解析することがひとつの主眼だった。そこでまず、実際の体験者とそうでない人たちにアンケートをおこなって、体験者のパーソナリティを調べたの。基礎的な身上調査、興味や価値観の変遷、子供の頃の暮らしぶり、精神分裂の傾向、などなど」

パーソナリティ。

はっとしてメアリーの顔を見つめる。一番知りたかったことだ。もしアブダクションが精神疾患なら、対照群と比較して何らかの特徴が現れるはずである。

こちらが答を欲しているのに気づいたのか、メアリーは僅(わず)かに視線を泳がせ、息を吐いた。

「これはあくまでもひとつの結果だから、あまり気にしないでほしいんだけれど……」

「どうだったんだ」

思わず声が大きくなる。その声に孝岡自身も驚いた。「データだ、メアリー。データを聞かせてくれ。科学(サイエンス)として話をしたい」

自分は科学に救いを求めている。

「……オーケイ」

メアリーは頷(うなず)き、こちらに向き直った。「ケンのデータを見せましょう」

デスクの抽斗(ひきだし)を開け、ファイルケースを取り出しながら続ける。

「まず、体験者がどんな子供時代を送ったか調査したの。ここで特に調べられたのは空想癖があったかどうかということ。ファンタジーの世界に浸りがちな人が臨死体験やアブダクションを体験するんじゃないかと考えたわけだけれど、結果をいえば、空想傾向の強さは体験者群と対照群でほとんど変わりがなかった。このことから、空想に耽（ふけ）る性癖が高じて超常体験をしたとはいいにくい。……ただし」

「ただし？」

「ただし、空想癖ではなくて実際に空想上の動物や物体を見る傾向があったかという点について調べると有意水準で差が出た。さらに体外離脱や正夢が起こったというような超常現象の体験の有無を調べた場合、もっとはっきりした有意差が出たの。つまり、この結果を見る限り、臨死体験者やＵＦＯ体験者は幼児期に夢見がちな人だったわけではなく、その時点ですでに超常的な現象に対して感受性があった人たちだということになるわ」

メアリーはケースの中からコピーの束を取り出して渡してくれた。論文の表（テーブル）を抜粋した資料だ。最初のテーブルに目を落とす。アンケート調査をスコアにしたものらしく、厳密なデータとはいいがたかったが、それでも数値は両群で明らかに異なっている。

「実はほかにもこういったことを研究したグループがあるの。一六世紀から一九八八年までに報告されたアブダクティーとコンタクティー一五二人の経歴を調べた結果、そのうちの一三二人、つまり八七％の人が空想傾向人格（ファンタジー・プローン・パーソナリティー）、略してＦＰＰという人格に分類された」

「……そのＦＰＰというのは何だ？」

「一九八一年にウィルスンとバーバーが提唱した概念で、簡単にいってしまえば自分の空想が生み出したものをあたかも現実に存在すると思い込んだり、空想と現実の区別がつきにくくなったりする人たちのこと。健康でごく普通の人だけれど、時として非常にヴィヴィッドな幻覚を感じる傾向があるのよ。多くのFPPが、子供の頃にファンタジーの世界の住人たちと一緒に遊んだ経験を持っているといわれているわ。ケンとほとんど同じことをいっていると考えていいでしょうね」

過去の記憶を手繰り寄せる。だが考えるまでもなく、子供の頃に小人や妖精と遊んだことなど一度も覚えがなかった。

「さらにケンは幼児期の家庭環境も調査したの。親に暴力を振るわれたか、罵られたり心理的な圧迫を受けたか、トラウマとなるような性的虐待を受けたか、常に孤独感を感じていたか、家庭内の雰囲気は荒んでいたか、そういったことを訊いた結果、体験者たちは対照群に比較して幼児期に何らかのトラブルを抱えてストレスを感じていた傾向があることがわかった。幼児期に大病を患ったという人も多かった。これは超常体験が幼児虐待やトラウマと関連があることを示唆しているわ。

もちろん、これは自己申告制の調査だから、本当にその人が虐待されていたかどうかまではわからないし、確かめてもいない。ケンもこの結果を公表するときには慎重になっていて、体験者の全てが虐待を受けていたわけでもないし、虐待を受けた全ての人が体験者になるという意味でもないと強調しているわ。これからしっかりとした解析や追試が必要でしょうね」

表 1　小児期の経験と超常体験の関係

	UFOE	NDE	UFOC	NDC
夢想的傾向	6.46	5.79	6.46	5.71
別の現実を見る傾向	2.73	1.66	1.00	0.67
超常現象への感受性	2.90	2.01	1.52	0.91

表 2　小児期に受けた虐待および家庭環境のトラウマと超常体験の関係

	UFOE	NDE	UFOC	NDC	*p*
身体的虐待	8.50	8.48	7.26	6.24	<.02
心理的虐待	10.85	11.11	9.88	8.15	<.02
性的虐待	4.40	4.82	2.39	2.77	.005
無視・放任	5.48	6.22	3.82	4.26	.0002
暗い家庭の雰囲気	15.55	17.02	12.62	11.63	.001

UFOE：UFO目撃、エイリアンとの遭遇、アブダクションなど、UFO 体験を報告した人々のグループ（n=97）。

NDE：臨死体験を報告した人々のグループ（n=74）。

UFOC：UFO体験に興味を持っているが、実際に体験したことのない人々のグループ（n=39）。

NDC：臨死体験に興味を持っているが、実際に体験したことのない人々のグループ(n=54)。

数値はアンケート調査の結果を特殊な計算方法によってスコアにしたもの。*p* の値が小さいほど、体験者群と対照群の間で有意な差があるとする結論に対する危険性が少なくなる。

絶句して手元の次のテーブルを見る。確かに「無視・放任」「暗い家庭の雰囲気」の項で差が認められる。

「やっぱり似たような研究結果があって、心的外傷後ストレス障害(PTSD)と思われる少年がエイリアン・アブダクションの体験に怯(おび)えていたという報告も出ている。PTSDというのは大災害とか事故、戦争、女性の場合はレイプといったような、激しいトラウマ体験をした後に現れる病態のことで、欧米では深刻な問題になっているわ。ベトナム帰還兵の一五%がPTSDだという計算結果も出ているし、天災に遭った人の実に三〇%から六〇%近くがPTSDになるともいわれているの。確かなことは何もいえないけれど、ひょっとしたらトラウマは超常的な幻覚を生み出す要因のひとつになっているのかもしれない」

表(テーブル)の数値から目を離すことができなかった。自分は子供の頃、親に虐待されたことがあっただろうか？　母親は自分が生まれてすぐに死んでいる。ずっと父に育てられた。それが自分に心理的なストレスを与えていたのか？　父母が揃(そろ)っていないという家庭環境は、自分にトラウマを生みつけるほど深刻な要因だったのか？　自分にはトラウマがあるのか？　それを知らずにいままで生きてきた自分とは何だ？

いや。もしかしたら、自分は子供にストレスを与えているだろうか？

裕一にトラウマを？

膨れ上がってくる不安を払おうと孝岡は首を振った。ばかな。こういったデータには往々にしてトリックが存在する。疫学調査の結果というものは単にひとつの数字でしかない。数字が本当に調査対象の因果関係を示しているとは必ずしもいえないのだ。しかしそう考えようとしても不安は消えなかった。それどころかさらに膨らんでくる。孝岡は懸命に次の言葉を探った。

「メアリー、きみの説明ではまだ不充分だ。臨死体験とアブダクションが異なっている要素はまだある」

　感情が体の中でぐるぐると回転する。自分はあの体験の真実性を否定するためにディスカッションすることを望んだのではなかったか。なのに、なぜいまはデータを否定しようとしているのだ？「アブダクションは複数の人間が同時に体験するじゃないか。客観性のある現象だ」

　メアリーが答える。「共同幻想、あるいは後に当事者たちが会話することによって物語を作り上げてしまうケースがほとんどでしょうね。もちろん、そうとばかりはいい切れない場合もあるようだから、アブダクションを完全に脳の働きで説明することはできないけれど」

「臨死体験は？　必ず死ぬ前に起こるんだろう？　アブダクションとは状況がまったく違う」

「臨死体験が常に臨死の状態で起こっているとは限らないのよ。医学的にみて本当に死にかかっているときでなくても臨死体験をする人は大勢いるの。だから臨死体験で見たものが『死後の世界』であるという理屈は通らない」

「では、どういう結論なんだ？」孝岡は自虐的に笑みを作ってみせた。だがその行為は逆効果でしかなかった。「精神分裂か？　アブダクティーは分裂症の患者なのか？　幼児虐待（チャイルド・アビュース）やトラウマが分裂症を引き起こしたとでも？」

「それも調べたわ。体験者のほうが確かに若干スコアが高かったけれど、結果的に有意差は認められなかった」

当然だろう。もし有意な結果が出れば大変な騒ぎになる。

「心理学の立場からは、ほかにも幾つか解釈が提出されているわ。例えば、アブダクションで遭遇するエイリアンの姿は栄養失調に苦しんでいる発展途上国の子供たちのイメージが投影されている、とかね。有名なのは一〇年以上前にアルヴィン・ロースンが唱えた出生外傷（バース・トラウマ）説。人間は生まれるときに母親の産道を通るわけだけれど、このときの苦痛が出生外傷となって残っていて、眠っているときにそれを思い出して幻覚を作り出してしまうという説ね。まあ、これはあまり信憑性（しんぴょうせい）もないから重要視する必要はないと思うけれど。

タカオカ、あなたはおそらく、FPPでもなければPTSDでもないと思う。これはわたしの考えだけれど、臨死体験やアブダクションを体験する人はふたつのグループに分けられるのよ。ひとつは心的外傷のように、過去の体験に問題があるグループ。そしてもうひとつは、脳の構造に問題があるグループ。つまり病理学的、神経生理学的にははっきりと異常が確認されうる場合」

「それは……？」

すうっとメアリーは息を吸った。

「おそらく、側頭葉てんかんに類似した疾患でしょうね。脳内の異常放電によって幻覚を見たのよ」

側頭葉てんかん。

一瞬、頭の中が白紙になった。確かにてんかん患者の中には、ごく一部だが希に神を見たり神の声を聞いたなどと主張する者もいる。だがそれではあまりにも単純な解答だ。そんな答で全てが説明できるだろうか？　あの複雑怪奇な現象の全てを？

メアリーがつけ加える。「奇妙な符合があるの。ストリーバーやアンドレアソンは鼻孔から針を挿し込まれて通信装置を移植されている。鼻の穴に針を挿した場合、脳のどこが傷を受けるかわかる？」

「……………」

「海馬と扁桃体、それに側頭葉よ」

ばかばかしい。孝岡は思わず笑い声を上げてしまった。それは自分でも驚くほど虚ろで大袈裟な笑い声だった。孝岡は目を閉じ、顔を仰向けた。そうしないと涙が溢れてきそうだった。

「……信じない」

孝岡はいった。言葉が出た後で、信じないのではなく信じたくないのだとわかった。自分をいい聞かせようとしているだけなのだ。「そんな答では信じない。臨死体験の研究などといっても結局はその程度のレベルなんだろう。なにひとつ説明していないじゃないか。誰でも考えつくものばかりだ」

メアリーはこくりと頷くと立ち上がった。オフィスを中央で仕切っているついたての向こう側を指差す。「こっちへ」

それに従い、のろのろと後に続いた。メアリーは部屋の奥にあった扉を開けた。促されるまま中に入る。

そこは書庫であった。孝岡は入るなり強い違和感を覚えた。すぐにその原因がわかった。ほとんどがけばけばしい一般の洋書なのだ。ペーパーバックも多い。その極彩色の背表紙たちは、研究所の図書室におよそ似つかわしくないデザインだった。どうやらアブダクションや臨死体験に限らず、オカルトや超常現象に関する書籍がコレクションされているようだ。孝岡は適当に棚から一冊取り出し、表紙を眺めてみた。いかにも読み捨ての本といった感じだった。なぜか汚らしさを感じ、すぐにもとの場所へと戻した。自分が低俗な本と同列に扱われているような気がした。

メアリーが書棚の奥に孝岡を案内する。ようやくそこには見慣れた状態の製本が十数巻並んでいた。背には“Journal of Near-Death Studies”と金箔で打ちつけられている。おそらく先程の話の中で出てきた、ケネス・リングたちの手による臨死体験の学術雑誌だろう。メアリーは背に書かれた数字の大きいほうから五冊ほどを摑み出し、こちらに渡した。

「あなたのいうことももっともだと思う。でも、そういった議論をする前に、これまでの文献を読んでほしいの。その上でもっと突っ込んだ話をしましょう。あなたの求めているサイエンティフィックなレベルにまで到達できるかもしれない」

さらにメアリーは幾つかの本を棚から抜き出してくれた。その中には日本語に翻訳されたストリーバーの著作や、日本人のジャーナリストの手による単行本もあった。

「…………」

　孝岡は目の前に積み上げられてゆく文献の山を、ほとんど焦点も定まらないまま眺めた。本の重みが両腕に伝わってくる。だがそれすらもどこか架空の世界の出来事のようであった。明日も来て、とメアリーがいう。ああ、と孝岡は曖昧に答えた。その声が遠くで聞こえた。明日というその響きは明日という概念から何光年も離れているようで、軽い目眩を感じた。明日、明日、明日、と胸の内で繰り返してみる。繰り返すほどその言葉は明日という意味から離れてゆく。最後にはひどく滑稽な音の集合体になった。

22

　声がして、孝岡は目を開いた。

　聞き覚えのある声だった。視界がぼやける。指で瞼を擦り、部屋の中を見渡す。壁の時計はすでに夕刻であることを示していた。

　そうか、と心の中で呟き、孝岡はのろのろと目を瞬いた。メアリーのラボから帰って二時間が過ぎている。次第に周囲の光景が瞳の奥で焦点を結んでくる。天井の蛍光灯。書棚の中の本とファイル。カレンダー。デスクに積み上げられた文献の山。力無く笑う。先程メアリーから借りてきた本だ。まだひとつも表紙を開いていない。ワークステーションのモニタが目に入る。電源が切られたままの黒いブラウン管。

　そしてその遥か向こうに、ジェイの顔が見えた。

「どうしてドアが開けっ放しになってるの?」

ジェイは戸口に立ってこちらを覗いていた。いま孝岡が座っている椅子から、ほんの七、八メートルしか離れていないはずだ。それなのにジェイがあまりにも遠くに見える。

ジェイは、入っていい? と訊きながら、しかしこちらの返事を待たずに駆け寄ってきた。

ジェイの表情が眩しい。その笑顔をぼんやりと眺めながら、孝岡は不意に、ひどく懐かしさを感じた。最後にジェイと会ったのは先週の火曜日だ。頭の中で指を折って数えてみる。あれからまだ八日しか経っていない。だがその間で世界は大きく変わってしまった。後戻りすることができないほど、過去は足早に飛び去っていった。

「もっと来たかったんだけど、来れなかったんだ」

ジェイの輝きは口元の笑みだけではなかった。好奇心に溢れた目をしている。その目を見て、ジェイが何を考えているのかすぐにわかった。以前のように脳のことについて教えてもらいたがっているのだ。ジェイは自分に会いに来てくれた。自分のことを心に留めてくれていたのだ。だがその嬉しさはすぐに辛い感情に取って替わられてしまった。とてもではないがそれに付き合う心の余裕はない。

ジェイはいつもと同じ調子で喋ってくる。

「先週からずっと通路の扉が閉まっていたんだよね。工事でもしてたのかな? いくらカードを通してもこの研究棟に入れなかったんだよ。でも、また通れるようになってよかったよね」

そういわれて孝岡は初めて気づいた。一週間近く閉ざされていた第三研究施設への通路が、今日は何事もなかったように開通していた。つい先程はそれを通ってメアリーのラボから帰ってきたのだ。

いや、今日からではない。昨日からすでに開いていたのではなかったか。つまり、孝岡がメアリーに助けを求めようとした時点で通路の扉が開いたことになる。自分の行動は逐一監視されていたのだ。

だが、何のために？

もしかしたら、と暗い妄想が頭の中に湧き上がるのを孝岡は堪えた。何を自分は考えているのだろう。唐突に、メアリーがジェイを使って自分を観察しているのではないかという疑念が膨らんできたのだ。

ばかばかしい。だがその思いを振り払うことはできなかった。メアリーも、ジェイも、ブレインテックにいる全ての人たちは自分を見つめているのではないか。自分がアブダクションの幻覚を見ているところを嘲っているのでは——。

「……すまない。今日は帰ってくれないか」

そういってしまってから、孝岡は自分の声の冷たさに、動揺した。ジェイの顔に一瞬、悲しみの表情が過ぎった。

孝岡は慌てて何かいおうと言葉を探した。だが胸が閊えて声が出てこない。いまいましさに拳を握り——

気がつくとジェイに抱きしめられていた。

椅子に座っている孝岡を、ジェイは前から強く抱きしめた。突然のその行為に、頭の中が一瞬空白になった。

「小学五年生なんだよ。赤ちゃんとは違うんだよ」ジェイが呟くようにいうのが聞こえた。

「元気じゃないってことくらいわかるよ」

「…………」

「でも、そんなふうにばかりしてると、疲れちゃうよ」

孝岡は小さく口を開けた。ジェイに答えようとしたが、それは声にならなかった。どうしたらいいかわからず、孝岡は宙に頼りなく浮かんだままの自分の両腕を見つめた。

ジェイの肌の温度が、服を通して伝わってくる。

とくん、とくん、というジェイの心臓の鼓動が孝岡の胸を小さく打ってくる。人の鼓動を以前に感じたのはいつだったろう。久枝や裕一の心臓の動きを前に感じたのはいつのことだったろう。

温かかった。

ジェイの鼓動はリアルだった。

孝岡は、所在なく中途半端に広げていた両腕をそっとジェイの背に置いた。そして一回、静かにさすった。手のひらの向こうにジェイの筋肉があるのがわかった。自分よりも少し高いジェイの体温が滲(にじ)んできた。孝岡はしばらくそのままジェイを抱きしめた。

一〇秒くらいが過ぎただろうか、どこからか烏(からす)の啼(な)き声が聞こえてきて、ジェイはそれを合図にしたように体を離した。孝岡はジェイの顔を見つめた。ジェイも孝岡の顔を見つめ返してきた。その瞳は充血もなく、傷も濁りもなく、生命そのもののようだった。

裕一。

ジェイの顔が息子のかつての顔と交差した。一〇年前にはこうして裕一を抱き、その顔を見つめたこともあった。その目はジェイと同じように一途で、きらきらと光っていた。

だが、ふっとジェイの目が翳り、裕一の記憶は掻き消された。ジェイは下を向き、ぽつりといった。

「タカオカさんも、ママと同じだね」

「…………」

「ときどき、ぼくを見ながら、別の人のことを考えてる」

はっとして、孝岡は目を逸らした。

見透かされていたのだ。

「ごめんなさい。邪魔しちゃったなら、帰るけど」

「……いや」孝岡は急いでいった。「そんなことはないさ。いてくれ」

「ほんと？　じゃあね！」

ジェイはぱっと顔を上げ、笑みを作った。「この間の続きを教えて！」

「……続き？」

「ほら、タカオカさんの実験だよ！」

孝岡は苦笑した。

「……よし、座ってごらん」

極力明るい口調でそういい、ジェイににっこりと微笑(ほほえ)んでみせた。そんな表情を作ることすら難しかったが、それでもジェイは満面の笑みを返し、合格点を与えてくれた。孝岡は勇気づけられた。バインダーを取り出す。学会で使ったOHPシートをファイルしてあった。それを使いながら説明すればいいだろう。この前と同じように、自分はしっかりと話すことができるだろうか。

ジェイがいつもの興味津々という顔つきで横のスツールに座る。孝岡は大きく深呼吸をしてから、もう一度笑みを作ってみせた。バインダーを開き、デスクに置く。神経細胞のシナプスを描いた図を見せる。なるべくリラックスするよう自分にいい聞かせながら、声を出した。

「前回のおさらいからだ。記憶を形成するのにグルタミン酸という神経伝達物質が重要な働きをしているということは話したね。グルタミン酸は前シナプスのシナプス小胞に入っていて、インパルスが伝わってくるとその刺激を受けてシナプス間隙(かんげき)に放出される。後シナプスの表面にはグルタミン酸レセプターがあって、グルタミン酸と結合するとチャネルの門が開いてイオンが通る。それによって受け取り側の神経細胞にインパルスが発生する。このレセプターのひとつがNMDAレセプターと呼ばれる。覚えているかな」

「うん。その新しい奴(やつ)をタカオカさんが見つけたんだよね」

「NMDAR3だ。いま、ここのラボではこのレセプターを重点的に調べている。加賀君が中心になってやっているけどね。最近になってわかってきたことを幾つか話そう。まず、このNMDAR3は複合体（コンプレックス）をつくっていることがわかった」

「複合体ってなに？」

「そうだな、その説明の前に、まずはこっちの表を見てごらん」

ページをめくる。これまでに判明しているグルタミン酸レセプターを一覧表にしたものを見せた。AMPA（アンパ）型、KA（カイニン酸）型、NMDA型、代謝型に項目が分かれており、全部で二〇種以上の名が並んでいる。

「これが全部グルタミン酸レセプターなの？」ジェイは目を丸くした。「いっぱいあるね！」

「ああ。NMDAレセプターっていうのはグルタミン酸レセプターの中のほんの一グループなんだよ。だけど、ほら、それでも五つのNMDAレセプターが書いてあるだろう。NMDAR1というのと、それからNMDAR2というのがAからDまでの四つだ。Rというのはレセプターの略だね。今度新しく発見したレセプターがNMDAR3になる。だからそれも合わせると全部で六つになる」

「どうして1、2、3って番号が分かれてるの？」

ジェイの明るい声がありがたかった。自分自身を鼓舞しながら頷（うなず）いてみせる。

「いい質問だ。この六つはどれもNMDAとくっつくことでは同じだ。でも、すこしずつ構造が違うんだよ。レセプターはタンパク質でできているんだけれど、そのタンパク質をつくっているアミノ酸の配列や数が違うんだ。こっちの図に、そのアミノ酸の配列が書いてある。アルファベットひとつひとつがアミノ酸を表している。ほら、ところどころでアルファベットが違うのがわかるだろう。そこはアミノ酸の種類が異なっているんだ。だからちょっとずつ性質も違ってくるんだよ。ただ、このうちR2AからR2Dの四種類はアミノ酸の配列がよく似ているから親戚同士と考えていい。だから同じ2という数字で命名されているんだ」

「ふうん。でも、性質が違うってどういうこと？ どれもイオンを細胞の中に入れることは同じでしょ？」

「例えば脳の中で存在する位置が違う。次の図を見てごらん」

いい調子だった。孝岡は自分の声に満足しながらページをめくった。黒い背景の中に白い模様が浮かび上がっている。ラットの脳をスライスし、どの部分にNMDAレセプターの遺伝子が発現しているかを調べた結果だ。

「どうして場所が違うの？」

「わからない。たぶん少しずつ役割が違うんだろう。NMDAR3も同じように発現部位を解析した。その結果がこれだ。特に海馬と大脳皮質に多いのがわかるかい」

「うん」

「海馬をもっと詳しく調べてみたのがこっちの写真だ。海馬はタツノオトシゴの尻尾のような形をしていたよね。それを薄くスライスして、どこにNMDAR3がたくさんあるか調べてみたんだ。ほら、CA1という部分とCA3という部分が線のように濃くなっているだろう。NMDAR3はこの二ヵ所に多く発現している」

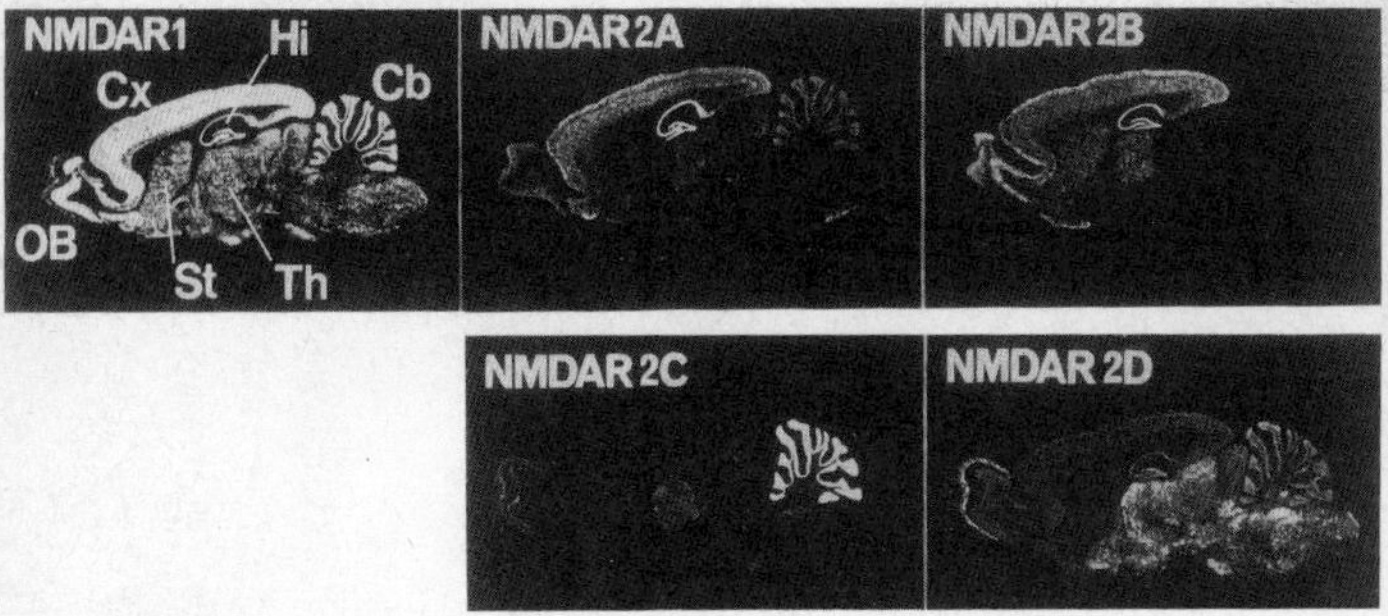

In situ ハイブリダイゼーション法を用いて解析した、成熟ラットの脳におけるNMDAR1 および NMDAR2 の mRNA の局在性。Cx, 大脳皮質; OB, 嗅球; Hi, 海馬; St, 線条; Th, 視床, および Cb, 小脳。

Reprinted figures with permission from Nakanishi, S. *Science* **258** (5082) 597-603, 1992. Copyright (c) 1992. American Association for the Advancement of Science.

「ふうん」

ジェイは曖昧な返事をした。少し細かすぎたかもしれない。発現位置の意味性については簡単に切り上げ、孝岡は複合体のことに話を戻した。

「最初に複合体を形成しているといったよね。どういうことかというと、レセプターのタンパク質はそれ自体が筒のようになっているわけじゃない。四つか五つ、複数のレセプタータンパク質が寄り集まって筒状になっているわけだ」

「えっ？　でも、図ではひとつにしか見えなかったけれど」

「省略して描いてあるんだよ。実は、この複合体を形成するということが、レセプターの性質を多様化させていると考えられるんだ。ただ、面白いのは、どんな組み合わせでも筒になるわけじゃないということ。絶対にR１

が必要なんだ。レセプターの筒はR1だけで作られるときもあるし、R1とR2の両方が使われることもある。ところが、R2だけだとレセプターとして作用しない。どうしてなのか未(いま)だにわからないけれど、とにかくそうなっている」

「なるほどね。こうやっていろいろな組み合わせで筒を作って、違ったレセプターを作っているわけだね」

「この組み合わせがレセプターの性質を左右している。グルタミン酸とのくっつきやすさが変わってくるんだよ。専門的な言葉でいうと、グルタミン酸との親和性(アフィニティ)が変わってくるということだ。例えばR1だけで作った筒よりも、R1とR2を組み合わせて作った筒のほうがグルタミン酸とくっつきやすい。一番くっつきやすいのがR1とR2Dの組み合わせだということもわかっている。だからR1とR2Dで作られたレセプターは、ほんの少しのグルタミン酸が放出されてもすぐに反応するけれど、R1だけで作られたレセプターはたくさんのグルタミン酸が放出されないと働かない。たぶん、こういう違いが記憶の形成に関係してくるんだろうね」

「へええ。じゃあ、NMDAR3も他のレセプターと複合体を作っているかもしれないね」

「いいぞ、ジェイ。そう思って確かめてみたんだ。その結果がこれだ」

以前の感覚が戻ってくるようだった。研究者としての自我は決して失われていないのだ。

ファイルの最後のほうをめくり、加賀の纏(まと)めたデータを示す。以前、カフェテリアでメアリーにも話したことがある。アフリカツメガエルの卵母細胞を用いた電気生理学的な測定結果だ。

発現レセプター	反応
Ｒ１	＋
Ｒ２Ａ	−
Ｒ３	−
Ｒ１＆Ｒ２Ａ	＋＋
Ｒ１＆Ｒ３	＋＋
Ｒ２Ａ＆Ｒ３	−
Ｒ１＆Ｒ２Ａ＆Ｒ３	＋＋＋

「＋（プラス）の数でグルタミン酸とのくっつきやすさを表している。ほら、Ｒ１とＲ２ＡとＲ３が一緒に複合体を作ったとき、一番くっつきやすくなっているだろう。これまでに知られているレセプターの複合体の中では、ずば抜けて強い活性を持っている。きっとこの複合体は脳の中で重要な役割を果たしているんだよ」

「記憶を作るときに？」

「そうだ。でもそれだけじゃないことがわかってきた。最近になってわかったことだけれど、どうやらＮＭＤＡＲ３は脳の疾患とも関係しているらしい。このレセプターを研究すれば、てんかんを治せるかもしれないんだ」

てんかん。

はっとして言葉を切る。自分が側頭葉てんかんに類似した疾患を持っているのではないかと指摘されたばかりだ。

「それで?」

ジェイが促す。孝岡は首を振り、説明を再開した。キンドリングラットの海馬にNMDAR3が多く発現していたことや、NMDAR3遺伝子を導入したラットがふるえ(シヴァリング)を起こしたことなどを教えてやる。

ジェイは熱心に聞き続ける。孝岡はジェイの反応につられて細かいデータまで喋(しゃべ)った。だが話しながら、孝岡はもやもやとしたもどかしさが広がってくるのを感じた。自分の話している内容は自分の知っている内容以上に重要な真実を含んでいる。そんな気がするのだ。だが何が重要なのか、はっきりと摑(つか)めない。自分の「幻覚」と関係していることは間違いないのだが、どこで繫(つな)がっているのかわからないのだ。

NMDAR3の説明をひととおり終える。だがジェイはまだ満足できない様子だ。

「この前の続きを見せて」

そういってマッキントッシュのキーボードに手を伸ばす。

故障しているんだ、といおうとしたが、それよりも早くジェイはスタートアップボタンを押してしまった。重厚な電子音がスピーカーから流れ、すぐにいつもの初期画面がモニタに映し出される。ジェイはマウスを持ってポインタをぐるぐると回してみせた。孝岡はほっとした。どうやらジェイが操作すれば正常に働くらしい。

「次はどうするの?」

孝岡は、機械に影響が出ないよう、なるべくモニタから遠い位置に自分の椅子を動かした。教育ソフトへの到達方法を口頭で指示する。ジェイはいわれたとおりにマウスを動かし、何の問題もなく《Welcome to Our Brain!》のナレーションを呼び出すことに成功した。あれほど頻繁に凍結していたことが嘘のようだ。

ジェイは画面のあちこちをクリックしてゆく。そのうち大脳新皮質の項目を探し当て、そこへ画面をスキップさせた。脳が大きな溝にあわせて四色に区分される。前頭葉、頭頂葉、側頭葉、後頭葉とそれぞれの名前が表示される。さらに何カ所かが部分的に染め分けられた。言語の意味を理解するのに関係しているウェルニッケ領域や、発語に関係するブローカ領域も含まれている。ジェイは頭頂葉をクリックした。

《中心溝を挟んで運動野と体性感覚野があります》

ナレーションの声が僅かに孝岡の頭で反響する。思わず顔をしかめたが、幸いにしてジェイには気づかれなかった。脳の断面図が大写しになる。右が運動皮質、左が体性感覚皮質と表示される。続いて脳の断面図を囲むように奇妙な形の人間が描かれた。指や顔が異様に大きくデフォルメされている。ペンフィールドの小人だ。

《これは運動野と体性感覚野のどの部分に体の各部が割り当てられているかを示したものです。なぜこのようなことがわかったのかというと、実際にこれらの部位を電気で刺激するという実験がおこなわれたことがあるからです。ワイルダー・ペンフィールドはてんかん患者の治療を目的として人間の脳を一部露出させ、そこに針を差し込み、電気刺激を与えてどのようなことが起こるかを研究しました。彼の膨大な研究結果から、大脳新皮質の機能局在が明らかにされたのです。図に示した部分を電気刺激された人は、体のその部分を動かしたり、あるいはその部分で触覚を感じたのです》

孝岡は眉を顰めた。そういえばここにもてんかんが登場してくる。

画面にペンフィールドの実験の模様が映し出された。白黒のフィルムで画質は悪いが、何をおこなっているのかは充分にわかる。坊主頭の男性が目を開けたまま、こちらを向いて横になっている。次のシーンではカメラが後ろに回っていた。頭蓋の一部が切り取られ、皮質が露出されている。そこに細い針が当てられていた。被験者は特に痛がる素振りは見せない。普通に誰かと話をしている。

「うわ、こんなことやって大丈夫なのかな」

ジェイが気味悪そうに目を細める。孝岡は自分の声が震えないよう気をつけながら答えた。

「脳自体は痛みを感じないんだよ。だから麻酔なしで針を刺されても平気なんだ。こうやってこのペンフィールドという人は脳のいろんな部分を刺激して、患者の様子を観察したのさ」

「いまでもこんなことやってるの？」

「昔の実験だ。いまはやっていないから心配しなくてもいい。この頃はまだ脳の研究があまり洗練されていなかったんだ。脳の機能を測定する機械もなかったからね」

画面はCGに戻った。

《側頭葉はちょうど耳の上にある部分で、辺縁系と近い位置にあります。ここは記憶や知覚、聴覚に深く関与していると考えられています。ペンフィールドは、側頭葉の一部を刺激すると昔の記憶が蘇ってくることを発見しました。刺激を受けた被験者たちは、かつて見た景色が目の前に現れ、またかつて聴いた音楽が耳元で聞こえたと報告しています。このことから側頭葉が記憶と関係していることは明らかですが、当時の研究は精度が悪く、完全に側頭葉のみを刺激しているとはいえませんでした。側頭葉の近くに位置する海馬や扁桃体などにも刺激が及んでいた可能性があるのです。従って、ペンフィールドの示した結果は非常に興味深いのですが、その意味を解明するためには今後のさらなる研究が必要だといえるでしょう》

「へえ。タカオカさんの研究みたいだね」

ちりっと右耳の上のあたりが反応した。確かにこのペンフィールドの研究は自分の仕事と関わってくる。だが、ジェイの考えている程度のレベルではない。もっと根元的なところで連結しているはずだ。無意識のうちに疼く部分を指先でつついていた。

《最後に前頭葉です。図を見て下さい。前頭連合野という領域が示されています。この連合野は、体を動かしたり触覚を感じたりといったような、外部と繋がった働きをするのではありません。脳の中にある別の領域と互いに信号を交換し合うことによって、複数の領域を統合する場所なのです。この前頭連合野こそがわたしたち人間の創造性や意志や思考を司っているところであり、最も大切なところだと現在は考えられています》

「ふうん。でも、なんで前頭葉が一番大切なのかなあ。ねえ、タカオカさん、どうして前頭葉が創造性と関係あるの？」

次の画面を見てごらん、といってモニタを指差す。そのとき僅かに映像が揺れ、孝岡は手を引いた。

ジェイはいわれたとおりにメニューをクリックし、三色に色分けされた脳の断面図を呼び出した。ナレーションが流れてくる。

《かつてポール・マクリーンが三位一体説というものを提唱しました。わたしたちの脳は、古い脳の上に段階的に新しい脳が付加されることによって進化してきたというものです。確かに、生命の根幹である意識や呼吸を司る脳幹を基本に、情動や記憶に関わる大脳辺縁系、そして創造性を生み出す大脳新皮質と、大雑把にわけて三段階の階層が存在します。古代ギリシアの哲学者は、人間の精神が知・情・意の三つで構成されると考えていました。これはそのまま、大脳新皮質・大脳辺縁系・脳幹の三つの働きに還元してよさそうです。わたしたち人間は、知を司る大脳新皮質を大きくする方向で進化してきた道筋の最先端にいます。大脳新皮質が大きくなることによって、その部分の情報処理能力を増加させてきたわけです。さまざまな動物の脳を比較してみましょう》

ホヤ、ウナギ、カエル、コイ、ハト、ラット、チンパンジーなどの脳が次々と現れ整列してゆく。高等動物になるにつれ、大脳新皮質が大きくなっている。

《先にも話したように鳥類は小脳が発達しており、わたしたちとは異なった能力を持っています。ヒトや類人猿にはない優れた能力を持っている動物はたくさんいるので、一概に新しい脳である大脳新皮質の大きさをもって「進化」と断定することはできません。しかし、繰り返しますが、わたしたちの脳は明らかに大脳新皮質を大きくする方向で発達してきた脳だといえます。これこそがわたしたちの脳の特徴なのです。中でも前頭葉連合野が極めて大きくなっています。チンパンジーの脳と比較してみると、このようにヒトのほうが約三倍も表面積が大きいことがわかります。わたしたち人間が他の動物よりも優れている点があるとすれば、それは豊かな創造性ですが、その原因はこの前頭葉の大きさに深く関係しているといえそうです。

わたしたちの心はどこにあるのでしょうか？　心は脳内で起こる一連の化学反応だと割り切る研究者がいます。その一方で、生涯を脳の研究に捧げた結果、心と脳の二元論に辿り着いた研究者もいます。「心」の定義は人によってさまざまであり、ここで結論を下すことはできません。しかし明らかにわたしたちは「心」を持っています。その「心」が何なのかを知りたい、と、わたしたち人間はいつの時代でも考えてきました。わたしたちの究極の目標――それは「心」のメカニズムを解明することかもしれません》

そこまで画面を眺めていた孝岡の頭の中に、突如として轟音とともに稲光が閃った。

孝岡は叫び声を上げた。その光は脳を駆け巡り一瞬にして複雑な図形をシナプスの網目の上に描き出した。その残像がくっきりと頭蓋の内側に三次元映像として灼き付けられた。目を瞬く。だがその図形の姿が消え去ることはなかった。これだ、と再び叫んで立ち上がった。がたんと大きな音を立てて椅子が後方へ倒れる。ジェイが驚いてこちらを振り向く。

モニタの中で蚯蚓のようなものがぶくぶくと膨れ上がり、脳の形を作り上げてゆく。孝岡はそれを見つめた。

《これはヒトの脳の発生をシミュレートしたCGです。小さな神経管がやがて胎児の脳になってゆきます。

　わたしたちの脳はこれからどうなるのでしょうか？　このシミュレーションをさらに続ければ、今後登場してくるであろう進化した種の持つ脳へと変化してくれるのでしょうか？　大脳をさらに大きく、前頭葉をさらに広くする方向へと進んでゆくのでしょうか？　それとも進化した種は、第四段階の脳を突然つくりだすのでしょうか？　マクリーンが唱えた三つの脳を超えた第四の脳を？

　そしてもうひとつ、大きな疑問が残されています。わたしたち人間は、なぜ大脳新皮質を発達させてきたのでしょうか？　そうならなければならない理由があったのでしょうか？

　そして今後出現するかもしれない新たな種は、わたしたちとはまったく別の「心」を持っていることでしょう。なぜなら、彼らはわたしたちと別の脳を持っているからです。彼らが何を考え、何を思い、何を感じるのか——それはわたしたち人間には永遠にわからないでしょう》

「……どうしたの？」

　ジェイが訊いてくる。孝岡は喘ぎながら答えた。

「わかった」

「え？」

「わかったんだ、ジェイ。メカニズムがわかった」

　きょとんとするジェイを思わず抱きしめる。これだ。先程からもやもやと不定形な雲として漂っていたもの。それが一気に形を成したのだ。若い頃にもこういう経験をしたことは何度かあった。実験の途中に、あるいは文献を読んでいる最中に突然襲ってくる衝撃。それまでばらばらに認識していた概念が一気に結びつき、大きなひとつのまとまりとして姿を現す瞬間。NMDAレセプター。てんかん。虚血。海馬。側頭葉。わかったのだ。臨死体験やアブダクションの脳内メカニズムがわかった。

僅かに体のバランスを崩し、マッキントッシュのモニタに手をついてしまった。ぶつりと大きな破裂音を立てて映像が収束した。

三〇分後。ジェイが帰ってからすぐに、孝岡はデスクに向かい、メアリーから借りてきた文献の山を引き寄せた。これまでの臨死体験研究の現状を知ることから始める必要があった。どこまで分子レベルで仮説が提出されているのか、どの程度サイエンスとして耐えられるデータが揃(そろ)っているのか見極めなくてはならない。その上でこのアイデアを再構築するのだ。

文献を開き、目次を指で追う。孝岡は自分がこの作業に没頭していくのがわかった。いま自分の脳の中で起こっている反応が説明できるかもしれないのだ。自分の頭蓋を開いてゆくような奇妙な感覚をも心の隅で認識しながら、孝岡はさらに次の文献を開いた。大脳新皮質がばちばちと心地よい火花を散らしながら活性化してゆく。

そしてひとつの題目の前で指先が停まった。やはり、と孝岡は叫んだ。すでに同じようなことを考えた研究者がいるのだ。全身が熱を帯びてきたような気がした。

そこにはこう書かれていた。

Neuroscience and the Near-Death Experience: Roles for the NMDA-PCP Receptor, the Sigma Receptor and the Endopsychosins.

23

九月一八日（木）

「臨死体験者には大きく分けてふたつのグループがある」

孝岡はそういって二本の指を立ててみせた。

「まずひとつは溺死（できし）、交通事故、心筋梗塞（こうそく）、そういった突発的な事故によって臨死となるグループ。それからもうひとつは癌（がん）などを長く患った結果、衰弱して意識が薄れていくグループだ。おそらくこのふたつのグループでは臨死体験の発生機序は異なっているだろうと思う。メカニズムとして面白いのは突発的な臨死者のグループだ。彼らの脳はこのときどうなっているか？まず考えられるのは虚血だ」

紙に ischemia と書き、強く下線を引く。

「頭部を強く打撲したことによる血栓、あるいは心筋梗塞による血流量の低下、どちらでもいい、とにかく体験者の脳に血液が行き渡らなくなる。局所的な場合もあれば全体の血流量が低下する場合もあるだろう。だが、おそらく臨死の場合は局所的な場合のほうが多いと私は思う。それもその後の脳の機能に重篤（じゅうとく）な影響を与えないような、一過性の虚血だ。そしてその場所は……」ボールペンの先で右のこめかみを指す。「ここだ。臨死体験はここから始まる」

メアリーは引き締まった表情のままいった。「続けて」

すでに馴染みとなりつつあるメアリーのラボで、孝岡は実験机を前にメアリーと並んで座っていた。机の脇には昨日借りた文献を重ねてある。メアリーは鋭い視線で孝岡の手元の紙に見入り、こちらの話に耳を傾けている。

昨夜、孝岡は一睡もしていなかった。借りた文献に目を通しているうちに外が白んできてしまったのである。念のために指示に従って一昨日と同じくビデオカメラを回しておいたが、その必要もなかったかもしれない。あれほど圧迫感のあった宇宙人の気配も昨夜は一度として感じることはなかった。それほど文献にのめり込んでいたのだ。

脳の吸収効率は凄まじかった。臨死体験の事例集、あるいはUFO事件の歴史書、オカルト関係の書物など、かつてであればすぐさま嫌悪感を示して閉じてしまったであろう文献も、まるで自分の専門分野であるかのようにすんなりと理解することができたのだ。アブダクションの事例報告については自分自身が体験したことであるため文字の背後から襲ってくる強い圧迫感を感じたが、それでも何とか読み通すことができた。あの女性との接触によって脳が再構築されたことが原因としか考えられない。もはや脳内のニューラルネットワークは、これら超常現象全般に強く反応するよう組み替えられてしまったのだ。いまも孝岡は全く眠気を感じなかった。それどころか全身に強い覚醒感覚が漲っている。明らかにドーパミン系が賦活している。

孝岡は続けた。

「脳の重量は約一三五〇グラム、全体重の僅(わず)か二％だ。だが全グルコース消費量の二五％、全酸素消費量の二〇％は脳で消費されている。イオンや神経伝達物質をニューロンの中に取り込んだり放出したりするのにエネルギーを使っているんだ。脳の組織はエネルギー源をほとんど貯蔵しない。つまり、脳は常に血液の中のグルコースや酸素を必要としている。だから虚血が起こると脳は大きなダメージを受ける」

医師であれば誰でも知っているような基本的な部分もあえて説明しておく。メアリーだけでなく自分自身をも納得させるためだ。

「なぜ虚血になるとニューロン死が生じるのか。おそらくグルタミン酸が原因だろうと考えられている。神経伝達物質であるグルタミン酸は、大量だと毒になってしまうわけだ。前シナプスからグルタミン酸が放出され、それが後シナプスのグルタミン酸受容体(レセプター)に結合することによってインパルスが伝達されている。このとき、シナプス間隙(かんげき)に放出された過剰のグルタミン酸は再び前シナプスに取り込まれて再利用されている。ところが虚血になってグルコースが不足すると、この再吸収のためのエネルギーが作られなくなってしまう。シナプス間隙に必要以上にグルタミン酸が溢(あふ)れることになる」

紙にシナプスの図を描く。メアリーはそれをじっと見つめている。

「するとどうなるか。後シナプスのレセプターにグルタミン酸が何度も何度も結合する。その結果、ニューロンへのカルシウムイオンの流入が過剰に起こる。これがニューロンの自己消化を促進させる引き金となり、ニューロンは死ぬ。虚血ニューロン死と呼ばれる現象だ。脳梗塞

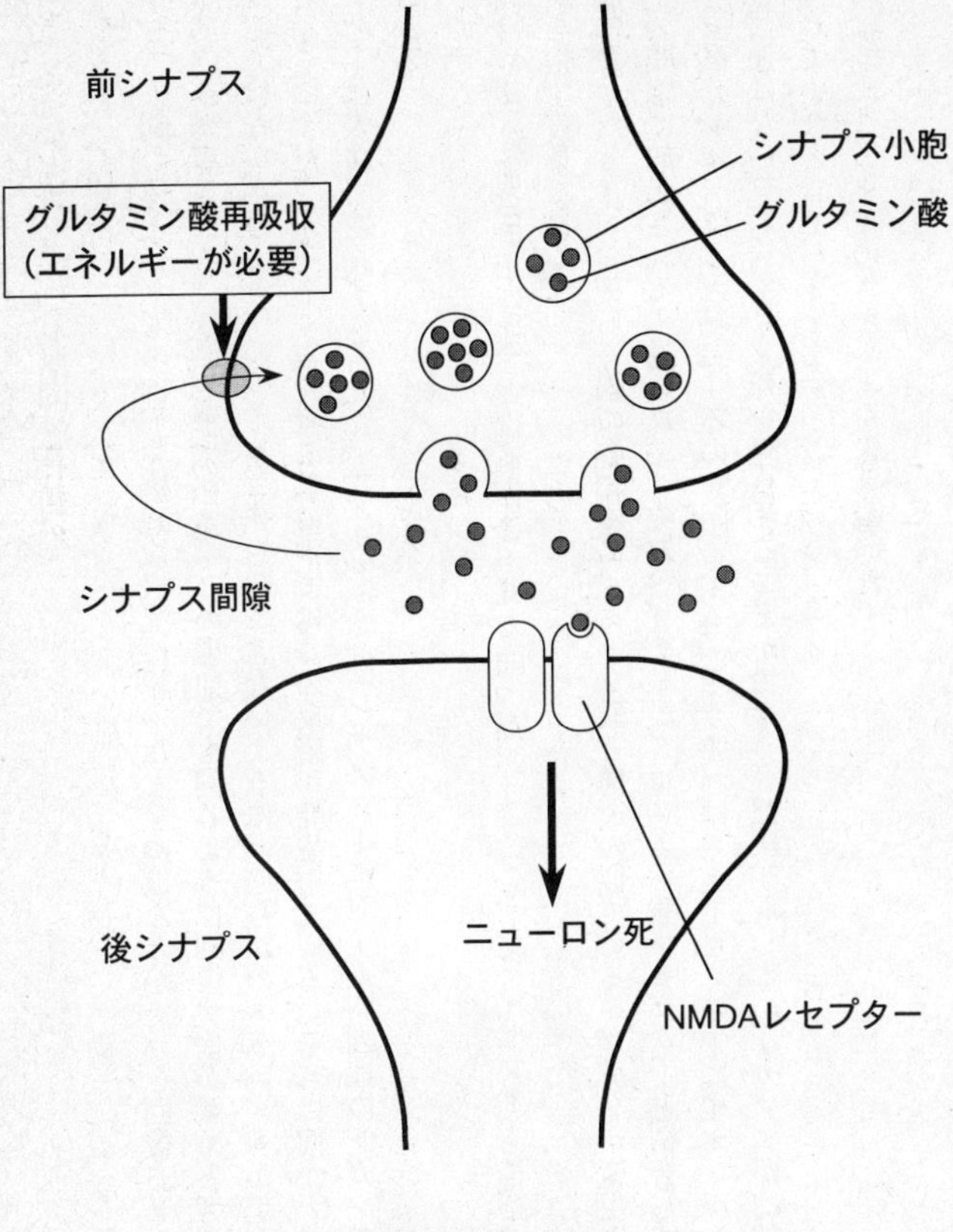
前シナプス
シナプス小胞
グルタミン酸
グルタミン酸再吸収
（エネルギーが必要）
シナプス間隙
後シナプス
ニューロン死
NMDAレセプター

神経伝達物質の再吸収

でニューロンが障害を受ける原因がこれだ」

「…………」

「しかし、人間の体というものは、危機的な状況に陥ったときになんとかそれを回復させようとする反応が誘導されるようにできている。この虚血でも同じように回復機構が働くと考えてもおかしくはない。つまり、ニューロン死を起こさないように、何らかのメカニズムが起(た)ち上がってくるはずだ。おそらく臨死者の脳の中ではこの反応が発生している。それは何か」

メアリーは表情を変えずに答えた。「グルタミン酸レセプターに対する内因性のリガンドが放出される」

「そうだ」

孝岡は endogenous ligand と紙に書き、丸で囲った。リガンドとはレセプターに結合する物質を指す言葉である。

「虚血になったとき、おそらく脳の中ではグルタミン酸と構造の似ているペプチドが産生され、シナプス間隙に放出されるに違いない。そのペプチドがグルタミン酸レセプターと結合してグルタミン酸がレセプターと結合するのを阻害(ブロック)する。そうすればニューロンの中にイオンが入り過ぎることはない。ニューロン死を阻止することができる。だが、もしこのリガンドが幻覚作用を持っていたとしたら……?」

孝岡は紙にここまでのスキームを書き殴った。

血流低下↓虚血↓栄養・酸素濃度減少↓エネルギー代謝減少↓グルタミン酸再吸収量減少↓シナプス間隙でグルタミン酸濃度増加↓グルタミン酸機能異常↓神経細胞死↓これを防ぐために endogenous ligand が放出される↓臨死体験？

「これが臨死体験の基本的なメカニズムだ」

ボールペンで机を叩く。そして言葉を切り、メアリーの反応を窺った。

メアリーはたっぷりと五秒近くスキームを見つめた後、小さく息をついた。そして目を閉じ、いった。「知っているわ」

「ああ。そうだろう。きみの貸してくれた文献の中にこれがあった」

文献の山の中からコピーを一部取り出し、メアリーの前に置く。英語で書かれた学術論文である。著者はK・L・R・イェンセン、雑誌の名は“Medical Hypotheses”と印刷されている。孝岡も知らなかった雑誌だ。おそらく脳科学の研究者には全く注目されることなく埋もれてしまった論文だろう。

「一九九一年の論文だ。ここにいまいったアイデアがすでに書かれている。メアリー、きみはこのイェンセンの仮説をどう思っている？」

「かなり優れた仮説だと思うわ」

「それだけか？」

「……どういうこと？」

「きみは私の研究との関連性に気づいているんじゃないのか？　ＮＭＤＡＲ３だ」

「…………」

メアリーは答えない。表情も硬直したままだ。だが孝岡は、その無言を肯定の意味だと解釈した。

「ここからは私のアイデアも含めて臨死体験のメカニズムを検証することにする。どんな内因性のリガンドが絡んでいるのか、なぜ側頭葉てんかんと類似した現象が起こるのか、できる範囲で説明してみる。聞いていてくれ」

用意しておいたＡ４判の紙を取り出し、プラッツの棚にテープで貼る。神経伝達物質の分類をまとめた表だ。昨夜、自分の考えをまとめるために作ったメモ書きだが、仮説を検証するのに役立つだろうと持ってきたのである。

昨夜から今朝にかけての勉強で、臨死体験やアブダクションの研究経緯はほとんど把握していた。メアリーの話していた通り、九〇年代に入ってから発表された論文のほとんどは脳内現象説の立場で書かれている。しかし、これらの超常体験を分子のレベルで解明しようとする論文は希であった。ごく初歩的なモデルで満足してしまっている。孝岡にはまったく物足りなかった。唯一手応えのあったのがイェンセンの論文だったのである。だが、それも単発的な報告でとどまっており、ほとんど論議されずに放置されているというのが現状のようであった。ジェイと話しているときに浮かんだ仮説が、結局これまで発表されているモデルの中では最も優れているということに気づかされたのだ。なんとしてもこの仮説をメアリーに聞いてもらう必要がある。

　おそらくメアリーは、ある程度のレベルまで独自に仮説を構築しているのだろう。こちらのアイデアもメアリーにとっては自明のことなのかもしれない。しかしそれでも引き下がるわけにはいかなかった。自分はこれまで、二〇年も脳を研究してきたのだ。オカルトなどに足を掬（すく）われるわけにはいかない。

「脳内で作用する神経伝達物質は大きく分類すると四種類ある。アミノ酸、モノアミン、アセチルコリン、そして神経ペプチドだ。それぞれが対応している受容体に結合することによって、作用を発現する。もし臨死体験やアブダクションといった超常体験が脳内の生理作用なのだとしたら、こういった内因性の神経伝達物質によって幻覚が発生していることになる。いや、そうでなければおかしい。臨死体験もアブダクションも、薬物を摂取していないときに起こるからだ」

　メアリーは口を結んだまま目の前の表を見据えている。孝岡は用意してきたもう一枚の紙を貼り、ぱんと指先で叩いてみせた。

「だが、超常体験が神経伝達物質とそのレセプターの作用によって引き起こされるなら、内因性の伝達物質のかわりに外部から類似した構造の薬物を投与してやった場合でも理論的には同じ反応が得られるはずだ。そう考えて、超常体験に関係していると思われる薬物をリストアップしてみた。見てくれ。これだけある。たぶん、誰でも連想するのがＬＳＤやメスカリンといったサイケデリック薬物（ドラッグ）だろう。サイケデリック薬物はノルアドレナリンの過剰な放出を促して精神状態を高揚させたり、セロトニン系を刺激して幻覚を発生させる。万華鏡のような極彩色のイメージが現れたり、眩(まぶ)しい光を見たりするようになる。臨死体験やアブダクションで出てくる強い光はこれと関係しているのかもしれない。それに知覚が鋭敏になったり、時間や空間が歪(ゆが)んだように感じることもある。宇宙との一体感も得られるらしい。超常体験にはよく現れる感覚だ。とにかくカテコールアミンやセロトニン系が幻覚の発生に関わっていることは間違いない」

「でも、ＬＳＤによる幻覚だけでは臨死体験の全てを説明できないわ」

「ああ。それは私も認める。似ている部分もあるということだ。ＬＳＤやメスカリンの他にも、エクスタシーという俗名がついているＭＤＭＡ、モルヒネに代表されるオピオイド類、コカインなどの覚醒剤、ベラドンナから抽出されるアトロピン、マリファナに含まれるテトラ(Ｔ)ヒド(Ｈ)ロカン(Ｃ)ナビノール、こういったものが多かれ少なかれ幻覚や陶酔感を引き起こす。おそらくこういった薬物の中で最も臨死体験やアブダクションに近い効果をあらわすのがケタミン、そしてＰＣＰとよく略していわれるフェンシクリジンだ。面白いのは、こいつらがＮＭＤＡレセプターの拮抗薬(アンタゴニスト)でもあるということだ。ＮＭＤＡレセプターと幻覚がここでようやく繋(つな)がってくる」

表(テーブル)の一番上のカラムを指す。メアリーの視線がその先に吸い寄せられる。

ＮＭＤＡレセプターが幻覚と関係しているということはかなり前から知られていた。そのきっかけとなったのがＰＣＰ、俗にエンジェル・ダストと呼ばれる幻覚物質である。

表3　神経伝達物質の分類

アミノ酸	グルタミン酸（記憶の形成、ニューロン死など） GABA（抑制性の伝達物質。抗不安作用） など
モノアミン	カテコールアミン類：ドーパミン*1、ノルアドレナリン*2（覚醒作用。どちらも分裂症や躁病の発現に関与）など
	インドールアミン類：セロトニン（鬱病に関与）など
アセチルコリン*3	
神経ペプチド	内因性オピオイド（エンドルフィン、エンケファリンなど） ニューロテンシン（下垂体ホルモン放出、胃腸調節作用） など
その他	NO、CO、アデノシン

＊1　ドーパミンレセプター遮断薬は抗精神病薬として用いられる。
＊2　ノルアドレナリンの作用を阻害することにより抗鬱、抗不安効果が得られる。
＊3　アセチルコリンレセプターを遮断すると不安、焦燥、譫妄が生ずる。

表4　超常体験に類似した作用を引き起こす薬物と、その作用機序

ケタミン、PCP（エンジェル・ダスト）、SKF 10047（内因性の類似物質不明） ①→NMDAレセプターの拮抗薬（アンタゴニスト）→？ ②→シグマレセプターの作働薬（アゴニスト）？→？
LSD、メスカリン（セロトニンに類似） ①→青斑核ニューロンを刺激→ノルアドレナリンニューロン刺激→ノルアドレナリン放出→極度な覚醒状態→意識高揚 ②→5 HT_2（セロトニン）レセプターに結合→幻覚作用
MDMA（エクスタシー） →セロトニン放出促進→幻覚作用
モルヒネ、ヘロイン（内因性オピオイドに類似） →オピオイドレセプターに結合→鎮痛作用、快感
コカイン　→ドーパミンの再吸収を阻害→ドーパミンレセプターへのドーパミンの結合促進→快中枢刺激→幻覚作用
アトロピン、スコポラミン →アセチルコリンレセプターを遮断→空中浮遊感、幻覚、陶酔
マリファナ（THC）（内因性カンナビノイドであるアナンダミドに類似） →カンナビノイドレセプターに結合→幻覚、陶酔、興奮

PCPはもともと麻酔薬として一九五〇年代に開発された薬物である。臨床試験の途中、精神分裂症に似た症状を引き起こす副作用があることがわかり、ヒトへの投与は中止された。ところがこの精神変容作用に目をつけた者たちがPCPをアンダーグラウンドに流通させたのである。簡単に合成できることから、現在でも多くの者が秘密裏に摂取していると考えられている。PCP乱用者の多くが神秘体験や宗教的な体験をしたと報告している。

「PCPは脳内に取り込まれ、PCPレセプターに結合することによって幻覚作用を生み出す。ところがその一方で、PCPは脳梗塞(こうそく)によるニューロン死を防ぐ作用もあることがわかった。つまり、PCPはNMDAレセプターにも結合して、グルタミン酸の毒性を阻止する働きがあるらしい。このことから、PCPレセプターはNMDAレセプターと非常に良く似た構造を持っているのではないかと考えられるようになった。その後の研究の結果、どうやらPCPレセプターはNMDAレセプターと複合体(コンプレックス)を形成しているらしいこともわかっている。だが、なぜかいままで誰もPCPレセプターの遺伝子クローニングに成功していない。謎(なぞ)のレセプターとされていたんだ」

「………」

「もうひとつ謎がある。PCPレセプターの内因性リガンドだ。PCPというのは人間が人工的に合成した物質であって、ヒトの体内には存在しない。そのPCPに結合するレセプターがなぜ存在しているのか。これはヒトの体内に、PCPと非常に良く似た内因性のリガンドが存在していることを意味している。そこで多くの研究者がこれまでこのリガンドを探索してきたが、なぜかこちらもはっきりとしたことがわかっていない。

もっとも、一九八三年に、内因性リガンドが精製されたという論文が発表されたことはある。発見者はそのペプチドをエンドサイコシンと名づけている。イェンセンもこのエンドサイコシンに注目して、これが臨死体験を引き起こす原因物質だと推察しているくらいだ。だがこの発見者は、ここ一〇年ほどエンドサイコシンに関する論文を発表していない。誤報だったのか、あるいは追試でデータがばらついたのか、それとも研究が何らかの理由でストップしたのか……。とにかく結果はうやむやになってしまっている」

僅（わず）かにメアリーの眉（まゆ）が動いた。何か知っている様子だ。

「NMDAレセプターとの類似が指摘されているレセプターは他にもある。オピオイドレセプターの一種であるシグマレセプターだ。これも幻覚や興奮作用に関係している」

モルヒネのような鎮痛作用をあらわす物質を総称してオピオイドと呼び、これらと結合するレセプターがオピオイドレセプターである。モルヒネと類似した構造を持つ内因性ペプチドも多数同定されている。その代表例がエンドルフィンやエンケファリンだ。長時間マラソンをしていると次第に気分が良くなってくる「ランナーズ・ハイ」は、この内因性のオピオイドが原因だ。オピオイドレセプターには幾つかのサブタイプがあり、例えばモルヒネやβ（ベータ）エンドルフィンと結合しやすいものはμ（ミュー）型、エンケファリンと結合しやすいものはδ（デルタ）型などと、それぞれギリシア文字で名がつけられている。そのひとつがσ（シグマ）型のレセプターであり、SKF10047という人工の薬物と強く結合するが、PCPとも僅かに親和性のあることが知られている。SKF10047は譫妄(せんもう)を生み出す作用がある。

ただし、その後の詳細な研究の結果、このシグマレセプターはオピオイドと反応しないことが明らかになった。現在でもシグマレセプターと呼ばれてはいるものの、厳密な意味でのオピオイドレセプターではなくなってしまっている。

「このシグマレセプターは、海馬(かいば)や扁桃体(へんとうたい)、視床下部、黒質といった中枢神経系のほかに、子宮や精巣、リンパ球、消化管など、さまざまな部位に発現している。免疫機構や性ホルモンのバランスと関係していると考えられる。ところがこれもクローニングされていない。NMDAレセプターやPCPレセプターとは別物だということがおぼろげにわかっているくらいだ。もちろん内因性のリガンドも同定されていない。ニューロペプチドYというタンパク質がそれだという説もあるが、はっきりしたことはわかっていない。

だが、いずれにしても、脳の中には必ずPCPレセプターやシグマレセプターに結合する内因性リガンドが存在するはずだ。そのリガンドこそ超常体験を引き起こす引き金なんだ」

ここでわざと説明を区切った。そのまま待つ。ラボの中から音が消える。

「……確かに、アブダクティーの中にはLSDやPCPを投与されていたのではないかと疑惑を持たれている人もいるわ」

案の定、メアリーが反応し始めた。

「そうなのか?」

「ええ。もちろん真偽のほどはわからないから何ともいえないけれどね。その他には、ジョン・Ｃ・リリーというニューサイエンティストが隔離（アイソレーション）タンクに入るときに精神変容の道具としてケタミンを摂取している。これによってリリーは地球外生物からメッセージを受け取ったり、人類の進化の歴史を目の当たりにしたの。このときのリリーの様子を見ていた助手は、『小発作を起こしたてんかん患者のようだった』といっている。私もケタミンやＰＣＰが臨死体験やアブダクション研究の鍵（かぎ）だと信じているわ」

「メアリー」孝岡は思わず声を上げた。「きみは全てわかっていて……」

「待って。あなたの意見を最後まで聞かせて」

「……いいだろう」メアリーはこちらを試そうとしているのだ。「臨死体験のメカニズムをまとめるとこうなる」

すでに手元の紙は大量の文字や図でスペースがなくなってしまっていた。新たな紙を引き寄せ、ボールペンを握り直す。

「まず、臨死状態に陥ると脳の血流量が低下し、一時的に虚血状態となる。このとき、虚血に弱い海馬のＣＡ１錐体（すいたい）細胞が真っ先にダメージを受けるはずだ。ＣＡ１で臨死体験のための反応がスタートする」

シナプスの形を紙いっぱいに描く。そしてそこにレセプターやグルタミン酸などを加えていった。

「さっきもいったように、エネルギーが不足することによりシナプス間隙でグルタミン酸が過剰になる。すると内因性のペプチドが放出される。仮にこれをエンドサイコシンだとしておこう。エンドサイコシンはNMDAレセプターに結合し、グルタミン酸がそれ以上レセプターに結合するのを阻害(ブロック)して、ニューロン死を防ぐ。それと同時に、このエンドサイコシンはPCPレセプターやシグマレセプターにも結合する。拡散して海馬以外の中枢神経系にも作用するはずだ。

エンドサイコシンが結合した海馬のシグマレセプターは、グルタミン酸の放出を抑制してニューロン死を阻止したり、エンドサイコシンの放出をさらに促したりする。黒質のシグマレセプターは線条体に刺激を投射するだろうし、線条体に発現しているNMDAレセプターもエンドサイコシンによって作用を受けてドーパミンの放出を促進させる。もしかするとエンドサイコシンは、黒質線条体線維だけでなく、腹側被蓋野(ひがいや)から投射されているドーパミン作動性のA_{10}神経系も興奮させているかもしれない。そうだとすれば脳のさまざまな部位でドーパミンが放出されることになる。扁桃体が刺激されればアブダクションの恐怖感が生まれるだろう。側頭葉の内窩(ないか)皮質では性的な強い快感が発生する。臨死体験で得られる快感や、アブダクションで出てくる性的な検査体験の原因のひとつかもしれない。過去の記憶が蘇(よみがえ)ってくるのは側頭葉が刺激されるからだろう。ほかにも前頭葉、側座核、視床下部が刺激を受けることになる。これらの興奮が混じりあえば、臨死体験やアブダクションなどいくらでもつくりだせるはずだ。

さらにシグマレセプターはニューロテンシンという神経伝達物質も誘導することがわかっている。このニューロテンシンは下垂体ホルモンを放出させたり、胃腸機能を調節したりする。下垂体ホルモンの放出によって体験者は性的な感覚を惹起(じゃっき)される。これも超常体験の性的なエ

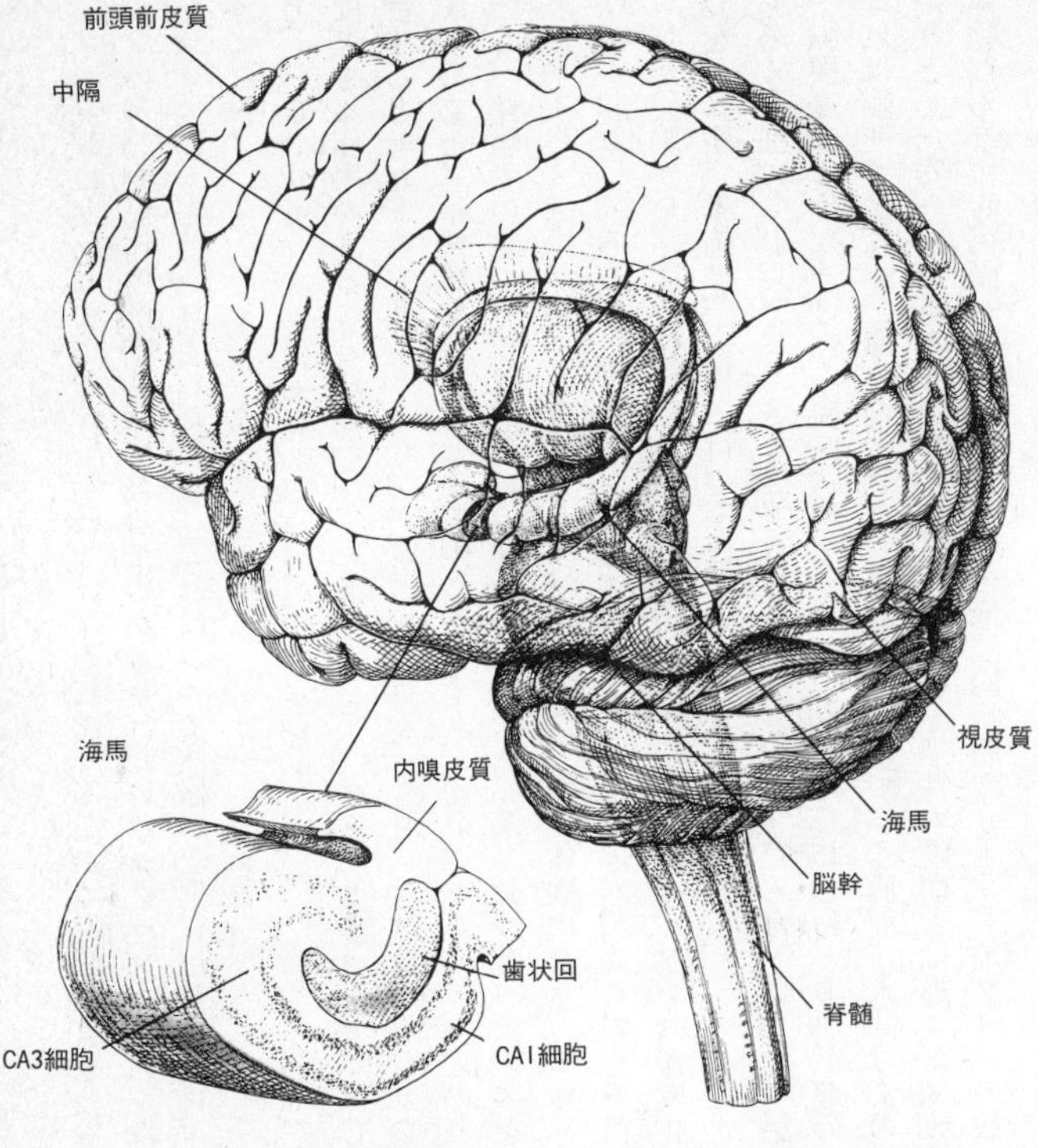

脳の構造と海馬の横断面
『別冊日経サイエンス　脳と心』 日経サイエンス社（1993）より転載

ピソードの発現に関係しているかもしれない。それにてんかんで腹部が重くなるのはニューロテンシンの胃腸調節作用が関係しているためかもしれない。シグマレセプターは免疫系やホルモンバランスにも影響を与えるだろう。これによって性格が変化したり、アレルギーが発生するようになる。

一方、ＰＣＰレセプターはセロトニンや内因性オピオイドのＭｅｔ－エンケファリンの放出を促進する作用のあることがわかっている。従って、エンドサイコシンがＰＣＰレセプターに結合するとセロトニン系ニューロンが刺激を受ける。セロトニンはドーパミンと作用・反作用の関係にある。不快感を発生させる原因にもなるが、それはドーパミンとのバランス次第だ。おそらく、体験者の脳の中ではドーパミン系とセロトニン系が微妙なバランスを保っているんだろう。ドーパミン系が強いと全体として快感が勝り、臨死体験になる。セロトニシ系が強いと不快感が勝り、怖ろしいアブダクション体験になる。扁桃体も関係してくるだろう。アブダクションが途中から宗教体験に変わったりするのは、快と不快のバランスが変化するからだ」

間髪を入れず、孝岡は空白に三行の項目を書き加えた。

「もちろん虚血はこれ以外にもさまざまな作用を引き起こすだろう。いままで話してきたのは事故や脳梗塞のような一過性の虚血状態だったが、もっとじわじわと虚血が進行する場合もある。それは臨死ではなく、瀕死(ひんし)の状態だ。衰弱して死んでゆく直前、人間はあの世を見たり、ゆったりとした安らぎを覚える場合がある。これは一過性の虚血とは違ったメカニズムによる臨死体験だろう。昨夜調べていたら、脳内の低酸素状態やβ(ベータ)エンドルフィンの放出、血中の二

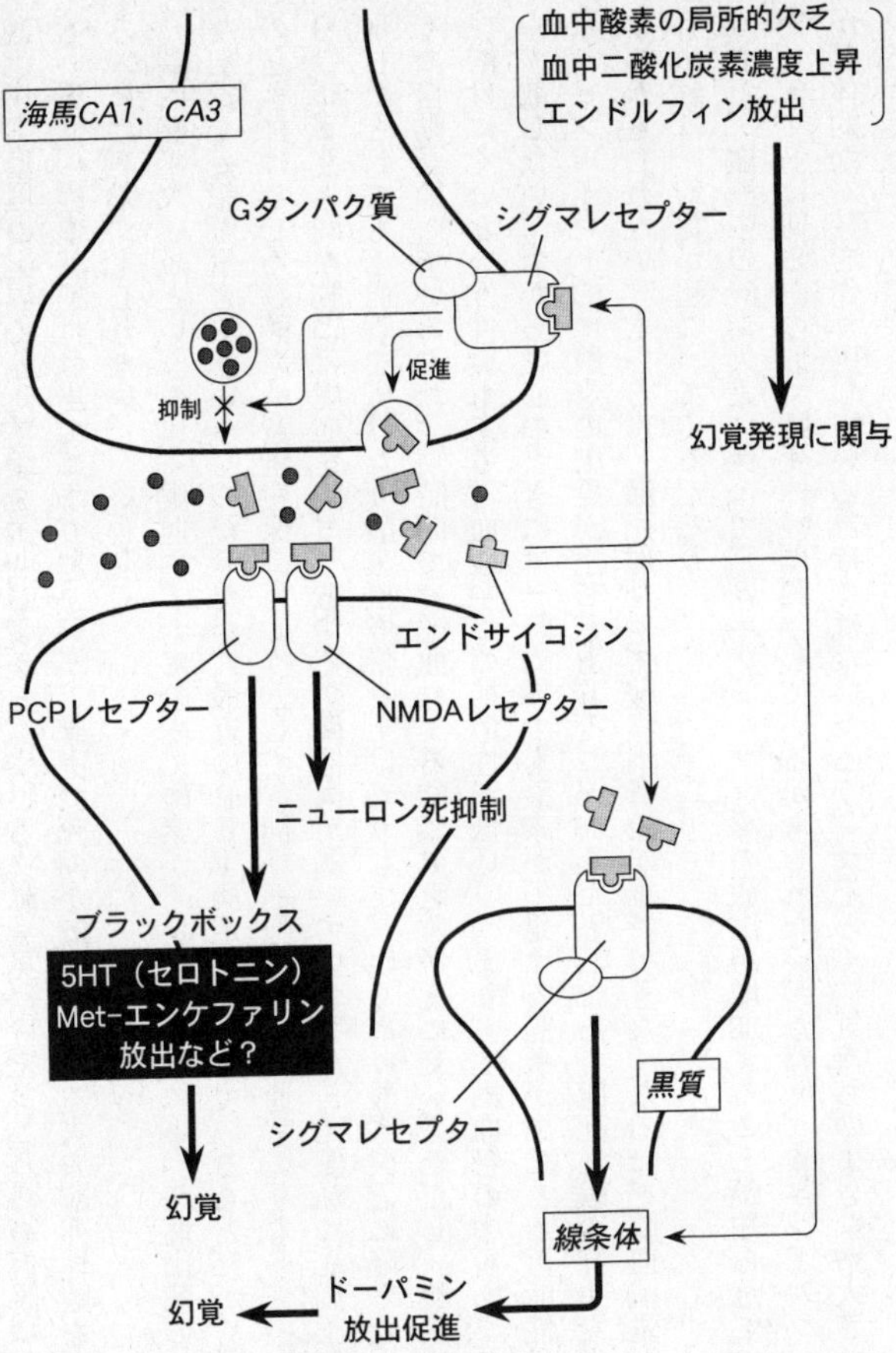

臨死体験発生の脳内メカニズム

酸化炭素濃度の上昇で臨死体験を説明しようとしている文献を見つけた。これらの仮説はどれも一過性の虚血状態には当てはまりにくいが、確実に死期が近づいている人の臨死体験を考えるのには有効かもしれない。

脳内酸素欠乏説というのは、虚血によって脳内で酸素が不足し、それによって高山病のような幻覚や妄想を生じるというものだ。だが、最近のPET測定でわかっていることだが、虚血のときにはむしろ脳酸素消費量を保持しようとして、神経細胞は酸素を通常よりも多く摂取する。つまり人間の脳には虚血を防ごうとする防衛機構が働いていて、たとえ僅かに灌流圧(かんりゅうあつ)が変化したとしても、血管を広げたり酸素摂取量を上げたりして、すぐには酸素欠乏に陥らないように自動調節しているんだ。短時間では虚血による酸素欠乏は考えにくい。ただし、酸素は水に溶けにくいという性質もある。血液中での拡散性が低い。つまり、毛細血管の中をあまり速く拡散しない。だから虚血のときには一時的にでも酸素が不足する箇所が出てくる可能性はある。ピンポイント的に酸素の欠乏が生じ、もしそこが海馬だとしたら、臨死体験の発生を促進するかもしれない。もちろん、瀕死になって酸素消費量が維持できなくなるほど脳血流量が低下すれば、幻覚が起こってくるだろう。

また、血液中の酸素欠乏に伴って、βエンドルフィンの放出が増加することが知られている。オピオイドは何らかの形で臨死体験に関与しているかもしれない。ただし、βエンドルフィンが具体的な幻覚を作り出しているわけではないだろう。おそらく、気持ちのよさを増大させている程度だ。

二酸化炭素濃度上昇説も一過性の臨死の場合には当てはまりにくい。確かに二酸化炭素の過剰状態は体外離脱や光を見るといった幻覚を生み出す。だが二酸化炭素は水に溶けやすい。つまり拡散性が高い。事実、虚血のときにも血液中の濃度はほとんど変わらないといわれている。結局、この三つの反応は、体内の恒常性(ホメオスタシス)が完全に崩壊した瀕死状態のときに関わってくる。血流が回復不可能なほど弱まり、脳内の血液量が絶対的に少なくなったとき、人間は気持ちのよさを感じたり、光を見たり、浮遊感を覚えたりするんだ。そして穏やかで安らかな感覚に包まれながら死んでゆく。一過性の虚血による臨死体験とは脳内の反応が微妙に違っているわけだ」

矢印を引き、幻覚発現に関与と書き加える。孝岡はすうと息を吐き、ボールペンを置いた。

「……驚いたわ」

メアリーは小さく息をつき、髪を掻(か)き上げた。今日初めて見せた感情的なしぐさだ。「一晩でここまで理論を纏(まと)め上げるなんて……」

「それほどのことでもないだろう。すでにヒントはあった」

「ここまでは虚血が引き金となって起こる体験のモデルね。臨死でないときに起こる臨死体験やアブダクションについてはどう考えているの? 反応が発生するメカニズムは?」

メアリーはこちらを見つめている。孝岡はその瞳(ひとみ)を見つめ返した。メアリーの真意を知りたかったのだ。おそらくメアリーは自分で放った問いの答をすでに用意している。こちらの推理力を試そうとしているのだ。孝岡は頷(うなず)いた。

「てんかんは発作の起こる場所によって幾つかの種類に分類されるが、そのうち臨死体験やアブダクションと関わりがあると思われるのが側頭葉の複雑部分発作だ」

　側頭葉てんかんのうち複雑部分発作と呼ばれる疾患は、感覚や運動、精神状態の変化を引き起こすことが知られている。主症状として意識が混濁し、発作の直前におこなっていた行動を繰り返す自動症が現れるが、この間、発作的な恐怖や幻覚、エクスタシー、奇妙な臭(にお)い、幻聴、既視(デジャ・ヴ)などを感じる場合もある。側頭葉てんかんが生じる主な原因は出生時の脳障害や幼児期の高熱であるが、はっきりと特定できないケースも多い。

「もちろん、私も側頭葉てんかんそのものが臨死体験やアブダクションを生み出すとは思っていない。メアリー、いままでアブダクティーがてんかん者であると確定された例はあるのか？」

「ないと思うわ」

「逆に、側頭葉てんかん患者が臨死体験やアブダクション体験をしたという報告もない。つまりこういうことだ。側頭葉てんかんは確かに神秘体験を引き起こすが、それは決して臨死体験やアブダクションとイコールではない。これはアブダクションが、これまでの医学でははっきりと認知されてこなかった、新しいタイプのてんかん様(よう)疾患だということを示している。では、問題は何が異なっているのかということだ。アブダクティーの脳内では通常のてんかん者には見られない特異的な反応が起こっているはずだ。しかもそれは幻覚発現に関与している反応でなければならない」

そこまで話したところで、メアリーがちらりと先程のシナプスの模式図に視線を向けた。やはりメアリーは理解している。

「てんかんがグルタミン酸レセプターや虚血と密接な関係にあることは、かなり前から知られていたことだ。NMDAにけいれん誘発作用があることや、逆にケタミンやPCPといったNMDAレセプターの拮抗薬（アンタゴニスト）が抗けいれん作用を持っていることからも、NMDAレセプターがてんかん発作の発生メカニズムに絡んでいることは容易に推測できる。てんかん発作の繰り返しは海馬のCA1錐体細胞を脱落させることもわかっているが、ここは虚血によって真っ先にダメージを受けるところだ。もちろんこの部位にはNMDAレセプターが多く発現している。もっとも、てんかんのときに生じる虚血は通常の意味での虚血とは少し訳が違う。てんかん発作の際、その部位での血流量は著しく増えることが知られているからだ。これはニューロンが異常に興奮しているためニューロン代謝が増加するからだろう。しかしこのときニューロンが必要とする酸素量や代謝量はこれくらいの血流量の増加では賄いきれない。従って相対的にその部位は虚血状態に陥る。臨死のときの虚血とは若干意味が異なるということだが、いずれにせよ虚血であることに変わりはない。

話をもとに戻そう。てんかん状態が形成されるときに脳の中で起こっている変化は、大きくわけるとふたつある。ひとつは神経自体が異常に興奮しやすくなること、もうひとつはシナプスの伝達効率が増強されることだ。細胞の異常興奮は、抑制性の作用を持つ$GABA_A$レセプターの機能不全や、グルタミン酸レセプターの一種であるAMPAレセプターの関与が原因だろう。NMDAレセプターは、もうひとつのシナプス伝達効率増強に深く関わっている。ただ放電が起こるだけではてんかんにならない。てんかん状態では、通常の神経組織が変化して、刺激を伝えやすい状態になっているんだ。つまりシナプスの伝達効率が上がっている。これをけいれん準備性（エピレプトジェネシス）というんだが、まさにこの変化が、記憶が作られるときの長期増強（LTP）とほとんど同じなんだ。NMDAレセプターの量が増えたり活性化されることによって、けいれん発作が引き起こされる。もし海馬に幻覚を起こすNMDAレセプターが発現していたとしたらどうなる？　そのレセプターの作用は、てんかんの形成によって誘導される」

「ええ」

「問題は、NMDAレセプターとてんかん発作発現との間に、これまで明確な因果関係が確認されていないことだ。これまで世界中の研究者がこの関係を調べている。だが現段階では、どうやらてんかんのときにNMDAレセプターの活性が増加しているらしいという程度のことしかいえない。どのサブタイプがどの部位にどの程度増加し、それがてんかん発作とどのように相互関連（コリレート）しているかを明確に示した者はひとりとして存在しない。てんかんのモデル動物はこれまでに幾種類も作られている。高頻度電気刺激やカイニン酸誘導によるキンドリングラット、てんかん様の発作を起こすさまざまな疾患モデルマウス。私自身、そういったネズミの脳内でNMDAレセプターの発現量が変化しているかどうか、片端から切片を作ってmRNAの量を調べてみた。ところが結果はネガティヴだ。対照群（コントロール）と比較してはっきりと誘導が見られたレセプターは皆無だった。NMDAレセプターがてんかんと深い関係にあることは間違いない。だ

がその証拠が摑(つか)めなかった。誰ひとりとして

メアリーがそっと付け加えた。「でも、あなたはそれを解決した」

「……そうだ」孝岡は頷いた。「NMDAR3だ」

ほかでもない、この自分がクローニングしたレセプターであった。

NMDAR3はキンドリングラットの海馬CA1やCA3で強く発現する。しかもそのトランスジェニックラットはふるえ(シヴァリング)を起こす。NMDAR3の発現量とけいれん発作の発現が見事に相関するのだ。これまでにクローニングされたいずれのNMDAレセプターにも見られなかった特徴である。

このNMDAR3の興味深い点は、海馬CA1とCA3の両方に強く発現していることである。てんかん発作が難治化する原因として、近年では苔(こけ)状線維が海馬CA3領野で多く発芽されていることが注目されている。てんかん発作によってグルタミン酸が放出され、虚血時と同様にNMDAレセプターを介したニューロン死が起こり、海馬錐体細胞が脱落する。このとき脳内では、失ったニューロンネットワークを再生しようとして神経成長因子(NGF)などが放出され、新しいシナプスの形成が盛んになる。ところがこの新しいシナプスは闇雲(やみくも)にネットワークを形成するので、結果的にネットワーク全体の異常な興奮を誘発する。これが繰り返され、てんかんが難治化するというものである。この新たなシナプス形成という現象が苔状線維の発芽と類似しているのだ。

ただし、このモデルの欠点は、虚血時に脱落するのが海馬のCA1錐体細胞であるのに対し、

苔状線維が投射しているのはＣＡ３だということだ。脱落部分と発芽部分が異なっているため、孝岡自身もこのモデルには全面的に賛成できないところがあった。

しかし、ＮＭＤＡＲ３はＣＡ１とＣＡ３の両方で発現している。てんかん発作の発現と難治化において、これが鍵となっている可能性は高い。しかもＰＣＰとの親和性が高いということが実証されれば、アブダクション現象も一気に全体像が見えてくる。

「つまりこういうことだ。ほとんどの人は、おそらくＮＭＤＡＲ３の遺伝子が欠落しているか、あるいは抑制されていて、脳内にＮＭＤＡＲ３を発現していない。ところがごくまれに、ＮＭＤＡＲ３を多く発現している人がいる。そういった人は、臨死状態に陥ったときに幻覚が発生しやすい。だから臨死体験する。このとき、その人のＮＭＤＡＲ３の発現量や発現部位によって、見る幻覚が規定されることになる。複合体（コンプレックス）の形成パターンにも影響されるかもしれない。ＮＭＤＡＲ３はＮＭＤＡＲ１やＮＭＤＡＲ２Ａとコンプレックスを作ることによって数倍に活性が上昇する。まだ調べていない部分も多いんだが、おそらくＮＭＤＡＲ３はコンプレックス形成パターンに幾つかのヴァリエーションがあるんだろう。そのパターンによってレセプターの活性が異なってくる。それが幻覚発現に影響を及ぼす。人によって臨死体験やアブダクションの体験談が微妙に異なっているのはこのためだ。しかし基本的な反応はみんな同じなので、コアとなる体験は等しくなる。

同じことで、側頭葉てんかんが起こってもアブダクションを体験する人としない人が出てくる。ＮＭＤＡＲ３を発現している人が、たまたま幼い頃に肺炎か何かを患い、高熱が出て、このときてんかん原性を獲得してしまったとしよう。通常の場合であれば側頭葉の複雑部分発作が発生するケースだが、この人の脳の中はＮＭＤＡＲ３が活性化されている状態だ。そのため、発作放電が起こるとＮＭＤＡＲ３が刺激を受け、アブダクションの幻覚を見ることになる。ここで臨死体験と大きく異なるのは、不快感のほうが誘導されやすいということだ。側頭葉の複雑部分発作は海馬や扁桃体が病巣となり、そこから隣接する視床下部や側頭葉、側座核へと放電が広がってゆく。扁桃体は不快感や恐怖を作り出し、視床下部はホルモンを放出し、側頭葉は過去の記憶をフラッシュバックさせる。これらの部位で発する刺激が恐怖のアブダクション体験を生み出す」

「…………」

「もちろん、てんかんに関係しているのはグルタミン酸やＧＡＢＡだけじゃない。例えばセロトニンレセプターのひとつである$5HT_2$レセプターは海馬のキンドリング発作を促進する。このレセプターはＬＳＤと結合して幻覚を生み出す働きもある。オピオイドであるＭｅｔ‐エンケファリンが海馬で、Ｌｅｕ‐エンケファリンが扁桃体で、それぞれキンドリング発作後に増加することも知られている。シグマレセプターの内因性リガンドの候補に挙がっているニューロペプチドＹも、キンドリング発作によって海馬や歯状回（しじょうかい）で増加する。こういった物質が幻覚の発現に関わっていることは間違いないだろう。

　ただし、アブダクションの場合、一般的な複雑部分発作と違って発作の頻度が少ない。数年に一度、多くとも一年に数度だ。そのかわり一回の発作が二時間近く持続する。頻度が少ないということは、これが反射てんかんである可能性を示唆している。特定の刺激を受けたときにてんかんが起こるということだ。光の明滅が引き金になるのかもしれないし、音や何らかの体性感覚が原因かもしれない。

もっと想像を逞しくしてみよう。このNMDAR3の発現量が遺伝子によって規定されているのなら、ある程度その作用は子供に遺伝するはずだ。事実、アブダクティーの子供がアブダクションを体験したり異常な経験をしたりする例は多い。ホイットリー・ストリーバーも、ベティ・アンドレアソンもそうだ。何らかの刺激を一緒に受け、それによって親子が共に類似した幻覚を見たとも考えられる。

さらに想像を重ねるが、このモデルは溺れかかった人の臨死体験を説明することもできる。溺れかかった人が臨死体験したという話はかなりあるようだが、不思議なことに、溺れている最中に体外離脱したり、臨死体験をした者はほとんどいない。きまって蘇生術を施されているときに体験している。実をいうと、虚血性のニューロン死は温度にかなり影響を受けるんだ。虚血状態であっても、温度が低いとグルタミン酸の放出や細胞内へのカルシウムイオンの流入が抑制されて、ニューロン死が起こりにくくなる。ところが温度が上がるとグルタミン酸の放出が活発になってくる。つまり、溺れているときではなく、蘇生時に幻覚が生じるわけだ」

溺れかかった人、という言葉にメアリーの肩がぴくりと反応したのを、孝岡は見逃さなかった。一瞬だがメアリーの顔に動揺が現れたのだ。

メアリーの視線は模式図から離れ、ブラインドの上がった窓へと泳いでいった。ガラスの向こうには第二研究棟が見える。穏やかな陽射(ひざ)しが向かいの窓から反射し、部屋の中に注いでいる。遥(はる)か彼方(かなた)から、ぶうん、という鈍い排気音が聞こえた。トラックか何かが県道を走ったのだろう。車の音を聞いたのは久しぶりであった。その排気音が走り去ってしまうと、ラボの中は真空になった。

　孝岡はすでに自分が話すべきことをすべて話し終えたのに気づいた。手元の紙を眺める。勢いのある筆致で描かれたシナプス。不意に奇妙な感覚に囚(とら)われた。以前の自分であったら、これほど強引に理論を押し通しただろうか？　ドーパミンとセロトニンのバランスが臨死体験とアブダクションを規定していることは間違いないだろう。だが、なにひとつ確証はない。臨死体験者やアブダクティーの脳を調べたわけではない。すべては自分の空想に過ぎない。単なる思いつきを、これほど大胆に話すことはあっただろうか？　以前であれば、研究者として、おそらくもっと慎重な行動をとったのではないか？

　紙を脇(わき)へ寄せる。かさり、と音がして、それが奇妙に大きく響く。孝岡はいった。「……これが、私の脳で起こっている反応だ」

　再びメアリーの肩が震えた。孝岡は自分が何という言葉を発したのかよくわからなかった。まるで学術雑誌へ手紙(レター)でも書くかのように、自分の肉体の中で発生している出来事を語っている。

　メアリーはこちらを向いた。ゆっくりと、静かに、しかしはっきりとした口調で、声を発した。

「……まず、あなたの言及したエンドサイコシンだけれど」

「ああ」

「実はクローニングされたのよ。いまから三年ほど前にね。ω（オメガ）エンドサイコシンという名がつけられている」

「そんな論文は見たことがない」

「当然だわ。発表されていないんだもの。もちろん遺伝子配列も遺伝子バンクには登録されていない。ブレインテックの、ごく一部の研修者しかωエンドサイコシンのことは知らないわ」

「…………？」

「すでにブレインテックでは類似化合物の合成に成功しているの。そのうちBT－ω（オメガ）195と名付けられた化合物は、生体内（vivo）での生理作用の研究も始まっている」

「幻覚作用を発現するのか？」

「被験動物にもよるわね。でも、NMDAR3をまったく発現していない系統のラットでも、ある程度の行動変化は認められる。まず、なぜだかわからないけれど瞳が潤む。涙腺（るいせん）が影響を受けるのかもしれない。しきりに上方を気にするようになる。食餌（しょくじ）の摂取量が減少する。性欲が減退してメイティングしなくなる。キンドリングラットでは、こういった変化に加えて、光に対する感受性の増加やサーカディアンリズムの乱れが生じる」

孝岡は眉根（まゆね）を寄せた。そんな重要な結果を、なぜブレインテックは隠蔽（いんぺい）しているのだ。

いや、それ以前に、なぜメアリーはそのことを知っているのか。

ある考えが頭を過ぎった。

「……まさか」声が詰まった。「私がこのブレインテックに呼ばれたのは……、何かその件と関係があるのか？」

「……あなたは自分のクローニングしたNMDAR3の重要性に気がつかなかった。だけどこのブレインテックでは、あなたの論文に注目したのよ。ブレインテックが創設される前から、PCPレセプターのクローニングが重要課題とされていたの。あなたはグルタミン酸レセプターの研究では世界に名が通っている。あなたをブレインテックへ招き入れれば、臨死体験の研究に拍車がかかるかもしれない……。少なくとも所長はそう考えた」

「所長が……？」

「あなたを招くために政治的な取引があったの。わたしも詳しいことはわからない。とにかく所長は、このプロジェクトを推進するためにあなたが不可欠だと主張した。あなたの研究者としての能力を……」

「それだけか？」たまらず孝岡はいった。

「え？」

「本当にそれだけの理由なのか？　ならば、どうして宇宙人を見なければならない？　なぜ誘拐の犠牲にならなくてはならない？　そんなことが研究と関係あるのか？　突然呼び出され、行ってみたら奇妙な女性が発作を起こしていた。なぜそんなことに巻き込まれなければならない？」

「いいか、これだけは訊きたい。先週の月曜、メールを送ってきたのは本当に君なのか」

「それは……」

「……」メアリーが黙った。

「……なるほど」

ようやくわかった。知らないのは自分だけだったというわけだ。

立ち上がり、ドアへと向かった。

「待って。どこへ行くの」

孝岡はそれを無視し、廊下に出た。もちろん行く先は決まっていた。背後からメアリーの靴音が追ってくる。第二研究施設への連絡通路を抜け、さらに第一研究施設へと続くガラス張りの道を駆ける。

全ては仕組まれたことだったのだ。この三カ月、自分はブレインテックという力によって動かされていただけだったのだ。それならばそれでもよい。いまさらどうしようもない。気づかなかった自分が愚かなだけだ。

だが、それではこの自分はどうなる？

すでに変化してしまった自分はどうなる？

四方から光線が射し込み、空中通路は万華鏡の内部のように虹をつくっている。孝岡は目を細めながらその中を走った。前方に見える通路の終着点は暗く、眩しさに瞳が幻惑されよく見て取ることはできない。プリズムは孝岡が脚を前に出すごとに姿を変え、揺らぎ、後方へと飛び去ってゆく。上方には空が、足元には灰色の歩道が、そして周囲には無数に輝く粒子が舞っている。薄暗い室内が近づいてくる。近づいてくる。自分の足音が通路の中に響く。その後ろからはパンプスの鋭いリズムが聞こえてくる。

第一研究施設に突入し、両の瞳孔が急激に広がるのを感じた。孝岡はそのまま廊下を折れ、目的の場所へと走った。息を切らしたままそのドアを拳で叩きつけた。「開けろ！　訊きたいことがある、開けろ！」

「乱暴はやめて下さい」

どこかのスピーカーから女性の声が聞こえた。秘書の冨樫玲子だ。その冷静な口調が却って空々しかった。声を張り上げる。「開けろ！」

「待って、お願い、冷静になって！」

メアリーが追いついた。腕を摑んでくる。それを振り払い、さらに拳を打った。だんだんと鈍く籠もった振動が腹に響く。

空気の抜けるような音がして、不意にドアが開いた。そこには紺のスーツを身につけた冨樫が杭のように立っていた。所長に会わせろ、と叫ぶ前に、冨樫の右手がすいと孝岡の顎を捉えていた。その瞬間、孝岡は全身が動かなくなった。皮膚を通して冨樫の指の感触が伝わってくる。まるで金属の冷たさであった。鋭い香水の匂いが脳を直撃する。冨樫は顎を摑んだまま、こちらをじっと見つめ、赤く光る唇を動かした。

「静かに。理性的な態度を望みます。ドクター」

顎にかかる力が外れ、孝岡はがくりと前につんのめった。メアリーが助け起こしてくれる。顔を上げると、所長室への扉が開いていた。冨樫が無表情でその脇に立っている。奥から声が聞こえた。

「わざわざ訪ねてきてくれるとは嬉しい。さあ、入りたまえ」

扉の向こうは薄暗かった。孝岡は一瞬躊躇したが、中へ足を踏み入れた。その直後、右手に広がる光景に気づき、孝岡は目を瞠った。

巨大な月が、窓の向こうに浮かんでいた。

後ろでメアリーが声を上げるのがわかった。外は夜空であった。そして青白い満月が静止していた。思わず孝岡は周囲を見回した。いまは昼間のはずではないか？

「君は、ここへ来るといつも驚いているようだ」

声の方向に顔を向ける。そこにはキリストがいた。以前見たラファエロの絵画だ。空へと舞い上がるキリストの口から、北川嘉朗の笑い声が響いた。

「その窓はスクリーンにもなるのだ。君にも美しい月を見せてやりたかった。どうだね、神経が透き通ってゆくだろう」

肝心の北川の姿が見えない。

「どこにいる」

孝岡はキリストに向かっていった。その途端、北川の含み笑いがするすると横へ移動し、部屋の奥へと逃げていった。行方を目で追う。すると今度は不意に後ろから大音量の声が響いた。

メアリーが悲鳴を上げた。

「単なるスピーカーのトリックだよ。怖がることはない。うまく作動しているところを見ると、今日の君はエレクトロニクスに対してそれほど影響を与えないようだ」

まるで子供の遊びだ。北川の稚気に孝岡は憤りを感じた。

北川の声は部屋の中心部に固定された。

「向こう側を知っておく必要があるといったはずだ。ブレイクやドストエフスキーを読まなかったろう」

着任の日、北川が矢継ぎ早に作家の名を挙げたことを孝岡は思い出した。

「もっと芸術に親しみたまえ。あのとき私が名を挙げた者たちの作品に接していれば、君も自分の仕事の意義が理解できたはずなのだが」

「……どういうことだ」

孝岡は警戒しながらゆっくりと歩を進め、部屋の奥へと入っていった。北川の声が続く。

「彼らは幻視者だった。我々が目にすることのできないものを感じていた。彼らの脳は我々と違っていたのだよ。ドストエフスキーの家系に聖職者と犯罪者が多いことは知っているかね？　間違いなく、彼の家系には見者(ヴォワイヤン)の能力が綿々と伝わっているのだ。……我々もいずれは彼らに近づくことができる」

ヴォワイヤンという言葉の意味が孝岡にはわからなかった。北川の声はどこか歪(ゆが)んでいた。スピーカーが作り出したものなのか、それとも北川自身の声がおかしいのか、判断がつかなかった。音の端が奇妙に螺旋を巻いているようであった。

「本来は三ヵ月程度かけてゆっくりと君に説明するはずだった。だが、私もこの先長くはない。私が強引に君を鏡子に会わせた。その点は許して欲しい」

「……鏡子？」

「あなたがNDE実験室で会った女性よ」いつの間にか側へ来ていたメアリーがいった。「彼女は他人の脳に触れて、ニューロンの異常放電を誘発させることができるの。あなたが一時的に発作を起こしたのは彼女が右海馬に負荷をかけたからよ」

「……なんだって？」

振り返りかけたとき、覆い被さるように北川の声が響いた。

「君はオメガ原型になったのだよ、ドクター孝岡」

オメガ。

孝岡は言葉を失った。これまでメアリーの話に、何度もそのギリシア文字が現れている。ω
エンドサイコシン。BT-ω195。

「臨死体験者の多くが人格変容する」

突然、北川の話が飛んだ。「君も文献を読んだのなら知っているだろう。ごく普通の人間が、たった一度の臨死体験を境に、慈愛と奉仕の精神と向学心に満ち溢れた素晴らしい人格へと変化する。霊的なものへの関心が昂り、単一の宗教よりも全人類的な宗教を欲し、地球と宇宙の真理を求め始める。その変化は強力で、しかも劇的だ。決して元に戻ることはない。ひとたび神の光と愛に包まれた者には、意識の目覚めと成長が起こるのだ。彼らの精神は、蛹（さなぎ）が羽化して蝶（ちょう）になるのと同じように、完全なる変貌（へんぼう）を遂げる。臨死体験者の表情を見たことがあるかね。内側から輝いているのだ。生まれ変わったといってもいい。彼らの姿は新しい人類の誕生を連想させるのだ。彼らは我々より一足早く進化した新しい人類なのかもしれない。

私は思うのだよ。なぜそんな素晴らしい体験が一部の人間だけに限定されなければならないのか。なぜ臨死者だけに留（とど）めておかなければならないのか。それほどの素晴らしい体験は、多くの者が共有するべきだ。……君はシェルドレイクの仮説を知っているかね？」

まただ。北川はこちらに構うことなく、まるで過去の記憶の断片をついばむかのように、次々と話題を変えてゆく。

「例えばこんなことがある。互いに連絡を取っていなかったはずの研究者たちが、離れた場所で、ほぼ同時に同じ発見をすることがよくある。学術雑誌に、同じ結果を示す論文が二報も三報も掲載されることなど珍しくない。不思議だと思ったことはないかね？　それだけではない。何かを調べようと思ったとき、ちょうどそれに関する総説が雑誌に掲載されたり、タイミングよく誰かが情報を教えてくれたりすることがよくある。これは単なる偶然だろうか？　偶然にしては回数が多くはないか？」

「…………」

「心理学の世界では、これを共時性（シンクロニシティ）という。もっと面白い話をしよう。有機化学の研究では物質の抽出と結晶化が重要な作業だ。結晶化がうまくいかなければ解析もできない。中にはなかなか結晶化できない物質もある。しかし、あるグループが一度結晶化に成功すると、世界中の研究室で容易に結晶化が起こるようになる。古い例ではグリセリンがそうだ。二五〇年ほど前に初めて抽出されたとき、グリセリンはどうしても結晶化しなかった。冷却しても溶液のままだったのだ。そのため当時の研究者たちは、グリセリンは結晶化しない物質だと思い込んでいたほどだ。ところがあるとき、カナダの化学工場に置かれていたグリセリンが結晶化しているのが発見された。これを調べようと、ある科学者が結晶を研究室へ持って帰った。するとその途端、研究室に置かれていたすべてのグリセリンは、一七℃に冷却するだけで結晶化した。いまでは誰もがグリセリンを結晶化することができる。こうは考えられないだろうか。ひとたびグリセリンが結晶化すると、その形態が場となって形成される。その場が周囲のグリセリンに共鳴し、結晶化という事象を具体化させたのだ」

　孝岡は眉根を寄せた。どういうつもりなのか、北川は怪しげなことばかり話し始めた。

「こんな話もある。一九五三年、宮崎県の幸島でサツマイモによるニホンザルの餌付けがおこなわれていた。このとき一匹の雌ザルが、サツマイモを海水で洗うと砂が取れ、しかも塩味がついて美味になることを発見した。多くのサルがそれを真似し始めた。ところがそれと同じ頃、幸島の発見が伝播されるはずもない遠隔地のコロニーに棲息するサルたちもイモ洗いを始めるようになった。グリセリンと同じ現象がここでも起こったのだ。

　ライアル・ワトソンがこの現象に目をつけ、おもしろいことを書いている。幸島でイモを洗うサルの数がある閾値を超えた時点で、『イモ洗い』という形態は臨界質量を通過する。その閾値を超えると島全体のサルがイモ洗いをおこなうようになるばかりか、他の群れでもイモ洗いが自然発生するようになる。この閾値を、ワトソンは仮に一〇〇匹目とした。このアイデアは後に『一〇〇匹目の猿』という呼び名で広く知られるようになる。つまりこういうことだ。ひとりひとりの意識が集まり、ある閾値に達すると、その形態は広範囲に伝播し、真実となって現れる……」

「それは……」

孝岡は口を開きかけた。北川の話はあまりにも恣意的だ。孝岡はよく知らないが、イモ洗いが他のコロニーでも同時多発したというのは事実なのだろう。だが、それと「閾値」などというオカルトめいた考えとは別だ。おそらく他のコロニーでもイモによる餌付けがおこなわれていたのだ。それぞれのコロニーのサルたちが、独自にイモ洗いという方法を発見したに過ぎない。餌付けの時期が重なっていたため、たまたま同じ頃にイモ洗いが観察されたというだけのことではないのか。

北川はこちらの胸の内を見透かすようにいった。

「反論があるのはわかっている。しかし、それではこの場合はどうかね。君もNMDAレセプターの仕事をしているなら、これまでにネズミの迷路学習実験をおこなったことがあるだろう。ネズミを迷路に入れ、ゴールするまでの時間を計測するのだ。ネズミは何度も迷路の中を歩くことにより、次第に学習し、ゴールまでの到達時間が短くなってゆく。ところが、実験を繰り返すうちに、対照群（コントロール）のネズミのタイムも短くなってゆくことに君は気づいたはずだ。学習していないはずのネズミも、明らかに実験を始めた頃のネズミより速くゴールへ到達するのだ。この現象は、通常の科学では説明ができない」

孝岡は唸った。確かにそれは、多くの研究者が頭を抱えている問題だ。実験者の手際がよくなったことが原因だろうが、一概にそうといえない場合もある。

「これがルパート・シェルドレイクのいう形態共鳴だ。ひとたび形態の場が形成されると、それは時空を超えてこの世界に影響を及ぼす。ネズミが何度も学習することによって形態の場が作られたのだ。それが他のネズミに共鳴し、ゴールまでの到達速度が速まったのだ。これと同じことが臨死体験にも当てはまるのだよ」

「…………」

「臨死体験者が増えることによって、意識の進化が形態の場を作り上げるのだ。その場が広がることによって、形態は全人類に共鳴し、やがて人類の意識は変貌するだろう。我々はこの人類進化の究極点をオメガと名づけた」

そのとき、右手の月が光度を増した。

そちらを向き、孝岡は息を呑んだ。満月は窓の枠いっぱいにまで膨張していた。表面のクレーターの凹凸や海の陰影までもがくっきりと浮かび上がっている。いまにも落ちてきそうであった。これほど鮮明な月を孝岡は見たことがなかった。

「オメガとはギリシア文字の最後の文字だ。死を意味すると同時に終着点、到達点を指す」

北川の声が一気に拡大し、室内に充満した。部屋の中に存在する分子の全てが同時に北川の声を発した。

「人類を超越した存在、神性との融合、それがオメガ・ポイントだ。臨死体験者はオメガへと到達するための足がかりとなる。我々は彼らのことをオメガ原型（プロトタイプ）と呼んでいる。そう、君もそのひとりだ」

全四方から音の同心円が襲ってきた。頭の中で不調和音を作り出す。そのひとりだ、という最後の言葉が全身の細胞に反響する。

「オメガ原型は、ライアル・ワトソンの喩（たと）えに準（なぞら）えるとするならば、一匹のサルだ。だが、そのサルが増えてゆき、一〇〇匹に達したところで、全てのサルは変わる。全てのサルの意識は進化する。すなわち、オメガ原型が増え続け、ある一定の閾値を超えた瞬間、人類全体は一気に進化するのだ。進化の最終到達点、オメガへと」

月の中心から目が離せなかった。その中へ引きずり込まれそうな錯覚を孝岡は覚えた。目眩（めまい）がする。夜の空に浮かぶ真円。白く光る月。深淵（しんえん）。それはトンネルの向こうに見える出口のようだった。闇（やみ）の世界の向こう側に広がる無限の楽園であった。おおおおお、とどこかで低い唸りが聞こえている。北川の声が遠ざかって行く。あれが天国なのだろうか？　自分は天国へ通じるトンネルの中に立っているのだろうか？　あの光の向こうには何があるのだろうか？　月が大きくなってゆく。さらに大きくなってゆく。自分がオメガ原型だとするならば、あの光の、あの光の中の――

その瞬間、世界が光になった。

全ての原子が光のエネルギーへと変換された。孝岡は目を覆った。白色の洪水の中に突入したようであった。

北川の声が収束した。「——これが我々の進めている『オメガ・プロジェクト』なのだよ」

両手で目を庇いながら孝岡はゆっくりと瞼を開けた。月が映し出されていた窓が全開している。冨樫がスクリーンを操作したのだ。散大した瞳に昼の光線は強力すぎる。俯いて足元を確認する。危ないところであった。音響効果の魔術にはまっていたのだ。

「メアリー」孝岡は足の先を見つめたまま問うた。昨夜から訊きたいと思っていたことであった。「……私に対する君の役割は？　ただ臨死体験の話をするためだけに近づいてきたわけではないだろう？」

「……あなたの心理状態や生理学的な変化を把握して、スムーズにプロジェクトへの参加を呼びかけることだったの。うまくいかずにこんな形になってしまったけれど……」

「なるほど」

孝岡は目を細めたまま顔を上げた。そこには天へ昇ろうとするキリストの姿があった。窓から射し込む光を浴び、キリストは薄く霞んで見えた。

北川の穏やかな声が聞こえた。

「我々は神を見る能力を手に入れようとしている。多くの者がドストエフスキーや宮沢賢治、ウィリアム・ブレイクになれるのだよ。素晴らしいことだとは思わないかね？　君の研究が、その一歩を進めるのだ。どうかね、協力してもらえるかね」

「……わかりました」

孝岡は答えた。背後でメアリーが息を呑むのが聞こえた。だがそれに構わず言葉を繋いだ。

「協力します」

「ありがとう。やはり君は優れた人物だ。私の思っていた通りだった」

満足げな声が天井から降り注ぐ。孝岡は両手を広げて飛び立つイエス・キリストの姿を見つめた。キリストの変容。

北川はまだ何かを隠している。

人類の進化などという抽象的な目的のために、北川がこのブレインテックを設立したとは思えなかった。この施設には莫大な予算と膨大な時間が費やされているのだ。臨死体験を研究するためだけに、これほどの巨大なプロジェクトが成立するはずがない。

鏡子とは何者なのか。なぜ自分はその女性と接触させられたのか。なぜ自分は宇宙人を見なくてはならないのか。根本的な謎はわからないままだ。

「そのプロジェクトに協力します」

孝岡は再びいった。これまでの自分は、相手の意のままに操られ、観察されているだけでしかなかった。いわば迷路の中での行動を外からじっと見つめられていたラットだった。だが、いまは情報を与えられている。相手に協力すると見せかけて、相手の手の内を探ることも可能だ。

被験動物も、身の危険を感じるときは研究者の指を噛む。その歯は研究者の皮膚を奥まで抉ることもある。

24

九月一九日（金）

助手に促されて、秦野真奈美は躊躇いながらも一歩進み、扉に塡め込まれたガラス窓に顔を近づけた。

部屋はそれほど広くない。壁と床はリノリウム製らしく、ベージュ色で統一されている。空調装置やパソコンなどが左の隅に置かれているのが見えるが、ガラスの面積が小さく、なかなか部屋全体を見渡すことができない。秦野は扉に両手をあて、少し背伸びをした。その瞬間、ごとりという鈍い金属音が聞こえ、慌てて右の端へと視線を向けた。

「……ああ」

秦野は喘いだ。目を閉じ、額をガラスに圧しつける。瞼の裏に、いま見たハナの姿が否応なしに映し出された。壁際に設置されたケージ。その中で座り、胸のあたりを搔いているハナ。その仕草はいつもと変わりがない。だが、ハナの頭部は、すでに人工の異物によってしっかりと覆われている。その異物から伸びるチューブやコードの束は、ケージを抜けて上へと連絡していた。

「ほとんど違和感は感じていないと思います」後ろから助手が冷静な口調で解説する。「柔らかいヘルメットといったところでしょう。昨日は少し興奮して、何度か頭をケージの隅にぶつけていましたが、今日はおとなしくしています」

秦野は覚悟を決め、目を開けた。ハナの姿を観察する。ハナの頭部に取りつけられている装置は、ヘルメットというよりもボクサーの防御具のようであった。表面は化繊のクッションになっており、金属の部分はほとんど隠されている。スイッチやジャックなど、機械を連想させる部分はほとんどない。側面と額の部分に赤い発光ダイオードが見てとれる程度だ。

しかし、ヘルメットの頭頂部から出ているコードの束は、やはり異様であった。どうしてもヘルメットの内部を想像させてしまう。ハナの頭蓋（ずがい）はほとんどが除去され、代わりにブレインテックの開発した光デバイスの半球によってハナの脳は包み込まれている。ハナの大脳皮質、とりわけ前頭葉と側頭葉、さらに海馬の一部の神経活動は、これによって常に記録され、解析されることになる。それだけではない。ハナの脳へ直接刺激を与えられるよう、ヘルメットの内部からは電極や微小注入（マイクロインジェクション）装置が幾つも脳組織の中へ伸びているのだ。

「左手のモニタに、ハナの脳内の活動がリアルタイムで表示されています」

パソコンの画面に目を移す。よく見えないが、正方形のウィンドウが刻々と色を変えているのがわかる。

ハナが被（かぶ）せられたヘルメットは、ブレインテックが開発した光デバイスによる光計測カメラシステムによって成り立っている。ハナの脳内で起こっている神経興奮の様子を、光反応と磁気変化によって測定しようというものだ。秦野は昨夜、開発技術員のひとりから二時間にわたって説明を受けた。それによれば、このシステムの利点はふたつある。まず時間分解能と空間分解能が優れていること。そして計測中にハナの行動を束縛しないことだ。

技術員の話は工学の用語が頻出したため、詳しいことまではよくわからなかったが、少なくとも理解した範囲では次のような原理であった。

これまで、神経細胞の活動を測定する方法として、電流によって生ずる磁気を測定するMEG、あるいは脳血液中のグルコース代謝量を測定するPETなどが主として用いられてきている。しかしどちらも神経細胞ひとつひとつの興奮を追うことはできない。脳のこのあたりが興奮している、という大雑把な推測ができる程度だ。大局的な興奮の変化を調べるならそれでもよいが、細かいニューロンの興奮伝達を解析するには適さない。例えばMEGの空間分解能は三〜五ミリメートル、時間分解能はミリ秒単位であり、PETなら空間分解能は五〜一〇ミリメートル、時間分解能は分単位である。ニューロンひとつの大きさを約一〇マイクロメートル、興奮状態がミリ秒単位で大きく変化することを考えると、個々のニューロンの興奮状態の様子と、その興奮がどの方向へ伝わってゆくかを調べるためには、もっと分解能の優れた新しい技術が必要であることは明らかだ。そこでブレインテックが開発したのが、光デバイスによる計測法だったのである。

ハナの頭部にセットされているヘルメットの内部には、光の強度を電気信号に変換するフォトダイオードが敷き詰められている。このダイオードは一辺が五〇マイクロメートルの正方形で、これが約六万五千個集まってひとつのフレームを形成する。こういったフレームがぐるりとハナの脳を取り囲んでいるわけである。さらに、ダイオードとハナの脳の間には、幾つもの油液状レンズが組み込まれている。これらのレンズは外部からのコンピュータ操作によって自由に焦点を変えることができる。レンズはハナの大脳皮質のうち前頭葉と頭頂葉、左右の側頭葉の約八割に焦点を当てることが可能だという。さらに光ファイバーを側頭葉の深部に埋め込むことにより、海馬の興奮状態も観察することができるらしい。

　測定の方法はこうだ。まず、測定したい脳の部位に、微小注入（マイクロインジェクション）によってケミカルプローブが投与される。このプローブはブレインテックが開発した薬物で、神経細胞内に取り込まれ、細胞の膜電位が上昇することによって、つまり神経細胞が興奮することによって構造が変化し、蛍光を発する。この発光の様子がレンズを通してダイオードの敷き詰められたフレームへと送られる。ダイオードは蛍光の変化を電気信号に変え、外部のコンピュータへそのデータを流す。コンピュータはデータを再構築し、ハナの脳内で起こっている神経の興奮状態をほぼリアルタイムでモニタに表示する。ひとつのダイオードピクセルの空間分解能は約五マイクロメートル四方というから、ひとつのフレームでは脳の約一・三ミリメートル四方で起こる神経興奮の様子を六万五千ピクセルで観察できることになり、空間分解能はＭＥＧやＰＥＴに比べて格段に優れているといえる。レンズの焦点を集めれば、最大で約五ミリ四方まで連続して測定が可能だという。時間分解能は約〇・三ミリ秒。こちらもＭＥＧと比較して遜色（そんしょく）はない。

　レンズの焦点深度を変えることにより、皮質表面だけでなく内部のニューロンの発光も捕らえることもできるようだ。深度を変えながら同じ刺激を繰り返し、その結果を重層させれば、三次元のイメージングも構築できる。このデータを蓄積しておけば、コンピュータが自動的に学習するため、別の刺激による反応を解析する際は時間が大幅に短縮されるらしい。その学習はブレインテックの地下に設置されたOMEGAというニューロコンピュータがやってくれるらしいが、秦野には何のことなのかよくわからなかった。とにかく、これが技術員のいう「画期的な」リアルタイム光学的(オプティカル)イメージングなのだそうだ。

だが、そんな細かいことは、秦野にとってどうでもよかった。

「あのコードは取り外しが可能です。運動場で遊ばせたりするときは外し、実験のときや薬物を投与するときだけ接続するわけです。ハナの生活に障害はありません」

助手がこちらの気持ちを察知したかのように付け加える。その気配りのよさに、秦野は却(かえ)って嫌らしさを感じた。

「水浴びだってするし、高いところから飛び降りたりもするんですよ。ショートするかもしれないじゃないですか。危険です」

振り返り、昨夜発した質問を繰り返してみる。だが助手は答えず、ただ無表情のまま直立していた。秦野は相手を睨(にら)みつけてやった。

どうせ彼らはハナを野生に戻す気などないのだ。実験を繰り返し、思う存分データを取ったら、後始末をこちらに押しつけるつもりだろう。だが、それだけで済むだろうか。天寿を全うできるならまだいい。最悪の場合、解剖されてしまうことも考えられる。いずれにせよ、すでにハナは動物行動学のためのチンパンジーではなく、単なる脳科学の被験動物になってしまっている。ハナの未来は存在しない。

胸が絞られるようだ。秦野は奥歯を嚙みしめた。部屋の中へと視線を戻す。

フーッ、とハナが息を吐いた。こちらに気づいたようだ。顔を向け、サインを送ってくる。

ハナ　いい子　いい子

ハナの表情があまりにも無邪気だったので、秦野は鼻先につんと湿った痛みを感じた。目頭が潤んでしまう。慌てて目を瞬いて涙を抑える。無理をして笑みを作り、サインを返してやった。**ハナ　いい子**

その途端、頭の中に、これまでの記憶がどっと溢れた。**いい子**、の**子**という小さい子供の頭を撫でるようなサインを終えたところで、秦野は胸を押さえ、そのまま目を閉じた。

小さい頃から動物が好きだった。泣き止まないとき、よく父は動物園へ連れて行ってくれたらしい。アパートから車で一五分くらいの所に動物園があったのである。キリンやゾウの前のベンチに座っていればそれだけで機嫌がよくなったのだと、大きくなってから教えてもらった。まったく覚えていなかったが、そうかもしれないと聞いたときは妙に納得したものだ。

小学校の低学年の頃だったと思う。同じクラスで仲のよかった友達が柴犬の子供を飼っていて、それが羨ましかった。抱いてやると湿った鼻先をこすりつけ、舌でぺろりと頰を舐めてくれる。その仕草がとても可愛らしかった。自分が飼うんだったらどんな犬がいいだろう、そんな空想を巡らせた。やっぱり刑事犬カールみたいに頭がよくてかっこいい犬だ。秦野は母親に、カールみたいな犬を飼おうとねだった。しかしその願いは即座に退けられた。そのときほど自分の境遇を嘆いたことはない。ああ、なんでうちはアパート暮らしなんだろう！

初めて夢中になった本が『ドリトル先生』だった。動物と話すことのできるドリトル先生は秦野にとって憧れだった。オウムのポリネシアも、ちょっと変わってはいるものの大好きだった。動物の言葉がわかるようになるには観察力が必要だとポリネシアはいっていた。だから秦野はその忠告に従って、真剣に動物を観察しようと決心した。公園に棲み着いている三毛の野良猫を夜中まで眺めていて、親に心配をかけたこともある。

そして――。忘れもしない、小学校六年生のときの、七月二八日。学校は夏休みに入っていて、秦野はその夜、居間のこたつ机でひとり、宿題の算数のドリルを解いていた。

計算をしている途中で、突然、その声が聞こえたのだ。

はっとして顔を上げた。どこから発せられたのか、何の声なのか、咄嗟にはわからなかった。遠くから風に乗ってやってきた悲鳴なのかもしれないと最初は錯覚したほどだ。

いまでも秦野はその声を覚えている。それは力強く、しかも透き通っていて、同時に優しかった。その長い声は秦野の胸の真ん中に滲み込み、心臓の中で深く深く谺した。

そこでようやく、いまの声がテレビのスピーカーから流れてきたのだということに気づいた。秦野は画面を見つめた。

鮮やかな緑の草葉と、入り組んだ太い枝が映っていた。

アフリカの森だった。紺碧の空の下に広がる緑のうねり。柔らかな女性の声が、ここはタンザニアです、と告げた。タンザニア。秦野はその言葉を口の中で転がしてみた。それまで聞いたことのない地名だった。しかしその名前はどこか神秘的な感じがして、いかにもアフリカにふさわしいと秦野は思った。不意に森の一点がざわざわと動き、フーホー！　フーホー！　という大きな声が響いた。間髪を入れず、ざざざざ、という葉ずれの音が右から左へと走っていった。黒い影が画面に現れた。

　チンパンジーだった。

　その敏捷（びんしょう）な動きに、秦野は釘（くぎ）づけになった。すでに計算ドリルの問題のことは忘れていた。身を乗り出しながら、画面の中のチンパンジーに見入った。

　チンパンジーたちのさまざまな様子が映し出されていった。枯れ草で覆われた小道を疾走してゆく。母親が小さな赤ん坊を抱いている。子供たちが集まって互いに毛づくろいし、ごろごろと転がって遊んでいる。木の蔓（つる）に上手につかまりながら空中を駆ける。人との触れ合う場面も登場した。青色の作業服を着た黒人が、ままごとで使うような赤い小さなバケツを幾つも両手に提（さ）げてやってくる。チンパンジーの子供たちは次々と黒人からバケツを受け取り、中に入っているミルクをごくごくと飲み干す。哺乳壜（ほにゅうびん）を渡された子供もいた。その子供は人間の赤ん坊とよく似ていた。

　そして画面が変わり、チンパンジーの群れが映った。家族なのだろうか、大人や子供が混ざっている。そこへ、ひとりの金髪の女性が現れた。その女性は群れの中に入り、そしてときには遠くから見守りながら、チンパンジーたちの生態を観察し続けた。

　女性のナレーターがいった。「彼女の名はジェーン・グドール。その生涯をチンパンジーに捧げています」

ナレーターは、ジェーン・グドールのこれまでの人生と、研究成果、そしてさまざまな活動について説明した。チンパンジーが肉も食べるという事実を初めて確認したこと。草の葉を白蟻の巣に挿し込み、白蟻を釣って食べるところを目撃し、人間以外の動物でも道具を使うことを発見したこと。観察対象のチンパンジーたちに、記号や数字ではなく名前を与えたこと。保護区域をつくってチンパンジーたちが暮らしやすい環境を残すための運動をしていること、などなど。画面に現れるグドールの顔は常に明るく輝いていた。瞳は澄んでおり、そして表情には優しさの中にきりりとした強い意志が浮かんでいた。美しい人だ、と秦野はそのとき単純に感動した。

ジェーン・グドール。

ずっと探してきたものをようやく見つけた。そう思った。秦野は心にその名をしっかりと刻みつけた。

自分はチンパンジーの研究をするのだ。アフリカに行って、チンパンジーと行動を共にし、チンパンジーの心を研究するのだ。

その後秦野はグドールの自伝を読んだ。グドールも『ドリトル先生』が大好きだったとわかって、なんだかとてもうれしかった。

そして高校三年になった頃、秦野はボノボについての番組を観た。そこに登場したボノボの仕草は、人間とまったく変わらなかった。ボノボたちが正常位で性交しているのが映し出されたとき、秦野は正視できなかった。番組が終わった後、その恥ずかしさがどこから来たのかを考えた。そして、人間とおなじような振る舞いをしていたからだと気づいた。自分はボノボに人間を見ていたのだ。

そのとき、疑問が次から次へと湧き起こってきた。

彼らとヒトはどこが違うのだろう。

何が彼らとヒトを分けているのだろう。

知りたい、と思った。

猛烈に知りたかった。彼らを見ていて初めてヒトのことを考えた。わたしはいったい何者なんだろう。なぜわたしは人間なんだろう。

その答を、彼らが持っているような気がした。

秦野は京都大学を受験した。そして、念願だった霊長類研究所に入った。

だが――。

ハナがこんな姿になったのも、自分のせいなのではないか。

秦野の脳裏に、これまで脚光を浴び、そして決して幸せとはいえない運命を辿っていったチンパンジーたちのことが、否応なく次々と浮かんできた。

はじめのうち、手話を覚えたチンパンジーたちは大いに注目を集めた。研究者たちも有名になった。だがオクラホマ大学のハーバート・テラスによって、一連の研究は叩き潰されることになった。

テラスはニムというチンパンジーに手話を教えていた。テラス自身、はじめのうちはニムが手話の意味を充分に理解していると考えていたらしい。しかし彼はニムの動作を収録した三時間半のビデオテープを詳細に解析した結果、ニムが単に食べ物欲しさに芸をしているにすぎないと結論づけたのだ。このショッキングな報告は、多くの研究者に賢い（クレバー）ハンスという馬のエピソードを思い起こさせた。一九〇〇年頃、ハンスという馬が飼い主の出す様々な足し算や掛け算を見事に計算し、蹄（ひづめ）で床を叩く数で答を示した。なんと賢い馬だろうと人々は感心した。だが実際のところ、ハンスは飼い主の微妙な表情の変化を読みとり、そこで床を叩くのをやめていただけだった。その証拠に目隠しをされたハンスはいつまでも床を叩き続けた。飼い主すらハンスに騙（だま）されていたのである。チンパンジーと研究者の関係はそれとまったく同じなのではないか。テラスの報告を読み、多くの動物心理学者たちはそう思ったのだ。

　これが引き金となってチンパンジーやゴリラの言語研究をおこなっていた研究者たちは窮地に立たされる。研究資金を提供してくれる機関がなくなってしまったのだ。研究者たちは実験を切り上げ、そして彼らの処分に頭を悩ませることになる。ハーバート・テラスのもとから霊長類研究所へ戻ってきていたニムをはじめ、何頭かのチンパンジーは医学実験施設へ送られた。生殖用として利用されたものもいるらしい。

　チンパンジーだけではない。研究者たちも様々な方向へ散っていった。理想主義、完璧（かんぺき）主義ゆえに学界やマスコミから離れていった研究者もいる。ゴリラのココに手話を教えたペニー・パターソンは大学と関係を絶ち、ココと共に自分たちだけの施設に閉じこもった。彼女は貴重なデータを抱えながらもその膨大な量を整理することができず、次第に研究の結果を公表しなくなっていった。オクラホマ大学の学生であったジャニス・カーターは、手話を教えられていたルーシーというチンパンジーを野生へ帰そうとアフリカへ連れていった。だが、とある夫妻によって人間の家族同然に育てられたルーシーは、アフリカの大地になかなか馴染むことができなかった。ジャニスは精神的にも経済的にも苦痛を味わったという。

　そうして七〇年代後半、手話を用いた類人猿の言語研究は自滅していった。皮肉にも八〇年、アメリカではマイクル・クライトンという作家がココ・プロジェクトを題材に小説を書き、注目を集めた。秦野は学生だった頃これを読み、複雑な気分になったものだ。物語ではエイミーという名の手話をするゴリラが研究者たちとコンゴへ行き、そして最終的に野生へと帰ってゆく。だが、その後エイミーはどうなったのだろう。どうしても不安に思えてならなかった。幸せに暮らすことができたのだろうか？　ちゃんと自分で餌を取り、川の水を飲むことができただろうか？

　ハナの手話は単なるサーカス芸なのだろうか？　ハナは餌を欲しいがために意味もわからず両手を動かしているだけなのか？　もしそうだとしたら、ハナをこんな姿にした責任の全ては自分にある。ハナは手話ができるからこそ、このプロジェクトに抜擢されたのだ。それなのに、もしハナの手話がただの芸なのだとしたら……。

　もっとも、近年になって類人猿の言語研究は再評価されつつある。アメリカのヤーキース霊長類研究所でおこなわれているボノボのカンジのプロジェクトや、京都大学霊長類研究所のアイのプロジェクトは確実に成果を上げている。研究衰退の原因を作ったハーバート・テラス自身も、最近では柔軟な考え方に移行しているようだ。本当の研究はこれからだといえる。

だが、いまの自分の研究は科学に貢献しているのだろうか？

これから自分はどうなるのだろう、と秦野は思った。まだ博士号も取得していない研究者の卵だ。その自分に何ができるというのだろう。

ペニー・パターソンやジャニス・カーターはいずれも学生でありながら世間から大きな注目を浴びた。だが、わたしはどうなるのだろうか。気づいたときにはハナと一緒にテレビカメラへ向かって乞われるままにポーズをとっているのだろうか。そんなことを何十回も繰り返したあげく、最後には彼女たちと同じ行動をとるのだろうか。ハナを守るために。

わからなかった。ただ、いまハナにおこなわれていることが自分の望んでいた研究方向ではないことだけは確かだった。ハナにこんなことをさせるためにわたしはブレインテックへ来たのではない。研究者になったのではない。

ただ、ジェーン・グドールのようになりたかったのだ。

——再びハナの鼻息が聞こえ、秦野は我に返った。目の焦点を合わすと、ハナがこちらに向けてしきりにサインを発していた。

真奈美　友達　友達

「……そうね、ハナ。友達よね」

秦野は複雑で形容しがたい想いが胸の内で渦を巻くのを感じながらも、それを隠しながら両手を組み、友達のサインを返した。ハナはそれを見て喜びの表情を浮かべた。

「さあ、そろそろ行きましょう」

後ろで助手がいった。秦野はその言葉を無視し、精いっぱいの笑顔を作り、ハナにサインしてやった。

ハナ　いい子
そのくらいしか、いまの自分にできることはなかった。

解説

脳を理解しようとする脳

金子隆一

本書「BRAIN VALLEY」をすでに読了された方には言うまでもない事だが、この作品の大きな特徴の一つは、過剰とも言える科学用語の氾濫（はんらん）である。

恐らく、脳科学についてなんの予備知識も先入観もなく、ベストセラー小説を読もうとして本書を手にとられた方の中には、この専門用語の洪水に驚き、中にはその難しさに辟易（へきえき）して、途中で読むのを投げ出した、という人もあるかも知れない。

だが、もしあなたが、本を読む前に解説から読む癖をお持ちだとしたら、これだけは最初にお断りしておきたい。

本書のテーマはまさしく「脳」そのものであり、ヒトの脳は何のためにかくも複雑巨大な装置に進化したのか、という問題であり、また、その脳を理解しようとする脳の物語である。ついでに言うなら、それを読み、理解しようとするあなたの脳も、その重層構造の中に自動的に組み込まれて行くことにある。

そして、本書の中の科学情報は、この作品世界とあなたの脳とを共通の認識によってフォーマット化するためのものである。ここにおいて何よりも重要なのは、本書に登場する脳科学、人工生命、類人猿学、あるいはUFOや臨死体験などに関する情報がすべて事実そのままであり、したがって、読者を混乱させ、誤った認識や結論に導いて行くような矛盾や誤謬(ごびゅう)は一切含まれていない、という事だ。むろん作品そのものはフィクションであり、これらの膨大な事実の中からしだいに姿を現して行く壮大な架空理論の面白さを味わうのが本書の（あるいはよくできたサイエンス・フィクションの）醍醐味(だいごみ)なのだが、そこへわれわれを到達させるためのベーシックな情報群に、事実上の、あるいは論理上の誤りが含まれていたり、それを読み取るには難解すぎたりしたのでは、著者の意図した論理的設計案が成立しなくなってしまう。

その点、本書における科学的記述は簡にして要、かぎられた紙面の中で過不足なく見事に最新の情報を読者に与えることに成功している。本当は、これ以上第三者がよけいなことをそこに付け加えるのはむしろおせっかいと言うべきだろう。しかし、すでに著者である瀬名秀明氏自身が「BRAIN　VALLEY」の科学面でのサブ・テキスト「神に迫るサイエンス」（角川書店・98年）をプロデュースしておられるいきさつもあり、若干のおせっかいは許されるかも知れない。本書に登場する科学についてのダイレクトな解説は、右のサブ・テキストがすでに十分その役割を果しているが、ここではあえて筆者なりの見解もまじえた、もう少々の蛇足をつけ加えておこう。

さて、脳科学とは、生命科学の包括するあらゆる研究領域の中でもとりわけ広大で、それ自体が一個の総合科学と呼びうるジャンルである。しかし、それが対象とするヒトの脳は、本書でも触れられていた通り、実際に侵襲的にその機能を調べることがきわめて難しく、DNAのように対象を自由に切り刻み、組み立て直し、徹底的に物として調べることなど及びもつかない。動物実験ないしコンピュータ・シミュレーション以外は、すべて対象に接触することなく研究を進めなければならないという大きなハンデを背負っている。

だが今日では、精密計測技術の急速な進展により、脳内の活動を外部から非接触式に、詳細に観測することができるようになった。現代の脳科学はこれらの計測技術を駆使することによって、飛躍的な進歩を遂げたのである。その代表的なものを以下にあげておこう。

PET（陽電子―電子トモグラフィー）は放射性同位体を使う断層画像撮影装置の一種で、とりわけ原子核が崩壊する時に、＋の電気を帯びた電子（陽電子）を放出するものが使用される。小型の粒子加速器を使って特定の元素の放射性同位体を作り、これでさまざまな化合物を作って脳内に送り込むと、それぞれの元素の関与する代謝系の進行過程で原子核の崩壊が起こる。この時放出される陽電子と電子が衝突すると、お互いの質量を打ち消しあい、特定の波長のγ線が放出される。例えば$^{15}O_2$は酸素の大量に消費されるところで多数崩壊してγ線を出し、$C^{15}O_2$は局所血流量の増大する所で崩壊する。このようにして、PETは脳内のどこでどのような生理反応が進行しているかを診断できる。

NMR―CT（核磁気共鳴コンピュータ・トモグラフィー）は、一九八〇年代初頭に開発されて以来、PETやX線CTスキャナーと並んで、脳の断層画像を得るためのもっとも重要な手段として用いられてきた。

原子はそれ自体が一個の小さな磁石であり、その磁気モーメントは原子核を構成する陽子のスピン（自転）によって生じている。通常この自転軸の向きは原子によってばらばらだが、外部から強い磁場をかけると、体内の原子の自転軸はその磁力線に沿って整列し、さらにこの磁場を高い周波数で振動させると、個々の原子がそれに共鳴していっせいに信号を発する。これを受信し、コンピュータ処理により、脳内での信号の三次元分布を立体画像にして行くのがNMR—CTだ。

この方法では、原子核の共鳴信号強度が原子の密度に比例するため、例えば水素原子核に狙いを定めると、脳のどのあたりにどれほど水が分布しているかを調べ、そこから脳腫瘍（しゅよう）の種類まで識別できる。X線を使った診断のように脳を傷つける恐れもない。

磁気共鳴の原理を応用したTMRI（ファンクショナル磁気共鳴画像）装置は、酸素を運搬する赤血球のタンパク質、ヘモグロビンが酸素と結合している時と、酸素を切り離した時で磁気共鳴のパターンが違う事を利用した計測装置である。この装置は、脳のどの部位が現在もっともさかんに酸素を消費し、活動を続けているかを、ミリ単位で精密に、リアルタイムで測定できるため、今や脳研究に必要不可欠のハードウェアとなっている。

この他、脳内のニューロンの活動にともなう微弱な磁場を検出する「生体磁気計測機（MEG）」も、強力な超伝導磁石の導入によって、リアルタイムで、かつミリ単位の鮮度で脳内活動を計測できるようになったし、一九九五年には、日立製作所と東京警察病院が「光トポグラフィー」と呼ばれるまったく新しい脳の計測装置を開発した。これは、頭の外側から近赤外線を照射し、頭皮と頭蓋骨を透過して脳の表面から反射してくる赤外線を画像処理して、脳の活動部位をほぼリアルタイムで表示するものだ。この装置は、他のあらゆる計測装置と違い、数百グラムの軽いヘッドギアさえ装着すれば、頭を自由に動かしていても計測が可能だという利点がある。これによって、さまざまな知的作業の最中に脳のどこが働くか、容易に調査できるようになると期待されている。

しかし、これだけ技術革新が進んでも、なお今日の計測機器の精度は十分であると言うにはほど遠い。理想を言えば、この種の計測装置の分解能はミリ単位をはるかに超えて、個々のニューロン、あるいはそこから分岐するシナプス一つ一つの活動状態までを完全にリアルタイムで把握できるものであって欲しい。さらに、ただ脳からの出力を精密に捉えるばかりでなく、脳の特定の部位、特定のニューロンに信号を送り込む能力もあれば、脳に対するいかなる実験も非侵襲的に行うことができ、脳の機能解明はそれこそ爆発的な勢いで進展することだろう。

むろんそれは、今日の技術レベルではとうてい手の届きそうもない夢物語でしかないが、それでも、一部の先鋭的な研究者は、すでにその段階へ至るのに必要と思われる基礎技術について、しばしば言及している。

例えば、バイオ・コンピュータの初期の研究者の一人、米ジェネックス社のK・ウルマーは、すでに一九八〇年代初頭の時点で、究極のコンピュータのヴィジョンを次のように語っている。

すなわち、最終的には、バイオ・コンピュータは、一連の遺伝情報としてヒトの脳内に送り込まれ、そこで成長し、脳内にビルト・インされた生体コンピュータとして機能するようなものとなるだろう、と言うのである。

もし、このようなシステムが実際に構築できれば、脳内のあらゆる活動をモニターし、完全な「思考辞書」、すなわち個々のニューロンの活動状況と思考内容を一対一で照合した記録を作成したり、それを外部のシステムと接続するインターフェイスを作ったり、新たな記憶内容に対応して、ニューロン・ネットワークがどのように組み換えられて行くかを調べたりすることもできるだろう。

ニューロン同士の間隙(かんげき)には、グリア細胞と呼ばれる補助的な機能を持った細胞が充満しており、われわれの遺伝子工学が十分に成熟して、グリア細胞にさまざまな機能を付与することができるようになれば、われわれの脳研究も最終段階に突入することになる。死後の世界や神や異星人が、本当にわれわれの脳内に存在するものなら、その時こそわれわれはその所在をあばき出し、あるいは自由にそちら側の世界とアクセスできるようになっているに違いない。――もちろん、その前に、われわれ自身が、ヒト遺伝子の加工に対するあらゆる禁忌を無化してしまっている事が大前提だが。

不可視の領域へのアプローチ

脳の研究の歴史は、「BRAIN　VALLEY」の冒頭でも触れられているが、脳が精神の座であるという認識が一般に広く定着したのは、ごく最近――せいぜいここ一世紀ほどの話である。内省によって、いくら自分自身の中を覗(のぞ)き込んだところで、「自分」が今肉体の中のどこにいるか、などということがわかるわけもない。もしもあなたが、目の後ろや耳の間に自分の存在を感じているとしたら、それは教育の成果である。そのような先入観を人々が持たなかった時代、精神の座を特定するのは容易な事ではなかった。

例えば、私、あるいは私の心を表すジェスチャーでは、世界中どこの民族でもたいがい自分の胸、とりわけ心臓を指す。間違っても頭を指す人はいない。英語で心と心臓は同じ言葉でも表現される。これは、心臓の鼓動が人間の情動の高まりに同調して早くなるという経験的事実から来たもので、決してまったく根拠がなかったわけではない。

しかし、それはしょせん人間が生きている間だけの話である、というのも、また古来世界中の民族にとって常識であった。すなわち、本来人間の心と肉体は別物であり、肉体は単に心を宿すだけの器にすぎない、というわけである。身心二元論は紀元前五〜四世紀、ギリシアのプラトンにより完成され、これは一方において、非常に長い間われわれの精神文化の底流を形作ることとなる。

一方、紀元二世紀のローマの外科医ガレノスは、脳こそ精神が宿る場所であると主張した。もっとも、この時ガレノスが具体的に精神の所在地として名指したのは脳そのものではなく、脳内の脳室と呼ばれる空隙（くうげき）であり、ここに目に見えない精神が詰まっている、という考え方は、基本的に身心二元論のスタンスとそう変わるものではない。

ガレノスの説は、その後ローマからさまざまな文化圏へと伝播（でんぱ）し、近世まで、精神の座に関する議論の中で中心仮説の地位を占めていたのである。脳室ではなく、皮質側にこそ心と呼びうるものが宿っていることがしだいに明らかになったのは、一九世紀以降、近代医学が徐々に形を整え、さまざまな脳障害が精神の失調とはっきり結びついていることが判明してからである。

だが、それでも、脳という器官と、その機能の集積の結果である精神とを同一視することを是としない研究者は、なぜか今世紀に入ってからも絶えることはない。科学哲学のカール・ポパー、動物行動学のコンラート・ローレンツなど、著名な科学者の中にも、身心二元論支持者は少なくない。それどころか、例えば脳の電気刺激実験によって、脳の機能局在論の研究を一気に進展させたワイルダー・ペンフィールド、右脳と左脳の機能の違いを解明して一九八一年のノーベル医学・生理学賞を受賞したロジャー・スペリー、彼の共同研究者であるM・ガザニーカ、抑制性シナプスの発見により一九六三年のノーベル医学・生理学賞を受賞したジョン・エックルスなど、脳科学史上に名を残す錚々（そうそう）たる顔ぶれがいずれもその研究生活の後期に、強硬な身心二元論者となって行った。

中でも興味深いのはエックルスが七〇年代に精力的に展開していた二元論仮説である。エックルスによれば、ヒトの脳は他のあらゆる生物と本質的に異なる進化の過程の産物として生まれ、創造的想像力という超絶的な機能を持つに至った器官であり、さらにその上位に、物理的次元を超越した精神が存在するという。しかも、物理次元にある肉体と、精神とを結ぶ接点が、脳内の特殊な機能部位としてちゃんと実在する。すなわち、ペンフィールドが四三年に発見した、頭頂部の「BRAIN VALLEY」の崖っ縁に位置する「補足運動野（SMA野）」と呼ばれる部分がそれであり、ヒトが随意運動を起こす直前にこの部分の血流量が必ず増大する事から見て、これこそ肉体を支配する精神からの指令を受けとる場所に違いない、というわけである。

もちろん、その後エックルスの研究が肯定的な結論に結びつく事もなく、現在誰かがその研究を引き継いでいるのかどうかも、少なくとも筆者は知らない。ただ、身心二元論に関する臨床的なアプローチが、形を変えて今日でも続いていることだけは確かなようだ。

さる日本のジャーナリストによる臨死体験のルポルタージュの中には、肉体あるいは脳から独立した精神の実在を肯定するかのような事例——完全に意識を失っていたはずの患者が、蘇生作業を指揮する医師の言動を後から正確に報告した例など——がいくつか紹介されているし、後にそれはテレビ番組の中でも当事者たちの証言を交えて放映された。臨死体験を、脳内にもともと備わった機能の一つとして説明しようとする研究者も当然いるが、この場合もっとも説明が困難なのは、死ぬ間際にしか発動しない（？）はずの機能が、いかにして次世代にまで受け継がれ、さらに自然選択の網をくぐり、有利な形質として定着していったのかが説明できない点である。

本書の主眼の一つは、そのような脳機能の起源と進化がいかにして起こったかを、あらゆる方向から追求し、一つの仮説へとまとめあげていくそのスリリングな展開そのものにあるわけだが、これまでのところ、どうやら脳のとりわけ神秘的な機能を、専門の機関が本格的に研究テーマとして取り上げた事はどうやらなさそうだ。SFの中でなら、小松左京の「ゴルディアスの結び目」のように先駆的作品の例も思い浮かぶのだが。

現在のわれわれの脳への理解はあまりに浅く、不可視の世界への明確な戦略にもとづいた統合的アプローチなど、とても考えることはできない――そもそもそれを試みるだけの動機がないし、仮にその必要が生じたとしても、そんな研究テーマに膨大な資金を出すスポンサーもいないだろう。それこそ「ブレインテック」のような夢の研究所にして初めて実現可能なプロジェクトである。

しかし、今や神へのアプローチは、まったくとりつく島もないほど遠大なテーマではないのかも知れない。それぞれ、何ら相互に関連のなさそうに見えたさまざまな研究分野からの報告が、いつしか一つの細い流れにまとまり、やがては、「神」そのものをも含む心の問題が、定量的かつ定性的に記述される日もやってくるのではないか？　さらには、人工的な心の再現さえも可能になるのではないか？　そのような漠然とした時代の雰囲気を敏感に感じ取っている人も、案外多いのではないかと思う。

アリスター・ハーディは、一九七五年の著書「神の生物学」（長野敬・中村美子訳　紀伊国屋書店　一九七九年）の中で、宗教的概念がいかにしてヒトの集団の中で発生・定着し、進化してきたかを、進化論と行動生態学の言葉で記述しようとした。今日の目で見れば、この試みはあまりにも方法論的にアプローチの範囲が狭すぎ、また、脳にまつわる超常的機能への取り組みがあまりに楽観的すぎる、などの批判が当然出てくるだろう。しかし、それでも、ヒトと動物の心の動きを「信じる」という行為を軸に、統一的に語ろうとする視点などは、明らかに、われわれがこれから語ろうとしているテーマにとって重要な起点の一つである。最近再び盛り上がってきた、類人猿とヒトとのコミュニケーションの研究は、すでに、ヒトと類人猿とがどれほど異なるか、ではなく、どれほど同じ心を持つかという点に座標軸を移しているが、いずれ必ずわれわれは、類人猿から神の起源についての重要なヒントを必ず得ることになるだろう。

ヒト・ゲノム計画が当初の予測を大きく上回る速度で進展しつつあることも、われわれにとっては大きな希望である。むろん、現時点では、ただ単にヒト・ゲノムの塩基配列が決定され、その機能がほぼすべて特定されつつある、という段階にすぎないが、もし、脳内で神を作り、アブダクションや臨死体験をつくり出す神経伝達物質やそのレセプターが実在するなら、そのプログラムもまた、確実にその中に含まれているだろう。われわれは今、ヒトの脳を生化学レベルで調べるのに、ラットやウサギ、せいぜい類人猿をそのモデルとして利用できるにすぎない。だが、ヒトの脳組織とまったく同じ遺伝子を持つ組織を他の生物の脳内で培養し、実験を行うことも近い将来可能になるはずだ。本当のヒトの脳にしかなしえない高度な機能が存在するとすれば、この方法によってのみそれは研究の対象となるだろう。さらに、将来の可能性を展望すれば、塩基の一次配列の情報だけからでも、その最終生成物の機能をシミュレートし、例えばそれが脳内物質であるならば、どのような作用をもたらすものであるかも解明できるようになるだろう。

神と脳内物質の関連は、直接的な物証こそいまだないものの、それを完全に否定できる研究者はもういないだろう。アーサー・C・クラークの二〇年近く前のSFには、すでに「催宗教性物質」なるものが登場していた。この薬品を投与しながら特定の刺激を被験者に与えることにより、狂信的なキリスト教徒を一日でイスラム教徒に改宗させられる、という化学物質である。ヒトの長期記憶を支配するメカニズムの中に、あるいは「神」という名の化学物質が潜んでいる可能性も決してゼロではあるまい。

さらに、今後この分野でもっとも注目される、もう一つのアプローチ法をあげるとすれば、量子力学的視点からの切りこみであろう。

現代の脳科学は、ある意味で還元主義的科学の究極の到達点であると言える。ヒトの心のすべての働きはニューロン同士の相互作用に還元され、さらにニューロン内部を走る電気信号と伝達物質の作用に還元された。そして、そのさらに根源には、量子力学的作用機序がすべてにわたって関与しているのかも知れず、これは必然的に、観測＝世界認識という脳の本質的作用と、量子力学における観測の意味とのもっとも深い関わりについての考察へとわれわれを導いて行く。

ロジャー・ペンローズは、すでにこの方向にこそ究極の脳科学への道があると主張し、観測によって生起する波動関数の収束が、実際に脳の特定の構造内で実行されるという仮説にもとづく独自の脳理論の構築に乗り出している。

繰り返すが、脳科学は、今後ますます加速度的に多用な科学を吸収し、文字通り二一世紀における最大の総合科学へと発展して行くことを運命づけられている。あらゆる科学の分野に、今その予兆がうごめき始めている。

本書「BRAIN VALLEY」は、そのような時代の到来を強烈に印象づけてくれる作品であり、今から一〇年、二〇年後に、この作品は、二〇世紀末のわれわれの認識の到達点を記録した里程標として、新たな形で評価されることとなるだろう。

本書の単行本は小社より'97年12月に刊行されました。

ブレイン・ヴァレー
BRAIN VALLEY（上）

瀬名秀明（せなひであき）

角川文庫　11737

平成十二年十二月二十五日　初版発行

発行者——角川歴彦
発行所——株式会社角川書店
東京都千代田区富士見二—十三—三
電話　編集部（〇三）三二三八—八四五一
　　　営業部（〇三）三二三八—八五二一
〒一〇二—八一七七
振替〇〇一三〇—九—一九五二〇八

印刷所——暁印刷　製本所——コオトブックライン

装幀者——杉浦康平

せ 4-1　ISBN4-04-340502-2　C0193

角川文庫発刊に際して

角川源義

第二次世界大戦の敗北は、軍事力の敗北であった以上に、私たちの若い文化力の敗退であった。私たちの文化が戦争に対して如何に無力であり、単なるあだ花に過ぎなかったかを、私たちは身を以て体験し痛感した。西洋近代文化の摂取にとって、明治以後八十年の歳月は決して短かすぎたとは言えない。にもかかわらず、近代文化の伝統を確立し、自由な批判と柔軟な良識に富む文化層として自らを形成することに私たちは失敗して来た。そしてこれは、各層への文化の普及滲透を任務とする出版人の責任でもあった。

一九四五年以来、私たちは再び振出しに戻り、第一歩から踏み出すことを余儀なくされた。これは大きな不幸ではあるが、反面、これまでの混沌・未熟・歪曲の中にあった我が国の文化に秩序と確たる基礎を齎らすためには絶好の機会でもある。角川書店は、このような祖国の文化的危機にあたり、微力をも顧みず再建の礎石たるべき抱負と決意とをもって出発したが、ここに創立以来の念願を果すべく角川文庫を発刊する。これまで刊行されたあらゆる全集叢書文庫類の長所と短所とを検討し、古今東西の不朽の典籍を、良心的編集のもとに、廉価に、そして書架にふさわしい美本として、多くのひとびとに提供しようとする。しかし私たちは徒らに百科全書的な知識のジレッタントを作ることを目的とせず、あくまで祖国の文化に秩序と再建への道を示し、この文庫を角川書店の栄ある事業として、今後永久に継続発展せしめ、学芸と教養との殿堂として大成せんことを期したい。多くの読書子の愛情ある忠言と支持とによって、この希望と抱負とを完遂せしめられんことを願う。

一九四九年五月三日

角川文庫ベストセラー

娘から娘へ　中井貴惠
「娘」だった著者が母となり、「娘たち」に伝えるメッセージを記したはずが、「娘たち」からのメッセージも沢山つまっていた。感動の育児エッセイ。

けっこう仮面①～③　永井豪
顔をかくして、からだかくさず!! 受験地獄と悪徳教師がはびこるスパルタ学園に突如現われた、謎の美少女けっこう仮面が過激に大活躍!!

あばしり一家全5巻　永井豪
塵か芥か悪党か、悪馬尻駄ヱ門四人の子、五ヱ門、直次郎、吉三、そして男まさりに色香が匂う菊の助。音に聞こえしあばしり一家の大活躍!

王朝序曲(上)(下)　永井路子
平安遷都七九四年、官等をめざして縺れあう藤原真夏、冬嗣兄弟の愛憎、皇太子・安殿との骨肉の相剋に命をすりへらす桓武を描く歴史大河小説。

永井路子の日本史探訪　永井路子
壮大な歴史ドラマに隠された、ヒロイン、ヒーローたちの実像を追う。「鎌倉」「北条政子」「足利義政」「お市の方と淀殿」など、八編を収録。

明治新選組　中村彰彦
常陸笠間藩を脱藩、新選組隊士として各地を転戦した相馬主計。先に逝った者たちを想い日々を過ごす主計には数奇なめぐりあわせが待っていた—。

鬼官兵衛烈風録　中村彰彦
鳥羽伏見、戊辰を勇猛に戦った会津藩士・佐川官兵衛。維新後は西南戦争に参戦、悲壮な最期を遂げる。激動の時代に生きた男の壮絶な生涯の物語。

角川文庫ベストセラー

心が壊れる子どもたち 宮川俊彦

自殺、いじめ、非行……。子どもたちの発する危険信号にどうこたえるか。作文を通して、彼らの心の動きに応えていく道を探る。

このままじゃ生きジゴク 子どもたちはなぜ死を選ぶのか 宮川俊彦

自殺に向かう子どもの心と、社会が抱える問題をさぐりながら、子どもたちに将来を生きるための指針を与えることの重要性を提示する。

自分を壊す子どもたち 宮川俊彦

社会とのつながりを実感できず、満たされることのない空白感を抱えたまま壊れていく子どもたち。その心の深層に迫り、救済の道を説く。

学校III 山田洋次

まだ泣ける。まだ愛せる。まだ感動できる。技術専門学校を舞台に、再就職に向け奮闘努力する中高年の心逞しき再生物語。映画『学校III』ノベライズ。

死体は生きている 上野正彦

「わたしは、本当は殺されたのだ!!」死者の語る真実の言葉を聞いて三十四年。元東京都監察医務院長が明かす衝撃のノンフィクション。

死体は知っている 上野正彦

自殺や事故に偽装された死者の声に耳を傾け、死者の人権を護るために真実を追求する監察医。検死した遺体が二万体という著者の貴重な記録。

57人の死刑囚 大塚公子

自殺房と呼ばれる舎房で〈執行〉を待つだけの彼らは何を思い、何を考えているのか…。知られざる死刑囚たちの〈その後〉を徹底取材した衝撃のルポ!